U0109398

古典詩歌研究彙刊

第三十輯

龔鵬程　主編

第 2 冊

北宋詠史詩的亂世人物書寫

謝定絃　著

國家圖書館出版品預行編目資料

北宋詠史詩的亂世人物書寫／謝定紘 著 -- 初版 -- 新北市：
花木蘭文化事業有限公司，2021〔民110〕
目 2+250 面；17×24 公分
（古典詩歌研究彙刊 第三十輯；第 2 冊）
ISBN 978-986-518-540-4（精裝）
1. 宋詩 2. 詠史詩 3. 詩評
820.91   110011264

ISBN-978-986-518-540-4

9 789865 185404

古典詩歌研究彙刊
第三十輯　第 二 冊　　　　ISBN：978-986-518-540-4

北宋詠史詩的亂世人物書寫

作　　者　謝定紘
主　　編　龔鵬程
總 編 輯　杜潔祥
副總編輯　楊嘉樂
編　　輯　許郁翎、張雅淋、潘玟靜　美術編輯　陳逸婷
出　　版　花木蘭文化事業有限公司
發 行 人　高小娟
聯絡地址　235 新北市中和區中安街七二號十三樓
　　　　　電話：02-2923-1455／傳真：02-2923-1452
網　　址　http://www.huamulan.tw 信箱 service@huamulans.com
印　　刷　普羅文化出版廣告事業
初　　版　2021 年 9 月
全書字數　188853 字
定　　價　第三十輯共 8 冊（精裝）新台幣 15,000 元　　版權所有·請勿翻印

北宋詠史詩的亂世人物書寫

謝定紘 著

作者簡介

謝定紘，臺大中文所畢業，以詠史詩研究為志趣。受業於黃奕珍教授，於門下研讀宋詩，乃擇定「宋代詠史詩」為研究大方向。於《中國文學研究》、《臺北教育大學語文集刊》、《東華文哲研究集刊》等刊物中皆有相關領域論文發表，並著有《北宋詠史詩的亂世人物書寫》一書，委由花木蘭文化事業有限公司出版。

提　　要

　　本文以北宋時期「亂世」主題的詠史詩為材料，嘗試透過「隱者」、「將相」、「君王」三個類別的詩作，歸納出北宋詩人看待亂世的史觀，並探討此一觀點與當時思潮有何呼應，在詩歌史的流變中又佔有何等地位。

　　全文分為「安處亂世」、「評價亂世」、「解釋亂世」三章，於第一部分首先以隱者為研究對象，發現詩人在欽羨功成不居、急流勇退的智慧之餘，對隱者的德行更是格外重視，與當時士人「隱而不忘其君」的理想安處型態可以互相呼應。第二部分接著討論「為官者」，相似於隱者主題詩作中的特色，此一部分同樣以道德為書寫關鍵，「忠孝」與「忠節」等操守在北宋詩歌中皆得到了唐人未有的關注，甚至在書寫名臣功業的背後也隱含了道德標準。最後一部分則將討論對象擴大為政權與天命。此時詩作強化了「順德者昌」的因果關係，並在面對「逆德而昌」的政權時，轉而著眼於國祚甚短的事實，從而證成「以力得天下難保長治久安」，說明道德對鞏固政權的重要性。

　　綜合以上，可見北宋詩人書寫亂世的最大共同特色即是道德標竿的空前強化。固然此一特點同時反映在歷史著作與史論文中。然而，詠史詩相對於史書、正統論，較不受史家責任、政治力量等外緣因素左右，遂能更純粹以「道德」的判準探討歷史，直接改變了重「功利」之唐人觀點，甚至開創南宋詩人詠史的新視角。

目 次

第壹章　緒　論

第一節　論題義界

　　本文論題既為「北宋詠史詩的亂世人物書寫」，首先即須說明「何謂『北宋』」。在歷史上，北宋自然有其嚴格的定義，亦即始自公元960年趙匡胤陳橋兵變、終於公元1127年金兵攻陷開封。然而，正如陳植鍔所云：「文學作為一種觀念型態，與社會政治經濟的發展不完全一致，與封建王朝的更替更沒有必然的聯繫。」〔註1〕且除了觀念形態與社會政治之發展不同步外，詩人的活動年代也殊難以960或1127兩個年份截然劃分，勢必將面對生卒年橫跨兩宋者。因此，以下即將先就本文中「北宋詠史詩」的定義加以說明。

一、「北宋詠史詩」之義界

　　「北宋詠史詩」實即「北宋詩人所創作的詠史詩」，故以下之定義乃以「北宋詩人」為討論範圍。就選擇詩人的上限而論，由於本文所用的詩歌材料皆出自《全宋詩》，故可參照其書前的「編纂說明」，逕以《全宋詩》第一冊所收的詩人為北宋之始；下限則是較為複雜的問題，若從寬認定，則或可由詩風內容的角度著眼，將活動於凝定期（1101～1161）的詩人盡皆納入，畢竟當時詩人皆尚未「掙脫束縛而自創新格」〔註2〕；

〔註 1〕陳植鍔：〈宋詩的分期及其標準〉，收入張高評編著：《宋詩綜論叢稿》
　　　　（高雄：麗文文化，1995 年），頁 151。
〔註 2〕「凝定期」之說與「掙脫束縛而自創新格」一語皆出自陳植鍔：〈宋詩
　　　　的分期及其標準〉，見《宋詩綜論叢稿》，頁 165。

或從進入官場的年齡著手，將在 1127 年以前初次為官者皆視為北宋詩人，畢竟這類人物皆受北宋社會氛圍、文化之薰陶與影響。但無論採用何種定義，皆可能發生如李綱（1083～1140）〈聞山東盜所謂丁一箭者擁數萬眾臨江破黃州官吏皆保武昌江湖間騷然未知備禦之策感而賦詩〉的問題──若檢索李綱生平，可以發現其於 1112 年登進士第，並卒於 1140 年，同時符合前述兩種從寬認定的「北宋」條件。然而，此詩所聞之「丁一箭」當指建炎年間起事之丁進，時已南宋，視之為北宋詩顯然不妥。此外，正如王庭珪（1080～1172）〈和康晉侯見贈〉所云：「儒生無力荷干戈，亂後篇章感慨多。」〔註3〕靖康之難丟失大半中原對時人而言著實太過震撼，顧友澤在《宋代南渡詩歌研究》中便指出，南渡初期多有「英雄詩」的創作，這類詩作反映了詩人恢復中原的人生理想，書寫內容則離不開能征善戰、足智多謀的名臣將相，諸葛亮、張良等都是此時的熱門歌詠主題。〔註4〕這類以古代亂世英雄寄寓「驅逐韃虜」之渴望的作品，顯然不宜與靖康難前的詩歌相提並論。結合以上所言，本文定義北宋下限將從嚴認定，收入三類詩人詩作：其一，卒年在 1127 年以前的詩人作品，如蘇軾。其二，詩人生卒年雖不詳，但從其他資料可以確定其人未有可能跨入南宋的作品，如楊備為宋初名臣楊億之弟，絕無可能晚至 1127 年猶在世。其三，生存年代橫跨兩宋的詩人將參照現有的繫年成果，剔除如前引李綱詩一般顯然作於南宋者。透過上述條件，力求所歸納出的北宋詩特色不受靖康的歷史巨變影響。

二、「亂世人物」之義界

除「北宋」之外，題目中第二個有待說明的問題即是「何謂『亂世』」。本文選擇之「亂世」主要指涉的即是中央政府失去權力，造成地方割據、群雄逐鹿的時代，如春秋戰國、楚漢、新莽、三國，這些時期

〔註3〕傅璇琮主編：《全宋詩》（北京：北京大學出版社，1998 年），第 25 冊，頁 16847。
〔註4〕顧友澤：《宋代南渡詩歌研究》（北京：北京大學出版社，2014 年）。

戰事頻仍，多個勢力相互爭鬥，自為「亂世」無疑。除此之外，本文更額外納入了「安史」與「五代」，前者雖為內亂，然正如司馬光（1019～1086）《資治通鑑》所云：「由是禍亂繼起，兵革不息，民墜塗炭，無所控訴，凡二百餘年。」〔註5〕由此觀之，其作為「亂世」的影響力實不下於三國等分裂時期；後者在名義上雖有梁、唐、晉、漢、周的朝代更迭，但在短短五十餘年間歷經五朝十四帝，戰亂連年不休，且其作為北宋建國前的時代，當時史家如歐陽修等對其討論頗多，本文既以北宋為題，則顯然不宜略過五代不論。〔註6〕

　　另外，除了嚴格意義上的亂世，本文將亂世的先聲與餘緒一併納入，如秦代由於國祚短暫，故其雖然為大一統帝國，但同時卻也是楚漢相爭的先聲與戰國亂世的餘緒，故同樣視為討論對象。其他相似狀況還有三國時代前的十餘年，嚴格意義上的「三國時代」始於曹丕篡漢，然此時曹操、關羽等左右當時政局，或為後人熱門歌詠題材的人物皆已辭世，故本文選擇討論對象時，將一併選入東漢末年靈帝、獻帝年間諸人。除此之外，劉邦、劉秀皆是平定亂世的開國、中興之君，兩人及其手下重要將相的生存年代皆橫跨大亂與太平，在希望全面關注人物生平的考量下，本文並不擬將開國之初的人物事跡剔除，如韓信是否叛變的爭議、張良與蕭何作為開國功臣如何輔佐劉邦平定天下、四皓或嚴光出山與否的討論等，皆是後人詠史的熱點，同時也將成為本文的研究材料。

　　接續著前段之末提及的「詠史」一詞，本文所謂「亂世人物書寫」的主要內涵即是以前揭六大亂世中之人物為歌詠對象的詠史詩。惟對此內涵猶有必須補充說明者：在古典詩歌傳統上「詠史」與「懷古」的分野向來爭議頗多，更有如王立《中國古代文學十大主題》，並不細加

〔註5〕語出《資治通鑑‧唐紀》。見宋‧司馬光編著，元‧胡三省音註：《資治通鑑》（北京：古籍出版社，1956年），頁7051。
〔註6〕其餘朝代更替頻仍的時期如南北朝、十國等，一則歌詠之作極少，二則後對北宋的影響力遠不及五代，故本文不予討論。其他內亂如七國之亂、八王之亂同樣基於詩作數量不足的緣故，於此不納為研究材料。

分辨，反而著眼於宏觀的角度，將二者一併視為「懷古主題」的子類。
〔註7〕本文對「懷古」與「詠史」的判斷標準由「懷古心態」切入，此
一意識情態的定義可參廖蔚卿〈論中國古典文學中的兩大主題〉，其文
認為「懷古」乃是人類面對歷史與時間流逝時，油然而生之「變化無常
的感傷」〔註8〕。這樣的觀點與現今大多「懷古詩」的定義可以呼應，
如廖振富云「消極性的歷史幻滅感」〔註9〕、劉學楷稱「今昔盛衰、人
事滄桑之慨」〔註10〕皆然。綜合以上諸家之說，本文將不予討論純粹
抒發「歷史無常」之感慨的懷古作品，如曾璉（?~?）〈鴻溝和呂聖功
韻〉即然，其詩云：「王霸興亡劫幾塵，鴻溝依舊鎖寒雲。不將帝業追
三代，祇把河山割半分。故壘已隨流水盡，歸鴉空帶夕陽曛。西風立馬
頻回首，那忍猿聲隔岸聞。」〔註11〕雖以項羽為題材，但全詩瀰漫無
常滄桑的氛圍，並未對項羽其人有任何評價或議論，此類詩作即為本
文定義下的「懷古詩」，不擬納為研究材料。且除「懷古詩」外，「詠史
詩」亦非全部都可以視為「亂世人物書寫」之作，吳喬（1611~1695）
《圍爐夜話》云：「古人詠史，但敘事而不出己意，則史也，非詩也。」
〔註12〕此說略同於齊益壽定義的「史傳型詠史詩」〔註13〕以及陳文華
稱指稱的「隱括本傳」者〔註14〕。這類型的作品雖有「詩」名，但依

〔註7〕王立：《中國古代文學十大主題》（臺北：文史哲出版社，1994年）。

〔註8〕參廖蔚卿：〈論中國古典文學中的兩大主題〉，《幼獅學誌》第17卷第
3期（1983年5月），頁112~119。

〔註9〕說可詳參廖振富：《唐代詠史詩之發展與特質》（臺北：國立臺灣師範
大學碩士學位論文，1989年）。

〔註10〕說可詳參劉學鍇、余恕誠：《李商隱詩歌集解》（北京：中華書局，1998
年）。

〔註11〕《全宋詩》，第1冊，頁517。

〔註12〕清·吳喬：《圍爐夜話》，收入郭紹虞編：《清詩話續編》（臺北：木鐸
出版社，1983年），頁558。

〔註13〕見齊益壽〈談六朝詠史詩的類型〉，《中華文化復興月刊》第10卷第4
期（1977年4月），頁9~12。

〔註14〕陳文華：〈論中晚唐詠史詩的三大體式〉，《文學遺產》1989年第5期
（1989年5月），頁67~74。

據史傳內容剪裁而成，單純以詩歌形式記敘歷史事件，以「據事直書」為主要特色，不加藻飾，並未有自己獨抒的懷抱或議論，多數未能直接從中觀察詩人看待歷史人物的觀點，因此本文不擬討論之。

綜上所述，本文牽涉的義界問題已說明完畢：題目中的「北宋詩人」有四類，其一如徐鉉（917～992），生卒年橫跨五代與北宋，但被收錄在《全宋詩》中；其二如蘇軾（1037～1101），生卒年恰好完全處在 960～1127 的北宋年間；其三如楊備（?～?），雖生卒年不詳，但可以確定卒於 1127 年以前；其四如惠洪（1071～1128），雖卒於 1127 之後，但其於南渡前創作的詩歌仍可視為本文的討論對象。至於「亂世人物書寫」則是指以春秋戰國、楚漢、新莽、三國、安史、五代等亂世中的人物為對象，興發議論或抒發懷抱的詠史詩作。

第二節　研究動機與目的

兩宋時期史學極盛，如陳寅恪便有言道：「中國史學，莫盛於宋。」〔註 15〕由此言顯見兩宋的史學成就在其眼中可謂光焰萬丈，這樣的成就實奠基於當時對「史」的空前重視。如此重「史」的時代風尚，可以從「修史機構」、「史書編撰」、「史書校訂」三個角度著眼。

先就「修史機構」而言，根據《續資治通鑑長編》與《宋會要籍稿》等史籍的記載，北宋的修史機構有「後出轉精」的趨勢，從初期繼承唐代制度的史館開始，到太宗時設立國史院、真宗時設立實錄院、神宗時設立日曆所，再加上起居院、時政房、玉牒所等機構的設置，無一不可見當時對修史的看重及分工之細膩。〔註 16〕許多重要史書的

〔註 15〕 陳寅恪：〈陳垣明季滇黔佛教考序〉，《金明館叢稿二編》（北京：三聯書店，2001 年），頁 272。

〔註 16〕 現有史學界研究成果中關於北宋史學機構的研究頗豐，惟非本文重點，故僅略述而已，可詳參蔡崇榜：《宋代修史制度研究》（臺北：文津出版社，1991 年）、姚瀛艇主編：《宋代文化史》（開封：河南大學出版社，1992 年）、王盛恩：《宋代官方史學研究》（北京：人民出版社，2008 年）、謝貴安：《宋實錄研究》（上海：上海古籍出版社，2013 年）等。

編撰亦誕生於北宋，如歐陽修（1007～1072）《新唐書》、《新五代史》、
范祖禹（1041～1098）《唐鑑》、司馬光《資治通鑑》等皆然。除新編
史書外，北宋史官對過往的歷史著作同樣相當關注，從太宗到仁宗年
間陸續校訂了起自《史記》，終於《隋書》等九本官修正史，〔註17〕
尤其《史記》獲得的重視更不侷限於史官，上起皇帝、下至黎民皆對
聽講、研讀、評論《史記》有著高度興趣。〔註18〕「詠史詩」作為「詩
歌」與「歷史」交會的產物，在如此重「史」之風潮下有何新變，即
成一耐人尋味的問題。另外，張高評在〈南宋詠史詩之新變──以三
大詩人詠史為例〉中曾指出：「南宋詩人身兼史家者不少。」〔註19〕
事實上此語並不僅只適用於南宋，從以上引用的史書作者可見歐陽
修、范祖禹、司馬光等皆是當時史家，同時也有著豐富的詩歌創作。
因此，北宋一朝在史學發達的時代背景下，詠史詩之創作有何特色與
轉變亦是值得關注的重點。

　　雖然前揭「重史」、「詩人身兼史家身份」等特色為兩宋共有，但
正如前節所言，靖康之難造成了南宋政局的劇烈轉變，連帶影響當時
詩人看待歷史人物時往往帶有類比之情，如陸游（1125～1210）〈書
憤〉詩云：「出師一表真名世，千載誰堪伯仲間。」〔註20〕便是希冀
南宋能出現如諸葛亮般的英雄人物之顯例，以「出師表」寄寓自身北
伐豪情更是前所未見的作法。〔註21〕除此之外，導因於對北方敵人的

〔註17〕 說參陳素樂：《宋元文史研究》（廣州：廣東人民出版社，1988 年）。
〔註18〕 說參張新科、俞梓華：《史記研究史略》（西安：三秦出版社，1990 年）。
〔註19〕 張高評：〈南宋詠史詩之新變──以三大詩人詠史為例〉，收入《遨遊
　　　　在中古文化的場域》（臺北：里仁書局，2004 年），頁 243～280。
〔註20〕 《全宋詩》，第 39 冊，頁 24637。
〔註21〕 本文通過全盤檢索「出師表」一詞於詩歌中的使用狀況，發現北宋詩
　　　　人未嘗以「出師表」入詩，至於唐人即使言及「出師表」，亦往往僅用
　　　　以代指孔明未酬之壯志，如李商隱的〈武侯廟古柏〉與薛逢的〈題籌
　　　　筆驛〉皆然，惟此現象與本文論題關聯較遠，擬以另文專題探討之。
　　　　李商隱與薛逢詩分別可參清・彭定求等編：《全唐詩》（北京：中華書
　　　　局，1960 年），第 16 冊，頁 6162、6331。

高度仇視，造成當時的三國史觀也發生了顯著變化，現今「三國史」與「正統論」的研究成果大抵皆從四庫館臣之說〔註22〕，認為朱熹（1130～1200）《通鑑綱目》是奠定「蜀漢正統觀」的關鍵著作。從以上兩個例子已然可見，南渡偏安的史實造成南宋文人無論在史觀或詩歌的創作上，都與北宋乃至唐代差異頗大，「南宋詠史詩」也因此成為了研究者關注的重點，如張高評即有多篇單篇論文討論此問題，除前引之作外，另有〈史書之傳播與南宋詠史詩之反饋——以楊萬里、范成大、陸游詩為例〉亦是聚焦於南宋詠史詩。〔註23〕其他研究成果則有如季明華《南宋詠史詩研究》，明確以南宋詠史詩為研究對象，並提出了「民族責任感」與「愛國意識」等特點，可以呼應本文於前提出的南渡影響。〔註24〕在民族意識高張、丟失半壁江山的時代背景下，南宋詠史詩的取材和內容自然與唐代有著極大的不同，以項羽為例，季明華於其著作中便引李清照（1084～?）〈夏日絕句〉與汪元量（1241～1317）〈烏江〉兩作，說明南宋詩人對項羽「以死保節」之英雄行徑給予高度評價的傾向。〔註25〕對比於唐人書寫項羽事蹟時的褒貶參半，如此趨勢顯然可以視為南宋人詠史的時代特徵，然而在作為唐代作為溝通唐代與南宋的北宋一朝研究相對較少的情況下，我們著實難以探得這些主題詩作較細緻的轉變軌跡。且不只項羽，韓信、曹操、諸葛亮等人也有相同現象，因此，本文遂希望以「北宋詠史詩」為研究範圍，探討北宋詩人在詠史詩中反映的史觀在唐代與南宋之間佔有何等地位。

〔註22〕「《三國志》……其書以魏為正統，至習鑿齒作《漢晉春秋》始立異議。自朱子以來，無不是鑿齒而非壽。」見清·紀昀等著：《四庫全書總目提要》（臺北：臺灣商務印書館，2001年），第2冊，頁16。
〔註23〕張高評：〈史書之傳播與南宋詠史詩之反饋——以楊萬里、范成大、陸游詩為例〉，收入《中正大學中文學術年刊》第10期（2007年12月），頁121～150。
〔註24〕季明華：《南宋詠史詩研究》（臺北：文津出版社，1997年）。
〔註25〕《南宋詠史詩研究》，頁165。

在詠史的大方向底下，相關詩作又能以「是否為亂世」分為兩類，透過逐首考察《全宋詩》前三十二冊的詠史之作，〔註26〕發現以「亂世」為歌詠對象的作品佔了顯著多數，單就「帝王」類而言，在非亂世的帝王中除了已成聖人的堯、舜、禹等外，僅有王安石（1021～1086）〈漢文帝〉、劉敞（1019～1068）〈漢武帝〉、蘇軾〈昭陵六馬，唐文皇戰馬也，琢石象之，立昭陵前，客有持此石本示予，為賦之〉等寥寥數首，其數量合計甚至不及項羽一人，詩作數量限制之下，造成可能的開展面向相當有限。相對而言，「亂世」主題的作品一則數量豐富，二則面對分裂、傾頹的時代時，詩人更可能開展出多元的關照視角。因此本文將聚焦在亂世相關的作品，觀察北宋詩人歌詠、評論亂世人物時有何特色，以及特色如何反映時人對出處進退、人臣典範、天命歸屬等問題的價值判斷與共同態度，與呈現於史書、史著者又有何歧異，從而建構出北宋文人在詩歌中看待歷史的眼光。

第三節　文獻回顧

正如前一節所言，本文論題實屬「詠史詩」研究的範疇，因此以下將首先就「詠史詩」的相關研究成果進行文獻回顧。

張小麗於 2006 年作《宋代詠史詩研究》時曾對詠史詩的前行研究進行詳細梳理，從而得出「近年來，詠史詩的研究多集中於唐代」〔註27〕的結論。時至今日，詠史詩的研究現況並無太大轉變，除 2010 年時有韋春喜《宋前詠史詩史》〔註28〕及趙望秦、張煥玲合著之《古代

〔註26〕 詹卉翎於其學位論文《北宋唱和詩研究》中，對「北宋」一詞從寬認定，在《全宋詩》第三十二冊的詩人歐陽澈恰好卒於北宋滅亡當年的情況下，選擇以該冊作為研究的下限。本文雖因論題之異導致不宜採取同樣的選材標準，但仍參考其說，以《全宋詩》第一到三十二冊作為檢索與更進一步刪汰的對象。見詹卉翎：《北宋唱和詩研究》（臺北：國立臺灣大學碩士學位論文，2019 年），頁 22～23。

〔註27〕 張小麗：《宋代詠史詩研究》（西安：陝西師範大學碩士學位論文，2006年），頁 7。

〔註28〕 韋春喜：《宋前詠史詩史》（北京：中國社會科學出版社，2010 年）。

詠史詩通論》〔註 29〕兩本專書問世，其中前者可以作為本文向上追溯詠史詩發展脈絡之依據，後者稍有言及宋代詠史詩外，檢索後以宋代詠史詩為研究範圍的著作僅四種，其中兩種為已見前引張小麗之文及季明華《南宋詠史詩研究》，其餘分別為陳吉山《北宋詠史詩探論》〔註30〕與張煥玲《宋代詠史組詩研究》〔註31〕。其中季氏一書專論南宋，與本文相去較遠，故不擬細論之，以下即將分別簡述另外三者的研究成果及特點所在。首先是張小麗《宋代詠史詩研究》，其文將兩宋詠史詩分為「承襲」、「自立」、「深化」、「繁盛」四期，並從「藝術特徵」、「詩人論」、「政治思想文化背景」幾個角度切入探討宋代詠史詩的獨到之處與時代烙印何在。然而其四期分類中僅前二者屬於北宋的發展歷程，繁盛時期則是隆興和議以後一百餘年的南宋中後期詠史詩，這一時期不只「作家隊伍迅速擴充」，「題材內容也較為多樣化」〔註32〕，致使作者歸納的題材、體式、藝術技巧等特徵都受到了南宋詩歌的巨大影響，北宋詠史詩的獨立地位並不顯著。

　　相似的狀況也發生在張煥玲《宋代詠史組詩研究》中，其文著眼於「思想」、「藝術」、「敘錄」、「校證」四個面向，力求全面探討宋代詠史組詩。然其既以「組詩」為主要研究對象，則材料先天即以南宋為主，畢竟大型詠史組詩的作者如鄭思肖（1241～1318）、陳普（1244～1315）等皆是宋末詩人，事實上作者於「藝術篇」中探討藝術特色時，亦明確指出該章研究材料是王十朋（1112～1171）、劉克莊（1187～1269）、林同（？～1276）、鄭思肖、陳普等五人。由此觀之，其文著實同樣為偏向南宋詠史詩的研究成果，惟其緒論中述「宋代詠史詩發展

〔註29〕趙望秦、張煥玲：《古代詠史詩通論》（北京：中國社會科學出版社，2010 年）。

〔註30〕陳吉山：《北宋詠史詩探論》（臺南：國立成功大學碩士學位論文，1993 年）。

〔註31〕張煥玲：《宋代詠史組詩研究》（西安：陝西師範大學博士學位論文，2011 年）。

〔註32〕《宋代詠史詩研究》，頁 74。

概貌」時，對北宋歐陽修、蘇軾、張耒（1054～1114）等詠史大家的詩人詩作皆有簡明扼要之介紹，對本文檢索個別詩人背景時仍頗有助益。

在合兩宋並論的研究成果往往難以突顯北宋詩之特色的情況下，陳吉山《北宋詠史詩探論》可謂最切合本文論題之前行研究，其主要研究目的正如摘要中所述，意在藉由詠史詩探論北宋知識分子「在面對國家社會問題時，提出了什麼樣的意見」，〔註33〕故全文之架構亦圍繞著此問題意識開展。正文四章內容分別為「形成因素」、「內容」、「思想」、「寫作技巧」，透過四個面向的剖析，陳氏最後認為坎坷的仕途與不安的局面激發士大夫之責任感，促使詩人透過詠史發表對現實的建言，如書寫忠臣聖君的內容反映了時人忠於國家民族的情操、攘夷安邊等思想影響了詩人題材之選擇，並將此結合翻案、示現等寫作技巧歸納而得北宋詠史詩的價值。要言之，該文主要致力於連結「詠史詩」與「時政」，並且是「北宋詠史詩」乃至「宋代詠史詩」領域的篳路藍縷之作。可惜寫作之時《全宋詩》尚未出版，致使作者搜羅詩作時多有遺珠，裨補闕漏及開發北宋詠史詩於「時政」之外的研究面向皆是後繼研究者猶可深究的方向。

「宋代詠史詩」的研究成果除了前文所述外猶有專家詩研究，就本文檢索所見，宋代個別詩人詠史的前行研究以王安石佔了顯著多數，如江珮慧《王荊公詠史詩研究》〔註34〕、林雅鈴《王安石以人名入題之詠史詩研究》〔註35〕皆是以此為研究對象的學位論文，前者從王安石的生命歷程著手，探析各時期的詠史詩創作情況，並由此發掘其詩中的內容題材、藝術風貌與承繼迴響；後者偏重王安石的思想與議論特色，並認為其詠史詩恰可為宋人「以議論為詩」、「重理」之說佐證，因而於宋代具有承先啟後的價值。要言之，兩人皆致力探討王安石詠

〔註33〕 《北宋詠史詩探論》，頁 I。
〔註34〕 江珮慧：《王荊公詠史詩研究》（彰化：彰化師範大學碩士學位論文，2005 年）。
〔註35〕 林雅鈴：《王安石以人名入題之詠史詩研究》（新竹：國立清華大學碩士學位論文，2014 年）。

史「以議論為詩」的論題，以及長於翻案、連結變法的個人特色，其中「翻案」的論題在另一篇較新的學位論文，陳彥冰《王安石翻案詩研究》〔註36〕中更成為論述主軸，專文探討王安石翻案詩中「翻轉前詩詩意」、「反用前詩典故」的寫作手法。連結時政的特色則在眾多相似的單篇論文中備受重視，如楊有山〈試論王安石的詠史懷古詩〉〔註37〕、李有明〈略談王安石的詠史詩〉〔註38〕、胡守仁〈試論王安石的詠史詩〉〔註39〕、羅家坤〈王安石的詠史懷古詩〉〔註40〕、李唐〈論王安石議政的詠史懷古詩〉〔註41〕等皆然，蓋可視為王安石詠史詩的代表性評價。除王安石外，其餘詩人亦有零星單篇論文，如王春庭〈論李覯的詠史詩〉〔註42〕從詠史詩「借古諷今」的角度切入，發掘李覯（1009～1059）寄寓詩中的政治思想。王德保、楊曉斌合著之〈以史為鑒與道德評判——論司馬光的詠史詩〉〔註43〕則著眼於其中的資鑒意識，認為其詠史詩近似讀史筆記，少有感慨而多以史家意識貫串。

　　除了專家詩研究，尚有少量單篇論文旨在探討北宋特定主題的詠史詩，就本文定義的「亂世」範疇下，有吳德崗〈宋代的詠嚴光詩〉〔註44〕

〔註36〕陳彥冰：《王安石翻案詩研究》（瀋陽：遼寧大學碩士學位論文，2019年）。

〔註37〕楊有山：〈試論王安石的詠史懷古詩〉，《信陽師院學報》1986年第2期（1986年7月），頁77～81、106。

〔註38〕李有明：〈略談王安石的詠史詩〉，《廣西師大學報》1989年第1期（1989年4月），頁21～27、38。

〔註39〕胡守仁：〈試論王安石的詠史詩〉，《江西師大學報》1994年第1期（1994年3月），頁26～31。

〔註40〕羅家坤：〈王安石的詠史懷古詩〉，《晉陽學刊》2005年第4期（2005年7月），頁124、125。

〔註41〕李唐：〈論王安石議政的詠史懷古詩〉，《學術交流》2005年第7期（2005年7月），頁163～166。

〔註42〕王春庭：〈論李覯的詠史詩〉，《江西社會科學》2003年第11期（2003年11月），頁120～122。

〔註43〕王德保、楊曉斌：〈以史為鑒與道德評判——論司馬光的詠史詩〉，《南昌大學學報（人文社會科學版）》2004年第5期，頁89～93。

〔註44〕吳德崗：〈宋代的詠嚴光詩〉，《名作欣賞》2009年第2期（2009年2月），頁25～28。

與陳昌雲〈北宋的諸葛亮評價與宋代新儒學復興〉〔註45〕兩文，前者提出了宋人書寫嚴光時寄託的人格追求與政治觀念，惟同樣將南北宋合而論之，致使未能凸顯北宋詩的獨特風貌；後者結合思想研究與詠諸葛亮詩，認為北宋文人對孔明的評價出現了從前期「盛讚」到後期「才德難兩全」的轉變。綜上所論，這類以「個別詩人」或「特定主題」為研究對象的著作正如張煥玲於《宋代詠史組詩研究》梳理的詠史詩發展脈絡，可以作為本文解析詩人詩作時的重要參考對象。

最後，除以上研究成果，猶有部分雖非直接以「詠史詩」為研究對象，但卻與本文研究內容有相當關聯的數本著作須於此述及，分別為劉復生《北宋中期儒學復興運動》〔註46〕、謝琰《北宋前期詩歌轉型研究》〔註47〕與張高評《宋詩特色之發想與建構》〔註48〕。劉復生《北宋中期儒學復興運動》旨在探論慶曆年間的儒學復興運動在古文、史學、政治、科舉、理學等多個面向的影響，其中論史學的一段牽涉當時「史觀」之變化，與本文所欲探討的論題多有可以呼應之處。謝琰《北宋前期詩歌轉型研究》分別從「自然觀照」、「情感表達」、「歷史記憶」、「政治關懷」四個單元觀察由唐入宋的詩歌轉型，其中「歷史記憶」一章論及北宋前期「論體」詠史詩的反思意識，認為晚唐詠史詩「堅定地站在『史論』上」，致使直白的論贊體與新奇的翻案體皆大行其道，此一特色更「帶著沉重的慣性滑入北宋前期，預示著懷古詩與詠史詩的轉型方向」，其說正可作為本文討論詠史詩創作背景以及向上比對唐人詩作的重要借鏡。〔註49〕張高評《宋詩特色之發想與建構》則是其多年研究宋詩的最新專書，其中提出「新奇會通」、「獨創思維」等

〔註45〕 陳昌雲：〈北宋的諸葛亮評價與宋代新儒學復興〉，《東方論壇》2015 年第 2 期（2015 年 4 月），頁 28～32、36。

〔註46〕 劉復生：《北宋中期儒學復興運動》（臺北：文津出版社，1991 年）。

〔註47〕 謝琰：《北宋前期詩歌轉型研究》（北京：北京大學出版社，2013 年）。

〔註48〕 張高評：《宋詩特色之發想與建構》（臺北：元華文創股份有限公司，2018 年）。

〔註49〕 前引謝氏之說，詳見其《北宋前期詩歌轉型研究》，頁 243～253。

術語皆是其過往於其他論著中探討翻案詠史詩的常用觀念，蓋可視為
分析宋人作詩手法的重要著作。

　　通過以上文獻回顧，可以發現現階段的「北宋詠史詩」研究領域
大抵有三個特色：其一，除陳吉山一文外未有能使「北宋詠史詩」凸出
獨立地位的著作，畢竟專家詩研究僅能見其一斑、宋代詩歌研究則受
到頗多南宋詩的影響。其二，「翻案」等詠史詩手法的探討無論在張高
評的宋詩特色專著，抑或專題探討王安石的論文，乃至前引「宋代詠史
詩」範疇的四種前行研究中都不斷被討論。然而，前人論及此議題時，
多著眼於詩人的寫作手法及技巧。因此，本文面對「翻案」的詠史詩
時，並不擬繼續側重於此，將更聚焦於觀察北宋詩人從不同角度看待
歷史人物與事件的原因，至若創作手法與技巧的論題則至多僅於分析
詩作時附帶言及，非行文之主軸。其三，本文研究目的中提出的「史
觀」及「歷史視角」蓋為「北宋史學發達」之前提下有待討論的議題，
然著眼於此的大多為劉復生等歷史學界研究者，以詩歌為材料的研究
成果則未可見。是故綜上所述，本文所欲探討的核心問題在現有研究
脈絡中實乃前人尚未涉足的領域，因此而有研究之價值：一方面能夠
為目前尚且缺乏的「北宋詠史詩」專題研究注入活水，二方面則能史學
界關注的史書之外，發掘史學發達之時代背景下「詠史詩」的價值何
在。

第四節　研究材料、方法與架構

一、研究材料

　　在本章第一節中定義題目時已經提及，本文的研究對象即是以春
秋戰國等六大亂世為題材的詠史之作。顧名思義，詠史詩既以「詠史」
為名，則其詩必須以「歷史」為主題，在此前提下，本文之研究材料
單從詩題即可進行初步篩選，又可細分為三類：其一，如宋庠（996
～1066）〈讀史二首〉、〈詠史〉、劉敞〈覽古二首〉等開宗明義告訴讀

者其詩以「歷史」、「古事」為題者。其二，如王安石〈諸葛武侯〉、張耒〈項羽〉、蘇軾〈嚴顏碑〉等雖未以「古」、「史」為題，但明確以歷史人物為題材者。其三，如石延年（994～1041）〈籌筆驛〉、馮山（？～1094）〈八陣磧〉、鄭獬（1022～1072）〈赤壁〉等重要歷史遺跡為題，從而歌詠歷史人物或事件者。先由題目刪汰過後，再根據內容捨去「懷古主題」和「但敘事而不出己意」的詠史詩，即為本文核心之研究材料。

此外，除了作為論述核心的詠史詩，本文另有兩類輔助材料：首先即是「用事詩」，「用事」之「事」即「事類」之意，〔註50〕《文心雕龍·事類》云：「事類者，蓋文章之外，據事以類義，援古以證今者也。」〔註51〕本文奠基於劉勰（466～538）之說，將「用事詩」視為「用古人之事」的詩作，這類型的作品如郭祥正（1035～1113）〈留別金陵府尹黃安中尚書〉中有「莫作曹公嗔禰衡」〔註52〕一句，雖然其詩旨在於贈別而非詠史，但詩末用曹操輕視禰衡之事，卻能結合詠史作品證成詩人對曹操「輕視賢才」之舉的批判。其次則是相關主題的「文」，雖然本文以「詠史詩」為研究範疇，但「詩」、「文」畢竟無可避免地仍有相似、相通之處，尤其是「碑銘」類文體之末往往附帶有一篇韻文、「賦」體更多有本身即為韻文的作品，因此如王禹偁〈四皓廟碑〉、蘇軾〈屈原廟賦〉等「文」類之作，同樣會納為討論材料。總括而言，「用事詩」與「文」雖然不能作為論述的主幹，卻能斟酌引用以強化論證或補充說明其他可能發展的觀點。

最後需要補充的是，北京大學《全宋詩》套書付梓裨益宋詩研究

〔註50〕關於「用事詩」的定義及「用事」一詞的使用，可詳參易聞曉：《詩賦研究的語用本位》（北京：中國社會科學出版社，2015 年）、徐愛華：《中國古代詩論用事研究》（南昌：南昌大學碩士學位論文，2006年）。

〔註51〕見劉宋·劉勰著，黃叔琳注，李詳補注，陽明照校注拾遺：《增訂文心雕龍》（北京：中華書局，2000 年），頁 472。

〔註52〕《全宋詩》，第 13 冊，頁 8796。

甚多，從「論題義界」一節中即可見得本文定義「北宋」時亦大量參考該書之說。雖然無可否認其中偶有缺漏和瑕疵，但大體而言罕有影響詩意判讀的重大謬誤，是以本文所引詩作無論是「詠史」或「用事」，皆仍以《全宋詩》版本為主。除非有如王禹偁（954～1001）〈放言五首〉其四一類的待商榷處：其詩首聯於《全宋詩》中作「人生唯問道如何，得喪升沉總是虛」〔註53〕，然《小畜外集》中「如何」二字作「何如」。〔註54〕由韻腳觀之，作「如」與「虛」叶「魚」韻當較佳，故遭遇如此狀況時，將於註腳處說明後採用別集版本。至於《全宋詩》所引詩句下附有異文者，則有兩種處理方式：其一如蘇軾〈永安宮〉中的「徘徊問耆老」一句，小字注「耆」字或作「遺」，〔註55〕由於作「耆」或「遺」的影響極小，故本文即逕行採用「耆老」的版本，不細加辨析。其二如王安石〈韓信〉中的「抹兵半楚灘半沙」一句，小字注曰「張本作搏兵擊楚灘半涉」，〔註56〕此詩考量韻腳問題，顯然以張本較為合理，故本文將於註腳處詳加討論，分析後採用較為合適的版本。以下引用詩句時若有第一類異文皆不另注，僅有第二類異文將或以韻腳格律判斷、或旁參別集校對，於此特別註明。〔註57〕

二、研究方法

　　本文採用的研究方法為文本分析，以前揭「詠史詩」與「用事詩」為核心文本，向外連結作者生平、思想，而後結合多個作者歌詠同一人物的詩作，從「共時」的角度歸納出北宋詩人書寫該人物時的共性，最後將如此共性胃於詩歌史的「歷時」脈絡中，觀察其地位及重要性何

〔註53〕　《全宋詩》，第 2 冊，頁 721。
〔註54〕　宋・王禹偁：《小畜外集》，收入《四部叢刊初編》集部（上海：上海書店，1989 年），第 133 冊，卷 7，頁 6。
〔註55〕　《全宋詩》，第 14 冊，頁 9595。
〔註56〕　《全宋詩》，第 10 冊，頁 6535。
〔註57〕　《全宋文》的處理方式亦同，文章大抵以《全宋文》中的版本為準，僅有在出現影響文意或明顯有誤的重要異文時，始以註腳加以討論說明。

在。以下將就「共時」與「歷時」兩個角度更具體說明本文所要採取的作法。〔註58〕

　　首先，在「共時」的視角下需要說明的是在北宋百餘年間的詩風變化問題，針對此問題可由陳植鍔的宋詩分期標準著眼，在其六期說中，與北宋相關者有四，分別為沿襲期（960～1030）、復古期（1031～1060）、創新期（1061～1101）、凝定期（1102～1162）。〔註59〕其中沿襲期詩人大致對應到《全宋詩》前四冊，〔註60〕從冊數來看便顯然可知詩人、詩作數量皆不多。又凝定期由於橫跨兩宋，在本文從嚴定義「北宋」的情況下，可以被列為研究對象的作品同樣極少。由此可知，本文的研究材料大抵屬於「復古期」與「創新期」，兩期相通處實多，如復古期核心人物歐陽修便於創新期仍在世達十二年，創新期重要詩人如蘇軾、王安石亦等多其提攜。此外，慶曆年間興起之儒學復興、詩歌復古等運動的影響亦施及創新期以後。考量種種相通處，以及由「復古」而「創新」的主要轉向在於詩風轉變，〔註61〕而詩風並非本文所欲探討的問題，以下進行「共時」比對時將不針對復古、創新二期（亦即1031～1101年間）的詩作進行更細膩的分期，反而將以當時詩歌以外的古文、筆記等材料作為旁證，再加上儒學復興等重要風潮作為背景，盡可能歸納出北宋詩人詠史、看待歷史時的時代共性。

〔註58〕 「共時性」與「歷時性」作為一組對立的觀念，最早出自於索緒爾之語言學理論，其人用「共時性」與「歷時性」分別指涉「系統內部各因素之間在某一特定時刻的關係」以及「一個系統發展的歷史性變化情況」，本文借用以探討「北宋當代與詩歌史觀相關的其他因素」與「北宋詠史詩在詩歌史脈絡下的地位」。索緒爾原說見瑞士・索緒爾著，鍾榮富導讀：《普通語言學教程》，（臺北：五南圖書，2019年）。

〔註59〕 見〈宋詩的分期及其標準〉，頁170。

〔註60〕 陳氏於其文中評價梅堯臣為「復古期作出較大貢獻的詩人」，而梅堯臣在《全宋詩》中為第五冊之首，由此可以推論「沿襲期」詩人大抵為前四冊所收錄的對象。

〔註61〕 創新期蘇、黃等人「工」、「新」、「奇」的詩風與復古期以梅堯臣為代表的「平淡」、「古樸」，主要創新在於「意境的開拓」及「語言的錘鍊」。參〈宋詩的分期及其標準〉，頁157～164。

　　除了「共時」比對外，文中探討的「亂世人物」與人物形象研究關係密切，因此必須進行歷時性討論。針對四皓、嚴光、項羽等詩作數量豐富、所佔篇幅頗多的人物，本文將由其本傳著手，逐步梳理其人從史傳到唐詩的形象沿革。即使是紀信、嚴顏一類數量較少、形象較單一的人物，本文同樣會略述其於唐詩中的書寫情況。透過歷時性的比對，宋前的人物形象流變即可成為分析北宋詩歌的參照，從而見得北宋詩人書寫特定人物的新創為何。

三、研究架構

　　從前文已然可知，本文所欲討論的人物有項羽、韓信、張良、四皓、曹操、諸葛亮等，以下將以「身份」分類，分為「安處亂世」、「評價亂世」、「解釋亂世」三個章節，遵循從「獨善其身」到「兼善天下」的大方向，由小到大依序討論北宋詩人歌詠隱者、將相、帝王的詩作。〔註62〕並在各章之中均採取相同的架構：首先以兩節的文本分析歸納整理某一身份的相關作品，再整合各個不同意見得到北宋詩歌書寫該類人物的時代共性，而後在最後一小節中結合「共時」與「歷時」的脈絡，探討此一特色如何反映當時的社會思潮，抑或是在由唐入宋的詩歌流變中佔有何等地位。

　　「安處亂世」一章將歷代隱者以「仕宦與否」再分為兩類，第一節「用行舍藏的出處智慧」專論先仕後隱者，藉由張良、韓信、范蠡、文種、屈原等人的進退問題，探討北宋詩人在「明哲保身」與「忠君死國」間的選擇。第二節「高臥山林的隱逸典型」則以隱於山林的典型隱者為例，依序分析歌詠四皓相時而動，在適當時機保嫡安國、有功於天下，以及嚴光始終狂狷不屈、傲視王侯，以致自始至終皆隱而不出的作品，藉以觀察北宋詩人對隱者出處的評論與反思。最後第三節「北宋文

────────────

〔註62〕惟各個人物可能不只屬於一個類別，以張良為例，其人便同時具備「功成身退的隱者」與「大漢開國之功臣」兩個身份，因此便會同時在「安身亂世」與「評價亂世」兩章中被列為討論對象。

人的仕隱思想」從當時的隱逸觀念與看待仕隱的思想淵源著眼，歸納並呼應前兩節歌詠「亂世隱者」之詩作得出的時代特色。

「評價亂世」一章則由《左傳》中「太上有立德，其次有立功」〔註63〕一語著手，透過「德」與「功」兩個角度探討北宋詩人如何評價亂世中的入世人物。第一節「對亂世中道德操守的推崇」依序臚列韓信禮賢下士、知恩圖報等德目，而後藉由安史之亂中被大量歌詠的張巡、許遠，以及時至北宋始得關注的紀信、嚴顏等忠臣良將，提出在當時被格外重視的「忠君」思想。第二節「對亂世中功業成就之追慕」即轉而聚焦於「功」，觀察北宋詩人如何書寫張良、諸葛亮等名臣難以企及的功業，而後藉由白起、吳起等雖然戰功彪炳但於德有虧的將領，探討當時詩人評價歷史人物，面對道德與功業之矛盾的取捨。第三節「重視道德與歌詠功業的時代因素」從「儒學復興」與「事功思想」的角度切入，作為時人歌頌「德」與「功」的時代背景，最後以「道德」、「功業」皆傲視古今的諸葛亮為例，分析北宋「詠諸葛亮詩」如何反映當時「經世致用」與「形象道德化」的思潮，及在詩歌史中的重要性何在。

前兩章都尚屬「個人」的範疇，第四章「解釋亂世」更進一步將討論對象推廣至國與天下，分析北宋文人在詩歌中，如何看待亂世中政權的正統與天命。本章將亂世中的君王分為「失敗且失德」、「強大且有德」、「強大卻失德」和「失敗卻有德」四類，並在第一節「順德與逆德的興亡解釋」中探討前二者，觀察在「德」的視閾下，劉邦「仁德之君」與項羽「失德敗者」的形象是如何被建立。然而，就現實面而言，「德」畢竟不是得天下的保證，因此第二節「道德與強盛矛盾時的解釋」即以「逆德而興」的秦始皇、曹操，以及「順德而亡」的蜀漢為例，探討北宋詩人面對如此矛盾時如何解釋與調和。最後「以天命與正統解釋亂世」提出了北宋史家筆下的「天命」與「正統」問題，透過共時

〔註63〕語出《左傳·襄公二十四年》。見楊伯峻：《春秋左傳注》（臺北：洪業文化，2015年），下冊，頁1088。

性的比較，分析「身兼史家身份的詩人」在作詩與撰史時的觀點差異，從而得出詩歌「解釋亂世」的價值為何。

　　最後於結論一章中綜合前文之發現提出共通之特性，從而歸納北宋詠史詩中的亂世主題在歷時性的脈絡下，如何改變唐人的觀點並開啟南宋詠史詩內容與思想之先河。

第貳章　安處亂世：隱者主題詩作寄寓的仕隱理想

　　本文論「亂世」首先將由保全自身性命入手，探討北宋詩人理想中身處亂世時當如何安身。對於如此自保之道，最早可參《周易》，〈坤卦〉云：「六四，括囊，無咎，無譽。」〔註1〕此二句蓋言為人臣者當戰戰兢兢以求遠禍之意。〔註2〕而後《易傳》更進一步發揮，稱「天地變化，草木蕃；天地閉，賢人隱」。〔註3〕相對於天地變化、草木繁盛的欣欣向榮之景，顯然可見「天地閉」三字意指天有異象的時期，在商、周講究天人感應的時代背景下，〔註4〕如此「天道」自當連結「人事」，反映當時統治者無道，故而招致天罰，至於面對無道之君的賢人，為求保全自然只能退隱。由此可見，以歸隱遠禍、求安身亂世的作法實可謂起自三代。〔註5〕

〔註1〕宋・朱熹：《周易本義》，（臺北：大安出版社，1999年），頁42。
〔註2〕朱熹注曰：「括囊，言結囊口而不出也。……蓋或事當謹密，或時當隱遯也。」見《周易本義》，頁42。
〔註3〕《周易本義》，頁45。
〔註4〕第四章將針對「天道」、「人事」的問題作更深入的討論，此僅簡要揭示上古時期論「天」的觀念之要，暫不細究之。
〔註5〕《易傳》雖為戰國以後的作品，但其注解的對象《周易》則出自三代無疑，故本文於此仍將「天地閉，賢人隱」的觀點視為在三代即可見端倪。

「亂世多隱者」的現象除了在《周易》中可見端倪外，於後世史書的「隱逸傳」〔註6〕中亦可見得。為隱者專立類傳的作法，首見於《後漢書・逸民列傳》，范曄於其序中云：

> 漢室中微，王莽篡位，士之蘊藉義憤甚矣。是時裂冠毀冕，
> 相攜持而去之者，蓋不可勝數。揚雄曰：「鴻飛冥冥，弋者何
> 篡焉。」言其違患之遠也。……自後帝德稍衰，邪孽當朝，
> 處子耿介，羞與卿相等列，至乃抗憤而不顧，多失其中行焉。
> 蓋錄其絕塵不反，同夫作者，列之此篇。〔註7〕

東漢一朝始於光武、終於獻帝，其前王莽篡漢，末年又有黨錮之禍、外戚干政，更進而導致黃巾起義、群雄割據，皆是天下大亂之時，范曄於此段序文中，正將王莽與桓、靈二朝視為大量耿介之士憤而退隱的重點時期，其後傳中記隱士十七人，除井丹等七人外皆出自這兩個「亂世」，其中新莽一朝國祚僅短短十四年，其前後卻有嚴光等七名隱者入傳，所佔比例實相當可觀。〔註8〕東漢以後，西晉雖為大一統的時代，但政局不穩，《晉書・隱逸傳》中所載竹林七賢等亦可視為躲避黑暗政

〔註6〕此處所謂之「隱逸傳」泛指二十四史中記載隱士言行事蹟的列傳，其傳名或如《後漢書》作〈逸民列傳〉、《南齊書》作〈高逸傳〉、《魏書》作〈逸士傳〉。雖然「隱」、「逸」二字之內涵略有差異，但正如《宋書・隱逸傳》云：「陳郡袁淑集古來無名高士，以為《真隱傳》，格以斯談，去真遠矣。賢人在世，事不可誣，今為〈隱逸篇〉，虛置賢隱之位，其餘夷心俗表者，蓋逸而非隱云。」於此段文字中，史家雖然細加區別「隱」、「逸」之異，最終卻仍以「隱逸」為其傳名。故本文於此為行文之簡便，遂以「隱逸傳」概括〈逸民列傳〉、〈高逸傳〉、〈逸士傳〉等異名。《宋書・隱逸傳》原文見梁・沈約著：《宋書》（臺北：鼎文書局，1980 年），頁 2276。

〔註7〕見劉宋・范曄著，唐・李賢等注，晉・司馬彪補志：《後漢書》（臺北：鼎文書局，1981 年），頁 2756。

〔註8〕根據傳中記載之人物事跡，野王二老、向長、逢萌、周黨、王霸、嚴光等七人之生平皆牽涉「王莽篡漢」，漢陰老父、陳留老父、龐公等三人則是桓帝以後人物，以上十人皆符合本文所欲討論的「亂世隱者」身份。惟兩組人物中井丹、梁鴻、高鳳、臺佟、韓康、戴良、法真等七人則身處相對承平的年代。

局之隱者，又《南齊書・高逸傳》云：「隱避紛紜，情迹萬品。」〔註9〕
《宋史・隱逸傳》稱：「五季之亂，避世宜多。」〔註10〕蓋亦皆著眼於
隱者有意迴避紛亂政治的一面，另外《新五代史》雖無「隱逸傳」，但
歐陽修序〈一行傳〉云：「嗚呼！五代之亂極矣，傳所謂『天地閉，賢
人隱』之時歟！」〔註11〕同樣以前引《易傳・坤卦》之語指稱五代，可
以視為與《宋史・隱逸傳》相呼應的評價。要言之，從《後漢書》到《宋
史》，「隱逸傳」的序言中無一不可見「亂世」與「退隱」的密切關聯。

　　綜上所論，在亂世中的安身自處之道，實際上即是退隱與否的仕
隱問題。是故本文探討「安處亂世」的問題，首先即將梳理「退隱」主
題的相關詩作，藉以觀察北宋詩人的仕隱心態，而後由時代的角度切
入，分析北宋隱逸文化與詩歌現象之間的關係。

第一節　用行舍藏的出處智慧

　　《新唐書・隱逸傳》將古今隱者分為三類，最上者「身藏而德不
晦，故自放草野，而名往從之。雖萬乘之貴，猶尋軌而委聘也」；其次
者「於爵祿也，泛然受，悠然辭，使人君常有所慕企」；最下者「逃丘
園而不返，使人常高其風而不敢加訾焉」。並在三個階級之外再提出「號
終南、嵩少為仕途捷徑」的一類人，視之為「假隱自名，以詭祿仕」的
「假隱者」。〔註12〕綜其所言，視隱居山林為終南捷徑之流根本不可稱
為「隱士」，因此連「末焉」都稱不上，於後人筆下同樣也罕入詠史詩，
故此姑不論。餘前三等人物則可以「受爵祿與否」再次分類，其中始終
未曾為官者如新莽時之嚴光、曾經入世而後隱居山林者則如西漢之張
良。本節即將先就後一類為論，以范蠡、張良兩位「急流勇退」的人物

〔註 9〕見梁・蕭子顯著：《南齊書》（臺北：鼎文書局，1980 年），頁 925。
〔註 10〕元・脫脫著：《宋史》（臺北：鼎文書局，1980 年），頁 13417。
〔註 11〕宋・歐陽修著，宋・徐無黨注：《新五代史》（臺北：鼎文書局，1980
　　　　年），頁 369。
〔註 12〕宋・歐陽修、宋祁著：《新唐書》（臺北：鼎文書局，1977 年），頁 5593
　　　　～5594。

為進路，探討北宋詩人如何看待此類「先仕後隱」者。

一、對范蠡、張良脫身官場的評價

　　在古今「先入官場，後隱山林」的人物中，范蠡可謂極具代表性的一個案例，其獻計以西施美人計破吳，而後在句踐順利受周元王賜胙、命為伯後退隱山林，並且致信文種道：「蜚鳥盡，良弓藏；狡兔死，走狗烹。越王為人長頸鳥喙，可與共患難，不可與共樂。子何不去？」〔註13〕從字裡行間顯然可見，范蠡退隱的意圖無關乎天下有道與否，亦不代表其有「視富貴如浮雲」的高尚情操，更可能的動機僅是單純認為句踐可共患難而不可同富貴，因而為求自保而去。由此觀之，范蠡雖然「於爵祿也，泛然受，悠然辭」，但與《新唐書》所稱「持峭行不可屈於俗」〔註14〕的第二等隱者之高度似乎仍有一定距離。不過即使如此，范蠡在唐詩中依然得到相當高的評價，如周曇（？～？）〈春秋戰國門·范蠡〉詩云：「西子能令轉嫁吳，會稽知爾啄姑蘇。跡高塵外功成處，一葉翩翩在五湖。」〔註15〕前半稱頌輔佐句踐平吳的功業，後半則稱其功成身退的節操。汪遵（？～？）〈五湖〉詩意亦與此相近，詩云：「已立平吳霸越功，片帆高颺五湖風。不知戰國官榮者，誰似陶朱得始終。」〔註16〕同樣稱其功成身退，放眼戰國時期無人可以比擬。除周曇與汪遵外，溫庭筠（？～866）〈和友人題壁〉一詩更將范蠡與嚴陵並舉，云：「三台位缺嚴陵臥，百戰功高范蠡歸。」〔註17〕顯見推崇之意。從以上所舉數例可知：雖然

〔註13〕　漢·司馬遷著，劉宋·裴駰集解，唐·司馬貞索隱、張守節正義：《史記》（臺北：鼎文書局，1981 年），頁 1746。此處「鳥喙」、「鳥喙」有異文，中華書局版《史記》亦作「鳥」，見漢·司馬遷：《史記》（北京：中華書局，1959 年），第 3 冊，頁 1746。《史記會注考證》則作「鳥」，見日·瀧川龜太郎：《史記會注考證》（臺北：萬卷樓出版社，1993 年），頁 668。此從中華書局、鼎文書局的版本，後文引詩用此典故時，亦有「鳥喙」、「鳥喙」兩種，惟其詩意無太大區別，故不再詳註，備參於此。

〔註14〕　《新唐書》，頁 5593。

〔註15〕　《全唐詩》，第 21 冊，頁 8348。

〔註16〕　《全唐詩》，第 18 冊，頁 6961。

〔註17〕　《全唐詩》，第 17 冊，頁 6765。

范蠡歸隱未必帶有「天下無道則隱」一類的用意，更可能單純為求明哲保身，但至少在唐人筆下，其「功成身退」之舉仍獲得了相當推崇。

　　降及宋代，相似評價依然可見於北宋詩中，不過大多詩人僅如張詠（946～1015）〈柳枝詞七首〉其五：「安是辭榮同范蠡，綠絲和雨繫扁舟。」[註18]將其視為不眷戀官場的典故使用。除張詩外，蘇軾〈失題三首〉其一云：「曾學扁舟范蠡，五湖深處鳴榔。」[註19]俞可（？～？）〈吳江太湖笠澤虹橋〉云：「范蠡避名湖上去，季鷹乘興日邊歸。」[註20]用意亦頗為接近。要言之，北宋人言及「范蠡隱居」之作大多僅是用典而已，專題詠史者則少，本文於此羅列兩作以窺當時詩人歌詠范蠡時與唐人的異同。首先可參楊備〈蠡口〉：

　　　　霸越勳名間世才，五湖煙浪一帆開。

　　　　猶防鳥喙傷同輩，此地復招文種回。[註21]

此詩前二句稱范蠡輔佐越王稱霸，實為不世出的奇才，且最後能退隱五湖，以一葉扁舟善終，與前引「會稽知爾啄姑蘇」、「一葉翩翩在五湖」詩意頗近。後二句則記范蠡寫信勸告文種一事，藉以凸顯其防患未然的先見之明。總而言之，此詩對范蠡可以說是完全的推崇，但畢竟篇幅所限，針對「霸越」相關具體事蹟的敘述並不詳盡，此部分可另參鄒浩（1060～1111）〈范蠡塚〉：

　　　　山棲嘗膽時，禍胎久已孕。欲令蘇臺傾，端俟天人應。

　　　　夫子實奇才，大事力能勝。中分句踐憂，內外各宜稱。

　　　　一鼓雪前羞，功名在乘輿。向非斷以獨，未必還千乘。

　　　　荊棘梗寒宮，晨朝露常凝。可憐東門眼，至此不得瞪。

　　　　鳥喙鮮克終，天道亦惡剩。脫身海上來，嘉言誰與贈。

　　　　位高金更多，所向豈蹭蹬。況有絕代姿，提攜充妾媵。

〔註18〕《全宋詩》，第 1 冊，頁 548。

〔註19〕《全宋詩》，第 14 冊，頁 9629。

〔註20〕《全宋詩》，第 7 冊，頁 4851。

〔註21〕《全宋詩》，第 3 冊，頁 1424。

試看劍頭血，何如窮絕磴。由來進退間，處之貴不憒。

孤墳忽生疑，文獻良足證。吳人未忘情，高樓時一憑。〔註22〕

全詩可以「烏喙鮮克終」分為前後兩段，前段書寫范蠡輔佐越王破吳的史事，始自句踐臥薪嘗膽、終於伍子胥懸眼東門，詩人透過「大事力能勝」等句大力推崇范蠡內政、外交兼擅的奇才；後段同樣從「越王為人長頸烏喙」著眼，言句踐對待臣子無法始終如一，是故范蠡脫身海上，透過文種「劍頭血」的對比，詩人對范蠡「不蔽於進退」頗為欽慕，故云「由來進退間，處之貴不憒」，可以視為接續唐詩「誰似陶朱得始終」稱頌「善終」智慧的作品。綜上所論，北宋詩人書寫范蠡時除了接續唐人歌詠「功成身退」的面向外，更賦予了防患未然、不慕榮利、洞燭機先的正面特質。

除范蠡外，如前所言，留侯張良亦是「先仕後隱」的典型例子，〈留侯世家〉記道：

> 留侯乃稱曰：「家世相韓，及韓滅，不愛萬金之資，為韓報讎彊秦，天下振動。今以三寸舌為帝者師，封萬戶，位列侯，此布衣之極，於良足矣。願棄人間事，欲從赤松子游耳。」
>
> 乃學辟穀，道引輕身。〔註23〕

此段記載其實正是留侯意欲退隱的自白——張良最初投身劉邦陣營逐鹿中原的行列，便是為了為韓國報仇，如今舊怨已了，自無罣礙，故「願棄人間事」。雖然「國仇已報」是張良淡出官場的重要原因，但北宋詩人卻罕以此入詩，反而多透過「此布衣之極，於良足矣」證成張良不慕榮利的情操，使得「詠張良詩」與前引張詠詩中的「安是辭榮同范蠡」有異曲同工之妙，如邵雍（1011～1077）〈讀張子房傳吟〉：

> 漢室開基第一功，善哉能始又能終。
>
> 直疑後日赤松子，便是當年黃石公。

〔註22〕《全宋詩》，第21冊，頁13922。
〔註23〕《史記》，頁2047。

用捨隨時無分限，行藏在我有窮通。

古人已死不復見，痛惜今人少此風。〔註24〕

此詩首句即稱張良為西漢開國的第一功臣，針對其功業，邵雍在其另一首詩作〈題留侯廟〉中所言更明，惟其詩中「滅項興劉如覆手，絕秦昌漢若更棊」〔註25〕等對才業的稱頌與本章「安處亂世」的主題相去較遠，擬留待下一章專題討論，本章於此聚焦分析其後對張良「善哉能始又能終」的描寫。全詩重點當在頸聯處，「用捨隨時」表現隨緣、不強求名利的處事態度，「行藏在我」則表示對張良而言，出處進退皆操之在己，不為世網所羈，明白展現了士人決定自我命運的主動性。導因於此，詩人遂於詩末感嘆如此「用行舍藏」的風骨於今難以再見，與陳薦（1016～1084）〈子房廟〉詩云：「雍容進退全天道，凜凜高風萬古無。」〔註26〕的用意頗近，惟邵雍更在「雍容進退」之外強調了張良「視富貴若浮雲」的節操。相似詩意於北宋詩中頗為多見，除邵雍詩外，鄭獬〈留侯廟〉亦然，詩云：「功名竟糠粃，撥去曾亡遺。往從赤松遊，世網不能羈。」〔註27〕顯然同樣推崇張良「視功名若糠粃」的一面。另可參劉敞〈留侯〉：

張良韓孺子，夙昔志未伸。授書黃石公，問禮倉海君。

契合見神助，濟時效經綸。指揮轉雷電，顧盼定楚秦。

以假三寸舌，抗茲百萬軍。一為帝王師，晚就赤松賓。

富貴心不屑，功名諒誰論。出處何昭昭，賢哉古之人。〔註28〕

全詩可以分為三段，首段六句言張良的早期經歷，受高人指點，因而能夠經世濟民。次段「指揮轉雷電」以下四句則可呼應邵雍的「漢室開基第一功」，具體描寫張良顧盼之間平定秦、楚，輔佐劉邦建立大漢的不世功業。末段六句書寫張良從赤松子修仙的晚年經驗，大力稱頌其不

〔註24〕《全宋詩》，第 7 冊，頁 4623。

〔註25〕《全宋詩》，第 7 冊，頁 4460。

〔註26〕《全宋詩》，第 8 冊，頁 5023。

〔註27〕《全宋詩》，第 10 冊，頁 6823。

〔註28〕《全宋詩》，第 9 冊，頁 5668。

屑富貴、不在意功名之德。綜觀全詩，詩人雖然用了四句描寫運籌帷幄，決勝千里的能力，但詩末二句稱「賢哉古之人」卻是基於「出處何昭昭」，顯見詩人對張良能參透出處進退之智慧的嘆服。除此詩外，劉敞於另一首詠張良之作〈留城子房廟〉中同樣著眼於其「進退」之智，詩云：

> 大風起豐沛，海水群飛揚。逐鹿未有歸，飛熊猶道旁。
>
> 一見契千載，立談開八荒。蛟龍不可羈，鴻鵠得新翔。
>
> 昔為黃石師，智策無與雙。晚蹈赤松賞，功名忽如忘。
>
> 由來神仙流，理與天地長。陵谷自有遷，若人豈復亡。
>
> 我行覽遺蹟，城邑空蒼蒼。感古追遠遊，白雲杳無鄉。〔註29〕

全詩排除詩末四句為詩人自己「覽遺蹟」的紀錄後可分為兩段，前段十句言劉邦得張良輔佐之事，藉由西伯夜夢飛熊的典故，比喻得賢才遂能平定八荒，同樣著眼於張良入世期間的功業。其後六句轉而書寫「出世」，詠其忘卻功名。一如〈留侯〉詩中「出處何昭昭，賢哉古之人」的評價，此詩認為張良「若人豈復亡」亦特別標舉張良從赤松子而出世的選擇，在功名利祿之外，將「出處」的智慧拉抬到相當重要的地位。

　　從〈留侯世家〉的記載，已然可知針對張良「退隱」一事的可能書寫面向至少有「為韓報讎彊秦，天下振動」以及「此布衣之極，於良足矣」兩者。另外，透過前文的討論以後，又可發現北宋詩人大多不太重視「報仇」的動機，反而大力稱頌「功名竟糠粃」、「富貴心不屑」以及「功名忽如忘」，如此傾向，蓋可視為北宋詩人對史事的剪裁，且剪裁之外更有創新之處，首先可參張耒〈歲暮福昌懷古四首‧張子房〉：

> 謀臣何處不知名，誰與留侯敢抗衡。
>
> 籌下興亡分楚漢，幄中談笑走韓彭。
>
> 懼誅老將爭梟首，高臥成功更養生。
>
> 戡亂直須希世哲，乘時兒女漫縱橫。〔註30〕

〔註29〕　《全宋詩》，第9冊，頁5648。

〔註30〕　《全宋詩》，第20冊，頁13211。

此詩開篇即盛讚留侯在古往今來的謀臣中無人能比，頷聯詠功業處同樣留待後章，此處聚焦於頸聯，詩人於此透過「懼誅老將爭梟首」之對比，顯然意在強調張良急流勇退的智慧，尾聯更透過其他「乘時兒女」的對比，凸顯張良實為難得的稀世之才。值得注意的是，雖然范蠡的「蜚鳥盡，良弓藏；狡兔死，走狗烹」之語在韓信遭縛後被引用以埋怨劉邦過河拆橋，〔註31〕由此可以見得劉邦與句踐對待功臣的相似態度。然而，宋前詩人歌詠張良之「隱」時卻極少著眼於見微知著、即時退隱以求保全的智慧，大多僅是用典，如徐夤（?～?）〈憶舊山〉：「陶景戀深松檜影，留侯拋卻帝王師。」〔註32〕杜甫（712～770）〈寄韓諫議〉：「似聞昨者赤松子，恐是漢代韓張良。」〔註33〕即分別為言及張良「棄人間事」與「從赤松子游」的例子。劉長卿（?～790）〈歸沛縣道中晚泊留侯城〉雖是專詠之作，但詩云：「訪古此城下，子房安在哉？白雲去不反，危堞空崔嵬。」〔註34〕以雲喻人，單純描寫張良「出世」的選擇。相對於此，張耒「高臥成功更養生」的推崇，顯然更加著力於凸顯張良所參透之「明哲保身」的道理。除此詩外，另可參賀鑄（1052～1125）〈留侯廟下作〉，此詩前段有「十年風雲會，赤帝資經綸」等句，用意與前引劉敞詩云「逐鹿未有歸，飛熊猶道旁。一見契千載，立談開八荒」頗近，皆旨在歌詠張良輔佐劉邦時創立的功業，惟其後段則著眼於晚年的功成身退：

> 出處能事畢，致君終乞身。豈眷萬戶封，僅與蕭酇均。
>
> 淮陰敗晚節，顧亦非吾倫。願訪赤松子，逍遙雲漢津。
>
> 強飯示終歿，爽靈方上賓。〔註35〕

〔註31〕《史記》，頁1746。
〔註32〕《全唐詩》，第21冊，頁8154。
〔註33〕《全唐詩》，第7冊，頁2324。
〔註34〕《全唐詩》，第5冊，頁1542。
〔註35〕此詩於「爽靈方上賓」後猶有一段如附：「嚴祠鎮川湄，餘澤及斯民。客子老將至，低回冗從臣。慚無應時策，肝膈空輪囷。可教固無類，慨然輒求伸。未應終萬古，黃石獨能神。」又賀鑄自序云：「按留侯本封沛國之留城，今古祠存焉。晉義熙中，宋公鎮徐，嘗下教修繕，今祠中石刻雖破裂，猶可識。余官彭城日，欲賦一詩，匆匆不暇及。丁

首二句稱頌參透出處進退的智慧、次二句言不眷戀富貴的節操、再次二句以韓信的「不明進退」作為襯托、末四句云張良追隨赤松子的修仙生活。要言之，前引諸詩的書寫面向盡皆涵蓋於此，蓋可視為北宋詩人詠張良退隱一事的集大成者。

綜合北宋時期詠張良與詠范蠡的詩作，可以發現兩類作品中多有呼應，如「安是辭榮同范蠡」與「晚蹈赤松賞，功名忽如忘」皆旨在稱頌不慕榮利的修養，「由來進退間，處之貴不懵」與「出處何昭昭，賢哉古之人」則同樣標舉二人出處進退的智慧。總而言之，透過前引詩例蓋可見得北宋詩人對范蠡、張良不拘於官場名利、明哲保身、全身遠禍的欽慕，藉以窺得北宋詩歌如何看待此類「先仕後隱」的典型人物。

二、對文種、韓信不明進退的批評

從前文「試看劍頭血，何如窮絕礀」與「淮陰敗晚節，顧亦非吾倫」等詩句，已然可見詩人在對急流勇退者吐露欽慕之情的同時，往往將其他未能即時遠禍的同時人物作為對比。就范蠡而言，對照組自然是稱病不朝但仍被賜死的文種；就張良而言，雖然為劉邦和呂后迫害的功臣不少，但大多數詩人的書寫重心則聚焦於韓信身上。

此處先分析言及文種的詩作，與前一小節論范蠡詩的狀況相似，專詠文種之作亦極少，流露比較、批評之意者更皆附屬於詠范蠡的作品中，如盛師仲（?～?）〈太湖〉：

霸越功成識慮深，扁舟因起五湖心。

若貪富貴如文種，句踐那能肯鑄金。〔註36〕

卯冬，沿洛東下，阻冰於陳留，舟次有神祠，特嚴邃，榜曰漢留侯廟，蓋邑人誤謂侯封為陳留也。余時抱病殊困，因默有禱焉。歲暮疾平，賦此詩，具冠笏拜謁，高吟神坐前，償宿志也。」察其詩意及序言，所寫蓋與張良無關，故於此不論。全詩與序言俱見《全宋詩》第19冊，頁12527。

〔註36〕 《全宋詩》，第72冊，頁45103。盛師仲詩僅存此一首，《全宋詩》既歸入第72冊，依其凡例，蓋「世次一無可考」之故。誠然，其人無傳，生平資料亦極少，然檢索以後得《咸淳臨安志》中「盛豫」一條

此詩前二句與前引稱頌范蠡之詩用意頗近，皆嘆服其洞燭機先，因此在輔佐句踐稱霸後果斷功成身退。後二句較諸「試看劍頭血，何如窮絕磴」，則顯然是更強烈的批評——鄒浩〈范蠡塚〉中僅是將文種作為對比，藉以說明歸隱著實是個好選擇；此詩則直斥文種之「不退」是貪圖富貴之舉，認為范蠡若似文種眷戀榮華，勢必難以得到句踐的善待。由此可見，前一小節所引詩作中褒范蠡「不慕榮利」，從另一角度來看即成貶文種「留戀名利」。除「貪富貴」之批評外，張方平（1007～1091）〈滄浪曲〉又由不同面向著眼：

> 五湖波浪涵秋空，風煙蕭索愁溶溶。
>
> 棹扁舟兮長邁，當年則有越相之范公。
>
> 烏喙不仁固可恨，文種踟躕亦已庸。
>
> 功大不賞威震主，不去必誅今古同。
>
> 周霍中曾殆如線，黥韓竟不保其終。
>
> 誰能持此滄浪曲，寄入三湘棹唱中？〔註37〕

詩題「滄浪」典出〈楚辭‧漁父〉，蓋帶有「出世」的隱喻，〔註38〕故開篇便以稱道范蠡歸隱五湖起筆，其後則云「文種踟躕亦已庸」，視文

下有「本熙寧盛師仲家譜」一語。又此首〈太湖〉詩輯自《輿地紀勝》卷五〈平江府〉，於此卷中，王象之於其前後收錄的詩人為宋公愿、陳植、陳瓘、俞可、何舟、石延年、祝文、王孳、范仲淹、王安石、張士遜、蘇軾、范致君等，除宋公愿、何舟、祝文生平不詳同入《全宋詩》第72冊外，其餘皆北宋人。故綜合以上，本文仍將此詩視為北宋詩，納作討論材料。以上援引資料，參宋‧潛說友：《咸淳臨安志》，收入王雲五主編：《四庫全書珍本十一集》（臺北：臺灣商務印書館，1981年），第78冊，卷60，頁19。宋‧王象之：《輿地紀勝》（北京：中華書局，1992年），第1冊，頁336。

〔註37〕《全宋詩》，第6冊，頁3879。

〔註38〕〈漁父〉一篇向來被視為探討隱逸問題之作，如王逸云：「漁父避世隱身，釣魚江濱，欣然自樂。」篇中記漁父歌曰：「滄浪之水清兮，可以濯吾纓；滄浪之水濁兮，可以濯吾足。」洪興祖注：「宜隱遁也。」蓋此處以「滄浪」為題當帶有「出世」之意無疑。前引《楚辭》原文及王逸、洪興祖之說俱見晉‧王逸章句，宋‧洪興祖補注：《楚辭補注》（臺北：大安出版社，1995年），頁275～279。

種徘徊猶豫為「不明進退」的愚昧表現，恰與「由來進退間，處之貴不懵」的范蠡形成對比，從反面證成「不懵於進退」的難能可貴。詩之後半更將二人的遭遇擴大，以周勃、霍光曾身處險地，英布、韓信皆不得善終的例子，論斷古往今來功高震主者皆難有好下場，然而正如邵雍「古人已死不復見，痛惜今人少此風」之語，張方平於此以反詰作結，同樣收以後世難見遁入三湘之隱者的感嘆。由此首作品，除了可知文種於北宋詩中所受之批判外，一則可見詩人對此類「急流勇退」者大多抱持欽羨並惋惜後繼無人的態度；二則透過詩中所舉的黥、韓之例，可以接續前一小節中所論，證成北宋詩人類比「張良、劉邦」至「范蠡、句踐」的作法其實並不罕見。認為劉邦與句踐在對待功臣的態度上實乃同道中人的作品，猶可參錢昆（？～？）〈題淮陰侯廟〉：

> 築臺拜日恩雖厚，躡足封時慮已深。
>
> 隆準早知同鳥喙，將軍應起五湖心。〔註39〕

此詩前二句著眼於韓信生命的兩大轉折，首先是「築臺拜將」之際，劉邦對韓信著實君恩浩蕩，但當平定齊國後，韓信卻於劉邦為楚急困時請封假王，雖然在張良、陳平躡足附耳後封為齊王，但從收信之初「大怒」的反應，卻顯然可見劉邦當時對韓信已頗有不滿。基於前述由「恩」到「慮」的轉折，詩人認為既然早知劉邦如句踐一般不可與共樂，韓信亦當效法范蠡，早起歸隱五湖之心。除此之外，邵雍亦有將范蠡與韓信對舉之作，見其〈題淮陰侯廟十首〉其六：

> 雖則有才兼有智，存亡進退處非真。
>
> 五湖依舊煙波在，范蠡無人繼後塵。〔註40〕

於此詩中，詩人同時從「用兵之才」與「進退之智」兩個面向著眼，認為韓信雖然有前者的才能，卻無法參透進退存亡的道理，畢竟不能如范蠡般脫身官場、得以善終，在為韓信嘆惋之餘，同時帶有認為范蠡難繼之意。

〔註39〕《全宋詩》，第2冊，頁1183。
〔註40〕《全宋詩》，第7冊，頁4461。

　　可以注意的是，前引錢昆〈題淮陰侯廟〉與邵雍〈題淮陰侯廟十首〉其六兩作對韓信仍多惋惜，至多僅是以「應」字指出韓信當如何做始能全身，並未針對其人有太多批評。但正如前段所論，韓信、文種在詩歌中皆經常被援引作為與范蠡的對比，基於兩人的高度相似，對文種「不明進退」、「眷戀富貴」的批判幾乎可以原封不動套用至韓信身上，首先同樣可參邵雍之作，其〈題淮陰侯廟十首〉中對韓信的下場多有議論，亦不乏批評之語，今舉三首為例：

> 據立大功非不智，復貪王爵似專愚。
>
> 造成四百年炎漢，纔得安寧反受誅。（其二）
>
> 生身既得逢真主，立事何須作假王。
>
> 誰謂禍階從此始，不宜迴首怨高皇。（其三）
>
> 若履暴榮須暴辱，既經多喜必多憂。
>
> 功成能讓封王印，世世長為列土侯。（其十）〔註41〕

從前引邵雍詠張良與韓信詩中「行藏在我有窮通」、「存亡進退處非真」等語，已然可見其對進退、行藏的分外關注，如此特色或與其專治之《易》學相關。《易經》中牽涉隱逸的文字除了引言中已見的「天地閉，賢人隱」之外，另有〈遯卦〉專論隱遁之事，其中「九三，係遯，有疾，厲」〔註42〕代表心有牽掛之遁，由此可見無法擺脫名利束縛之人即使已經隱遁亦是「厲」，更遑論如韓信一類始終未脫身官場者。基於此理，邵雍遂對韓信大加批評，於其二中，認為「據立大功」尚情有可原，但請封假王一事則顯然是愚昧的行為，終究造成自己在平定天下後家破人亡的下場。其三更進而認為劉邦是天命所加的真主，韓信既已逢劉邦，自然毋需再自請封王，最後導致三族夷滅的大禍，也皆是咎由自取，不宜埋怨高祖。其十相較前兩首批判力度較弱，反倒多了一絲《易經》週而復始、泰極否來的意味，正如《易傳》曰：「亢龍有悔，盈不可久也。」〔註43〕

〔註41〕《全宋詩》，第 7 冊，頁 4461。

〔註42〕《周易本義》，頁 138。

〔註43〕《周易本義》，頁 32。

邵雍於此認為韓信剿滅項羽立下大功，已經達到為人將者的極高地位，
其後必然暴辱、多憂，因此與其眷戀爵位，不若讓出王印，尚能如司馬
遷所言：「後世血食矣。」〔註44〕總括而言，邵雍批評韓信的著眼點大
抵可以「知所進退」概括，其〈行止吟〉云：「時止則須止，時行則可
行。時行與時止，人力莫經營。」〔註45〕同樣意在闡述「行止」的智
慧，在此思想脈絡下，便無怪乎其人對韓信多有微詞、對張良則稱頌備
至。除邵雍外，尊張貶韓的立場於沈遘（1028～1067）〈淮陰侯廟〉更
顯露無遺：

> 淮陰本自市人子，始定三齊便請王。
>
> 明哲保身非所責，如何終欲比張良。〔註46〕

於此詩中，沈遘認為韓信平定三齊後便急於封王顯然不解如何「明哲
保身」，終究與深諳行藏之理的張良無可比擬。其中首句「市人子」之
說則可呼應司馬光《資治通鑑・漢紀》裡的批評：「夫乘時以徼利者，
市井之志也；酬功而報德者，士君子之心也。信以市井之志利其身，而
以君子之心望於人，不亦難哉！」〔註47〕指出韓信始終皆是求利於君，
自己抱持如此汲汲於富貴、僅求「利其身」的「市井之志」，卻希望君
王以「君子之心」相待，不啻緣木求魚。關於批評韓信的詩作，可以黃
庭堅（1045～1105）〈韓信〉作結：

> 韓生高才跨一世，劉項存亡翻手耳。
>
> 終然不忍負沛公，頗似從容得天意。
>
> 成臯日夜望救兵，取齊自重身已輕。
>
> 躡足封王能早寤，豈恨淮陰食千戶。
>
> 雖知天下有所歸，獨憐身與噲等齊。
>
> 蒯通狂說不足撼，陳豨孺子胡能為。

〔註44〕《史記》，頁2640。
〔註45〕《全宋詩》，第7冊，頁4660。
〔註46〕《全宋詩》，第11冊，頁7523。
〔註47〕《資治通鑑》，頁391。

予嘗貰酒淮陰市，韓信廟前木十圍。

千年事與浮雲去，想見留侯決是非。

丈夫出身佐明主，用舍行藏可自知。

功名邂逅軒天地，萬事當觀失意時。〔註48〕

全詩可分為三段，首段四句蓋可視為韓信一生最為「得意」的時期，極言其用兵之高才可以左右劉邦、項羽的存亡，並稱其終究不肯負漢，且自以功多，從容相信高祖不會奪去自己的齊王之位。次八句則可以「失意」二字概括，論韓信從位極人臣到被縛受戮的人生巨變，認為成皋之戰與請封齊王時便已奠下禍根，恨其未能及早領悟，終致落得被貶為淮陰侯的下場。由此可知，在黃庭堅眼中，韓信的「失意」實為咎由自取，但其被貶後卻羞與樊噲為伍，更無法安於失意，乃至與陳豨謀劃從中響應叛變之事，然而陳豨不過一介豎子，與之謀反的失敗下場完全可以預期，甚至不如當初聽取蒯通「三分天下」之狂說。綜觀此詩以上兩段，從「終然不忍負沛公」到「陳豨孺子胡能為」其實正反映了韓信格局過小、定力不足，以致僅能於「得意」時從容應對，一旦「失意」則失去了理性判斷的能力。是以於最後八句中，詩人提出了留侯張良，稱頌其為輔佐明主的大丈夫，了悟「用舍行藏」的道理。末二句尤其耐人尋味，詩人於此認為功名皆是邂逅而來，時也命也，韓信一類時運造就的「得意功臣」為數實多，故不足為道，反而是在失意時能夠從容進退，才更可見人物氣度，呼應了前文對韓信失意而謀反的批評。兩相對照之下，張良與韓信的高下立判。總而言之，全詩內容包括韓信「請封假王」之不當、「未能早悟」之嘆惋、未諳「用舍行藏」的道理乃至不如張良的褒貶等等，可謂幾乎涵蓋了北宋詩人批判韓信的全部面向。

　　綜上所述，已然可見北宋詩人歌詠「范蠡、文種」與「張良、韓信」時，皆大多反映出心中認為明哲保身、全身遠禍智慧的難能可貴。然而，即使四人在進退與否，甚至兔死狗烹的遭遇上高度相似，仍有其

〔註48〕《全宋詩》，第 17 冊，頁 11635。

本質上的不同——亦即張良、韓信的進退抉擇時間點在劉邦既定天下以後，范蠡決定退隱五湖之際卻依然是群雄割據的春秋亂世。基於如此歧異，促使詩人書寫文、范二人時出現了與詠張良、韓信詩截然不同的面向，此可由石延年〈文種墓〉著眼：

> 至忠惜甘死，越塞一墳孤。句踐非王者，陶朱亦丈夫。
>
> 碑經山燒斷，樹帶海潮枯。泉下伍員輩，相逢相弔無。〔註49〕

此詩開篇即稱文種為「至忠」，故甘心為君王而死，從而批評句踐畢竟非王者之輩。詩末則以伍子胥為參照對象，認為文種就如同懸眼東門的死忠之臣，二人在九泉之下相見，亦當相知相惜。綜觀全詩，詩人將文種與伍子胥並列，顯然有特別標舉其「忠臣」身份的意味，也因此而以稱頌為基調，與前引盛師仲「若貪富貴如文種」的批評迴異。相似作品猶有趙抃（1008～1084）〈題陶朱公廟二首〉，其更進一步從「忠」的角度批評范蠡：

> 為國謀深身自謀，飄然歸泛五湖舟。
>
> 雖云文種知幾晚，未必忠魂為蠡羞。（其一）
>
> 不道夫差勢獨夫，因持越計敗全吳。
>
> 陶朱智則誠為智，欲把忠臣比得無？（其二）〔註50〕

此組詩第一首分析范蠡歸隱五湖的行徑，認為這其實反映了他更費心於謀劃自己的命運，對比於此，文種雖然因為後知後覺，招致如張方平〈滄浪曲〉中「文種踟躕亦已庸」的非議，但若從「忠」的角度來看，文種對句踐不離不棄的「忠魂」其實未必不如自謀其身的范蠡。第二首則更為直接批評范蠡，其詩首二句歌詠文種提出「伐吳七策」為越王擊敗「不道獨夫」夫差，後二句進而提出范蠡作為對比，認為陶朱公雖然無可否認具有急流勇退的智慧，但觀察其與文種的行為差異，似乎難以謂之「忠臣」。

〔註49〕《全宋詩》，第3冊，頁2005。

〔註50〕《全宋詩》，第6冊，頁4231。

　　總而言之，一方面導因於前文已論的時間點差異，二方面由於韓信在劉邦既定天下以後有著與陳豨陰謀反叛的記載，導致其人是否忠於漢室的討論往往被連結至「叛變與否」的問題。兩組人物生平同中有異之下，促使詩人在書寫范蠡、文種「歸泛五湖」與「鳥盡弓藏」結局時，開展出在詠韓信、張良詩中不可見的「忠君」面向，可以由此見得北宋時人在稱頌「明哲保身」的智慧之餘，同時也給予「忠君死國」之操守更高的重視。

三、明哲保身或忠君死國的抉擇

　　從前一小節已知，詩人看待文種之進退抉擇時，考量的其實已不只是明哲保身的智慧或者不慕名利的節操，更可能牽涉「忠君」的大問題。如此賦予文種忠臣身份的作法其實早已見於唐詩，參吳筠（？～778）〈覽古十四首〉其五：

> 吾觀采苓什，復感青蠅詩。讒佞亂忠孝，古今同所悲。
> 姦邪起狡猾，骨肉相殘夷。漢儲殞江充，晉嗣滅驪姬。
> 天性猶可間，君臣固其宜。子胥烹吳鼎，文種斷越鈹。
> 屈原沉湘流，厥戚咸自貽。何不若范蠡，扁舟無還期。〔註51〕

《詩經》中的〈采苓〉與〈青蠅〉皆意在強調人言之可畏，勸人勿信讒言。〔註52〕詩人即由此起興，感嘆奸臣惑主自古皆然，並以江充、驪姬之例說明即使骨肉之親亦可能遭受離間，更遑論君臣？是故與其如伍員、文種、屈原不得善終，不如像范蠡一般歸隱五湖。在此詩中，漢儲、晉嗣、子胥、文種、屈原同為「讒佞亂忠孝」的例證，顯然後三者皆是「忠臣」無疑，但當范蠡歸隱自保、文種魂斷越鈹的下場並列在詩人眼前時，吳筠卻做出了「扁舟無還期」的決定，希望遠離官場之是非，對范蠡並無隻字片語的批評，與前引「陶朱智則誠為智，欲把忠臣

〔註51〕《全唐詩》，第 24 冊，頁 9644。
〔註52〕〈采苓〉詩云：「人之為言，苟亦無信。」〈青蠅〉詩云：「豈弟君子，無信讒言。」二詩分見裴普賢：《詩經評註讀本》（臺北：三民書局，2013 年），上冊，頁 281、下冊，頁 575。

比得無」的價值判斷亦有所不同。由此可見，唐人與宋人面對「忠君」與「歸隱」的衝突時，或許有著迥異的側重點。然而，以文種、范蠡為主題的詩作數量實少，故以下將由在此詩中被列舉為文種之匹，且同樣面對「進退」抉擇的忠臣屈原切入，分析北宋詩人歌詠屈原的作品，從中探討時人在「自保」與「死國」之間所持的態度。

　　首先需要補充的是，雖然屈原與文種在前引詩中皆是「忠臣」的代表，但仍有著本質上的不同，最顯著的一點便是蘇軾〈屈原塔〉中云：「名聲實無窮，富貴亦暫熱。」〔註53〕表明屈原不苟求於「暫熱」的富貴，因此歷代論者評斷屈原時無論褒貶，皆無「貪富貴」一類的批評。再者，文種之死是因為越王賜劍，別無選擇；屈原之死則是自願投江，從己所欲。最後，從文種臨死之前「稱病不朝」的作法，可知其人已有抽身朝政之意，對比於此，屈原死前則仍堅持不願「蒙世俗之塵埃」〔註54〕，甚至選擇以死諫君。〔註55〕兩相對照之下，顯見屈原的「忠」遠比文種更加強烈。因此，相較於文種之「忠」所得重視並不多，屈原則在歷代皆不乏被標舉「忠臣」形象的例子，如《史記‧屈原賈生列傳》便云：「屈平正道直行，竭忠盡智以事其君，讒人間之，可謂窮矣。信而見疑，忠而被謗，能無怨乎？」〔註56〕兩度強調屈原之「忠」。接續如此脈絡，在北宋時期，詩人歌詠屈原時亦大多著眼於其「忠」，如劉弇（1048～1102）〈題屈原〉：「直魄忠魂不復生，後來誰與繼英聲。」〔註57〕便直

〔註53〕　《全宋詩》，第14冊，頁9088。

〔註54〕　語出《楚辭‧漁父》，見《楚辭補注》，頁278。

〔註55〕　支持屈原「以死諫君」之說法的有如蘇軾〈屈原廟賦〉：「生既不能力爭而強諫兮，死猶冀其感發而改行。」晁補之〈離騷新序下〉：「原乃以正諫不獲而捐軀。」除傳統典籍外，近人亦有相關研究，可參林姍《宋代屈原批評研究》，其文略有論及屈原投水是為「屍諫」的作法。蘇軾、晁補之原文分見曾棗莊主編：《全宋文》（上海：上海辭書出版社，2006年），第85冊，頁133、第126冊，頁118。又「屍諫」之研究可見林姍：《宋代屈原批評研究》（福州：福建師範大學博士學位論文，2011年），頁42、43。

〔註56〕　《史記》，頁2482。

〔註57〕　《全宋詩》，第18冊，頁12042。

稱屈原既死、後繼無人。司馬光〈五哀詩‧屈平〉則更強調屈原之名垂
千古，其詩云：

> 白玉徒為潔，幽蘭未謂芳。窮羞事令尹，疏不忘懷王。
>
> 冤骨消寒渚，忠魂失舊鄉。空餘楚辭在，猶與日爭光。〔註58〕

此詩開篇便以玉、蘭為對比，認為即使潔如白玉、芳如幽蘭，皆比不上
屈原的高風亮節、流芳百世，頷聯二句進而以屈原生前固窮不逢迎令
尹、疏遠仍惦記懷王的舉止，證成其高潔、忠君的操守何在。詩之後半
描寫屈原之死，感嘆如此忠臣卻僅能冤死水中，唯有楚辭中的文字得
以與日月爭光。除此詩外，已節錄於前的蘇軾〈屈原塔〉雖歌詠重點並
不限於「忠」，但同樣旨在書寫屈原之永垂不朽及死後的影響力，茲引
其全詩如下：

> 楚人悲屈原，千載意未歇。精魂飄何處，父老空哽咽。
>
> 至今滄江上，投飯救饑渴。遺風成競渡，哀叫楚山裂。
>
> 屈原古壯士，就死意甚烈。世俗安得知，眷眷不忍決。
>
> 南賓舊屬楚，山上有遺塔。應是奉佛人，恐子就淪滅。
>
> 此事雖無憑，此意固已切。古人誰不死，何必較考折。
>
> 名聲實無窮，富貴亦暫熱。大夫知此理，所以持死節。〔註59〕

此詩題下有自注云：「在忠州，原不當有塔於此，意者後人追思，故為
作之。」蓋為至其地、懷其人的詠史之作。全詩可分為三段，首段八句
書寫楚人投飯、競渡的習俗，字裡行間以「哽咽」、「哀叫」將楚人的民
俗活動賦予追思、祭奠的意義。次段八句則稱頌屈原慷慨赴死的壯士
之舉，並推測「屈原塔」的來歷，接續前段，反映楚人對屈原精魂潰魄
的感念。末段八句則為議論，在此蘇軾認為「屈原塔」的傳說雖然無憑
無據，但真正重要的是後人懷想屈原的心意，同時強調富貴皆是過眼
雲煙，唯有死後聲名可以長存，讚美屈原寧死不屈的節操，並且以此自
期，通篇對屈原皆是褒揚之語。這類稱頌屈原的詩作，最後可以李復

〔註58〕《全宋詩》，第 9 冊，頁 6088。

〔註59〕《全宋詩》，第 14 冊，頁 9088，後文蘇軾題下自注同出於此。

（1052～?）〈屈原廟〉作結，其詩雖未點明「忠」字，但卻特別標舉了屈原「以死諫君」的作法：

> 古廟荒山暗水雲，歲時歌舞感鄉民。
>
> 幾傷讒口方離國，欲悟君心豈愛身。
>
> 慘慘飛魂號帝闕，冥冥齎志託江神。
>
> 千年自有遺文在，光焰長如日月新。〔註60〕

頷聯所述正可呼應蘇軾〈屈原廟賦〉中「死猶冀其感發而改行」〔註61〕一語，描寫屈原為求令楚王醒悟，甘願犧牲自己性命的「大忠」。詩末則可連結溫公詩中的「空餘楚辭在，猶與日爭光」，同樣意在強調屈原遺文的永垂不朽、光焰萬丈。

綜觀《全宋詩》，詠屈原之「忠」的作品實較文種為多，由前引詩作則可見書寫面向亦較廣。但即使二人不乏種種差異，在「因不退隱而終致殞命」的特點上仍是相似的，關於文種之「不隱」的討論已見前文，至於屈原是否應該隱遁的爭議，最早則當溯源至《楚辭·漁父》，其中高歌「滄浪之水清兮，可以濯吾纓。滄浪之水濁兮，可以濯吾足」〔註62〕的漁父，在歷代注者眼中皆被視為隱者的典型，除前文已經言及的王逸章句和洪興祖補注外，可再參五臣注云：「清喻明時，可以修飾冠纓而仕也。濁喻亂世，可以抗足遠去。」〔註63〕蓋依其見解，漁父所言正可呼應前引《論語》中的「天下有道則見，無道則隱」。接續著漁父的意見，賈誼（前200～前168）更直接為屈原指出「自沉」之外的可能選擇，其〈弔屈原文〉云：

> 鳳漂漂其高逝兮，固自引而遠去。襲九淵之神龍兮，沕深潛以自珍；偭蟂獺以隱處兮，夫豈從蝦與蛭螾？所貴聖人之神德兮，遠濁世而自藏；使騏驥可得系而羈兮，豈云異夫犬羊？

〔註60〕《全宋詩》，第19冊，頁12468。

〔註61〕《全宋文》，第85冊，頁133。

〔註62〕《楚辭補注》，頁278。

〔註63〕《楚辭補注》，頁279。

般紛紛其離此尤兮，亦夫子之故也。歷九州而其君兮，何必

懷此都也。鳳凰翔於千仞兮，覽德輝而下之。〔註64〕

第一個選擇即是「退隱」，在賈誼筆下，如鳳、如龍者自當遠遁深潛，
不必與螻螾、蛭蟥同道，且真正可貴的是「聖人之神德」，因此屈原應
當「遠濁世而自藏」，不應自貶身價乃至與犬羊無異。第二個選擇則是
「去國」，賈誼認為屈原更可以如孔子周遊列國般，歷九州以覓其君，
不必侷限在區區一楚。「退隱」之說在唐人筆下得到了繼承，其中最有
名的詩例當推李白（701～762）〈行路難三首〉其三：「吾觀自古賢達
人，功成不退皆殞身。子胥既棄吳江上，屈原終投湘水濱。」〔註65〕
認為屈原與伍子胥皆當退隱。又如竇常（?～825）〈謁三閭廟〉云：「君
非三諫寤，禮許一身逃。」〔註66〕其詩用《禮記》之意：「為人臣之禮，
不顯諫。三諫而不聽，則逃之。」〔註67〕認為屈原已盡為人臣者之本
分，逃離楚王亦是被允許的作法。廣義而言，「退隱」跟「去國」其實
都是認為屈原應當離開楚國，不必為無道之君犧牲性命，因此在前引
詩作中，竇常之作便未明確區分兩條路的異同。然而，相對於唐人的概
括化認可，北宋人則有對「去國」不以為然者，如張耒〈感寓二十五
首〉其二一：「千年洛陽客，作賦不無譏。謂當棄之去，覽德乃下之。
君臣本大倫，當以恩義持。」〔註68〕認為君臣大義不可泯滅，賈誼「何
必懷此都」的說法正好反映的個人品德之低下。因此，在刪除「去國」
之可能性的情況下，屈原「自沉與否」的討論實質上被限縮為「忠而
死」抑或「隱而生」的抉擇，如蘇轍（1039～1112）《古史·屈原列傳》
便是一個例子。於該傳末，蘇子贊曰：

〔註64〕見南朝梁·蕭統編，唐·李善、呂延濟、劉良、張銑、呂向、李周翰
　　　　注：《六臣注文選》（北京：中華書局，1987年），卷60，頁1116。
〔註65〕《全唐詩》，第2冊，頁344。
〔註66〕《全唐詩》，第8冊，頁3032。
〔註67〕清·孫希旦：《禮記集解》（臺北：文史哲出版社，1980年），上冊，
　　　　頁147。
〔註68〕《全宋詩》，第20冊，頁13325。

原，楚同姓，不忍棄其君而之四方，而誼教之以孔子、孟軻歷聘諸侯以求行道，勢必不從矣。……惜乎屈原廉直而不知道，殉節以死然後為快，此所以未合乎聖人耳，使原如柳下惠用之則行，舍之則藏，終身於楚優游以卒歲，庶乎其志也哉！〔註69〕

於此段文字中，蘇轍以「原，楚同姓」的關鍵因素首先否定了賈誼「去國」之說，認為屈原畢竟無法如孔、孟般周遊列國。然而即使如此，其對屈原「自沉」以殉節卻也不敢苟同，因此提出了「隱而生」的人生道路，認為如柳下惠一般「用之則行，舍之則藏」或許是個最好的選擇。雖然在前文引詩中，已然可見北宋時人頗多對屈原「盡忠而死」稱頌備至，但事實上亦不乏認為其作法有待商榷者，前引蘇轍《古史》即是一例。若將關注焦點轉回詩歌亦然，如李覯〈屈原〉：

秋來張翰偶思鱸，滿箸鮮紅食有餘。

何事靈均不知退，卻將閑肉付江魚。〔註70〕

在此詩中，詩人以見秋風起遂棄官還鄉的張翰為對照，透過一則「食魚」、一則「為魚所食」的對比，暗藏屈原理應退隱、不當自沉的價值判斷。相似意見猶有孔平仲（?～?）〈屈平〉：

進居卿相謀何拙，退臥林泉道未降。

堪笑先生不知命，褊心一斥便沉江。〔註71〕

此詩認為「退隱」並不會減損屈原自守之道，因此堅持要「進居卿相」實為拙劣的選擇。同時嘲諷屈原不知天命且心胸狹小，乃至於自沉於江。其中「褊心」的批評可以呼應徐積（1028～1103）對屈原的蓋棺論定，其《節孝集》有云：

屈平自沉於江，雖曰褊心，亦可謂不幸。然聖人亦有不幸而

〔註69〕 見宋・蘇轍：《古史》，收入曾棗莊、舒大剛主編：《三蘇全書》（北京：語文出版社，2001年），第4冊，頁386。
〔註70〕 《全宋詩》，第7冊，頁4337。
〔註71〕 《全宋詩》，第16冊，頁10935。

有以處不幸，亦有不得已而有以處不得已，必不至於自戕。

故如屈平，孔、孟不為也。

徐積在此儘管承認屈原的遭遇是「不幸」，但仍然斥之為「褊心」，畢竟孔孟聖人即使遭逢不幸與不得已，也不會選擇「自戕」。值得注意的是，在強調「退隱」或「褊心」的前引詩文中，作者格外反對的皆是「自沉於江」的選擇，由此可見，北宋時人認為屈原應當「退隱」的基本理由蓋為其過於偏激的作法，除前引詩例外，又如王禹偁〈放言〉：「寧可飛鴻隨四皓，未能魚腹葬三閭。」〔註72〕其作為「追步四皓」之對立面的亦是屈原葬身魚腹的下場。郭祥正〈遊道林寺呈運判蔡中允昆仲如晦用杜甫元韻〉則云：「賈生前席竟憂死，屈原懷沙終自誅。投身及早卜幽隱，淡泊久乃勝甘腴。」〔註73〕詩人希望「及早卜幽隱」的原因也是因為不願走上賈誼憂死、屈原自誅的後路。

透過前引詩文可知，北宋人詠屈原時提倡的「退隱」有兩大前提：其一為前引作者無論是蘇轍、李覯，抑或孔平仲、徐積其實都未贊同漁父「淈其泥而揚其波」、「餔其糟而歠其醨」〔註74〕的想法，尤其蘇轍更仍然強調「廉直」的節操——亦即〈漁父〉中屈原自述的「清」與「醒」。〔註75〕其二則是認為「忠君」的行為有其限度，正如已見於唐

〔註72〕《全宋詩》，第 2 冊，頁 721。、

〔註73〕《全宋詩》，第 13 冊，頁 8745。

〔註74〕《楚辭補注》，頁 277。

〔註75〕宋人用〈漁父〉中「眾人皆醉我獨醒」之典故時，粗略而言有兩層意義，其一為本文重點所在，同時也是近似洪興祖的解釋，以「醉」為「惑財賄也」、「醒」為「廉自守也」，這一層次的「醒」與「醉」已不只字面上的意涵，更帶有深層「廉潔自守」的寄託。其二則如余靖〈端午日寄酒庶回都官〉詩：「龍舟爭快楚江濱，弔屈誰知特愴神。家釀寄君須酩酊，古今嫌見獨醒人。」此詩中的「酩酊」較近似「借酒澆愁」之「醉」，因此不願「獨醒」實際上指的是透過飲酒使自己暫忘痛苦與現實。司馬光〈醉〉詩以「醉」為題則更為明顯，其中「果使屈原知醉趣，當年不作獨醒人」二句蓋與「廉潔」、「財賄」的意義已相去較遠。要言之，後一類作品與屈原「忠君」或者「退隱」的關聯實弱，故本文不擬納為討論材料。洪興祖之說見《楚辭補注》，頁 276。余靖、司馬光之詩則可分見《全宋詩》，第 4 冊，頁 2681、第 9 冊，頁 6107。

詩的《禮記》之說，為人臣者三諫足矣，不必賠上自己的性命，因此屈原無論如何不應做出如此過於偏激的決定。是故在此脈絡下，即使大多數北宋詩人詠屈原時認同退隱、反對自沉，卻不等同於接受了漁父「與世推移」的思想，更有甚者對此大加批評，如張耒〈屈原〉：

> 楚國茫茫盡醉人，獨醒惟有一靈均。
>
> 餔糟更遣從流俗，漁父由來亦不仁。〔註76〕

此詩顯將漁父「餔糟歠醨」的勸告視為同流合污的想法，直斥為「不仁」，藉以襯托屈原「獨醒」之難能可貴。張耒此詩並未論及「隱遁」與否的問題，徐積〈弔屈平〉則不然，其詩云：

> 洞庭湖口君須過，為我回頭弔屈平。
>
> 楚國誰曾憐直道，湘江依舊寄冤聲。
>
> 反騷義命賢揚子，作賦譏傷陋賈生。
>
> 若是獨醒無不可，荷蓑猶可釣而耕。〔註77〕

此詩前段一如前引劉弇〈題屈原〉、司馬光〈五哀詩·屈平〉與李復〈屈原廟〉，以「哀悼」為基調，感嘆當時屈原的直道不見容於楚，終究導致冤死湘江的下場。然而後半筆鋒一轉，意欲為屈原指出一條「不必自沉」的道路，詩人首先著眼於揚雄（前53～18）〈反離騷〉與賈誼〈弔屈原文〉，認為賈誼自傷著實鄙陋，比不上參透「遇不遇，命也」〔註78〕之理的揚雄，從而提出了屈原或可安於義命、荷蓑而耕。在此詩中，雖然徐積最後認為屈原可以隱於江湖並保全性命，但並未否定其「獨醒」意識中的高潔與廉正，可以視作北宋詩人調和「獨醒」與「退隱」的代表性例證。

　　綜上所論，北宋詩人歌詠屈原大抵有兩個面向，其一能呼應書寫文種時對其「忠君而死」的稱頌，以蘇軾〈屈原塔〉為代表，肯定屈原

〔註76〕《全宋詩》，第20冊，頁13270。

〔註77〕《全宋詩》，第11冊，頁7648。

〔註78〕漢·班固著，唐·顏師古注：《漢書》（臺北：鼎文書局，1986年），頁3515。

壯烈的節操，認為這是為君國獻身的死忠。其二卻認為「退隱」可能是
比「自沉」更好的選擇，以李覯〈屈原〉為代表，這類型的作品雖然肯
定其「忠」，但反對自主選擇死亡的過激作法。兩類觀點雖然看似矛盾，
但實則仍有其共通之處，亦即對屈原「獨醒」之忠節與操守的重視，如
蘇軾詩中的「死節」、孔平仲與徐積詩中的「道」皆是其例。在此脈絡
之下，詩人即便提出「退隱以求保全」，其用意也勢必與唐人如吳筠所
稱的「何不若范蠡，扁舟無還期」有所不同，亦與漁父的「淈泥揚波」、
「餔糟歠醨」迥異，北宋詩人並不認為「為求自保」足以作為完全拋下
君國，甚至放棄堅持操守的理由。如此即使遁隱仍保有「獨醒」的節
操，乃至「處江湖之遠則憂其君」〔註79〕的「忠君」觀念，蓋可視為
北宋時人藉由歌詠屈原時吐露的價值判斷。

第二節　高臥山林的隱逸典型

　　從前一節的討論已然可知，雖然北宋詩人書寫「范蠡、文種」與
「張良、韓信」主題的作品時，大多仍如唐人一般對范蠡、張良的從容
進退寄與欽慕之情。但考量句踐敗吳後天下未定的時代局勢，同時也
開始出現了質疑范蠡「退隱」之舉是否與「忠君」矛盾的新意見。以此
為基礎再進一步結合時人詠屈原的詩作，更可發現范仲淹（989～1052）
〈岳陽樓記〉中的「處江湖之遠則憂其君」或可作為北宋詩人面對仕隱
問題時的絕佳註腳，藉以表露士大夫即使表面上隱於江湖，亦當心繫
朝廷社稷的理想。然而，若再次參照《新唐書・隱逸傳》中對隱者的分
類，卻可發現主編者宋祁心目中的「上焉者」乃是「身藏而德不晦，故
自放草野，而名往從之」，即使貴為萬乘，仍必須「尋軌而委聘」。對這
一類的隱者，史家的評論並不著眼於其人對爵祿的態度，亦不將是否
關心政治與君王納入考量，反而重視其自身的「不晦之德」。由此觀之，
詩人書寫未嘗任官的隱者時，或許能夠開展出有別於前一類「從容進

〔註79〕語出宋・范仲淹〈岳陽樓記〉，見《全宋文》，第18冊，頁420。

退者」的視角。放眼於本文所欲討論的亂世之中，歷代此類隱士最密切
得到關注與歌詠者，當推秦末商山四皓與王莽篡漢時的嚴光，故本節
即將依序由此二組人物入手，探討北宋詩人如何看待於亂世中獨善其
身的隱者。

一、對四皓遁世卻有功天下的欽羨

　　首先，本文將從「商山四皓」〔註80〕著手，觀察北宋詩人如何藉
由此一主題的詩作抒發自身心中對「隱逸」的看法與期待。「四皓」為
秦末遁入山林的東園公、綺里季、夏黃公、甪里先生等四人，事可參
《漢書・王貢兩龔鮑傳》：「此四人者，當秦之世，避而入商雒深山，以
待天下之定也。」〔註81〕於此傳序文中，班固明確指出四人之所以遁
隱，蓋導因於秦之亂世。其後所述拒絕劉邦徵召、穩定太子之位等事蹟
則最早可以追溯至《史記・留侯世家》：

> 及燕，置酒，太子侍。四人從太子，年皆八十有餘，鬚眉皓
> 白，衣冠甚偉。上怪之，問曰：「彼何為者？」四人前對，各
> 言名姓，曰東園公，甪里先生，綺里季，夏黃公。上乃大驚，
> 曰：「吾求公數歲，公辟逃我，今公何自從吾兒游乎？」四人
> 皆曰：「陛下輕士善罵，臣等義不受辱，故恐而亡匿。竊聞太

〔註80〕　本文將《史記》視為最早記載「四皓」事蹟的著作，同時從司馬遷之
　　　　說，視「四皓」為東園公、綺里季、夏黃公、甪里先生等四人的合稱。
　　　　惟《史記》中其實僅以「四人」稱之，尚未出現「四皓」的稱呼，此
　　　　一合稱最早當見於揚雄筆下的〈法言〉、〈解嘲〉等文。此外，「四皓」
　　　　名姓亦尚有爭議，如顏師古便認為《史記》、《漢書》的記載不可信。
　　　　然而，無論是從「四人」到「四皓」的稱謂轉變，抑或是對四皓本事
　　　　之考察，前人研究皆已頗多，且與本文關聯較不密切，故於此不擬細
　　　　論之，後文亦不另註。相關研究成果，可參王子今：〈四皓故事與道家
　　　　的關係〉，《人文雜誌》2012 年第 2 期（2012 年 3 月），頁 96～109。
　　　　鄔文玲：〈「商山四皓」形象的塑造與演變〉，《形象史學研究》第 3 期
　　　　（2014 年 4 月），頁 62～71。魏敏：《商山四皓本事及接受研究》（西
　　　　安：西北大學博士學位論文，2015 年），頁 13～31。
〔註81〕　《漢書》，頁 3065。

> 子為人仁孝，恭敬愛士，天下莫不延頸欲為太子死者，故臣
> 等來耳。」上曰：「煩公幸卒調護太子。」四人為壽已畢，趨
> 去，上目送之，召戚夫人指示四人者曰：「我欲易之，彼四人
> 輔之，羽翼已成，難動矣。呂后真而主矣。」〔註82〕

在此段文字之前，司馬遷記述了劉邦因寵幸戚夫人遂欲廢太子，呂后
因而焦急尋求張良之協助。本文既出自〈留侯世家〉，且四皓在《史記》
中並未獨立一傳，史遷言及此事的目的蓋為凸顯張良「善畫計筴」的一
面，而非有意評價四皓的作為。不過從劉邦「乃大驚」的反應，以及
「吾求公數歲，公辟逃我」的自述，乃至於最後單憑四人輔佐便斷定太
子「羽翼已成」，皆可見得當時四皓應已有高名無疑，與前引《新唐書·
隱逸傳》中「自放草野，而名往從之」的敘述相去並不遠。另外值得注
意的是，四皓在《史記》中唯一一次登場便是出山干涉劉邦廢立太子的
大事，安儲以後四人的去留在《史記》中亦無交代，但《漢書》中有言：
「自園公、綺里季、夏黃公、用里先生、鄭子真、嚴君平皆未嘗仕，然
其風聲足以激貪厲俗，近古之逸民也。」〔註83〕蓋四人雖因張良之計
而短暫輔佐太子，但畢竟仍未為官。故結合《史記》與《漢書》的記載，
即使四皓事蹟闕漏頗多，本文仍視之為「未嘗涉足官場的隱者」，納入
討論範圍。

接續著《史記》側面烘托、《漢書》直接稱頌的「高士」形象，後
世詩人對四皓皆大多持肯定乃至讚許的態度，如曹植（192～232）〈商
山四皓贊〉便云：「嗟爾四皓，避秦隱形。劉項之爭，養志弗營。不應
朝聘，保節全貞。應命太子，漢嗣以寧。」〔註84〕認為四皓避秦亂世
而隱，亦不插手楚漢相爭、不回應劉邦的屢次徵召，終於得以保節全
貞，並能夠在適當的時機貢獻一己之力，達致「漢嗣以寧」的效果。其

〔註82〕《史記》，頁 2046。
〔註83〕《漢書》，頁 3085。
〔註84〕魏·曹植著，劉殿爵、陳方正、何志華主編：《曹植集逐字索引》（香
　　　　港：香港中文大學出版社，2001 年），頁 55。

詩雖短，但通篇對四皓皆是頌揚之詞，亦同時言及了隱於山林以保節、出山安儲以寧漢的兩個面向。曹植之後，陶淵明（365～427）亦是頗傾心於四皓的重要例證，其〈贈羊長史并序〉與〈飲酒二十首〉其六中分別有「多謝綺與甪，精爽今何如」〔註85〕以及「咄咄俗中惡，且當從黃綺」〔註86〕之句，反映了四皓在其心中實乃古之隱士的典型。〔註87〕除陶潛外，唐人李華（?～774）的〈四皓贊〉更可視為與曹植一脈相承的作品：

> 時濁代危，賢人去之。商洛深山，鸞鳳潛飛。
>
> 漢以霸興，皇王道衰。玉帛雖至，先生不歸。
>
> 吾非固然，可動而紀。龐眉皓髮，來護太子。
>
> 至尊動容，奪嫡心已。四賢暫屈，天下定矣。
>
> 返駕南山，白雲千里。〔註88〕

此作非但同樣通篇稱頌，其著眼點亦與曹植相同，放在遁隱山林、不齒仕宦、保嫡安國三個面向，且李華更進一步認為四皓出山實為「暫屈」之舉，將四人地位拉抬到更高的層次。整體而言，由前引詩文顯然可見，自《漢書》中「其風聲足以激貪厲俗」的盛讚以來，從魏晉至唐代的詩人皆不乏對四皓心嚮往之的例子，逐漸深化了四人「高賢隱者」的形象，致使北宋詩人書寫四皓時亦以正面歌頌為主調。

　　逐首考察《全宋詩》後，發現北宋時期直以「四皓」為題的詩作合計共二十首，其中王禹偁一人便佔六首之多，是以無論從生存時代或者創作數量來看，其人皆是研究北宋四皓詩時毫無疑問必須首先關注的作者。王禹偁言及四皓的詩作已見於前一節中討論屈原的段落，

〔註85〕 見東晉・陶淵明著，龔斌校箋：《陶淵明集校箋》（臺北：里仁書局，2007年），頁161。

〔註86〕 《陶淵明集校箋》，頁257。

〔註87〕 關於陶淵明書寫四皓等古之隱者的研究，可詳參蔡瑜：《陶淵明的人境詩學》（臺北：聯經出版社，2012年），頁255～261。

〔註88〕 見清・董誥等編：《全唐文》（北京：中華書局，1987年），頁3217。

亦即其〈放言五首〉其四，茲復引全詩如下：

> 人生唯問道何如，得喪升沉總是虛。
>
> 寧可飛鴻隨四皓，未能魚腹葬三閭。
>
> 傅巖偶夢誰調鼎，彭澤高歌自荷鋤。
>
> 不向世間爭窟穴，蝸牛到處是吾廬。〔註89〕

一如前文所言，在此詩中王禹偁將四皓與屈原對比，認為如四皓一般遁隱世間才是自己理想的生命形態，不必踏上屈原自沉汨羅、葬身魚腹的後塵。詩之頸聯更以傅說、陶潛作為升沉的實例，說明得喪無妨，真正重要的是「道」，只要參透此「道」，即可擺脫塵世喧擾、隨遇而安。然而，王禹偁筆下的四皓並不僅止被刻畫為遠離俗世的隱者形象，更有複雜多面的意涵，此可以其〈四皓廟碑〉為代表，其碑文開篇即云：「《易》稱知進退存亡而不失其正者，其唯聖人乎！」〔註90〕除了認為四皓知進退存亡外，更關鍵的是無論出世或入世皆「不失其正」，奠基於此，王禹偁與《漢書》中「激貪厲俗」的稱頌一脈相承，進而認為四皓言行足以「矯世勵俗」，遂於碑文之末有辭讚曰：

> 猗歟先生，時行則行。高眠商嶺，逃難秦坑。
>
> 知秦之祚，亡於子嬰。知漢之祚，存於惠盈。
>
> 一言悟主，萬邦以貞。不有其功，不食其祿。
>
> 遠害全身，矯世勵俗。清泉洗耳，紫芝充腹。
>
> 獵犬自烹，冥鴻不復。矯矯高節，悠悠後來。
>
> 漢之戾園，晉之愍懷。江充厚誣，賈后雄猜。

〔註89〕 《全宋詩》，第 2 冊，頁 721。惟首句《全宋詩》作「人生唯問道如何」，由韻腳觀之，「虛」、「閭」、「鋤」、「廬」皆屬魚韻，「何」則為歌韻，故於此據《小畜外集》改作「道何如」，「如」字亦為魚韻，當較合理。參宋・王禹偁：《小畜外集》，收入《四部叢刊初編》集部（上海：上海書店，1989 年），第 133 冊，卷 7，頁 6。

〔註90〕 《全宋文》，第 8 冊，頁 123。

先生不生，孰為來哉？昏亂之世，廢立不已。

操欺孤兒，莽抱孺子。成既自我，權亦歸已。

先生不生，大事去矣。蒼野峨峨，祠荒薜蘿。

遺像斯在，德音可歌。清風凜凜，素髮皤皤。

永懷貞遯，刻石山阿。〔註91〕

雖然本文為王禹偁至商州後第一篇與四皓相關的詩文，〔註92〕但觀其內容卻可視為詠四皓的集大成之作，涵蓋了各個面向：首先關於進退，王氏大讚四皓參悟「時行則行，時止則止」之理，因此在秦之亂世隱遁、劉盈有難時出山，而後更返回山林，絲毫不眷戀官場，因此不致落得兔死狗烹的下場。其次，王禹偁歌詠四皓的作品全數集中在被貶商州時期，貶謫期間感於仕途坎坷，自然對四皓有功於當世且翩然歸隱的事蹟興發無限嚮往，也因此，在曹植〈商山四皓贊〉與李華〈四皓贊〉中皆不斷被歌詠的「保嫡」一事同樣頗受其重視。基於此理，本文極力強調四皓的貢獻，並以江充讒害戾太子、賈后構陷司馬遹以及曹操、王莽欺壓孤兒孺子等例證，說明若無四皓，則太子勢將落得孤立無援的險境。最後則是四皓之德，銘文之末強調，四皓遺像為後人留下的並不只是「高眠商嶺」之隱或者「一言悟主」之功，更關鍵的實為永垂不朽的德音。如此對隱者之德的重視，正可呼應前一小節論屈原時強調之「退隱時仍應保有『獨醒』的節操」，從而見得在北宋人提倡的退隱中，道德修養實乃不容忽視的一環，也是時人歌詠隱者時相當重要的著眼點。綜合以上，王禹偁書寫四皓，著實標舉了「隱」、「功」、「德」三個著眼點，而這三個面向同時構成了北宋詩人歌詠四皓時的三大主軸，以下即將以此為綱，分析北宋詩歌中的四皓形象。

〔註91〕《全宋文》，第8冊，頁123。

〔註92〕作品繫年可參黃啟方：《王禹偁研究》（臺北：學海出版社，1979年），頁73～169。下文牽涉王禹偁詩文創作時間的論點亦皆奠基於此，不再另註。

　　首先在「隱」的主題之下實又可再細分為「全身遠禍」與「功成
身退」兩個子類。先就前者而論，四皓雖未嘗為官，但畢竟曾出山輔佐
太子，成為了有著短暫入世經驗的隱者。因此，書寫四皓時，部分詩人
如同前一節中討論張良、范蠡的詩作，寓入了「全身遠禍」的議題，如
前引王禹偁〈四皓廟碑〉中的「遠害全身」即然，相似作品可再參范祖
禹〈四皓〉：

> 南山石壁陵蒼蒼，中有四老眉如霜。
> 中原龍虎困格鬥，九霄鸞鳳高飄翔。
> 赤精斬蛇入咸陽，南極老人轉遁藏。
> 一朝相顧下雲巇，共為羽翼安儲皇。
> 白雲黃鵠高飛揚，雖有矰繳安能傷。
> 君王慷慨但飲酒，戚姬起舞無輝光。
> 古人不見雖已遠，吾將杖策登崇岡。〔註93〕

此詩一方面同樣著墨於「安儲皇」之功，另一方面更在全詩兩處強調四
皓遁隱的「遠禍」效果：其一為「中原龍虎困格鬥，九霄鸞鳳高飄翔」，
認為當中原楚漢相爭、龍虎困鬥時，四皓得如九霄鸞鳳俯視一切；其二
為「白雲黃鵠高飛揚，雖有矰繳安能傷」，嘆服四皓在立功之後果斷抽
身，乃能不為朝中矰繳所傷。可見詩人對四皓從容進退的欽慕，遂於詩
末興起追步古人的想望。不過四皓除了急流勇退的智慧外，功成身退
的從容姿態同樣令後之詩人十足嚮往，觀察如此意見可以回歸王禹偁
的詩作，其詠四皓詩頗多涉及此一主題，首先可參〈四皓廟二首〉其
一：

> 秦皇焚舊典，漢祖溺儒冠。萬民在塗炭，四老方宴安。
> 白雲且高臥，紫芝非素餐。南山正優游，東朝忽艱難。
> 高步挹萬乘，拂衣歸重巒。飛鴻自冥冥，束帛徒炎炎。
> 古廟對山開，清風向人寒。更無隱遯士，空有賓客官。

〔註93〕《全宋詩》，第15冊，頁10353。

況我謫宦來，塵跡污祠壇。朝衣慚蕙帶，佩玉愧紉蘭。

或依階下樹，陶暑解馬鞍。或借廟前水，乘秋把魚竿。

吾道多齟齬，吾生利盤桓。登山殊未倦，飲水聊盡驩。

精靈莫相笑，此意樂且盤。〔註94〕

全詩可以「古廟對山開」一句分為上下兩段，前段記四皓事蹟，從秦始皇焚書起筆，描寫四皓在亂世之中遁隱，而後在劉邦一統天下以後，於東宮有難時挺身而出，「高步揖萬乘，拂衣歸重巒」兩句刻畫出了四皓從容進退的姿態，保嫡之後再次悠然遁隱，毫無眷戀之意。如此隱居高士恰似冥冥飛鴻，即使人主備妥招聘之禮亦是徒勞，正可呼應《新唐書》中「雖萬乘之貴，猶尋軌而委聘也」的評價。後段轉筆於今，書寫及今所見的古廟，以及自己謫宦來此之事，頗多近似「詠懷」之句，如「更無隱遁士」即有感嘆四皓操軌後繼無人的用意，面對四皓遺風，詩人更頗起慚愧之情。然而，即便心懷「塵跡污祠壇」的歉疚，四皓廟對「吾道多齟齬」的王禹偁而言仍是一方避世的淨土，「或依階下樹」等句明確寫出了詩人對此地的留連忘返。值得注意的是，王禹偁頗喜四皓廟自非單純因為階下樹、廟前水等客觀存在的景物，詩之前半頗費筆墨刻劃的四皓高風更是關鍵原因，其面對如此風骨時既欽慕又自嘆弗如的複雜情緒，在其它詠四皓的作品中亦頻繁出現，如〈別四皓廟〉即然：

明朝欲別採芝翁，吟遶階前苦竹叢。

貶謫入山非美退，此中爭敢逐冥鴻。〔註95〕

此詩前半書寫自己在時當告別四皓之際的戀戀不捨之情，詩之後半則將自己與四皓做對比，表示雖然同樣是離開官場，但自己是「貶謫」使然，四皓則是主動選擇功成身退，兩相對照、高下立判。

以上所述，蓋皆屬於「隱」的主題，不過可以注意的是，前引王禹偁、范祖禹的作品裡雖然都點出了四皓入世之功，但著墨不深，其重

〔註94〕《全宋詩》，第2冊，頁659。
〔註95〕《全宋詩》，第2冊，頁739。

點仍在後續的身退與遠禍。另一類側重於「功」的作品則更致力於凸顯四皓之功高，首先同樣可以王禹偁的作品為進路，參〈四皓廟二首〉其二：

> 小言望小利，載在禮經中。遂有鷹犬輩，拔劍各爭功。
>
> 一出定萬乘，去若冥冥鴻。寂寂千古下，孰繼採芝翁。〔註96〕

詩首即引《禮記・表記》之言：「事君大言入則望大利，小言入則望小利。故君子不以小言受大祿，不以大言受小祿。」〔註97〕認為言、利、祿當成正比，若進大言、利及天下，則受大祿自是理所當然。而後便以「鷹犬輩」與「四皓」對比，「拔劍各爭功」者自然只是小言小利之徒，相對於此，四皓一出便以大言定天下，其利甚大卻避不受祿，風骨由此可見一斑。詩末更稱如此高風難得，千古無後繼之人，可以呼應此組詩第一首中「更無隱遁士」的感嘆。此類詠功成身退之作，猶有郭祥正〈四皓〉：

> 彼美四賢老，高風萬古寒。去逃秦鼎鑊，歸識漢衣冠。
>
> 翼翼羽翰就，堂堂宗社安。商山弊廬在，還入白雲端。〔註98〕

此詩同樣歌詠四皓「羽翼太子以安宗社」的事蹟，「堂堂」一詞顯見詩人給予其出山之功相當高的評價，不過郭祥正並未止筆於此，更於詩末特別強調事成之後四人還於商山敝廬，顯有標舉四皓不眷戀富貴的用意。值得注意的是，行文至此已然可見四皓的「功成身退」隨著詩人側重點不同，可以開展出截然不同的面向，范祖禹〈四皓〉重「身退」、王禹偁〈四皓廟二首〉其二重「功成」即是一例。在此處郭祥正更特別強調「弊廬」的對比，再加上詩首的「高風」一詞即可引申至〈四皓廟碑〉中的第三個面向——「德」。

特別強調功成身退背後之德的作品，可參釋智孜（?～?）〈四皓吟〉：

〔註96〕《全宋詩》，第 2 冊，頁 659。
〔註97〕《禮記集解》，下冊，頁 1313。
〔註98〕《全宋詩》，第 13 冊，頁 8903。

忠義合時難，雲林共掩關。因秦生白髮，為漢出青山。

不顧金章貴，終披白氅還。如今明聖代，高躅更難攀。〔註99〕

詩人認為四皓當秦之世因為忠義不合於時，故而遁入雲林之中，直待漢朝始短暫出山。頸聯則與王禹偁詩中的「一出定萬乘，去若冥冥鴻」詩意頗近，強調四皓事成以後雖然可以平步青雲，但仍然披白氅而還於山中，展現淡泊名利之節操，詩末遂繼而興起如此高風難以企及的感嘆。除此之外可以注意到，本詩在不慕榮利之餘更特別以「忠義」形容四皓，可見詩人對隱者之德的重視，同樣以「義」稱四皓之功的作品猶有邵雍〈題四皓廟四首〉其三：「雖老猶能成大功，至今高義如星日。」〔註100〕此詩並不強調四人輕利祿的一面，但仍視老而出山的作法為「高義」的展現，正可與王禹偁銘文中「矯矯高節」、「德音可歌」等稱頌之語相呼應。

綜觀北宋詩文，除王禹偁〈四皓廟碑〉早已涵蓋各個面向、揭示其後詩人的書寫範疇之外，王安石〈四皓二首〉亦可謂「面面俱到」之作，茲引其二詩如下：

四皓秦漢時，招招莫能致。紫芝可以飽，梁肉非所嗜。

谷廣水渙渙，山長雲泄泄。與其貴而拘，不若賤而肆。（其一）

秦毆九州逃，知力起經綸。重利誘眾策，頗知聚秦民。

頹然此四老，上友千載魂。采芝商山中，一視漢與秦。

靈珠在泥沙，光景不可昏。道德雖避世，餘風迴至尊。

嫡孽一朝正，留侯果知言。出處但有禮，廢興豈所存。（其二）〔註101〕

現有研究已經指出：王安石詠史，頗多同題而以律絕、古詩兩種詩體重複歌詠的例子，並認為較短的律絕近似論贊，聚焦於單一事蹟；較長的古體則能「將不同時期發生的史事，按照書寫需求打散重組並發表評

〔註99〕《全宋詩》，第13冊，頁9055。
〔註100〕《全宋詩》，第7冊，頁4467。
〔註101〕《全宋詩》，第10冊，頁6482。

論」。〔註102〕此一說法雖未能直接套用至〈四皓二首〉的兩首五言古詩，然其基本觀念卻是相通的：篇幅較短的第一首功能近似律絕，並不全盤關照四皓一生的事蹟，反而聚焦於「隱」的面向，側重心理描述，強調「貴賤」並非四人的考量重點，因此無論秦漢皆無法令其出山為官，反映隱者嚮往自由的一般心態。較長的第二首時間跨度則橫越秦、漢，涵蓋不同時期的史事，全詩可以八句一段分為兩段，前段述四皓在暴政亂世之下遁隱的抉擇，後段雖然同樣言及四皓「正嫡孽」之功，但其重點卻反而在「德」，故以靈珠光芒為喻，說明其「德」不會輕易被泥沙所掩蓋。其後「道德雖避世，餘風迴至尊」二句更顯然可見王安石認為四皓的道德操守其實頗具份量，唯有如此才可能在長年遠居山林的情況下，一出山便左右劉邦的決定。從這個角度來看，四皓「嫡孽一朝正」的「功」其實根本上也導因於其「德」。其中特別值得注意的是，王安石於此標舉的「德」與前文的王禹偁、釋智圓等人不同，並不強調「不慕榮利」的面向，反而受到自己重視「禮」以為治國藍圖的思想影響，以四皓為例，說明有「禮」者不須在意興廢之事，因為必然可收正面的效果。

　　綜合前引詩作及討論，若欲更進一步在「功」、「德」、「隱」中再取其交集，則可發現「入世之功」蓋可視為貫串三個面向的最大共同處，本就側重「功」的作品毋需贅言，論「隱」時往往牽涉功成身退、全身遠禍。詠「德」時則有如王安石者，將「保嫡」之功視為「禮」之作用的結果。如此傾向若再結合前一節「處江湖之遠則憂其君」的結論，顯然可見心繫君國、待時而動，卻又不眷戀富貴，且能全身遠禍的隱者，實為北宋詩人心目中的一大理想型態。

二、對嚴光狂狷且不慕榮利的嘆服

　　如前文所述，在歷代隱者中，生逢亂世又自始至終皆高臥山林，

〔註102〕說參林雅鈴：《王安石以人名入題之詠史詩研究》，相關論述又集中於
　　　　第四章第二節，〈王安石人名詩與傳敘文學的關係〉，見其文頁125～
　　　　140。

因此而堪為隱逸典型的人物當推嚴光。關於嚴光一生的記載主要見於《後漢書》與《高士傳》，兩書所述相去不遠，此以《後漢書‧逸民列傳》為本。〔註103〕綜觀全傳，其生平事蹟主要有四：其一，為光武故人，但在劉秀即位後卻「變名姓，隱身不見」，直到「披羊裘釣澤中」被人發現，為帝三度遣使招聘始出山，短暫舍於北軍。其二，舍於北軍時與另一故交侯霸稍有往來，嚴光致信曰：「君房足下：位至鼎足，甚善。懷仁輔義天下悅，阿諛順旨要領絕。」告誡侯霸當懷仁義，戒阿諛諂媚的惡習，因此而為光武笑稱「狂奴故態」。其三，劉秀親臨嚴光住所，希望能令其為官，但嚴光以「唐堯著德，巢父洗耳」為例，說明自己志向不在官場，遂僅能閒話故舊、同眠共臥。於時嚴光「以足加帝腹」，引得太史奏道「客星犯御坐甚急」。其四，劉秀又欲封嚴光為諫議大夫，但嚴光堅持不屈，躬耕於富春山、垂釣於嚴陵瀨，終究未出山為官，最後死於家中。從其傳中可見，史家對嚴光的早年經歷著墨甚少，僅交代「少有高名，與光武同遊學」而已。然而，參考《後漢書》與《高士傳》對嚴光卒年的記載：「建武十七年，復特徵，不至。年八十，終於家。」〔註104〕從建武十七年（公元 41 年）回推可知，其生年雖不詳，但當生於西漢年間，並完整經歷王莽篡漢一事無疑，因此，本文仍將其納入「亂世隱者」的範疇，不過正如四皓一般，生存年代及相關事蹟皆橫跨治世與亂世。

　　導因於曾身處亂世，前述「無道則隱」、「時命大謬」、「全身遠害」等亂世中的存身之道，以及歌詠四皓時「萬民在塗炭，四老方宴安」或「中原龍虎困格鬥，九霄鸞鳳高飄翔」一類的書寫視角，自然同樣可以套用至嚴光，首先可參張伯玉（？～？）〈釣臺〉：

〔註103〕〈逸民列傳〉中的嚴光部分見《後漢書》，頁 2763～2764。本段述嚴光生平時若引《後漢書》原文，蓋皆出於此書，不再另註。

〔註104〕此段引文於《後漢書》、《高士傳》中隻字未差，分見《後漢書》，頁 2764、晉‧皇甫謐撰，明‧吳琯校：《高士傳》收入《古今叢書》（明吳琯校刊逸史本），卷下，頁 2-2。

> 盡逐鯨鯢埽八區，故人惟我更無餘。
> 雲臺功將任圖畫，天上客星閒卷舒。
> 若把殺人來逐鹿，爭似全身歸釣魚。
> 先生有意羲皇外，不為林泉傲帝居。〔註105〕

此詩首聯詠劉秀盡逐敵寇、掃蕩天下的功業，頷、頸二聯提出嚴光，透過雲臺功將、殺人逐鹿的對比，凸顯嚴光對功名不屑一顧的悠遊自得，以及其於殺人無數之亂世中，猶能在區區釣臺全身遠害的明智抉擇。詩末更接續此意，標舉嚴光之志實如陶淵明自謂羲皇上人一般，在於清明自適、抱樸守真的生活。與此詩相似，同樣由劉秀於亂世中逐鹿爭雄起筆的作品，猶有劉昌言（942～999）〈釣臺〉，且導因於作者歷經五代亂世的生命經驗，讓此詩在北宋時期所有的嚴光主題詩作中，為最強調劉秀功業的作品，茲引其全詩如下：

> 漢業中微炎祚衰，四海姦豪竊神器。
> 南陽龍虎方鬥爭，赤伏真人正天位。
> 先生高隱來富春，耕耒青山自如意。
> 一竿漁釣樂幽深，七里溪光弄蒼翠。
> 朝中天子思故人，物色寰中引其類。
> 先生獨步衣羊裘，咳唾浮雲輕富貴。
> 足加帝腹傍無人，星動天文失躔次。
> 卓哉光武真聖君，終使狂奴畢高志。
> 雲臺千尺盡功臣，誰肯回顧釣臺地。〔註106〕

全詩可以八句一段分為兩大段，再加上詩末二句之反詰。前段意近張伯玉詩中的「若把殺人來逐鹿，爭似全身歸釣魚」，描寫嚴光在西漢衰微、姦豪群起而爭、劉秀逐鹿中原的亂世之中，猶能高隱富春，過上自在如意、全身遠禍的生活。後段則自光武一統天下之後思念故人起筆，極言嚴光不齒富貴之高與足加帝腹之狂，最後同詠君臣二人，認為光

〔註105〕《全宋詩》，第 7 冊，頁 4729。
〔註106〕《全宋詩》，第 1 冊，頁 498。

武帝有容人的聖君之量，終於成就了嚴光的「高志」。詩末則同樣以「雲臺」作為對比，且較之於前引張伯玉之作，更強調雲臺中的滿滿功臣致使無人願意回顧釣臺，隱約有著嚴光隱者高風難覓同道中人的意味。可以注意的是，雖然張伯玉和劉昌言皆兼顧了嚴光在亂世中得以「自如意」的安身立命，以及「羲皇外」的理想生活、「輕富貴」的風骨操守，但其實對大多數詠嚴光的詩人而言，後二者實為更加重要的著眼點。如此輕重取捨明白見於楊時（1053～1135）〈嚴陵釣臺〉：

> 漢綱久陵遲，國柄授權室。中興得英主，威明戒前失。
> 三公經邦手，吏事困精覈。功臣欲圖全，猶不任以職。
> 矧茲故人分，義等天倫戚。卓哉子陵心，秉哲固前識。
> 投身夆名爵，豈得枉尋尺。萬鍾雖云富，樊雉非予匹。
> 石瀨清且泚，蒼崖聳而直。揭竿事幽尋，釣水鮮可食。
> 羊裘御冬溫，袞繡未云益。三旌屠羊肆，義在不吾易。
> 用舍各有趣，高風互今昔。〔註107〕

其詩固然同樣言及西漢衰亡、王莽亂政的時代背景，但所佔篇幅極少，重點亦不在嚴光如何全身，反而意在強調劉秀一統天下以後欲招嚴光入官場之事，作為引起後文「卓哉子陵心」的前提。自第十一句起，筆鋒便轉而書寫嚴光「生活的悠哉自得」與「隱逸的高風亮節」，反映「萬鍾」非己所願、「袞繡」未必優於「羊裘」、「投身夆名爵」不若「揭竿事幽尋」的價值取捨，最終得到嚴光高風可以橫互古今的結論。從詩中描述對名爵、萬鍾、袞繡的輕視，蓋可推知此處之「高風」當可呼應前引劉昌言詩中的「輕富貴」一語，指涉嚴光淡泊名利的節操。

　　這類歌詠隱者不慕榮利的詩作，在前文分析張良、范蠡、四皓的作品中皆屢見不鮮。〔註108〕至於由此角度歌詠嚴光的詩作則可以梅堯

〔註107〕《全宋詩》，第19冊，頁12917。
〔註108〕相關作品如劉敞〈留侯〉：「富貴心不屑，功名諒誰論。」（《全宋詩》，第9冊，頁5668）張詠〈柳枝詞七首〉其五：「安是辭榮同范蠡，綠絲和雨繫扁舟。」（《全宋詩》，第1冊，頁548）釋智孜〈四皓吟〉：「不顧金章貴，終披白氅還。」（《全宋詩》，第13冊，頁9055）。

臣（1002～1060）〈詠嚴子陵〉為代表：

> 不顧萬乘主，不屈千戶侯。手澄百金魚，身被一羊裘。
> 借問此何耳，心遠忘九州。青山束寒灘，澱浪驚素鷗。
> 以之為朋親，安慕乘華軿。老氏輕璧馬，莊生惡犧牛。
> 終為蘊石玉，夐古輝巖陬。〔註109〕

全詩可分為三段，首段四句寫嚴光的選擇，對貴為萬乘之主的劉秀隱而不見，得到「除為諫議大夫」的君令時，更是放棄如此可以成為千戶侯的機會，堅持不屈，仍舊選擇身披羊裘、垂釣而生，由此可見其「輕視名爵」的心理。而後中段六句接續而言，稱嚴光已然不再惦記九州中的世俗事務，且隱居之時恰能與自然為友，因此亦無羨慕乘華軿之達官貴人的必要，由此可見其「不重財利」的態度。綜合以上兩段，明顯可知對嚴光而言，名爵財利皆無足輕重，因此於詩之末，梅堯臣遂提出「璧馬」與「犧牛」兩個典故，「璧馬」典出《道德經》第六十二章：「故立天子，置三公，雖有拱璧以先駟馬，不如坐進此道。」〔註110〕反映老子認為拱璧、駟馬皆不如陶養內在之「道」；「犧牛」典出《莊子・列禦寇》：「或聘於莊子，莊子應其使曰：『子見夫犧牛乎？衣以文繡，食以芻叔，及其牽而入於太廟，雖欲為孤犢，其可得乎！』」〔註111〕意指莊子堅持拒絕做官的心跡。詩人在此以老、莊為對照，自然有意強調嚴光輕視外物之修養境界，但特別值得注意的是：在〈列禦寇〉原文中，莊子於「犧牛」之喻前，正在警告宋王身邊的臣子隨時都有可能化為齏粉的危險，由此可見「雖欲為孤犢，其可得乎」的反詰背後，暗藏的其實正是政治的險惡。因此綜觀全詩，梅堯臣除了稱頌嚴光不慕榮利的夐古輝芒外，其實同樣隱然寫出了隱者「全身遠害」的面向。

　　相對於梅詩的內容主軸在於正面說明嚴光精神層次之高，司馬光

〔註109〕《全宋詩》，第5冊，頁2987。
〔註110〕見春秋・老子著，朱謙之撰：《老子校釋》，收入《新編諸子集成》（北京：中華書局，2000年），頁254。
〔註111〕見戰國・莊子著，清・郭慶藩集釋，王孝魚點校：《莊子集釋》（北京市：中華書局，1995年），卷10，頁1062。

〈獨樂園七題‧釣魚庵〉則是從反面襯托其節操之可貴，詩云：

　　吾愛嚴子陵，羊裘釣石瀨。萬乘雖故人，訪求失所在。

　　三公豈非貴，不足易其介。奈何夸毗子，斗祿窮百態。〔註112〕

此詩前六句同樣從正面立說，吐露詩人對嚴光的欽慕。從前引《後漢書》及相關詩作已知嚴光與光武帝有舊交，此詩即是扣緊此事實發揮，畢竟以嚴光的身份，若有意向劉秀要求官職，即便貴如三公皆易如反掌。但即使如此，仍然無法改變嚴光的操守，其非但未主動尋求高官厚祿，更隱身不見，令皇帝難以訪求。頸聯兩句脫胎自《孟子》，〈盡心上〉云：「柳下惠不以三公易其介。」〔註113〕「介」字意指儒家聖人之節操，可見司馬光將嚴光類比至聖人層次的用心。詩末則筆鋒一轉，提出「夸毗子」以為嚴光的對比，「夸毗」一詞典出《詩經‧大雅‧板》，意指逢迎諂媚之徒，〔註114〕顯然旨在藉由嚴光的淡泊名利，譴責貪求利祿者的醜態。總而言之，以上兩詩都是將嚴光「不求利祿」的選擇視為足以令其名垂青史的高風與操守，相似觀點頻繁見於「釣臺」主題的詩作中，除以上兩例之外，龐籍（988～1063）〈經嚴子陵釣臺作四首〉其四云：「應宿將臣皆列土，未將煙水博功名。」〔註115〕稱嚴光不願放棄隱居生活以博得功名。楊傑（?～?）〈子陵釣臺〉云：「功業不隨東漢祖，光芒獨應少微星。」〔註116〕稱頌嚴光不隨光武帝建功立業，反而能夠閃爍出少微星的隱者光輝。又如孫沔（996～1066）〈題子陵釣臺二首〉其一，其詩通篇皆以稱頌嚴光志不在祿為基礎：

　　舊交為帝不能邀，百尺雙臺照暮濤。

　　逸迹已將山共永，清名仍與月爭高。

〔註112〕《全宋詩》，第9冊，頁6057。
〔註113〕見戰國‧孟子著，清‧焦循注：《孟子正義》（臺北：世界書局，1992年），頁543。
〔註114〕〈板〉云：「天之方懠，無為夸毗。」見《詩經評註讀本》，下冊，頁691。
〔註115〕《全宋詩》，第3冊，頁1849。
〔註116〕《全宋詩》，第12冊，頁7996。

　　　　魯連解難終辭祿，龍伯持傾只釣鼇。

　　　　列傳古碑言未盡，一灘風竹自蕭騷。〔註117〕

此詩之首同樣扣緊嚴光與劉秀的舊交情發揮，稱許其不攀龍附鳳，甚
至避而不見的堅持，頷聯詩意接續於此，認為如此操守已經足以讓清
名永垂，詩意略同於梅堯臣〈詠嚴子陵〉中的「夐古輝巖阪」。頸聯用
魯仲連排難解紛又辭千金封賞的典故，強調嚴光大志並不在區區財祿。
詩末以「列傳古碑」為對比，認為嚴光雖未有世俗定義下的建功立業，
但風骨仍永垂不朽，反映了詩人對其的欽慕與嘆服。

　　　　綜合以上詩作，可以發現以古之高士類比的作法頗為多見，無論
是老子、莊周，抑或是柳下惠、魯仲連，其實都有意襯托嚴光輕視財貨
等身外之物的操守，亦足以見得詩人歌詠時的一個重要的價值趨向。
這類型的作品最後可以范仲淹〈釣臺詩〉作結：

　　　　漢包六合罔英豪，一簡冥鴻惜羽毛。

　　　　世祖功臣三十六，雲臺爭似釣臺高。〔註118〕

此詩以冥鴻比喻嚴光，認為在光武帝網羅天下英豪的時候，唯有嚴光
不入網中，正可見得其孤高的操守。後半更進而將歸隱山林與功名利
祿對比，雲臺一詞已見於前引張伯玉與劉昌言的作品中，惟張詩並無
優劣判斷、劉詩意在感嘆後人多慕榮華富貴，范仲淹在此則不然，他認
為釣臺要高於雲臺，顯然可見在其心中嚴光的操守要較雲臺三十六將
的功業更加可貴。

　　　　以上所論，大抵可以視為「釣臺」主題詩作中「同」的一面，可
以由此見得北宋詩人歌詠隱者時的共性；以下則將由「異」處著眼，發
掘嚴光有別於其他隱者的形象與操守。在本章所討論的「隱者」中，范
蠡與張良遁世以前皆是國之重臣，四皓亦曾經出山輔佐當時尚為太子
的劉盈。要言之，除了並未成為詠史詩主角的漁父外，諸人皆有著或長
或短的「入世」經驗，唯有嚴光自始至終都視皇帝為無物，先是「隱身

〔註117〕《全宋詩》，第4冊，頁2141。
〔註118〕《全宋詩》，第3冊，頁1915。

不見」，而後「眠而不應」，甚至「足加帝腹」，光武帝「狂奴」的評價，實為中肯。如此近乎「狂狷」的性格特徵，早在唐代便已受詩人注意，如唐彥謙（?～893）〈嚴子陵〉：「嚴陵情性是真狂，抵觸三公傲帝王。不怕舊交嗔僭越，喚他侯霸作君房。」〔註119〕便是著眼於嚴光傲視侯霸與劉秀的舉止，證成其「狂」。在嚴光諸多言行中，最能凸顯其「狂」之姿態者，自是「以足加帝腹上」一事，此事在唐代便開始與其「狂奴」的稱呼連用，如皮日休（834～883）〈釣磯〉詩云：「狂奴臥此多，所以躍帝腹。」〔註120〕。降及北宋，前引劉昌言〈釣臺〉詩中的「足加帝腹傍無人，星動天文失躔次」即是一例，除該詩外，尚有龐籍〈經嚴子陵釣臺作四首〉其三：「聞箇狂奴足，生平在草萊。不榮升帝腹，寧自躍魚臺。」〔註121〕以嚴光之「足」貫串前後，稱其平生皆處草莽間，雖未有顯赫的地位，但卻能加帝腹之上。另外，除了直接指出「踏帝腹」外，由於《後漢書》記兩人共眠一夜後，太史「奏客星犯御坐甚急」，使得「客星」一詞也被用以刻畫嚴光狂狷不屈、傲視王侯的形象，如邵炳（?～?）〈題釣臺〉：「光武休戈詔子陵，高臺時暫別煙汀。當時四海皆臣妾，獨有先生占客星。」〔註122〕透過四海皆服於光武，襯托嚴光之不群。又如李師中（1013～1078）〈子陵二首〉其一：「阿諛順旨為深戒，遠比夷齊氣更豪。半夜光芒侵帝座，有誰曾似客星高。」〔註123〕藉由伯夷、叔齊之對比，將嚴光的地位拉抬至更高的層次。楊傑〈釣磯懷古十章〉其九更是直接將此事連結至「狂奴」的評價，其詩云：

狂奴肯顧安車聘，祗愛東陽七里灘。

誰道世間人不識，客星光射紫微寒。〔註124〕

詩之前半透過不顧招聘一事凸顯出了「狂奴」形象，後半雖僅記天象，

〔註119〕 《全唐詩》，第 20 冊，頁 7678。
〔註120〕 《全唐詩》，第 18 冊，頁 7046。
〔註121〕 《全宋詩》，第 3 冊，頁 1849。
〔註122〕 《全宋詩》，第 4 冊，頁 2317。
〔註123〕 《全宋詩》，第 7 冊，頁 4871。
〔註124〕 《全宋詩》，第 12 冊，頁 7876。

但天上的「客星射紫微」其實反映的正是人間的「以足加帝腹」，詩人直指如此狂傲之舉已經足以令世人皆知。最後值得注意的是，嚴光如此的「狂狷」性格，在後世詩中竟也如不慕榮利的操守一般，被賦予了流芳百世的價值，可參葉祖洽（?～?）〈釣臺〉：

> 先生遺世者，長謝帝京塵。一釣桐江水，高名萬古春。
>
> 客星曾犯座，天子不能臣。臺下千帆過，風波愁殺人。〔註125〕

詩末的「臺下千帆過」正可反襯臺上嚴光的遺世與孤高，頷聯更直稱其可名垂千古。然綜觀全詩，除頸聯外並未述及嚴光的具體事蹟，由此可見，詩人認為可以「高名萬古春」的理由實為其後兩句：「客星曾犯座，天子不能臣。」作為客星卻犯天子之座、即便面對皇帝之尊仍堅持不屈的狂傲，正是造就其不朽的關鍵。

　　雖然在前一小節分析詠四皓詩時，已然可知詩人對四皓出山輔佐太子，得以有功於天下大多懷有欽羨之情；但在本節中，卻又可見嚴光自始至終傲視王侯的姿態，同樣獲得了普遍的正面評價，甚至范仲淹〈釣臺詩〉更直言「雲臺爭似釣臺高」。從這類歌詠嚴光的詩作中對「淡泊名利」與「狂傲不屈」的稱頌，可以見得在亂世中除了出山建功立業外，其實「功業不隨東漢祖」亦是一個可能的人生選擇。

三、對隱者出處的評論與反思

　　如前所言，雖然四皓與嚴光的生存年代有著高度相似，皆歷經治世、亂世、治世〔註126〕——惟四皓的三個階段依序為秦代、楚漢、西漢，而嚴光則是西漢、新莽、東漢，且同樣在中間的亂世時期選擇隱於江湖、遠遁亂世，因此可以一併視為「高臥山林的隱逸典型」。然而，

〔註125〕《全宋詩》，第15冊，頁10219。

〔註126〕此處之「治世」乃相對於分崩離析的「亂世」而言，指稱大一統的時代。分裂的亂世如楚漢相爭時的劉、項割據，又如王莽篡漢之後綠林軍、赤眉軍逐鹿中原，對比於這兩個時期，秦代雖然被廣泛視為暴政，但畢竟在秦始皇的統治之下未有大規模的軍閥割據或農民起義，此處仍以「治世」泛稱之。

兩方在最後一個時期的選擇卻截然不同，四皓在太子蒙難、張良出計的情況下選擇出山保嫡安國；嚴光卻即使與光武為故交，仍然避而不見，甚至堅持自己有著巢父之志，希望劉秀莫再相逼。基於如此歧異，也使得北宋詩人發展出了兩套迥異的仕隱論述，一派認為應當把握時機「一朝相顧下雲巘」，入世建功；另一派則強調「功業不隨東漢祖」，與其殺人逐鹿，不若全身歸隱，堅持遁於山林之中。直觀而言，兩種意見應是互斥的，亦即贊同四皓之功者對於嚴光的選擇理當有所批評，故可製表如下：

表一　看待四皓與嚴光的褒貶分佈

	認為應當入世建功者	認為應當續留山林者
看待四皓的態度	讚許（A）	批評（C）
看待嚴光的態度	批評（B）	讚許（D）

透過此表顯然可見，本文前兩小節所論其實大致上以 A、D 為材料，尚未觸及 B、C 兩類的詩作，故本節將首先著眼於北宋詩人對四皓與嚴光的批評，從而使得時人看待「入世建功」或「續留山林」的意見更趨完善。

　　此先由批評四皓之作著手，對四皓出處進退的質疑自唐代即有，其中又以元稹（779～831）〈四皓廟〉的批判最為具體且尖銳，其詩云：

　　巢由昔避世，堯舜不得臣。伊呂雖急病，湯武乃可君。

　　四賢胡為者，千載名氛氳。顯晦有遺跡，前後疑不倫。

　　秦政虐天下，黷武窮生民。諸侯戰必死，壯士眉亦嚬。

　　張良韓孺子，椎碎屬車輪。遂令英雄意，日夜思報秦。

　　先生相將去，不復嬰世塵。雲卷在孤岫，龍潛為小鱗。

　　秦王轉無道，諫者鼎鑊親。茅焦脫衣諫，先生無一言。

　　趙高殺二世，先生如不聞。劉項取天下，先生游白雲。

　　海內八年戰，先生全一身。漢業日已定，先生名亦振。

　　　　不得為濟世，宜哉為隱淪。如何一朝起，屈作儲貳賓。

　　　　安存孝惠帝，摧頷戚夫人。舍大以謀細，蚓盤而蠖伸。

　　　　惠帝竟不嗣，呂氏禍有因。雖懷安劉志，未若周與陳。

　　　　皆落子房術，先生道何屯。出處貴明白，故吾今有云。〔註127〕

元稹非議的著眼點主要在四皓隱居期間的天下大勢，認為在秦皇暴虐、張良行刺、英雄蜂起、茅焦死諫、趙高亂政、楚漢相爭之時，四皓皆悠遊白雲、不進一言；而後卻在劉邦擊敗項羽，四海相對平靜的時候，把握太子廢立的爭議挺身而出，屈居貳賓。由此可見四皓捨大謀小、言行前後不一，論安劉比不上周亞夫與陳平等漢初功臣，論避世亦不若巢父、許由一類始終高隱的隱者，論輔佐君王更與伊尹、呂尚等名臣不可同日而語。整體而言，元稹非但無一語正面評價，更斥之為呂后之亂的禍首、張良之計的棋子，對四皓的出處做了近乎全方面的批評，其餘唐人貶抑之作，如杜牧（803～852）〈題商山四皓廟一絕〉、蔡京（?～863）〈責商山四皓〉等，大抵皆不脫此詩範疇。然而，對比於唐人責難之音四起，北宋詩人書寫四皓時卻至多不過「略有微詞」，且詩作數量亦極少，就本文所見，僅趙抃〈隱真洞〉與米芾（1051～1107）〈題馬遠作四皓弈棋圖橫卷〉，茲先引趙抃詩如下：

　　　　仙洞長年臥白雲，靈丹成就養天真。

　　　　漢庭輕為東宮出，應笑商山四老人。〔註128〕

全詩從「修道」的觀點著眼，認為「靈丹成就養天真」的前提實乃長年高臥仙洞之中，因此看見遁世多年的四皓為了東宮之難輕率出山，難免欲嘲笑其不能終隱、前功盡棄。米芾詩則云：

　　　　落落四皓翁，山林養其靜。羞為漢家臣，若辟秦苛政。

　　　　商顏高峨峨，坐待天下定。欻起佐儲皇，上前啟名姓。

　　　　堪憐羽翼成，難將口舌爭。無語及扶蘇，空歌紫芝咏。〔註129〕

〔註127〕《全唐詩》，第 12 冊，頁 4455。

〔註128〕《全宋詩》，第 6 冊，頁 4241。

〔註129〕《全宋詩》，第 18 冊，頁 12284。

此詩與元稹「舍大以謀細」的論斷頗為相似，認為四皓等到天下平定後才忽然出山輔佐太子，詩末更提出扶蘇為例，認為扶蘇同樣是值得扶持的對象，委婉批評四皓在趙高、李斯設計陷害儲君，改立胡亥時不進一言。綜觀兩首宋人詩作，雖然對四皓稍有非議，但一則語帶保留、二則理論基礎皆不離元稹舊路，無論對比唐人的大力抨擊，抑或宋人稱頌四皓時的豐富作品量與多元歌詠面向，都可見得北宋詩人看待四皓仍以正面評價為主。

　　相似情況亦發生於釣臺主題詩作，只不過詩歌史上對嚴光的批評與四皓詩略有不同——唐人至多稱嚴光為「釣名者」，並未有如元稹〈四皓廟〉一般一針見血點出其行為不當處的作品。時至北宋，亦僅少數文人接受了「釣名」之說，首先可參宋初趙湘（959～993）〈釣說贈韓介〉，其文云：「光亦釣名者，非所謂釣道者。」〔註130〕詩例則有如王逵（991～1072）〈釣臺〉：「如何自古留題者，不悟嚴光解釣名。」〔註131〕馮京（1021～1094）〈題釣臺〉：「蚤知賢達窮通意，閒把漁竿只釣名。」〔註132〕整體而言數量實少，單刀直入指出嚴光應當入世的作品，更僅有王令（1032～1059）〈讀東漢〉：

　　　漢鼎重炎逆血熬，當時天子亦勤勞。

　　　不能乘作唐虞計，未會嚴陵所謂高。〔註133〕

其詩認為劉秀奮勇征戰，費盡千辛萬苦始重新穩固漢鼎，嚴光不能把握如此亂世甫定的時刻出山輔佐明君，實難理解其「高」處何在。然而，如此意見在北宋詩中為獨見，大多數詩人在面對嚴光堅持不出的選擇時，非但不加批評，反而檢討起光武帝是否堪稱聖君，如王安石〈嚴陵祠堂〉云：「迹似磻溪應有待，世無西伯可能留。」〔註134〕便認為光武不如文王，無法留下姜子牙之流的垂釣高人。徐大正（?～?）〈題

〔註130〕《全宋文》，第 8 冊，頁 363。
〔註131〕《全宋詩》，第 3 冊，頁 1978。
〔註132〕《全宋詩》，第 10 冊，頁 6796。
〔註133〕《全宋詩》，第 12 冊，頁 8179。
〔註134〕《全宋詩》，第 10 冊，頁 6671。

釣臺〉與黃庭堅〈雜詩〉意亦頗近，前者言：「中霄若起唐虞興，未必
先生戀釣臺。」〔註135〕判斷光武之朝畢竟不如唐虞盛世；後者稱：「世
祖本無天下量，子陵何慕釣魚磯。」〔註136〕批評劉秀並無海納百川的
雅量。更有如龐籍者，大力稱頌嚴光始終未嘗入世，其〈經嚴子陵釣臺
作四首〉其二云：

　　道閉寗濡足，時平亦括囊。故人登世帝，清瀨自吾鄉。

　　渭叟非真釣，商奴是詐狂。先生不可問，天外一鷺翔。〔註137〕

此詩首聯用〈漁父〉及《周易》之典，認為生當亂世自當濁兮濯足，但
承平之時繼續「閉其知而不用」亦無不可。兩句顯然指涉嚴光從新莽到
東漢皆不出山一事，因此頷聯接續而言，稱許其在故人登上皇帝大位
時，仍可隱於清瀨、不慕榮利。詩之後半以「願者上鉤」的姜子牙和
「佯狂避禍」的箕子做對比，認為相較於二者，唯有自始至終皆隱於釣
臺的嚴光始堪稱安於垂釣生活、遠離險惡政局，如天外翔鷺一般不可
問、更不可留。綜觀全詩，對嚴光之不出山無隻字片語的批評，反倒充
滿欽慕、嚮往之情。

　　論述至此，本文已將前揭「褒貶分佈表」中的四類分析完畢，顯
然可見 B、C 類少而 A、D 類多，由此可以推論，北宋詩人看待亂世隱
者時，「入世建功」與「續留山林」的兩種意見其實並不互斥，因此即
便讚許四皓也不會導致批判嚴光，反之亦然。事實上非但如此，兩種意
見更有在同一文人筆下融通的可能，如前一節末本文提出：北宋時人
藉由歌詠文種、屈原流露了「處江湖之遠則憂其君」的忠君觀念，該句
即語出范仲淹〈岳陽樓記〉，可見其人即使身處江湖，亦時刻不忘入世
輔君濟民。然而，范氏卻又有〈釣臺詩〉稱「雲臺爭似釣臺高」，反映
其心中認為遁隱為上、立功為下的價值判斷，由此可見，在范仲淹心
中，四皓的相時而動與嚴光的堅守清操其實並無絕對的是非。同樣意

〔註135〕《全宋詩》，第 21 冊，頁 14250。
〔註136〕《全宋詩》，第 17 冊，頁 11498。
〔註137〕《全宋詩》，第 3 冊，頁 1849。

在融通四皓與嚴光看似悖反之舉止的作品,猶有吳可幾(?~?)〈釣臺〉:

> 君王取天下,有人將甲兵。君王得天下,有人相昇平。
>
> 我欲介其間,區區安取成。莫若歸養高,高臥崑之崗。
>
> 直使萬乘意,慕仰非鴻冥。身雖隱漁釣,心豈忘朝廷。
>
> 常慮天下定,君王志驕盈。群臣習見聞,力諫不爾聽。
>
> 不有不臣者,不足回其清。商山四老人,用是定西京。
>
> 潛希絕世躅,萬一助皇明。年當建武日,上下咸清寧。
>
> 所懷憶不陳,終焉為客星。如何逸民傳,乃有狂奴名。〔註138〕

全詩可以分為三段,首段十句為詩人的自我探索,認為雖然未能出將入相,但「介其間」的歸隱選擇看似「安取成」,卻仍能有所貢獻。次段八句接續前文,以「身雖隱漁釣,心豈忘朝廷」開頭,此二句意義正可與「處江湖之遠則憂其君」相通,且吳可幾於其後更具體說明「惦記朝廷」的貢獻為何:詩人認為,如劉邦、劉秀一類平定天下之君志得意滿者實難免,在此情況下,朝中之臣所諫皆是尋常之言,往往聽而不聞。因此需要「不臣者」來提醒君王仍應清明治國。末段接續此意,提出四皓與嚴光之例,認為這類型的人物平時潛隱不見,但仍希望能夠在世俗立功的常軌之外,發揮助成皇帝盛明天子形象的功用。然而,對比於四皓建功顯而易見,詩人遙想嚴光風骨卻未免感嘆其用心良苦因為難以言傳,而被視為遠離廟堂、對朝政毫無貢獻的「客星」。最後在全詩之末,詩人聚焦於從〈逸民傳〉中記載的光武帝「狂奴」之語,認為嚴光無論何等狂放,都仍是劉秀的臣子,「奴」字正表示其終究為皇帝所用,在此脈絡之下,本詩將嚴光也一併納入了「忠臣」、「功臣」的範疇之中。同時可知,嚴光與四皓雖然表現行為不同,但對吳可幾而言,其根本目的都是為了「回其清」、「助皇明」,希望皇帝可以戒除驕盈惡習,詩人將「續留山林」視為「建功」的一種方式,可謂融通兩種觀點的例證。

〔註138〕《全宋詩》,第5冊,頁3377。

　　值得注意的是，如四皓、嚴光一類的隱士，除了可以教化為人君
者外，對當時乃至後世的天下萬民亦能起砥節礪行的作用。其中四皓
「遠害全身，矯世勵俗」的效果已見於前引王禹偁〈四皓廟碑〉末的銘
文，茲復節錄其碑文於下，以見作者亟欲強調的四皓「矯世」之功：

> 是知先生之出，非獨謀漢也，實將救時也。先生之退，非獨
> 全身也，亦將矯世也。危而護之，不宴安於獨善，可謂救乎
> 時矣。定而去之，不乘時以聚祿，可謂矯乎世矣。〔註139〕

碑文此段聚焦於四皓之進退，就其「進」而言，一般認為「隱者」是「獨
善其身」之人，但四皓並不只重視自身之宴安，反而在太子有難時挺身
護之，故可謂之「救時」；就其「退」而言，保嫡安國即使無功於劉邦，
至少對劉盈而言是無以為報的大功，然而四人卻不乘此機會飛黃騰達，
反而定而去之，反映出淡泊名利的操守，故可稱為「矯世」。基於四皓
的過人節操，王禹偁乃欲為其重撰碑文，且其自述撰寫目的云：「斯文
也，豈直歌鴻飛、狀鶴髮而已哉？實欲使立朝廷、為臣子而挾幼沖、圖
富貴者聞而知懼，亦春秋誅亂臣賊子之旨也。」〔註140〕在這段文字中，
除了可見效法春秋筆法的企圖外，更重要的是由此可知作者認為記錄
四皓的言行可以使後世「挾幼沖、圖富貴」者知懼，反映四皓端正士
風、警戒後人的效果。至於嚴光道德矯世勵俗之功則可參范仲淹之作，
見其〈桐廬郡嚴先生祠堂記〉：

> 先生，漢光武之故人也。相尚以道，及帝握〈赤符〉，乘六龍，
> 得聖人之時，臣妾億兆，天下孰加焉？惟先生以節高之。既
> 而動星象，歸江湖，得聖人之清。泥塗軒冕，天下孰加焉？
> 惟光武以禮下之。
> 在〈蠱〉之上九，眾方有為，而獨「不事王侯，高尚其事」，
> 先生以之。在〈屯〉之初九，陽德方亨，而能「以貴下賤，
> 大得民也」，光武以之。蓋先生之心，出乎日月之上；光武之

〔註139〕《全宋文》，第8冊，頁123。
〔註140〕《全宋文》，第8冊，頁123。

量，包乎天地之外。微先生，不能成光武之大，微光武，豈
能遂先生之高哉？而使貪夫廉，懦夫立，是大有功於名教也。

仲淹來守是邦，始構堂而奠焉，乃復為其後者四家，以奉祠
事。又從而歌曰：「雲山蒼蒼，江水泱泱，先生之風，山高水
長！」〔註141〕

此文通篇採雙主軸的手法寫成，前兩段平提光武與嚴光，以「相尚以
道」一語貫之，強調這組君臣故交的美名實為相輔相成。首段一則藉由
光武平定天下、臣妾億兆的時代背景，反襯嚴光的節操之高；二則透過
嚴光泥塗軒冕、傲視王侯的狂舉，凸顯光武禮賢下士。次段接續此意，
以「蠱」、「屯」兩卦所言，再次強調嚴光的高尚與光武之「大得民」。
本段之末尤其重要，一如《隋書‧隱逸傳》中所言，史家認為隱者之道
可以「立懦夫之志，息貪競之風」〔註142〕，作者於此亦然，認為嚴光
對名教「大有功」，而嚴光高風又基於光武帝的成全，故此句蓋可視為
全文「君臣同美」的結論。末段則以一首四言詩歌作結，頌揚先生風骨
如山高水長，足以流芳百世。總括而言，范仲淹此文極大化了嚴光淳化
風俗的貢獻，並深刻影響其他北宋詩人。

受范文影響最顯著的例子便是梅堯臣，其〈讀范桐廬述嚴先生祠
堂碑〉詩云：

二蛇志不同，相得榛莽裏。一蛇化為龍，一蛇化為雉。
龍飛上高衢，雉飛入深水。為蜃自得宜，潛游滄海涘。
變化雖各殊，有道固終始。光武與嚴陵，其義亦云爾。
所遇在草昧，既貴不為起。翻然歸富春，曾不相助治。
至今存清芬，烜赫耀圖史。人傳七里灘，昔日來釣此。
灘上水濺濺，灘下石齒齒。其人不可見，其事清且美。
有客乘朱輪，徘佪想前軌。著辭刻之碑，復使存厥祀。

〔註141〕《全宋文》，第 18 冊，頁 417。後文言及此文時皆將簡稱〈嚴先生祠
堂記〉。
〔註142〕見唐‧魏徵等著：《隋書》（臺北：鼎文書局，1980 年），頁 1751。

　　欲以廉貪夫，又以立懦士。千載名不忘，休哉古君子。〔註143〕

此詩由詩題即可見得與范仲淹的〈嚴先生祠堂記〉有著直接關聯。全詩可以分為三段，首段十句以蛇為喻，說明雖然變化各殊、抉擇相異，但皆可謂「終始有道」，並無優劣之別。次段直接提出光武與嚴光，顯然前者為龍、後者為雉，歌詠嚴光在草昧之時與劉秀相遇，但即使故人貴至九五之尊，仍無攀龍附鳳之意，反而歸隱富春，未曾出仕，也正因此令其事蹟載諸史冊、清芬永存。末段則述范仲淹刻碑一事，認為此舉能起「廉貪立懦」之效。要言之，雖然此詩強調的「休哉古君子」之功能並未超脫范仲淹碑記的範疇，但仍可見得范氏所提出「大有功於名教」的說法其實已然為梅堯臣所接受。相似詩意亦可見於葉棐恭（?～?）〈過子陵釣臺〉，其詩云：「耕閒釣寂千年迹，立懦貪廉萬世功。」〔註144〕明顯同是此脈絡下的作品。同樣強調嚴光道德節操之影響性的，猶有龐籍〈經嚴子陵釣臺作四首〉其一：

　　翠岫臨寒瀨，先生老此中。釣耕輕萬乘，要領戒三公。

　　入宿星躔動，歸來世網空。何人知此意，千古激澆風。〔註145〕

詩中的傲視萬乘、不落世網等人格特質可以呼應前文所論之「狂狷」，且在龐籍筆下，嚴光的影響力更同時可以作用於當時與後世，就當時而言，「懷仁輔義天下悅，阿諛順旨要領絕」的建言可以令為官者引以為戒；就後世而言，則可改變千古以後的澆薄社會風氣。此類詩作最後可參李廌（1059～1109）〈釣臺三首〉其三：

　　興王不患無功業，賊亂常憂在歲寒。

　　能緩阿瞞移鼎手，長鋌此日愧漁竿。〔註146〕

此詩認為嚴光雖然沒有具體功業，但「賊亂」之際仍能起到「興王」的作用。後二句更進一步提出了嚴光道德操守改易士風的實際效果，此

〔註143〕《全宋詩》，第 5 冊，頁 2761。
〔註144〕《全宋詩》，第 8 冊，頁 5033。
〔註145〕《全宋詩》，第 3 冊，頁 1849。
〔註146〕《全宋詩》，第 12 冊，頁 8353。

效甚至施及東漢末年的曹操，令其亦稍稍有愧於釣臺上永垂的風骨。綜觀以上，此詩蓋可視為「砥節礪行」一類詩中，最具體並強化嚴光貢獻之作。

綜合以上對嚴光與四皓出處進退的批評與討論，顯然可見「相時而動」與「堅守山林」兩種意見在北宋實際上是並存的，且從批評之作甚少更可以進一步知道兩者並不互斥。在對「出世」與「入世」其實無適無莫的情況下，若欲從這類詩作中找出一個共性，則當是隱士所樹立、可供後人瞻仰並效法的高風亮節，這既是詩人期許自己無論身處治世或亂世都能具備的操守，亦是歌詠隱者時極重要的著眼點。除此之外，如此傾向更可以扣回前一節討論詠屈原詩時得出之結論——「退隱時亦當保有『獨醒』之節操」，反映「道德」在北宋時人討論「仕隱」問題時著實佔有相當重要的地位。

第三節　北宋文人的仕隱思想

透過前兩節的論述，已然將北宋詩歌中的「范、文」、「張、韓」、四皓、嚴光等牽涉在天下大亂之際隱遁或避世的人物分析完畢，並由此可以見得詩人歌詠此類人物時，對「時刻心繫朝廷」與「恪守道德節操」的要求及重視。然而，若仔細觀察前引詩例的作者，卻可發現幾乎不存在兼具「隱士」身分的詩人，甚至有高居「天子御史」之位的龐籍，以及曾任樞密副使、掌管全國軍政的范仲淹。即使是仕途不順乃至未嘗為官者，如徐積、李廌等人，亦曾有志於科舉及官場，但因疾病纏身或考運不濟而被迫放棄。總括而言，綜觀上述諸詩人的生平經歷，並參以《宋史・隱逸傳》的記載以後，可知真正遁隱山林，跡同嚴光、四皓的「隱逸詩人」其實反而尚未進入本文的討論之中。因此，以下首先將以入〈隱逸傳〉中的人物為進路，探討此類詩作中反映的價值觀為何，從而更為完整歸納出北宋文人如何看待仕隱問題。

一、隱逸詩人看待歸隱者的特殊視角

　　本節將以《宋史‧隱逸傳》的傳中人物為「隱者」的代表，是故此處之「隱者」仍遵循傳統定義，以「身藏而德不晦，故自放草野」為內涵，換言之，身之「藏」與「避世」乃如此定義下之「隱者」的必要條件。本文將藉由如此「隱逸詩人」書寫四皓及嚴光的作品，探討其人看待歷史上的歸隱之士有何特殊之處。

　　在此前提下，比對史傳與《全宋詩》內的北宋詩作後，發現即使是詩作數量豐富的隱者如魏野（960～1020）、林逋（967～1028），都極其罕見詠史詩的創作，更遑論歌詠隱士之德。這樣的現象與宋前的隱者其實有著相當大的落差——透過「歷時性」的觀察，如范仲淹一般，特別標舉「隱士道德」在正面影響力的作法其實並非首創，在頗多詠史之作的陶淵明筆下便不乏相似意見，如〈詠二疏〉：「誰云其人亡，久而道彌著。」〔註147〕將二疏之「道」視作永垂不朽的關鍵。又其〈夷齊〉詩云：「貞風凌俗，爰感懦夫。」〔註148〕甚至與〈嚴先生祠堂記〉相仿，強調隱士使「懦夫立」的功能。從兩個例子即顯然可見，「道德」早在東晉就已進入詩人歌詠隱者的作品中，惟其稱頌對象不同而已。然而這在北宋隱逸詩人筆下卻不可見，如前所言，北宋「自放草野」的隱者皆不熱衷詠史，泛覽《全宋詩》，林逋〈深居雜興六首〉的詩序當為最貼近藉史抒懷的例子，其序云：

> 諸葛孔明、謝安石畜經濟之才，雖結廬南陽，攜妓東山，未嘗不以平一宇內、躋致生民為意。鄙夫則不然，胸腹空洞，謵然無所存置，但能伊優坐釣外，寄心於小律詩，時或盧兵景物，衡門情味，則倒晚二君而反有得色。凡所寓興，輒成短篇，總曰深居雜興六首。蓋所以狀林麓之幽勝，攄几格之閒曠，且非敢求聲於當世，故援筆以顯其事云。〔註149〕

〔註147〕《陶淵明集校箋》，頁378。
〔註148〕《陶淵明集校箋》，頁489。
〔註149〕《全宋詩》，第2冊，頁1211。

在此詩序中，林逋並未以四皓、嚴光等前文已見的隱者為比照對象，反而提出了諸葛亮與謝安兩個同時有著仕隱經驗的人物。無可否認的，孔明與安石都具有經世濟民之才，因此兩人即使躬耕南陽、退隱東山，都仍懷天下大志。相對於此，林逋的隱居生活其實僅是單純的魚釣賦詩，但卻足以睥睨孔明、謝安，頗有自得之意。由此可見，林逋標舉古時「隱而仕」或「仕而隱」的人物時，並未對其功業有欽慕讚賞之情，反而相當自得於衡門情味的生活，這與前述的官場中人有著相當大的差異。令人玩味的是，林逋對「出仕」其實亦有高度重視，這樣的心理從他在姪子林宥登進士甲科後的反應即可見得，其〈喜姪宥及第〉詩云：「新榜傳聞事可驚，單平於爾一何榮。」〔註150〕明白吐露了心底仍然認為讀書致宦是個可喜的人生抉擇。然而，即使如此，林逋在回首自己終身不仕的人生時，自豪之情卻又溢於言表，如其〈自作壽堂因書一絕以誌之〉詩云「猶喜曾無封禪書」〔註151〕，明白吐露自己並不願創作〈封禪書〉那樣為帝王歌功頌德的作品，顯然在其心中，仕宦的成就絕非人生的首要目標。

　　綜合以上林逋書寫孔明、謝安、司馬相如的例子，已然可見隱逸詩人看待歷史人物的側重點與為官者實有所不同，此可再以《隱逸傳》中的另一人物魏野為例，觀察其對「功」與「仕」的看法，可參〈寓興七首〉其二：

　　　　每念李斯首，不及嚴光足。斯首不自保，光足舒帝腹。

　　　　我心異老聃，驚寵不驚辱。豈敢示他人，吟之將自勗。〔註152〕

此詩為其所有作品中，最具有「詠史」色彩者，詩中將「嚴光足」與「李斯首」對比，透過歌詠嚴光「足舒帝腹」之舉，強調李斯最後死於非命實在不如隱者生活的自在自適。詩之後半轉而抒懷，化用《道

〔註150〕《全宋詩》，第2冊，頁1230。
〔註151〕《全宋詩》，第2冊，頁1242。
〔註152〕《全宋詩》，第2冊，頁963。

德經》中的「寵辱若驚」〔註153〕之說，認為「寵」實足以驚。結合前段李斯之例即可知對魏野而言，「寵」是一把雙面刃，得寵之臣雖然可能如嚴光一般，受光武帝包容備至，但同時卻也可能步上李斯「首不自保」的後塵。從如此說法中，顯然可見詩人認為應當時刻惦記著潛藏在「寵」背後的危險，因而希望避世遠禍的心跡。值得注意的是，詩中言及嚴光並無褒貶之意，雖然用了「足加帝腹」的典故，但與前引劉昌言、龐籍詩中藉以稱頌「狂狷」的用意不同，更趨近於詩人藉以吐露心聲的媒介。另外，如此心聲並不只是在詩歌中的空言，對魏野而言實乃身體力行以實踐的人生哲學，可參《宋史・隱逸傳》中對其事蹟的記載：

> 祀汾陰歲，與李瀆並被薦，遣陝令王希招之，野上言曰：「陛
> 下告成天地，延聘巖藪，臣實愚戇，資性慵拙，幸逢聖世，
> 獲安故里，早樂吟詠，實匪風騷，豈意天慈，曲垂搜引。但
> 以嘗嬰心疾，尤疏禮節，麋鹿之性，頓纓則狂，豈可瞻對殿
> 墀，仰奉清燕。望回過聽，許令愚守，則畎畝之間，永荷帝
> 力。」〔註154〕

當時魏野與李瀆（957～1019）同時被推薦，因此而受皇帝徵召，而後所云即是魏野的婉拒之辭。在這段自白中，「幸逢聖世」四字尤為重要，由此我們可以看出對隱者而言，天下的亂與不亂並不是左右仕隱的考量，即使生當盛世，仍然希望可以躬耕於畎畝之間。這和前引的詩作便有著根本上的不同，從王安石、黃庭堅等人對光武是否聖明的討論，即可側面見得政治環境的清明與否，直接影響隱者仕隱的決定，因此而藉由「世無西伯」說明嚴光為何不出山。除此之外，官場中人更用「心繫天下」的標準來看待四皓與嚴光──無論是對四皓保嫡安國的稱頌，抑或如吳可幾一般，認為嚴光其實是透過「不臣」來提醒君王應當清明

〔註153〕語出《道德經・第十三章》：「寵辱若驚，貴大患若身。」見《老子校
　　　　釋》，頁48。
〔註154〕《宋史》，頁13430。

治國——在這類詩作中的隱士即使未嘗出山，也心心念念惦記著天下。
然而，對魏野這樣自始至終未嘗涉足官場的隱者而言，天下絲毫不足
為念，真正重要的反而是「麋鹿之性」，是如陶淵明般「本愛丘山」的
天性，因此而追求自由，不願為仕途所束縛，更不願置身在危險的廟堂
之中，其〈詠懷〉詩云「權豪任相笑，適性自為娛」〔註155〕，正可作
為如此心態的絕佳註腳。

　　除嚴光外，魏野另有〈送太白山人俞太中之商於訪道友王知常洎
歸故山〉以四皓入詩，詩云

　　　　羨我詩中偶有名，輸君物外更無縈。

　　　　水聲山色為聲色，鶴性雲情是性情。

　　　　四皓雲間尋舊友，三清路上指前程。

　　　　連天太白從今去，林下何時得再迎。〔註156〕

此詩為魏野送友人之作，俞太中蓋亦為當時隱士，與魏野善，在其詩中
經常被提及，並以「山人」或「逸人」稱之。〔註157〕全詩旨在稱頌俞
太中之鶴性雲情，以及不為外物所牽的心境，頸聯提出「四皓」以為
「三清」之對，此處選用「四皓」之典極可能是因為對方「之商」，除
此之外，「三清」意指道教中的三清境，顯然此處之「四皓」亦僅是用
當時四人隱居山中、清新脫俗之意，別無更深層的褒貶意圖。除此詩
外，另一首提及隱者的作品則是參俞汝尚（?～?）〈贈張伯玉倅古睦〉：

　　　　新定煙霞外，溪山清可依。夜風泉溜響，春雨藥苗肥。

　　　　野鶴眠花圃，晴嵐溼案衣。預知公暇日，垂釣子陵磯。〔註158〕

此作同樣為贈詩，全篇所寫皆是張伯玉於山水之間的生活，從烟霞、溪
山之自然美景，到夜風、春雨的宜人氣候，乃至野鶴、晴嵐的日常事物
皆然。在此脈絡下，詩末提出的嚴光也僅是透過子陵垂釣的典故，凸顯

〔註155〕《全宋詩》，第2冊，頁909。
〔註156〕《全宋詩》，第2冊，頁903。
〔註157〕考魏野詩集，「俞太中」於詩題中凡五見，除此詩外分別為〈書逸人
　　　　俞太中屋壁〉、〈寄俞太中山人〉（兩首同題）、〈送俞太中山人歸終南〉。
〔註158〕《全宋詩》，第7冊，頁4853。

對方能享有如隱者般的閒適之情。綜上所述，北宋隱逸詩人歌詠或言及隱者的詩例雖少，但已足夠藉以觀察出功業與道德在他們心中的份量無足輕重，魏野「幸逢聖世」之語以及林逋「猶喜曾無封禪書」的自得，更可見他們無論治亂皆渴望隱居的心態，以及心不繫天下、無立功之意的思想。總而言之，這類〈隱逸傳〉中的人物遁世的理由並不是「邦無道則隱」，亦非「處江湖之遠則憂其君」，反而更似《史記》中莊子笑謂楚使者之言：「我寧游戲污瀆之中自快，無為有國者所羈，終身不仕，以快吾志焉。」〔註159〕是一種追求一己之自適的動機，因此在詩中提到的隱者亦大多為遠離官場之志向與遁隱山林之生活而服務，不若為官者在歌詠時往往帶有矯世勵俗等其他用意。

　　最後可以補充的是，如魏野、俞汝尚一般，單純用四皓、嚴光悠閒自適、清新脫俗的一面入詩之作，雖然從「德」與「功」的角度來看似乎與前一節中的詩作內容大相逕庭，但實則在為官者筆下，也有側重高臥山中之隱士生活的零星作品，如王存（1023～1101）〈子陵釣臺〉便云：「嚴公英魄去何之，江上空餘舊釣磯。古木蒼煙鸜鵒噪，清波白石鷺鷥飛。山中秋色香粳熟，壟下朝寒赤鯉肥。何事夷齊恥周粟，一生憔悴首陽薇。」〔註160〕藉由嚴光山水之間的自在生活，表達自己不願如夷齊般憔悴終生的選擇。又如王巖叟（1044～1094）〈望釣臺〉：「桐江快人眼，江水綠于苔。一棹中流去，千山兩岸來。風搖黃葉落，潮捲白沙開。欲問嚴陵事，雲中望釣臺。」〔註161〕全詩所寫皆是自然景物，詩末則點出詩人藉此遙想古之賢人。

　　綜上所論，若將詩歌中四皓、嚴光等隱士可能的象徵意義歸納為心繫君國之「功」、矯世勵俗之「德」、悠然自得之「逍遙」三個面向，則可發現前兩者只出現在為官者的詩作中，「逍遙」則是無論詩人出仕與否都相當關注的內容，惟對官場中人而言，是吐露心志與想望的媒

〔註159〕　《史記》，頁 2145。
〔註160〕　《全宋詩》，第 11 冊，頁 7323。
〔註161〕　《全宋詩》，第 16 冊，頁 10713。

介；對隱逸詩人而言，如此生活則近似日常體驗，如此不重「功」、「德」
並援以自比的書寫面向，蓋可視為北宋隱逸詩人歌詠古之隱者的特殊
視角。

二、破除廟堂與江湖的空間限制

前文已經提到，隱士生活的山中秋色、谷廣水長不只是隱者的自
比，更是為官者的寄託。然而，北宋時的官場中人即使有短暫逃離塵囂
的機會，仍難如魏晉名士一般，偶思蓴羹鱸膾即棄官還鄉，對他們而
言，嚴光等人的自適幾乎可以說是可望而不可求的夢想，如此心境可
參張伯玉〈舟次子陵釣臺〉：

> 十載從軍去又來，強為顏面走塵埃。
>
> 久慚簪笏未歸去，且喜妻孥共此來。
>
> 旋摘岸蔬供野飯，欲題巖壁拂蒼苔。
>
> 子陵昔日誠高趣，未必全家上釣臺。〔註162〕

張伯玉於《宋史》無傳，但在《全宋詩》小傳中提到他「早年舉進士，
又舉書判拔萃科」，而後「遷知福州，移越州、睦州」云云，〔註163〕蓋
雖不曾做過中央高官，但數十年間歷任多處地方首長，斷非隱者無疑。
此詩為張伯玉過子陵釣臺所作，雖然在尾聯處詩人認為嚴光當年也難
領著全家至此地，隱然有自鳴得意之感，但若著重觀察詩之前半，即可
發現詩人對自己過去十年的評價是「強為顏面走塵埃」，奔波不定故難
以歸去，遂有「久慚」之嘆。綜觀全詩，詩末的沾沾自喜其實為「久慚」
之下勉強的一個可勝嚴光之處，且這樣的「喜」是奠基於「妻孥共此
來」，而非自己的仕途。單從仕隱的角度來看，張伯玉面對傲視王侯、
逍遙自在的嚴光，仍是以「欽羨」以及「弗如」為主要情緒。

詩人歌詠嚴光時，除了自嘆弗如外，另一種可能的心態便是前文
言及的「可望而不可求」，見刁約（994～1077）〈嚴陵山〉：

〔註162〕《全宋詩》，第 7 冊，頁 4724。
〔註163〕《全宋詩》，第 7 冊，頁 4723。

　　一染浮名十五春，強隨時態役天真。

　　何年卜築茲山下，卻笑區區世路人。〔註164〕

刁約於《宋史》同樣無傳，僅在刁衍傳後附有「湛子繹、約，天聖中並進士及第」〔註165〕的寥寥幾筆，其及第後的仕途必須藉由《全宋詩》與《續資治通鑑長編》補足：在《全宋詩》小傳的記載中，他歷仕王宮教授、館閣校勘、集賢校理、開封府推官、兩浙轉運使等；《長編》中則有「命館閣校勘刁約、歐陽修同修禮書」〔註166〕的紀錄，從豐富的官場經歷顯然可見亦非隱者。此詩可以視為詩人回顧宦海浮沉之作，前二句書寫他回首審視過去十五年的人生時，感想並非為功名利祿得意，反而是無奈於自己必須因時勢改變純真天性，頗有陶淵明「誤落塵網中，一去三十年」〔註167〕的意味。詩之後半放眼未來，希望有朝一日能夠卜居此山之下，過著如嚴陵般傲視王侯、笑看世人的生活，然而此處「何年」二字隱然說明了這樣的夢想對其而言著實難以企及，可能終身沒有成真的一天。這樣欲隱卻不得的矛盾心理，在蘇軾身上最顯著可見，其作品雖不如前引張伯玉、刁約之作般直指嚴光，但心境卻是相通的，此可以〈臨江仙‧夜歸臨皋〉為例，一窺其對歸隱的渴望，詞云：

　　夜飲東坡醒復醉，歸來彷彿三更。家童鼻息已雷鳴。敲門都
　　不應，倚杖聽江聲。

　　長恨此身非我有，何時忘卻營營。夜闌風靜縠紋平。小舟從
　　此逝，江海寄餘生。〔註168〕

由於探討蘇軾仕隱思想的內容向來皆是研究熱點，針對本闋詞作的說

〔註164〕《全宋詩》，第3冊，頁2022。
〔註165〕《宋史》，頁13054。
〔註166〕宋‧李燾著：《續資治通鑑長編》（上海：上海師大古籍所，華東師大古籍所點校），頁3051。
〔註167〕語出陶淵明〈歸園田居五首〉其一，見《陶淵明集校箋》，頁82。
〔註168〕見宋‧蘇東坡著，石聲淮、唐玲玲箋注：《東坡樂府編年箋著》（臺北：華正書局有限公司，1993年），頁237。

解亦頗為豐富，故於此不復細論之。〔註169〕單純以其下片開頭化用莊子「汝身非汝有」〔註170〕之典故處為進路，見得東坡的自我對話，以及其欲將有限生命寄託於大自然中的出世理想。然而，正如在前引〈嚴陵山〉一詩中，刁約畢竟未能達成「卜築茲山下」的夢想，僅能拋出「何年」的感嘆。此處之東坡亦然，詞之下片的「何時」一語同樣反映了「忘卻營營」對詞人而言著實難以企及，全詞之末也只是蘇軾的想像之筆，而非已經達成的出世姿態。要言之，全詞雖可見東坡超然曠達的襟懷，但同時也是其「欲隱卻不得」的無奈寫照。

　　事實上，如蘇軾、刁約一般「何時忘卻營營」與「何年卜築茲山下」的兩難問句在北宋文人間並不罕見，如前文中甚喜四皓的王禹偁即是一例，其〈揚州池亭即事〉詩云：「歸田未果決，懷祿尚盤桓。」〔註171〕反映其心中一方面希望歸田，另一方面卻又放不下利祿的矛盾。且時人無法退隱並不單純只是為「利」，功名亦為重要的考量，同樣可以東坡為例，其〈南鄉子・和楊元素時移守密州〉云：「何日功成名遂了，還鄉，醉笑陪公三萬場。」〔註172〕吐露的正是對「功成身退」的追求，既然功名未就，自然尚不可歸隱還鄉。奠基於如此心態，「雖居官而與隱者同」〔註173〕的「吏隱」遂於北宋時期大行其道。〔註174〕

〔註169〕可參王啟鵬：《蘇東坡寓惠探幽》（西安：太白文藝出版社，1999 年）；王水照、崔銘：《智者在苦難中的超越：蘇軾傳》（天津：天津人民出版社，2000 年）；李一冰：《蘇東坡新傳》（臺北：聯經出版社，2016 年）。

〔註170〕《莊子集釋》，卷 7，頁 739。

〔註171〕《全宋詩》，第 2 冊，頁 683。

〔註172〕《東坡樂府編年箋著》，頁 47。

〔註173〕語出《辭海》：「舊謂不以利祿縈心，雖居官而與隱者同。」惟此定義之前段「不以利祿縈心」在現有研究成果中爭議頗多，如葛曉音便將謝朓「既歡懷祿情，復協滄洲趣」亦視為「吏隱」。是以本文於此並不論「利祿縈心」，單純將「雖居官而與隱者同」視為後文討論「吏隱」的條件。參《辭海》（上海：上海辭書出版社，1988 年），頁 45、葛曉音：〈中晚唐的郡齋詩和「滄洲吏」〉，《北京大學學報（哲學社會科學版）》2013 年第 1 期（2013 年 2 月），頁 89。

〔註174〕「吏隱」相關研究成果同樣已相當豐富，除前註所舉外，此處再列舉

根據檢索結果，「吏隱」一詞在唐代凡二十七見，宋之問（?～712）、杜甫、白居易（772～846）、劉禹錫（772～842）、張祜（782～?）、姚合（775～855）等人皆嘗以此入詩。另外，參照前文「居官」的定義，白居易提出的「中隱」實際上也與「吏隱」意義相通，其〈中隱〉詩云：「大隱住朝市，小隱入丘樊。丘樊太冷落，朝市太囂諠。不如作中隱，隱在留司官。」〔註175〕此詩化用王康琚〈反招隱〉詩中提出的大隱與小隱：「小隱隱陵藪，大隱隱朝市。」〔註176〕說明極端出世與極端入世皆非自己心之所向，反倒留在司官的中隱是最為理想的人生選擇。在唐人即已提出「居官之隱」的情況下，北宋人既多「何時忘卻營營」與「懷祿尚盤桓」兩難處境，自然不少詩人踏上了「吏隱」的道路，此先以前文已見之王禹偁與蘇軾為例，王禹偁〈遊虎丘〉詩云：「我今方吏隱，心在雲水間。」〔註177〕便是身雖為官但心可悠遊雲水的例證。蘇軾〈六月二十七日望湖樓醉書五絕〉其五所言更明：

　　未成小隱聊中隱，可得長閑勝暫閑。

　　我本無家更安往，故鄉無此好湖山。〔註178〕

此詩可與前引的〈反招隱〉和〈臨江仙・夜歸臨皋〉對讀，與白居易相似，蘇軾此處同樣用了「小隱」的典故，認為如〈臨江仙〉中「小舟從此逝」那樣形體上的「出世」對自己而言實不可成，但「中隱」卻也不失為身陷官場的自己藉以偷得「長閑」的方式。除王禹偁與蘇軾外，北宋文人親身實踐「吏隱」的例子最後可以同時身居文壇與政壇核心的歐陽修作結。泛覽歐詩，直以「吏隱」二字入詩的作品有二例，分別為

　　　兩文為例：蔣寅：〈古典詩歌中的「吏隱」〉，《蘇州大學學報》2004年第2期（2004年3月），頁51～58、張玉璞：〈「吏隱」與宋代士大夫文人的隱逸文化精神〉，《文史哲》2005年第3期（2005年5月），頁48～53。本文以下論述宋前「吏隱」一詞的發展及搜羅北宋「吏隱」相關詩作時亦頗受惠於兩文，特此註明。
〔註175〕《全唐詩》，第13冊，頁4991。
〔註176〕《六臣注文選》，卷22，頁404。
〔註177〕《全宋詩》，第2冊，頁687。
〔註178〕《全宋詩》，第14冊，頁9154。

〈新營小齋鑿地爐輒成五言三十七韻〉與〈寄題洛陽致政第少卿靜居堂〉，前者云：「因知吏隱樂，漸使欲心窒。」〔註179〕說明吏隱足以阻塞薰心之利慾。後者稱：「壯也已吏隱，興餘方掛冠。臨風想高誼，懷祿愧盤桓。」〔註180〕此詩更可與前引王禹偁之〈揚州池亭即事〉並讀，在王詩中「懷祿尚盤桓」造成其「歸田未果決」，此處歐陽修「懷祿愧盤桓」的理由則是因為對方吏隱之高義，由此可見，在北宋詩人心中「懷祿」的對立面可以是「歸田」也可以是「吏隱」，隱於官場之中未必不如真正棄官歸田。雖然歐陽修直指「吏隱」的詩作僅有兩首，但若著眼於從其他作品，卻可發現他視「為官」如「隱」的詩例著實不少，首先可參〈夏侯彥濟武陟尉〉：

風煙地接懷，井邑富田垓。河近聞冰坼，山高見雨來。

官閑同小隱，酒美足銜盃。好去東籬菊，迎霜正欲開。〔註181〕

此詩之前半旨在說明夏侯彥濟任縣尉之武陟縣的風景與民情，後半則稱頌對方如陶淵明般的隱士情操，頸聯更點明了即使身任官職，但閑散時與隱於山林的高士亦無不同。值得注意的是，此詩題下自注「景祐元年」，時歐陽修僅二十八歲，由此可見「仕」與「隱」未必相妨的觀念在其年少時期便已種下根基。而後在〈答梅聖俞〉詩中云「官閑隱朝市」〔註182〕，顯然亦是此一想法的展現。

綜上所述，將「吏隱」問題作簡單梳理後，蓋可見得北宋詩人在難以真正隱居山林的情況下，遂選擇居官而隱的時代特色。以此為基礎，更可知對北宋詩人而言，身處何地其實並不影響隱逸與否，身在官府而心向山水完全是可能的人生選擇。再結合前文已經論及的「處江湖之遠則憂其君」，即可發現「廟堂」與「江湖」在時人眼中不構成空間限制，身處江湖者可以心繫朝廷、宦海浮沉者亦得以神遊山林。這樣

〔註179〕《全宋詩》，第6冊，頁3742。
〔註180〕《全宋詩》，第6冊，頁3659。
〔註181〕《全宋詩》，第6冊，頁3676。
〔註182〕《全宋詩》，第6冊，頁3634。

既可「在野輔政」亦能「在朝歸隱」理想型態，蓋可視為北宋文人仕隱觀念的典型，蘇軾〈靈壁張氏園亭記〉正可為此之註腳：

> 古之君子，不必仕，不必不仕。必仕則忘其身，必不仕則忘其君。譬之飲食，適於饑飽而已。然士罕能蹈其義、赴其節。處者安於故而難出，出者狃於利而忘返。於是有違親絕俗之譏，懷祿苟安之弊。今張氏之先君，所以為其子孫之計慮者遠且周，是故築室藝園於汴、泗之間。〔註183〕

此文將修建園林視為張氏先君調和仕隱的做法，考量園林文學並非本文關注焦點，此將重心放在文章前半段討論「仕」與「不仕」問題處。蘇軾對此看似矛盾的問題提出了「不必仕，不必不仕」的見解，正可呼應本文在前一節中所提出的「對出世與入世其實無適無莫」之結論，其後更分別提出了「必仕」與「必不仕」的缺點，認為若如前者，則失去了自由，並且見利忘返、懷利苟安；若如後者，則心不繫君王，並且違親絕俗、堅持不出。透過東坡在此文中對仕隱的兩面批評，正可知絕對的仕隱在其心中是不可取的，仕而不忘其身，隱而不忘其君方為理想的人生道路。

在如〈隱逸傳〉中那樣「自放草野」的隱者殊少歌詠四皓和嚴光作品的情況下，以上所述歐陽修、蘇軾等人調和仕隱的觀念，著實更適宜作為討論「亂世隱者」主題詩作的思想背景。另外，前文已經以表格說明北宋詩人對四皓、嚴光皆少批評之作，如此現象除了與唐人的大力攻訐截然不同外，更可與南宋詩歌作對照──南宋詩人對隱者頗多不滿之作，如陸游〈雜感十首〉其　云：「不須先說嚴光輩，直自巢由錯到今。」〔註184〕認為從巢父、許由開端的隱者傳統實為大錯。楊萬里（1127～1206）〈讀嚴子陵傳〉曰：「客星何補漢中興，空有清風冷似冰。」〔註185〕直指嚴光無補於世，高尚清操皆只是空。對比於中興詩

〔註183〕《全宋文》，第90冊，頁408。
〔註184〕《全宋詩》，第40冊，頁24972。
〔註185〕《全宋詩》，第42冊，頁26181。

人的批評，更可見得北宋詩人在「不必仕，不必不仕」的想法下，對未仕隱者的包容，甚至有如吳可幾者，將嚴光的退隱也視為輔佐君王的方式之一。

綜合前文的討論，不難發現北宋詩人對「隱者」大多抱持相當正面的態度，無論是急流勇退的張良、范蠡，抑或高臥山林的四皓、嚴光，在北宋詩歌當中都多為稱頌的對象，究其原因，則大抵與當時「吏隱」的風氣及對隱者的欽羨之情有所關聯。正因為對隱逸的羨而不可得，令北宋詩人對能夠從容悠遊在「出世」與「入世」之間的人物格外推崇。同時也因為對仕隱的無適無莫，讓他們能夠對出處選擇迥異的四皓和嚴光都寄與稱頌之意。

三、尊尚隱逸的儒道思想淵源

前一小節雖然已經探討了北宋詩人對「隱」的渴求，並由此可以窺得時人嚮往「隱」的根本原因大抵皆是為求「自適」，如刁約「時態役天真」之感嘆、蘇軾「江海寄餘生」的理想皆是如此，如此想法蓋可視為道家思想作用的結果，可見北宋詩人受莊子「以快吾志」之說的影響著實頗深。然而，在「不忘其身」的要求之外，同時卻又有如蘇軾者格外強調「不忘其君」，如此心繫君王的觀念顯然非道而是儒，因此單純以莊學解釋時人看待「隱逸」的視角著實不妥，必須結合儒家而論，使得建構出更完整的思想淵源。故以下即將由此著眼，首先梳理先秦儒、道二家對「隱」的看法，而後梳理歷代史書中「隱逸傳」序言之說，探討二家思想如何為北宋詩人所接受。

首先就儒家而論，最具代表性者首推孔子之言，《論語‧泰伯》云：
> 篤信好學，守死善道。危邦不入，亂邦不居。天下有道則見，無道則隱。邦有道，貧且賤焉，恥也；邦無道，富且貴焉，恥也。〔註186〕

〔註186〕見錢穆：《論語新解》（臺北：東大圖書公司，2015 年），頁 225，下文錢穆註解之語同出於此。

正如錢穆之語，「不入危邦，則不被其亂。不居亂邦，則不及其禍」。孔子於此揭示了一條「安處亂世」的道路，提倡於天下「無道」時隱居，以求免於危亂禍害。除〈泰伯〉篇外，〈衛靈公〉中更將堅持死忠的子魚與無道則隱的蘧伯玉作對比：

> 直哉史魚！邦有道，如矢；邦無道，如矢。」君子哉蘧伯玉！
>
> 邦有道，則仕；邦無道，則可卷而懷之。〔註187〕

在這段文字中，孔子固然給予忠臣史魚「直」的評價，嘉許他即使在君國無道的情況下，仍然不改初衷，堅持死諫。但後文提出的蘧伯玉卻顯然更勝一籌，直稱之為「君子」。至於背後原因則可與「有道則見，無道則隱」一語呼應，反映孔子認為在面對無道之君時「卷而懷之」，才是真正的君子所當為。結合兩段文字，顯然可見孔子論「隱」時相當著重「道」的有無，〈公冶長〉篇中的「道不行，乘桴浮於海」〔註188〕同樣是因道而隱的例證。〈季氏〉篇中甚至直言「隱居以求其志」〔註189〕認為遁隱的目的實在於「求志」，此處之「志」即是「遭時所行之道」〔註190〕。除儒家外，道家對「隱」的看法則可參莊子。莊子的仕隱思想已略見前引，《史記》中記載楚威王聽聞莊周賢能，遂派遣使者重金禮聘，但卻得到「我寧游戲污瀆之中自快，無為有國者所羈，終身不仕，以快吾志焉」的答覆。由此可知其「不仕」的理由實為不願受到束縛，欲求自由自在。在〈繕性〉中，莊子更進一步論及亂世遁隱的問題道：

> 古之所謂隱士者，非伏其身而弗見也，非閉其言而不出也，
> 非藏其知而不發也，時命大謬也。當時命而大行乎天下，則
> 反一無跡；不當時命而大窮乎天下，則深根寧極而待。此存
> 身之道也。〔註191〕

〔註187〕《論語新解》，頁430。

〔註188〕《論語新解》，頁120。

〔註189〕《論語新解》，頁471。

〔註190〕《論語新解》，頁472。

〔註191〕成玄英語，見《莊子集釋》，卷6，頁556，下「人人反一，物物歸根」句出處同，不另註。

其中關鍵在於提及隱者的時代背景——「時命大謬也」。成玄英疏云：
「時逢謬妄，命遇迍邅，故隨世污隆，全身遠害也。」〔註192〕可見此
處之「隱士」皆是為在迍邅謬妄之亂世中全身遠害而隱，此之謂「存身
之道」。惟可以注意的是，雖然儒、道皆有贊同於亂世中歸隱的意見，但
二家提倡「隱」的基本原因卻有所不同——孔子的著眼點仍在「道」之
有無，認為應當歸隱的理由除了保護清高氣節不在污濁亂世中被影響
外，同時更是因為以「在無道之邦富且貴」為恥；莊子的重點則在「自
然」，務求於亂世之中「深根寧極」而待「反一無跡」，亦即「深固自然
之本」〔註193〕，等待時機達致「人人反一，物物歸根」的境地，這樣的
觀念與莊子個人「以快吾志」追求自然的答覆其實頗有相通之處。

接續著先秦時期儒、道二家看待「亂世遁隱」的背後動機，由此可
以引申討論的即是歷代隱者背後的時代文化因素，以及不同時代的史家
看待隱者的眼光轉變。首先，道家系統下的「隱逸」可參《晉書·隱逸
傳》，其序云：「其進也，撫俗同塵，不居名利；其退也，餐和履順，以
保天真。若乃一其本原，體無為之用，分其華葉，開寓言之道。」〔註194〕
其中「以保天真」、「一其本原」云云，與前引〈繕性〉篇裡的「深根寧
極」、「反一無跡」正可呼應。又傳末贊曰：「老篇爰植，孔教提衡。各存
其趣，道貴無名。相彼非禮，遵乎達生。秋水揚波，春雲斂映。旨酒厥
德，憑虛其性。不玩斯風，誰觴王政？」〔註195〕「老篇」、「無名」、「達
生」、「秋水」等語更顯然可見濃厚的道家色彩。對比於此，《隋書·隱逸
傳》云：「其道雖未弘，志不可奪，縱無舟楫之功，終有賢貞之操。足以
立懦夫之志，息貪競之風，與夫苟得之徒，不可同年共日。」〔註196〕則
格外強調「賢貞之操」與「不可奪之志」，又「匹夫不可奪志也」〔註197〕

〔註192〕《莊子集釋》，卷7，頁555。
〔註193〕《莊子集釋》，卷7，頁555。
〔註194〕見唐·房玄齡等著：《晉書》（臺北：鼎文書局，1980年），頁1386。
〔註195〕《晉書》，頁1386。
〔註196〕《隋書》，頁1751。
〔註197〕《隋書》，頁1751。

典出孔子，「立懦夫之志，息貪競之風」亦可連結孟子「聞伯夷之風者，頑夫廉，懦夫有立志」〔註198〕一語，由此可見，「隱逸傳」在《隋書》中蓋可視為儒家系統下的「隱」。值得注意的是，除了先秦即已見的儒、道二家之說外，漢代傳入中國的佛教亦對歸隱心態有所影響，歷代史書中，尤以南朝梁蕭子顯著的《南齊書》中佛法痕跡最為明顯，其於〈高逸傳〉末云：「顧歡論夷夏，優老而劣釋。佛法者，理寂乎萬古，迹兆乎中世，淵源浩博，無始無邊，宇宙之所不知，數量之所不盡，盛乎哉！真大士之立言也。」〔註199〕從佛法的角度看待隱士軌操，與前引《晉書》、《隋書》的理論依據又有所不同。不過若單從「隱逸目的」的角度來看，以佛為本的《南齊書》卻並未提出創新的見解，其傳末贊曰：「含貞抱樸，履道敦學。惟茲潛隱，棄鱗養角。」〔註200〕顯然與道家思想體系下的「餐和履順，以保天真」意義相去並不遠。綜合以上所論，雖然有著佛學傳入的變數，但大體而言，在歷代隱逸傳中，歸隱根本動機仍當是孔子提倡的「守死善道」與莊子開創之「深固自然」兩大類。

正如本節開頭之處所云，其實北宋詩人書寫「隱逸」主題時亦不脫兩家思想的脈絡，如林逋「麛兵景物，衡門情味」之語，便顯然是其追求自由與任情率真的生命形態。又如魏野〈寓興七首〉，此組詩中的第二首「每念李斯首」已見前引，茲復節引其一如下：「天地無他功，其妙在自然。」〔註201〕由此二句中，即顯然可見「自然」對其的重要性。不過需要注意的是，這類即逢盛世亦欲遁世，正如莊子般「寧游戲污瀆之中」，採取道家路線之「隱」的詩人皆是《宋史・隱逸傳》中的人物，亦即前文定義下的「隱逸詩人」。至於其他涉足官場者則罕見僅求「以快吾志」的論述，反而多有結合儒、道二端的說法。此以楊傑〈釣磯懷古〉為例，該組詩中詠嚴光的一首已見前引，茲復引其序文如下：

〔註198〕《隋書》，頁 1751。
〔註199〕《南齊書》，頁 946。
〔註200〕《南齊書》，頁 948。
〔註201〕《全宋詩》，第 2 冊，頁 963。

嚴光，釣於東陽，退而自適也。……保真自適者，可與救
貪。……故物物各遂其性、人人各盡其材，來者納而勿拒，
往者縱而勿追。得者吾得之，失者我亦得之。然後出入六合，
遊詠乎太和之域，非天下之至神，其孰能與於此哉！乘風將
行，乃賦釣磯懷古十章云。〔註202〕

序文中言及姜尚、琴高等其他人物的段落於此不論，單從「自適」二字
即可見得詩人在詩作中強調的「狂狷」之外，更有藉嚴光吐露「物物各
遂其性」之理想狀態的用意。除此之外，「保真自適」更足以「救貪」，
「救貪」之說在前文多處可見，如范仲淹〈嚴先生祠堂記〉認為嚴光節
操能使「貪夫廉」，接續其文而來的梅堯臣〈讀范桐廬述嚴先生祠堂碑〉
與葉棐恭〈過子陵釣臺〉中亦皆有「廉貪」之語。究其根本，則如此認
為隱者之風可以止息貪競的看法蓋出自於孟子，然而，此處卻將其視
為「保真自適」的結果。其後文更稱出入六合、遊詠太和、乘風將行，
頗有《莊子·逍遙遊》的味道。綜上所論，楊傑在此組詩中揉合儒、道
思想的傾向甚明，蓋可視為時人書寫隱者時並不只論道家「追求精神
自由」的例證，同時亦可再次見得官場詩人與隱逸詩人關注重點的區
別。〔註203〕這樣兼重儒、道兩端以言「歸隱」之事的例子，除楊傑外，
另可再以王禹偁為例，其〈酬楊遂〉詩云：

人生一世間，否泰安可逃。姑問道何如，未必論卑高。
自古富貴者，撩亂如蓬蒿。德業苟無取，未死名已消。
豈期顏子淵，不朽在一瓢。推此任窮達，其樂方陶陶。
達則為鵾鵬，窮則為鷦鷯。垂天與巢林，識分皆逍遙。〔註204〕

〔註202〕《全宋詩》，第 12 冊，頁 7875。
〔註203〕現有「北宋隱逸研究」的相關成果中，大多認為北宋時多「追求精神
自由、率真任性」的「新隱者」。說可詳參劉方：《宋型文化與宋代美
學精神》（成都：巴蜀書社，2004 年），頁 175～239；陳瑤：《宋代隱
士研究——以《宋史·隱逸傳》為中心的考察》（合肥：安徽大學碩
士學位論文，2014 年）。
〔註204〕《全宋詩》，第 2 冊，頁 680。

此詩前段旨在書寫楊遂過往的經歷以及如今自己與對方皆遭貶謫而同病相憐，故於此僅引其後半段。節隱部分又可再分為兩段，前段十句說明人生在世禍福無常，有道與否和地位高下並無關聯，而後以富貴者與顏淵對比，提出「德業苟無取，未死名已消」，明確表露出道德重於富貴名利的儒者思想。後段即為其揉合儒、道之說處，單從使用文字即可見得詩人化用了孟子的「窮達」之說和莊子的「逍遙」之說，將〈逍遙遊〉中許由回答帝堯的「鷦鷯巢於深林，不過一枝」〔註205〕連結至不得志則獨善其身的說法，認為無論出世或入世，只要識分皆可達至逍遙自適之境。

　　行文至此，已然可見道家思想脈絡下的「隱」其實相對單純，無論是隱逸詩人用以說明自身志趣，抑或為官者用以表露自得之樂，其實都不脫「自適」與「自然」；對比於此，詩人論「隱」時若牽涉儒家思想則帶有多變的意涵，如楊傑詩中的「狂狷」、梅堯臣詩中的「廉貪」，乃至王禹偁詩中的「德業」與「窮達」皆可視為儒家思想作用於詩歌中的痕跡，而這正是北宋詩人得以揉合「仕」、「隱」，破除廟堂與江湖界線的關鍵——為官時若能狂狷、止貪即可達至「吏隱」之境；歸隱時若能持續修養德業，即可對天下有正面影響，甚至施及君王。

　　最後值得注意的是，這樣對隱者「德業」的要求，其實正是自宋初以來即開始注入高蹈肥遯中的「道德人格」。〔註206〕導因於「士大夫忠義之氣，至於五季，變化殆盡」〔註207〕，北宋開國以後，扭轉五代弊端、重建禮義道德遂成為首要之務，如趙匡胤便嘗下詔云：「臨難不苟，人臣所以全節。」〔註208〕透過褒揚為後周殉國殞命的韓通，一方面凸顯自身王者氣度，二方面於建國之初即大力標舉「臣節」的重要性，希望能改變當時仍未脫五代影響的澆薄風俗。太祖下詔自是官方

〔註205〕《莊子集釋》，頁24。
〔註206〕「道德人格」之說參劉培：〈宋初學術思想與皇權專制的互動——辭賦創作視野下的重用文臣與道德重建〉，《南京大學學報（哲學・人文科學・社會科學）》，頁125～132。
〔註207〕《宋史》，頁13149。
〔註208〕《宋史》，頁13970。

措施，與此同時，在當時文壇中亦吹起了一股「歌詠道德」之風尚，此處但以本文著力探討的嚴光為例，其實早在范仲淹之前，宋初刁衎（945～1013）的〈嚴先生釣臺碑銘〉便已將嚴光的「名節」納入書寫視閾，在其序中便稱釣臺遺跡足以令「鄉閭多廉潔之行」〔註209〕，與范仲淹之文有異曲同工之妙，而後銘文更對嚴光稱頌備至，其銘曰：

> 天清地濁，日行月運。人稟粹靈，道斯發奮。
>
> 和光同塵，遯世無悶。猗歟先生，布茲大訓。
>
> 以君以臣，兼退兼進。私寵不留，公議可振。
>
> 潁陽操微，箕山義盡。仰之彌高，磨而不磷。
>
> 依依雙臺，峨峨千仞。白雲悠悠，清泚芳潤。
>
> 遺風不渝，華壤可徇。布之樂石，永騰令聞。〔註210〕

此段銘文雖然稱嚴光能含斂光芒，混同於塵世，但此處之「同塵」卻與漁父的「餔糟歠醨」有所不同，關鍵正在後文所稱之「大訓」，其節操既能垂教於後世，道德修養必非常人所能及。因此在銘文之後半，作者一則舉許由為對比，二則引用《論語》中顏回對孔子「仰之彌高」的評價，儼然將嚴光的地位拉抬至聖人之流。文末更緣此而稱其遺風不渝、令聞永存。綜觀全文，與范仲淹「雲山蒼蒼，江水泱泱，先生之風，山高水長」的推崇其實相去並不遠，甚至有過之而無不及。由此即可見得，標舉隱者道德的作法在北宋初年即已有，可以視為「樹立儒家道德準則思潮」〔註211〕下的產物。

綜上所論，可以發現孔子、莊子提出的「安處亂世」之法其實皆對北宋詩人的仕隱思想影響頗深。莊子的「道家之隱」雖然主要作用在

〔註209〕《全宋文》，第6冊，頁19。

〔註210〕《全宋文》，第6冊，頁19。

〔註211〕語出劉培：〈宋初學術思想與皇權專制的互動——辭賦創作視野下的重用文臣與道德重建〉，頁131。另外此一「思潮」延續到了慶曆年間的儒學復興運動，惟儒學復興的內容與本文下一章所欲討論的「道德與功業」之問題關聯密切，故於此暫止筆於宋初，北宋中期的儒學思潮則留待後文。

林逋、魏野等人身上，但其實同時也促使了為官者藉由四皓、嚴光寄寓
自己對「自適」生活的期許。孔子的「儒家之隱」則不然，隱逸詩人們
幾乎皆不考量道德問題，亦不在乎當朝為盛世與否，相對於此，范仲淹
等儒者則遙承孔子論隱時強調之「道」，致使出現了如〈嚴先生祠堂記〉
一類從「道德」的角度看待古之隱者的文章。

小結

　　本章以「安處亂世」為範疇，透過「急流勇退」與「隱逸避世」
的兩類人物，嘗試歸納出北宋詩人看待歷史上的亂世隱者時，採取什
麼樣的視角。

　　首先在論「用行舍藏」問題的一節中可以看出，雖然詩歌中有「堪
笑先生不知命」、「文種踟躕亦已庸」與「復貪王爵似專愚」一類的詩
句，對屈原、文種、韓信「不知退」的行為有不同程度的批評。但整體
而言，除了張良、韓信的進退抉擇發生在天下既定以後外，詩人面對仍
然身處亂世的屈原、范蠡、文種時，紛紛著眼於人物身上「忠節」的特
質，且對比唐人認為「明哲保身」大於「忠君死國」的價值判斷，北宋
人顯然更重視「忠」。如此觀念影響所及，除了造成文種的形象出現「未
必忠魂為蠡羞」的翻轉外，更促使時人認為即使為求安身而遠遁，亦不
能放棄內心深處「獨醒」的節操。

　　與「看重節操」之心態可以對應的正是時人看待隱者的別樣視角：
無論是王禹偁歌詠四皓，抑或刁衎、范仲淹書寫嚴光，都開闢了唐人未
嘗注意的進路，格外標舉隱者矯世勵俗的功能。若此種種，蓋可視為北
宋人相對於唐人，在「重建儒家道德規範」的時代氛圍下，特別注重
「隱者之德」的特色。需要注意的是，在儒家思想之外，道家影響同樣
頗深。這造成了即使如屈原、文種一般「盡責乃至殞命」者在詩歌中不
乏頌揚之詞，作為對立面、全身遠禍的避世者卻也極少成為攻訐的對
象。就本文所見，僅趙抃〈題陶朱公廟二首〉、〈隱真洞〉、王令〈讀東
漢〉等稍有微詞，對比於稱頌的作品，數量實少，這正反映了北宋詩人

面對隱者的開放心態。再加上傳統認為避世等於忘天下的四皓、嚴光也在保真自適之餘有著「餘風迴至尊」的輔政功效，致使這類古之隱者在詠史詩人筆下呈現近乎完全正面的形象。

最後需要說明的是，對比於隱逸詩人純粹的追求自適自在，如莊子般希望「游戲污瀆之中自快」而不受拘束。其他詩人看待「仕隱」時並不只有道家影響的痕跡，普遍認為「出世」與「入世」並非截然二分。如此想法除了反映在前段已論的隱者「回其清」、「助皇明」之功能外，從書寫四皓時「一言悟主，萬邦以貞」的稱頌亦可見得：對於稱頌「四皓之功」的詩人而言，雖然隱居但能在適當時機出山立下不朽之功，顯為可望而不可求的夢想。將此結合「吏隱」的風潮以及「處江湖之遠則憂其君」的自期，正如蘇軾所言，能兼顧儒家規範下的「不忘其君」與道家視閾下的「不忘其身」才是真正「安處」的理想型態。

第參章　評價亂世：將相主題詩作隱含的褒貶標竿

　　在「出世」與「入世」的抉擇之中，前一章所論可以視為北宋詩人對「出世」、「退隱」的想像與寄託，以及在「廟堂」、「江湖」之間的取捨與調和。本章則將聚焦至另一面向，觀察時人臧否歷朝歷代亂世中的「入世」者時，詩歌將採用何等評價標準，從而歸納出詩人心目中「為官者」的理想形象為何。

　　正如《左傳》中的「太上有立德，其次有立功」〔註1〕之說，「德」與「功」向來皆是用以評斷人物的兩條重要標準，本節即將接續《左傳》所言，從「道德」與「功業」兩個面向，探討北宋詩人如何評價亂世中的人物。另外，就時代而言，唐、宋兩代看待二者的輕重有相當大的區別——有唐一代，士人讀書多為功利取向，如孟郊（751～814）〈登科後〉一詩便明白揭露了其功利思想，故傅樂成於《漢唐史論集》中即有言曰：「唐代官史，大都通權達變，勇於進取，因此能臣極多；但欲求高風亮節，謙讓恬退之士，則不可多見。」〔註2〕甚至直接將功利主義視為「唐人立身處世的準則」〔註3〕顯然對唐人而言，「功業」

―――――――

〔註1〕《春秋左傳注》，下冊，頁1088。
〔註2〕傅樂成：〈唐型文化與宋型文化〉，《漢唐史論集》（臺北：聯經出版社，1977年），頁361。
〔註3〕《漢唐史論集》，頁360。

的重要性要遠大於「道德」。降及北宋時期，則格外重視道德修養，這一特色從前一章中「強調隱者德業」的傾向即可見得，且綜觀北宋一朝，「道德修養」幾乎可以說是無關地位高低的普遍追求。就上位者，宋太宗便嘗言：「王者雖以武功克定，終須用文德致治。」〔註4〕標舉「文德」的重要性要大於「武功」。就下位者，則「餓死事小，失節事大」〔註5〕之說流傳甚廣，促使「女子守節不二嫁」自此而盛。士人階層自然同樣提倡如此思想，如孫復標舉「尊王論」、石介提出「為臣之定分，唯忠是守」〔註6〕皆然。相關觀念投射於詩歌當中，則可見如唐庚（1071～1121）〈金牛驛二絕〉其二云：「由來仁義行終穩，到了權謀術易窮。纔見詐牛收劍外，已聞真鹿走關中。」〔註7〕從秦惠王計破蜀國一事著眼，表示唯有「仁義」能穩固功業的立場。從如此時代背景與作品顯然可見，北宋一朝可謂扭轉了唐人心中「功業」與「道德」的地位。〔註8〕

　　故在此前提下，聚焦至本文所著力討論的「亂世」主題詩作後，仍將首先由「道德」著手，觀察如此標竿如何影響北宋詩人評價亂世的眼光。然而，在道德之外，「亂世出英雄」亦是無可否認的事實，因此，

〔註4〕《續資治通鑑長編》，頁528。

〔註5〕語出程頤答「寡婦再嫁」之語：「又問：『或有孤孀貧窮無託者，可再嫁否？』曰：『只是後世怕寒餓死，故有是說。然餓死事極小，失節事極大。』」見宋・程顥、程頤著，王孝魚點校：《二程集》（北京：中華書局，1981年），頁301。此說對「守節」觀念之影響，則可參《漢唐史論集》，頁379。

〔註6〕石介語出〈上李雜端書〉。見《全宋文》，第29冊，頁219。另有關宋初孫復、石介之思想可詳參雷家聖：〈北宋前期、中期儒學的多元發展——以柳開道統說與孫復尊王論為例〉，《中國史研究》第76輯（2012年2月），頁37～68。

〔註7〕《全宋詩》，第23冊，頁15498。

〔註8〕現今學界對「北宋標舉忠義道德」的現象亦不乏相關研究成果，如路育松對此議題便有數篇專文探討，參氏著：〈試論宋太祖時期的忠節觀建設〉，《中洲學刊》2001年第11期（2001年11月），頁101～105、〈從天書封祀看宋真宗時期的忠節文化建設〉，《清華大學學報》2008年第6期（2008年11月），頁42～51。

第二節即將討論在「功業」價值被淡化以後，這些英雄人物的事蹟於北宋詩歌中當如何被書寫。最後，透過前兩節歸納所得之現象，以北宋時期對「事功」與「道德」的觀點作為時代背景，探析北宋詩歌評價人物的根本原因為何，又其價值何在。

第一節　對亂世中道德操守的推崇

　　本節將從對人物道德的評價著手，雖然稱為「評價」時自當有褒、貶兩端，但在北宋詩中，評價對象為人臣的詩歌實少以貶抑為基調者，專題書寫佞臣之作尤其罕見，就本文整理所得，僅楊備〈楚靳尚廟〉：「汨羅魚腹葬靈均，競渡如飛不救人。天意明知讒口毒，果遭天譴作蛇身。」〔註9〕、王安石〈宰嚭〉：「謀臣本自繫安危，賤妾何能作禍基。但願君王誅宰嚭，不愁宮裏有西施。」〔註10〕以及李覯〈馬嵬驛〉：「六軍剛要罪楊妃，空使君王血淚垂。何事國忠誅死後，不將林甫更鞭尸。」〔註11〕等，分別批評靳尚讒害屈原、宰嚭貪婪受賂、李林甫奸佞禍國等事。整體而言，「批判奸臣」一類在「亂世中的臣子」主題詩作裡佔數極少，詩人在「評價亂世」時仍以稱頌為主，因此下文亦將由此著手，首先概覽亂世人物在詩歌中受推崇的德目為何，而後聚焦於其中詩作數量最多的歌詠熱點，最後以前文的討論為基礎，歸納出北宋詩歌「評價亂世」時稱頌道德操守的特出之處何在。

一、詩歌稱頌之德及對忠的重視

　　如前文所言，北宋詩人相較於唐代，「道德」的重要性大於「功業」，如此傾向反映在詩作當中時，一個顯著的特色便是開始注意到唐人較不重視的人物之德。以「詠韓信」詩為例，唐詩歌詠韓信大多著眼在其開國之功以及不得善終的下場，如劉禹錫〈韓信廟〉云：「將略兵機命

〔註 9〕《全宋詩》，第 3 冊，頁 1435。
〔註10〕《全宋詩》，第 10 冊，頁 6739。
〔註11〕《全宋詩》，第 7 冊，頁 4335。

世雄，蒼黃鍾室歎良弓。遂令後代登壇者，每一尋思怕立功。」〔註12〕前兩句即分述其雄才大略與鳥盡弓藏之嘆。除劉禹錫外，羅隱（833～910）與殷堯藩（?～836）的同題詩〈韓信廟〉，或云「翦項移秦勢自雄」〔註13〕、或云「長空鳥盡將軍死」〔註14〕，亦皆是相近主題的詩作，李紳〈卻過淮陰吊韓信廟〉雖有「不知明哲重防身」〔註15〕的批評句，但其立意基礎仍不離韓信的悲劇結局。對比於唐詩主題相似性極高，北宋詩作則在前章已論之「不明進退的批評」外另有不同的書寫面向，如王安石〈韓信〉：

> 貧賤侵凌富貴驕，功名無復在芻蕘。
> 將軍北面師降虜，此事人間久寂寥。〔註16〕

此詩首先提出「貧賤侵凌富貴驕」的人之常情，並感嘆人們立功得名以後，便難再有詢于芻蕘、不恥下問的美德，基於此慨，詩之後半便標舉「韓信師事李左車」的事蹟──據《史記‧淮陰侯列傳》載，韓信擊敗陳餘後，以千金代價下令全軍生擒廣武君李左車，而後乃「解其縛，東鄉坐，西鄉對，師事之」〔註17〕。詩人著眼於此，而起「此事人間久寂寥」的喟嘆，顯然可見韓信行為的難能可貴以及王安石的稱頌之意。相似作品猶有黃庭堅〈淮陰侯〉，其詩云：

> 韓生沈鷙非悍勇，笑出胯下良自重。
> 滕公不斬世未知，蕭相自追王始用。
> 成安書生自聖賢，左仁右聖兵在咽。
> 萬人背水亦書意，獨驅市井收萬全。
> 功成廣武坐東向，人言將軍真漢將。
> 兔死狗烹姑置之，此事已足千年垂。

〔註12〕《全唐詩》，第 11 冊，頁 4118。
〔註13〕《全唐詩》，第 19 冊，頁 7608。
〔註14〕《全唐詩》，第 15 冊，頁 5570。
〔註15〕《全唐詩》，第 15 冊，頁 5448。
〔註16〕《全宋詩》，第 10 冊，頁 6724。
〔註17〕《史記》，頁 2617。

　　君不見丞相商君用秦國，平生趙良頭雪白。〔註18〕
此詩可分為三段，首四句寫韓信年少時事，包括胯下之辱、坐法當斬、
月下出逃等。中四句記井陘之戰，諷刺成安君常稱義兵故不用奇計，終
為韓信背水一戰所破。末六句所言即是「師事李左車」，詩人同樣認為
如此懿行足以令其名垂千古，更舉出了「商鞅不聽趙良諫」的例子，對
比說明韓信紆尊降貴諮詢用兵之計的重要性。值得注意的是，於第一
段書寫韓信早年經歷時，黃庭堅特別標舉了「滕公不斬」與「蕭相自
追」，並認為若無夏侯嬰與蕭何，則韓信亦難有之後的成就，相似意見
亦見於文彥博（1006～1097）〈題韓溪詩〉其二，詩云：「淮陰未濟酇侯
識，留得雄才歸漢中。」〔註19〕同以蕭何賞識韓信為歌詠之著眼點。

　　從以上詩例可知，韓信「禮賢下士」之德在唐代並不為詩人重視，
直至北宋始入詩。另外，由此延伸至蕭何、夏侯嬰之例，則可見得「重
視人才」在北宋詩人心中實佔有重要地位。事實上，除上述諸例外，猶
有李復〈曹參廟〉：「白頭始識人間事，歸向東州問蓋公。」〔註20〕稱
頌曹參向蓋公詢問治國之術。劉攽（1023～1089）〈古信陵行〉：「我思
信陵君，下此四丈夫。」〔註21〕懷想魏公子能恭敬對待侯嬴、朱亥等
市井之徒。

　　雖然推崇「重賢」、「愛才」的作品例證不少，但這並非當時唯一
被重視的人物之德，因此下文將更進一步羅列並分析北宋詩中稱頌的
德目。首先是同樣以韓信為稱頌對象的「知恩圖報」：據〈淮陰侯列傳〉
載，韓信功成名就後「召所從食漂母，賜千金」〔註22〕，此舉雖然在
唐詩中並不受重視，但比及北宋已逐漸成為詩人歌詠之內容，如田錫
（940～1003）〈千金答漂母行〉便直以此為題，又如楊傑〈淮陰千金
亭〉詩云：

〔註18〕《全宋詩》，第 17 冊，頁 11635。
〔註19〕《全宋詩》，第 6 冊，頁 3483。
〔註20〕《全宋詩》，第 19 冊，頁 12493。
〔註21〕《全宋詩》，第 11 冊，頁 7142。
〔註22〕《史記》，頁 2626。

良將未得用，幾人能賞音。恩難忘一飯，報肯惜千金。

舊俗喜出胯，後時空愧心。至今重風義，廟食配淮陰。〔註23〕

對比於田詩中言「楚王欲圖霸，不識韓淮陰」〔註24〕，使其詩尚以探討「識人」與否為旨，此詩則在點出漂母識人不易後，更側重從重情重義、知恩圖報的角度稱許韓信，可以視為書寫其「報恩」之德的典型作品，並認為此德足以令韓信名垂千古。

除了「知恩圖報」，左伯桃、羊角哀重情重義的「友道」在北宋詩中亦受關注。羊、左之事最早見於西漢劉向《列士傳》：「六國時，羊角哀與左伯桃為友，聞楚王賢，俱往仕，至梁山，逢雪，糧盡，度不兩全，遂並糧與角哀。角哀至楚，楚用為上卿，後來收葬伯桃。」〔註25〕對於左伯桃犧牲成全、羊角哀厚葬報恩的情義，蔣之奇（1031～1104）於其〈左伯桃墓羊角哀墓〉中頗為推崇：

結交有羊左，是惟一時才。為聞楚王賢，翩然自燕來。

一日食欲盡，俱往空雙埋。伯桃乃獨留，餓死梁山隈。

角哀仕既達，感舊肝膽摧。念此併糧惠，告還葬遺骸。

至今溧陽旁，突兀穴土堆。何人致薦奠，千花飛酒杯。

精靈今在否，古木以生雷。魯公昔過之，駐車久徘徊。

感嘆發篇詠，灑翰鑱瓊瑰。惜哉今不存，散落隨塵埃。

空餘鄭薰記，片石昏蒼苔。末世友道絕，雅歌□□穨。

草木尚萎死，小怨何足懷。我思有所矯，巨燄明寒灰。

茲事雖過中，義烈亦壯哉。幸逢太丘長，揭表旌泉臺。

寥寥千載間，下激清風迴。還顧勢利交，市道良可哀。〔註26〕

此詩前十二句述羊、左故事，中段十四句記二人死後神靈長在，以及顏真卿過墓題詠之事，透過顏魯公「駐車久徘徊」的行為，凸顯後人對

〔註23〕《全宋詩》，第 12 冊，頁 7861。

〔註24〕《全宋詩》，第 1 冊，頁 478。

〔註25〕見宋·李昉等編：《太平御覽》（臺北：臺灣商務印書館，1975 年），卷 409，頁 2016。

〔註26〕《全宋詩》，第 12 冊，頁 8034。其中「雅歌□□穨」句缺文。

羊、左情義的嚮往，詩人於此並感嘆當時詩作不存，僅餘鄭薰（？～？）
〈移顏魯公詩記〉對此留下紀錄。詩最後十四句則針對此事抒發議論，
認為為朋友犧牲生命的作法固然過於極端，但仍不失為足以名垂千古
的壯舉，更以「義烈」稱許左伯桃的選擇，並將其與如今的「勢利交」
對比，感嘆古風不存、今人可哀。除此詩外，周邦彥（1056～1121）〈過
左伯桃羊角哀墓〉同是將「羊左之交」與後世對舉，詩云：

> 古交久淪喪，末世尤反覆。谷風歌棄輪，黃鳥譬伐木。
> 永懷羊與左，重義踰血屬。客行干楚王，冬雪無斗粟。
> 傾糧活一士，誓不俱死辱。風雲為慘變，鳥獸同躑躅。
> 角哀哭前途，伯桃槁空谷。終乘大夫車，千騎下棺櫝。
> 子長何所疑，舊史刊不錄。獨行貴苟難，義俠輕殺戮。
> 雖云匪中制，要可興薄俗。荒墳鄰萬鬼，溘死皆碌碌。
> 何事荊將軍，操戈相窘逐。〔註27〕

全詩可分為三段，首段四句以《詩經》為喻，說明人際交情即使上古時
代都已淪喪，遑論末世。次段十二句便直接標舉羊、左之交，認為他們
之間的情義甚至已經超越血緣，致使左伯桃在暴風雪中缺糧時願意犧
牲自己以成全對方，如此大義甚至足以感動風雲鳥獸。詩末則同樣認
為左伯桃的選擇雖然未必符合人情所宜之「中制」，但其高義可以仍可
改善風俗，並以相鄰碌碌而死的萬鬼襯托其高潔不凡。同時，詩人於此
更質疑司馬遷為何不將如此義行載入《史記》，且追問荊將軍何故對義
士「操戈相逐」〔註28〕，以此強化對羊、左的崇敬之情。

　　不過可以注意的是，以上所言之「情義友道」雖然是北宋詩人歌
詠的「德目」，但其內容卻與唐詩相去不遠，並不若詠韓信「北面師降

〔註27〕《全宋詩》，第 20 冊，頁 13423。
〔註28〕「荊將軍」事同可參《列士傳》：「角哀夢伯桃曰：『蒙子之恩而獲厚葬，
　　　　正苦荊將軍冢相近。今月十五日，當大戰以決勝負。』角哀至期日，
　　　　陳兵馬詣其冢，作三桐人，自殺，下而從之。」見。或以為「荊將軍」
　　　　即「荊軻」，然未有定論，故於此仍僅以「荊將軍」稱之。《列士傳》
　　　　原文見《太平御覽》，卷 422，頁 2075。

虜」之詩為宋人所新創的歌詠面向。這類沿襲之作，猶有稱頌介之推有
為有守之節操的張商英（1043～1122）〈題介公廟〉：

十九年從晉重耳，艱棘憂危同踐履。

田中乞食桑下謀，繭足周旋垂萬里。

一心奉事不自欺，逆知天意開公子。

及河忽聞舅犯言，如以朝衣蹈泥滓。

鄙夫豈可與同行，攜母入山甘隱藏。

公子歸來霸業強，築壇踐土尊天王。

大夫卿士環佩鏘，斬袪寺人紛頡頏。

念子昔者皆奔亡，舍我長逝情怛傷。

大蒐縱火焚山岡，烈焰不肯回剛腸。

嗟乎義士不可量，何人謬作龍蛇章。〔註29〕

此詩可分為兩段，前半書寫介之推跟隨重耳奔亡十九年，期間一心侍
奉的事蹟，並表明其不贊同舅犯所言，認為不應「貪天之功」〔註30〕，
遂不與鄙夫為伍而藏身山中。後段則寫重耳返晉即位、大封功臣，並為
逼出介之推放火燒山一事。詩人於此直言「剛腸」，並認為〈龍蛇歌〉
不足以凸顯介之推之「義」，顯然對其不易的操守評價甚高。此外，尚
有晁補之（1053～1110）〈讀藺相如傳贈李甥師藺〉云「最賢能下怒將
軍」〔註31〕，稱藺相如之「善下」。張耒〈挂劍臺〉云：「欲知不負徐君
意，便是當年讓國心。」〔註32〕推崇季札之「謙退」與「守信」等零星
諸例。若此種種，雖然皆是唐人舊論，但可由此見得北宋詩人針對唐詩
中已見的德行同樣歌詠不輟，可以視為時人於詩歌中書寫人物道德時，
在「創新」之餘的「繼承」。

　　最後，同時也是相關詩作數量最為豐富的德目，即是前一章中討

〔註29〕《全宋詩》，第 16 冊，頁 11006。
〔註30〕語出介之推，見《春秋左傳注》，上冊，頁 418。
〔註31〕《全宋詩》，第 19 冊，頁 12884。
〔註32〕《全宋詩》，第 20 冊，頁 13260。

論「陶朱智則誠為智，欲把忠臣比得無」時即有標舉的「忠」。從前文
已然可見，即使書寫的主題是退隱與否，詩人對「忠」的關注度亦極
高，相似狀況自然也發生在「稱頌道德」的作品中，且數量更是佔了顯
著多數。在亂世忠臣中，「以死諫君」的屈原自然是被格外強調「忠君」
面向的人物，惟其在前章中已結合「進退」主題討論，故此不復論之。
本章首先以伍子胥為例，參王令〈過伍子胥廟〉：

> 西風騷客倦遊吳，弔古心懷此暫舒。
>
> 鬼籙久應除佞嚭，民思今果廟神胥。
>
> 雖然邪正皆歸死，奈有忠讒各異書。
>
> 回首舊江江水在，怒濤猶是不平初。〔註33〕

此詩將伍子胥與伯嚭對舉，表示雖然二人都終將一死，但忠讒有別，史
筆亦留下了褒貶不同的評價，詩末則對其際遇抱有不平之嘆。綜觀全
詩，顯將伍子胥視為「正」、「忠」的代表。一如詠韓信之禮賢下士是北
宋詩人的新創，如此「『伍子胥』等於『忠』」的聯想亦然　　若與唐詩
對照，可以發現在唐代詩人書寫伍子胥時，並不強調其「忠」，常雅（？
～?）〈題伍相廟〉、徐凝（?～?）〈題伍員廟〉皆近似懷古，提及其「忠」
的作品僅張祜〈送魏尚書赴鎮州行營〉、杜牧〈吳宮詞二首〉其二、許
渾（791～858）〈重經姑蘇懷古二首〉其二，從題目來看或為送行詩、
或為懷古詩，皆非以歌詠伍子胥為旨。但降及北宋，「忠」卻成為了書
寫伍子胥時再三被強調的內容，可以再參強至（1022～1076）〈題吳山
伍子胥祠〉：

> 江上胥山古木陰，祠堂氣象亦蕭森。
>
> 江雲不散憂君色，山月猶明死國心。
>
> 遷史簡編今斷缺，吳人牲酒日肥深。
>
> 鄙懷異代悲忠烈，一拜威靈淚滿襟。〔註34〕

詩云「鄙懷異代悲忠烈」即顯然是以伍子胥為「忠」的例證。此外，

〔註33〕《全宋詩》，第 12 冊，頁 8180。
〔註34〕《全宋詩》，第 10 冊，頁 6967。

伍子胥生為楚人卻引吳兵滅楚，如此而可稱「忠」的原因在唐詩或前引王令之作中皆無解釋，此詩則所言較明，將「憂君」與「死國」視為其「忠」的表現。如此見解與王安石的〈伍子胥廟銘〉頗有相通處，其序云：「及其危疑之際，能自慷慨不顧萬死，畢諫於所事，此其志與夫自恕以偷一時之利者異也。」〔註35〕因此而在銘文中評價道「以智死昏，忠則有餘」同樣是以死諫夫差終至失去性命說明其「忠」。至於伍子胥「背楚」一事，則由於其人未嘗在楚任官，因此與「忠」的關聯較遠，詩人取而代之地將其視為「孝」，如釋智圓（976～1022）〈吳山廟詩〉：

> 君子尚權變，權變貴合道。子胥薦專諸，子光專非好。
> 父讎共戴天，乞師恨不早。子光既得志，入郢事征討。
> 報父既鞭尸，諫王仍殺身。孝子節方全，忠臣道且新。
> 馳名天地間，豈是悠悠人。青史書盛烈，血食旌遺塵。
> 廟堂耀晨曦，廟木苓陽春。往來無知俗，焚香勤禱祝。
> 忠孝不敢行，神兮寧降福。〔註36〕

在此詩中，詩人將「伍子胥如吳」一事視為合道的權變，畢竟殺父之仇不共戴天，因此即使公子光並非完人，以其為伐楚復仇的協助者亦不失為權宜之計，破楚以後鞭屍報仇更讓伍子胥成全了孝子之節。由此可見，「去楚如吳」從而「引兵破楚」的一系列行動，在詩人眼中其實都是基於「孝」而希望為父報仇的結果，不但毋須苛責，更能使其馳名天地。除此之外，此詩同樣標舉「諫王仍殺身」的事蹟，並以之為「忠臣道」，顯然將伍子胥視為忠孝兩全之人，從而推崇備至。同樣一併歌詠「忠孝」的作品猶有范仲淹〈蘇州十詠·伍相廟〉，其詩云：「胥也應無憾，至哉忠孝門。生能酬楚怨，死可報吳恩。」〔註37〕亦是分別將「酬楚怨」與「報吳恩」說明其「孝」與「忠」。由以上作品可見，北

〔註35〕《全宋文》，第65冊，頁67，後之銘文同出於此。
〔註36〕《全宋詩》，第3冊，頁1503。
〔註37〕《全宋詩》，第3冊，頁1894。

宋詩歌對於「伍子胥復仇」一事的評價多屬正面，即使仍有如周邦彥〈楚平王廟〉對「掘墓鞭屍」之舉略有微詞，故云「臣冤不讎主，況乃鋤丘塋」〔註38〕，但大多數詩人其實並不批評此事，除上述釋智圓之作，猶有楊備〈伍員廟〉：「出境鞭屍報父讎，吳兵勇銳越兵憂。忠魂怨氣江雲在，日見爐香煙上浮。」〔註39〕此詩雖然同樣言及「鞭屍」，但對伍子胥的評價卻為「忠魂怨氣」，毫無批判之意。

由前文可知：在「歌頌亂世人物」的作品中，「道德」實為極其重要的書寫面向，因此，北宋詩人除了延續唐人歌詠羊左之義、藺相如之善下外，更開闢了稱頌韓信禮賢下士、伍子胥忠孝兩全的進路，其中又以書寫「伍員之忠」的詩作數量最多。下文即將以「北宋詩人對『忠』的重視」為著眼點，發掘在本文致力探討的「亂世」中，作為「忠臣」的人物將如何被書寫。

二、詠安史之亂詩裡「忠」的地位

在探討「詠忠臣」的作品之前，需要優先說明的是北宋詠史詩裡「忠」的意涵為何。首先為「忠」的對象問題：對北宋詩人而言，判斷為「忠臣」與否的關鍵是「忠於一朝」而非「忠於一君」，如此觀點在詠管仲詩中尤其可見，對於管仲早在《論語》中便已受質疑的「易主」行為，北宋文人並不貶斥，甚至有如張舜民〈東武二首〉其一與張耒〈讀管子〉一類的作品，前者云：「小白獎周室，夷吾致其君。各竭當時力，未免後儒言。」〔註40〕後者稱：「彼狂後世儒，詆毀忝輕議。嗟哉不量分，詎解聖賢意。」〔註41〕兩首作品皆大力為管仲辯誣，顯然可見對北宋文人而言「易主」與否並非褒貶關鍵。其次則是「忠義」二字的連用問題：在本文所見的討論材料中，北宋詩人筆下不乏將「忠義」合稱的例子，如蘇過〈寄題北海文舉堂〉：「忠義國所託，安危與之

〔註38〕《全宋詩》，第 20 冊，頁 13425。
〔註39〕《全宋詩》，第 3 冊，頁 1424。
〔註40〕《全宋詩》，第 14 冊，頁 9665。
〔註41〕《全宋詩》，第 20 冊，頁 13338。

並。」〔註42〕張耒〈讀杜集〉:「天資自忠義,豈媚後人睹。」〔註43〕
分別以「忠義」指稱孔融、杜甫,蓋皆是其例。秦翠紅曾專文探討史書
中「忠義」一詞的使用狀況,認為大抵可以《新唐書》為界,分為兩個
階段——「義」在其之前的指涉對象為「鄉里親朋等同等級人」,在其
之後則是為維護國家而置個人生死於度外者。由其文可見,《新唐書》
誕生的北宋一朝當為「忠義」一詞的意義發生轉變之關鍵時期,開始促
使「義」的指向趨近於「忠」,同樣針對政府、帝王而言。〔註44〕另外,
在前引蘇、張二詩中,孔融為「國所託」、杜甫則素來有「愛國」的評
價,由此即可推知詩歌中的「忠義」當與《新唐書》之後的第二階段相
似,亦即「忠」、「義」二字皆以對君王的忠誠為意涵。因此,本文以下
分析「忠臣」相關詩作時言及的「忠義」皆同於此,較趨近於歐陽修以
後之使用方式。

　　釐清「忠」的對象與「忠義」的意涵後,即可進而聚焦討論北宋的
「詠忠臣詩」。北宋詩人對「忠」的重視尤其反映在「稱頌死節之臣」的
作品當中,於這類詠史詩裡,又以書寫「安史之亂」的詩作最為典型。
在安史亂時大大小小的戰爭裡,貢獻最為卓絕者自為郭子儀,領軍收復
長安,可以視為平定安史之亂的第一功臣,《新唐書》更給予「以身為天
下安危者二十年」〔註45〕的評價。然而,這樣戰功彪炳、位極人臣的名
將,在詩歌中卻並非北宋詩人熱門的歌詠人物,僅在「中興頌」相關的
作品中被提及,如張耒〈讀中興頌碑〉:「金戈鐵馬從西來,郭公凜凜英
雄才。舉旗為風偃為雨,洒掃九廟無塵埃。」〔註46〕且此詩最終收以「百
年廢興增歎慨,當時數子今安在。君不見荒涼湃水棄不收,時有遊人打
碑賣。」顯然可見懷古之意頗濃,並非以稱頌郭子儀為寫作重點。

〔註42〕　《全宋詩》,第 23 冊,頁 15446。
〔註43〕　《全宋詩》,20 冊,頁 13339。
〔註44〕　說參秦翠紅:〈中國古代「忠義」內涵及其演變探析〉,《孔子研究》2010
　　　　年第 5 期(2010 年 10 月),頁 58～62。
〔註45〕　《新唐書》,第 6 冊,頁 4609。
〔註46〕　《全宋詩》,第 20 冊,頁 13129,後文「百年廢興增歎慨」句同出於此。

　　相對於此，死守睢陽的張巡、許遠，雖然對平亂的貢獻遠不如郭子儀，但其氣節在北宋詩歌當中卻備受推崇。首先可見盧襄（?～?）〈雍丘歌〉：

　　　　胡兒倚劍摩崆峒，范陽兵火燒天紅。

　　　　潼關失守大將死，鑾輿播遷岷峨中。

　　　　貔貅兵甲照冰雪，戈頭盡是生民血。

　　　　鯨海揚波魚鱉腥，中原盡作天山月。

　　　　二公擐甲怒攬槍，極鬥軍前皆背裂。

　　　　食窮愛妾膏斤斧，愁蹙蛾眉氣如縷。

　　　　花鈿寶髻誰復收，壯士相看泣如雨。

　　　　霜刀抉齒肉未寒，再造皇家有英主。

　　　　雄心義骨填溝壑，不得生榮肩李郭。

　　　　論功初入鶴鵲樓，圖形已入麒麟閣。〔註47〕

此詩從亂軍襲捲中國寫起，藉由潼關失守、將士陣亡、玄宗避難、生靈塗炭等事實凸顯戰事之慘烈；緊接著書寫張巡、許遠英勇奮戰、至死不屈，因此，詩末即稱雖然生時未能如郭子儀般享盡榮華富貴，但論其功績，實能與麒麟閣功臣齊名。其中值得注意的是「食窮愛妾膏斤斧」一事在清代招致不少批評，如清代王士禎（1634～1711），便藉由〈張巡妾〉的故事假小妾之口說出「君為忠臣，吾有何罪」〔註48〕的抗議；然而，於此詩中詩人提及「殺妾以饗士卒」〔註49〕的事實時卻並非援用以為批評張巡的口實，反而因其大忠大義而被視為苦戰中的壯烈行為，更證成了他愛惜將士、不徇私情的美德，同樣歌

〔註47〕　《全宋詩》，第 24 冊，頁 16215。

〔註48〕　清・王士禎：《池北偶談》（臺北：廣文書局，1991 年），下冊，卷 24，頁 10b。

〔註49〕　事見《新唐書・忠義傳中・張巡》：「巡出愛妾曰：『諸君經年乏食，而忠義不少衰，吾恨不割肌以啖眾，寧惜一妾而坐視士饑？』乃殺以大饗，坐者皆泣。巡強令食之，遠亦殺奴僮以哺卒，至羅雀掘鼠，煮鎧弩以食。」見《新唐書》，頁 5538。

頌張巡者，可再參王令〈張巡〉：

> 祿兒射火燒九天，鬼手不撲神聽旃。
>
> 群庸仰口不肯唾，反出長喙噓之燃。
>
> 睢陽城窮縮死鱉，危繫一髮懸九淵。
>
> 巡瞋睊遠兩眥拆，怒嚼齒碎鬚張肩。
>
> 恨身不毛劍無翼，不能飛去殘賊嚥。
>
> 翁軀腥刀子磔俎，日嚼血肉猶經年。
>
> 霽雲東攘兩臂去，西來才有九指還。
>
> 胸中憤氣吐不散，去隨箭入浮屠磚。
>
> 忠窮智索其自效，更孿愛妾嘗饑涎。
>
> 我疑沒日賊不食，恐其肉酖死不瘞。
>
> 又疑身骨不化土，定作金鐵埋重泉。
>
> 何時山移陵谷變，發出鼓鑄戈或鋋。
>
> 吾如得之顧有用，不誅已然誅未然。〔註50〕

與前作相似，兩詩皆先從安祿山反叛又無人可平亂交代張巡死守睢陽的背景，惟此作更細緻描寫睢陽苦戰的經過，舉凡城內無糧遂食人肉、南霽雲求援未果而怒射浮屠等，在此情況下張巡孿愛妾以嘗饑涎自也非殘忍無情，而是不得已的權宜之策。最後，詩人認為如此忠烈之臣身死後亦將化為金鐵，可以鑄成兵器，在賊子尚未叛亂前便除之未然。

除盧襄、王令兩首以以張巡為主要的歌詠對象的作品外，北宋時更多有題為「雙廟」之詩，同詠張巡、許遠二人，如王安石〈雙廟〉：「兩公天下駿，無地與騰驤。就死得處所，至今猶耿光。」〔註51〕梅堯臣〈謁雙廟〉：「英骨化埃塵，令名同鳥翼。飛翔出後世，景慕無終極。」〔註52〕皆稱二人同樣以其「忠義」名垂千古。鮮于侁（1019～1087）〈雙廟〉

〔註50〕《全宋詩》，第12冊，頁8099。

〔註51〕《全宋詩》，第10冊，頁6601。

〔註52〕《全宋詩》，第5冊，頁2838。

更納入了理性的思考：

> 旄頭光芒兮戎馬馳，海水沸蕩兮鯨鯢飛。煙塵蔽日兮殺氣昏，
> 金鼓轟天兮山岳奔。小國不守兮大國顛傾，王侯戮辱兮蛇豕
> 肆行。

> 二公仗義兮捍賊睢陽，析骸易子兮併力小城。勢窮力殫兮外
> 無救兵，亡身徇國兮寧屈虎狼。仰天視日兮氣以揚揚，衣纓
> 不絕兮貌如平生。旅遊馳驅兮歷此舊都，致詞雙廟兮涕泗不
> 收。惟忠與孝兮死義為尤，遭世擾擾兮適屢其憂。

> 許謀顛置兮邊將怙功，尾大權移兮三鎮握兵。忠賢在野兮讒
> 邪肆意，女謁內用兮戚臣外坒。紀綱日紊兮典刑日弛，胎禍
> 階亂兮誰執其咎。義士沒身兮沉冤莫置，猗歟二公兮行人歔
> 欷。〔註53〕

此詩可以分為三段，第一段為前六句，交代戰亂的背景，並以「蛇豕」
批判安史亂軍。第二段為中十句，書寫張巡、許遠的「析骸易子」且
「外無救兵」的苦戰，但即便如此，二人仍然堅持捍衛睢陽，終至亡身
殉國亦不肯屈於虎狼之徒。第三段為後八句，聚焦討論唐王朝之問題
何在，並提出了邊功、藩鎮、讒邪、女謁、外戚等各種弊端，幾可謂全
面檢討當時的唐王室，惟最後兩句又將視角轉回張、許二人，為其「義
士沒身」嗟嘆。綜觀全詩，從「仗義」、「死義」到「義上」，皆顯然可
見詩人對張巡、許遠「大義」的推崇，可以視為從「忠義」角度稱頌二
者的代表性作品。

除張巡、許遠外，一些在歷史上並不以用兵出名，但在亂事當中
以身殉國的忠臣也得到了詩人們的青睞，如張耒〈讀李憕碑〉：

> 自唐中微北方沸，胡馬長鳴飲清渭。
> 李公守節陷賊庭，身死髑髏行萬里。
> 百年事往誰復省，一丘榛莽無人祭。

〔註53〕《全宋詩》，第 9 冊，頁 6230、6231。

荒碑半折就磨滅，後人空解傳其字。

殺身不畏真丈夫，自古時危知烈士。

俗書小技何足道，嗟我但欲揚其事。

寥寥獲麟數千載，末學褒貶多非是。

高文大筆誰復作，黜臣餓夫須有待。

紛紛後世競著述，紙墨徒為史官費。

卻嗟何獨此事然，搔首碑前空歎慨。〔註54〕

歌詠對象為名列《新唐書·忠義傳》、面對安史亂軍仍堅持守府，終至身死賊手的李憕。詩人於野外見其荒碑，遂興「事往誰復省」的感慨與「褒貶多非是」的批判，詩中以「守節」、「烈士」稱呼李憕，顯然可見稱頌的著眼點何在。在這類人物中，顏真卿可以被視為北宋詩人喜愛歌詠的另一熱點——對顏真卿，普遍視之為書法大家，如《新唐書·顏真卿傳》即評曰：「善正、草書，筆力遒婉，世寶傳之。」〔註55〕然而，在北宋詩歌當中，他在書法方面的造詣與長才卻不被凸顯，反而退居為附庸，如王安國（1028～1074）〈題吳長文得蘭亭康相墓顏魯公斷碑〉：「魯公之忠曠世無，吾愛斯人何必書。」〔註56〕點明詩人欣賞的是顏真卿本人而非其書法成就。又如李行中（?～?）〈讀顏魯公碑〉：

平生肝膽衛長城，至死圖回色不驚。

世俗不知忠義大，百年空有好書名。〔註57〕

此詩明白指出「好書名」並非顏真卿在世的最大價值，並對世間俗人不知其忠肝義膽而起喟嘆之意。

　　顏真卿之「忠義」，與前引張巡、許遠、李憕等人同樣展現在安史亂時，其事蹟可見《新唐書·顏真卿傳》：

〔註54〕《全宋詩》，第20冊，頁13138。

〔註55〕《新唐書》，頁4861。

〔註56〕《全宋詩》，第11冊，頁7537。

〔註57〕《全宋詩》，第14冊，頁9724。

　　祿山反，河朔盡陷，獨平原城守具備，使司兵參軍李平馳
　　奏。玄宗始聞亂，歎曰：「河北二十四郡，無一忠臣邪？」
　　及平至，帝大喜，謂左右曰：「朕不識真卿何如人，所為乃
　　若此！」〔註58〕

在亂軍襲捲河朔時猶能不屈，如此作為除了令玄宗大喜外，更可視為
奠定顏真卿「忠義」美名的事蹟，如石介（1005～1045）〈顏魯公太師
二首〉其一便是旨在稱頌此事：「二十三州同陷賊，平原猶有一忠臣。」
〔註59〕其二則更納入了其兄顏杲卿，詩云：「聖賢道在惟顏子，忠烈名
存獨杲卿。甘向賊庭守節死，不羞吾祖與吾兄。」〔註60〕將顏氏兄弟
二人皆視為聖賢之道、忠烈之名的代表。除了石介，謝薖（1074～1116）
〈顏魯公祠堂〉用意亦頗為相近：「銀菟分印屬兒曹，二十餘州盡陷賊。
常山死守平原拒，公家兄弟聲名白。平原白首立班行，忠義凜凜真嚴
霜。」〔註61〕同樣書寫亂軍幾乎掃蕩河北一事，標舉當時顏杲卿死守
常山、顏真卿堅守平原的赫赫名聲，並稱後者及至白首亦不改其忠義。
基於顏真卿的「凜凜忠義」，李廌〈顏魯公祠堂詩〉更將其與張巡並列
同詠：「何人同李翰，紀事比張巡。感慨瞻遺像，潸然淚滿巾。」〔註62〕
如此作品，顯然可見詩人對顏真卿的欽慕；在這樣的思潮下，書法上的
成就反而退居次要地位，更有甚者將其與歷史上其他書家作對比，凸
顯個人的道德修養重要性要遠大於書法作品本身的優劣，見強至〈和
樓志國范君武讀胡尉臨安所獲顏魯公書斷碑〉：

　　李斯篆隸豈不好，彰彰奸跡流自秦。
　　乃知一藝不獨善，所貴名節堅松筠。
　　魯公之書以名貴，歷代共寶無沉埋。〔註63〕

〔註58〕《新唐書》，頁4854。
〔註59〕《全宋詩》，第5冊，頁3435。
〔註60〕《全宋詩》，第5冊，頁3435。
〔註61〕《全宋詩》，第24冊，頁15763。
〔註62〕《全宋詩》，第24冊，頁15831。
〔註63〕《全宋詩》，第10冊，頁6924。

此詩以李斯作為對比，李斯的書法成就有目共睹，但正因其奸臣事蹟，導致了他的評價遠遠不如顏真卿，詩人由此導出了「一藝不獨善」的結論，並解釋魯公書法之所以昂貴，並非只是技巧純熟而已。更加表明了北宋詩人的價值判斷乃以名節為重，即便在書法一類的技藝上亦然。

三、在北宋詩中始得關注的忠臣

在前一小節中援引為例的張巡、許遠、顏真卿等人物都是在唐代詠史詩中尚不可見，但北宋詩人極熱衷歌詠的主題。固然，單就以上諸人而論，必有其時代因素，詩人難以同朝人物為詠史題材。不過除了唐人，其他時代的「忠烈之臣」亦有罕見於唐詩，但在北宋詩中逐漸成為歌詠對象的例子，故本節將以紀信、關羽、嚴顏三人為例，說明北宋詩歌對「氣節」的重視。

先論楚漢人物紀信，根據《史記‧項羽本紀》的記載，紀信於滎陽之戰時乘漢王車駕詐降，掩護劉邦從西門脫身，最終因此燒殺於項羽之手。〔註64〕由此事跡，其人自為「死節之臣」無疑。但在唐詩中，歌詠之作卻僅周曇（？～？）詠史組詩中的〈前漢門‧周苛紀信〉一首，其詩云：「為主堅能不顧身，赴湯蹈火見忠臣。」〔註65〕將紀信與滎陽城破時不降而死的周苛並列，稱頌二人為主赴湯蹈火的死忠，但並未對其事蹟有深刻描寫，紀信的個人形象亦不突出。須至北宋王禹偁始有專詠紀信之作，見〈滎陽懷古〉：

紀信生降為沛公，草荒孤壘想英風。

漢家青史緣何事，卻道蕭何第一功。〔註66〕

〔註64〕 《史記‧項羽本紀》：「漢將紀信說漢王曰：『事已急矣，請為王誑楚為王，王可以間出。』於是漢王夜出女子滎陽東門被甲二千人，楚兵四面擊之。紀信乘黃屋車，傅左纛，曰：『城中食盡，漢王降。』楚軍皆呼萬歲。漢王亦與數十騎從城西門出，走成臯。項王見紀信，問：『漢王安在？』曰：『漢王已出矣。』項王燒殺紀信。」見《史記》，頁295。

〔註65〕 《全唐詩》，第21冊，頁8353。

〔註66〕 《全宋詩》，第2冊，頁707。

在此詩中，詩人遙想當日紀信為劉邦慷慨赴義的英風，遂起感慨之情，嘆惋史家何以將漢朝開國的第一功歸於蕭何。於此，隱然有認為在劉邦取得天下的最終結果下，紀信應為首功的價值判斷。文彥博〈題紀太尉廟〉詩意與此頗為接近：

> 死節古來雖有矣，大都死節少如公。
>
> 惟圖救主重圍內，不憚焚身烈焰中。
>
> 龍準有因方脫禍，猴冠無計復爭雄。
>
> 如何置酒咸陽會，只說蕭何第一功。〔註67〕

文彥博於此稱頌紀信一心救主、不懼焚身的死節堪為古往今來第一人，並與王禹偁同樣認為「漢得天下」的結果應將首功歸與紀信，畢竟若無他詐降，劉邦無因脫禍、項羽亦不會落得「無計復爭雄」的處境。除此兩詩外，祖無擇（1011～1084）〈題紀信廟〉亦由「功」的角度著眼，詩云：

> 漢祖臨危日，將軍獨奪功。一身雖是詐，萬古盡言忠。〔註68〕

於此詩中，詩人認為在劉邦危急存亡之秋時，紀信為獨佔護主大功的忠臣，「誆楚為王」的作法固然為詐，但基於其捨身為主的行為，忠名仍得以傳承千古。此詩相較於前詩，更明白揭示紀信「忠」的美德。對比於前三詩皆直言其「功」，吳則禮（？～1121）〈寄題紀信廟〉則更深入的描寫其忠烈：

> 貌齊隆準伏危機，辦為君王解急圍。
>
> 楚炬無情燎黃屋，晉城有土瘞遺衣。
>
> 功名不與山河誓，義烈終同日月輝。
>
> 新廟落成牲醴盛，千年魂魄想依依。〔註69〕

此詩可分為前後兩段，前四句言紀信之事跡，亦即假扮劉邦以為其解圍，然因此死於項羽之手，最終僅能於晉城入葬衣冠塚等事。後四句則

〔註67〕《全宋詩》，第6冊，頁3501。

〔註68〕《全宋詩》，第7冊，頁4422。

〔註69〕《全宋詩》，第21冊，頁14312。

展現詩人的稱頌與欽慕，認為即使紀信早早犧牲，以致無緣「山河帶礪」的分封之誓〔註70〕，但事實上他為主獻身的義烈，實如日月一般永垂不朽，如今新廟落成，亦使得千年以後的人們皆為其心嚮往之。透過以上詩作，可以發現北宋「紀信詩」，除了開始出現專題歌詠的作品外，同時更著力於為其「功」平反——畢竟在一般概念裡，紀信並不被視為大漢開國功臣，更與「漢初三傑」等名號無緣。然而，在北宋詩人心目中，即使紀信生前之功比不上張良、韓信等人，但其忠烈卻有過之而無不及，也因此而得以名垂千古、成為詩人歌頌的對象。

　　若將關注的書寫時代轉入三國，則可發現面對張飛時非但不懼，更凜然答道「我州但有斷頭將軍，無有降將軍也」〔註71〕的嚴顏在唐代的處境與紀信頗為相似，亦不可見專題歌詠的作品。不過即使如此，其事蹟對亂世中人仍有一定影響力，如《新唐書‧忠義傳》便載張興為史思明所擄時的對答道：「昔嚴顏一巴郡將，猶不降張飛。我大郡將，安能委身逆虜？」〔註72〕降及北宋，雖然相關詩作數量仍然不多，但蘇軾兄弟的同題詩〈嚴顏碑〉即對其節操評價甚高，先見東坡詩：

> 先主反劉璋，兵意頗不義。孔明古豪傑，何乃為此事。
>
> 劉璋固庸主，誰為死不二。嚴子獨何賢，談笑傲碪几。
>
> 國亡君已執，嗟子死誰為。何人刻山石，使我空涕淚。
>
> 吁嗟斷頭將，千古為病悸。〔註73〕

嚴顏本來即是劉備起兵進攻西川時，張飛溯流而上破巴郡擒獲的蜀將，故此詩即由劉備與劉璋交好而又反之的行為起筆，首先批評先主此次進兵是不義之舉，更不是如孔明這般的豪傑之人所當為。而後稱頌嚴顏能為庸主如劉璋忠心不二、以身殉國實屬難得，即使在國破家亡之

〔註70〕 語出《史記‧高祖功臣侯者年表》引封爵之誓詞：「使河如帶，泰山若礪。國以永寧，爰及苗裔。」見《史記》，第 2 冊，頁 877。

〔註71〕 晉‧陳壽著、裴松之注：《三國志》（臺北：鼎文書局，1977 年），頁 943。

〔註72〕 《三國志》，頁 943。

〔註73〕 《全宋詩》，第 14 冊，頁 9595。

下犧牲或許沒有實際用處，其「寧為斷頭將」的精神仍能感動千載以後的詩人。綜觀全詩，實乃以一「義」字貫串，藉由先主「反劉璋」的不義襯托出嚴顏「忠劉璋」之義的難能可貴。蘇轍詩的立意與其兄則略有不同，詩云：

> 古碑殘缺不可讀，遠人愛惜未忍磨。
> 相傳昔者嚴太守，刻石千歲字已訛。
> 嚴顏平生吾不記，獨憶城破節最高。
> 被擒不辱古亦有，吾愛善折張飛豪。
> 軍中生死何足怪，乘勝使氣可若何。
> 斫頭徐死子無怒，我豈畏死如兒曹。
> 匹夫受戮或不避，所重壯氣吞黃河。
> 臨危閑暇有如此，覽碑慷慨思橫戈。〔註74〕

此詩同樣極力彰顯嚴顏之忠烈與節操，全詩先後藉由遠人不忍磨碑、張飛為其折服兩事，來凸顯時人與後世對嚴顏城破後堅持不降的高節之欽慕，如此壯氣，更令蘇轍即使僅覽殘碑，亦能想見當時英姿。較諸東坡詩，可以發現此詩更著力於描寫嚴顏被擒以後置生死於度外的瀟灑，不若蘇軾詩中猶有「涕淚」、「吁嗟」之語，蘇轍詩則帶有慷慨激昂的氛圍，然其共通處在對嚴顏內在道德操守的肯定，雖或云「義」、或云「節」，但推崇的著眼點卻是相近的。

　　除了嚴顏，關羽是另一個被北宋詩人格外標舉「氣節」的三國人物。與紀信的例子相似，在唐代專詠關羽之作亦僅一首，為郎士元（？~780）〈關羽祠送高員外還荊州〉，其詩云：「將軍稟天姿，義勇冠今昔。走馬百戰場，一劍萬人敵。雖為感恩者，竟是思歸客。流落荊巫間，裴回故鄉隔。離筵對祠宇，灑酒暮天碧。去去勿復言，銜悲向陳跡。」〔註75〕此詩自第五句起所言皆是送別事，故與詠史相關者僅前四句，書寫關羽天賦異稟、征戰沙場的英姿。值得注意的是，相對於生

〔註74〕《全宋詩》，第15冊，頁9817。
〔註75〕《全唐詩》，第8冊，頁2785。

平難考的紀信與嚴顏只留下單一事蹟，故而呈現單純的「忠義」形象，北宋詩歌也因此至多僅能稱是「發揚」二人的節操；關羽則不然，以關羽為「勇」的評價是傳統正論，自《三國志・關張馬黃趙傳》中「關羽、張飛皆稱萬人之敵，為世虎臣」〔註76〕的贊語即是如此，後世言及「關、張」時亦然，如《晉書・劉遐傳》：「遐為塢主，每擊賊，率壯士陷堅摧鋒，冀方比之張飛、關羽。」〔註77〕《魏書・楊大眼傳》：「當世推其驍果，皆以為關、張弗之過也。」〔註78〕《宋書・檀道濟傳》：「有勇力，時以比張飛、關羽。」〔註79〕徐夤〈蜀〉詩：「雖倚關張敵萬夫，豈勝恩信作良圖。」〔註80〕以上種種，皆是其例。郎士元之詩雖然特別標舉其「義勇」，但事實上「萬人敵」之稱卻只能呼應「勇」，對「義」的意涵並無太多描述，仍可視為如此傳統脈絡下的作品，亦即特別重視關羽「勇」的一面。

同時稱頌「義、勇」兩個面向的作品於北宋亦有之，見李廌〈關侯廟〉：

> 三方各虎踞，猛將皆成群。屹然萬人敵，惟髯稱絕倫。
>
> 仗節氣蓋世，橫矟勇冠軍。艱難戎馬間，感慨竹帛勳。
>
> 鳳闕控蠻楚，廟食漢江濆。神遊舊戰地，庭樹起黃雲。〔註81〕

此詩之末頗有「興古今之慨」的懷古色彩，而前半則扣緊了關羽在戰場上的卓越表現立論：先引用了諸葛亮「未及髯之絕倫逸羣也」〔註82〕的評價，認為關羽是三國猛將中的第一流人物，遠非他人所能比擬；又認為他勇冠三軍、戎馬生涯正是得以名垂千古的關鍵。惟「仗節氣蓋世」一句，反映在詩人眼中，關羽除了「勇武」，更讓他人難以望其項

〔註76〕 《三國志》，頁951。

〔註77〕 《晉書》，頁2130。

〔註78〕 見北齊・魏收著：《魏書》（臺北：鼎文書局，1980年），頁1635。

〔註79〕 《宋書》，頁1344。

〔註80〕 《全唐詩》，第21冊，頁8169。

〔註81〕 《全唐詩》，第20冊，頁13563。

〔註82〕 《三國志》，頁940。

背的正是過人的「氣節」。固然，此詩一如郎士元之作，並未更進一步
說明關羽之「節」何在，李覯〈關徐〉詩則所言較明：

> 雲長不絕舊君情，元直終隨老母行。
>
> 立效報公何感慨，指心辭主更分明。
>
> 三方本以兵攻戰，一士能為國重輕。
>
> 多謝曹劉存大度，任教忠孝得成名。〔註83〕

在大量將關羽、張飛並列的作品外，此詩為少數將「關徐」二人合稱者。
詩人將關羽為曹操斬殺顏良後重回劉備麾下，對比徐庶為老母而辭別劉
備、投奔曹營，認定二者皆有「國士之風」。詩末雖然意在稱許劉備與曹
操的度量，但也令我們足以由此見得關羽和徐庶在此詩中分別為「忠」
與「孝」的象徵。在此詩中，並無隻字提及關羽的「勇」，已然可見與宋
前評論之差異。同樣從關羽「盡封其所賜，拜書告辭，而奔先主於袁軍」
〔註84〕的忠義之舉為褒貶著眼點者，除了詩歌，猶可另外參照唐庚《三
國雜事》：「羽為曹公所厚而終不忘其君，可謂賢矣。然戰國之士亦能
之。……至羽必欲立效以報公，然後封還所賜，拜書告辭而去，進退去
就，雍容可觀，殆非戰國之士矣。」〔註85〕此段評價除了「重回劉備麾
下」以外，更標舉關羽「封還所賜」的行為已經遠非戰國之士所能比擬。
同樣稱頌關羽「不屈於利」的作品，猶有張商英〈題關公像〉：

> 月缺不改光，劍折不改鋩。月缺白易滿，劍折尚帶霜。
>
> 勢利尋常事，難屈志士腸。男兒有死節，可殺不可量。〔註86〕

此詩與梅堯臣〈古意〉〔註87〕詩頗為接近，皆以月、劍為喻，比喻「志
士」即使缺、折亦不改其氣節。張商英於此將「稱頌氣節」的詩意專指

〔註83〕 《全宋詩》，第 7 冊，頁 4346。

〔註84〕 《三國志》，頁 940。

〔註85〕 宋・唐庚：《三國雜事》（北京：中華書局，1985 年），頁 5。

〔註86〕 《全宋詩》，第 16 冊，頁 10992。

〔註87〕 梅堯臣〈古意〉：「月缺不改光，劍折不改剛。月缺魄易滿，劍折鑄復
良。勢利壓山岳，難屈志士腸。男兒自有守，可殺不可苟。」見《全
宋詩》，第 5 冊，頁 2762。

關羽一人，不過雖以「關公」為題，但並未言及相關事蹟，僅能從「勢利尋常事」一句，推論詩人所歌頌的是關羽不屈服於勢利、忠於故主本職之「死節」。在全詩不詠事的前提下，自然全不可見對其「勇」的書寫，反映詩人心中認為關羽最可貴之處乃在其「節」。

從以上分析顯然可見，北宋詩人導因於對「忠」的重視，逐漸開始關注紀信、嚴顏、關羽等在唐詩中尚不為熱門歌詠主題的人物，雖然詩作數量仍然不多，但對此類人物詩歌形象之奠定與轉化卻有不可忽視的影響，如在唐詩裡不可見的嚴顏便開始與「節義」連結，於〈正氣歌〉中更成為了文天祥（1236～1283）佐證「時窮節乃見，一一垂丹青」〔註88〕的一個例證。在唐代時尚呈現純粹「勇武」形象的關羽，經過北宋的轉型後，於南宋詩中幾乎已不可見對其「勇」的描寫，如胡寅（1098～1156）〈題關雲長廟〉、孫銳（1199～1277）〈雲長公贊〉、于石（1247～?）〈贈王法官〉皆以「大義」或「大節」稱頌關羽，〔註89〕更趨近後人「義絕」〔註90〕的論斷。若此種種，皆可視為北宋詩人評價亂世之「道德」標竿在當時乃至於後世之作用。

第二節　對亂世中功業成就之追慕

雖然從前一節中，已然可知對北宋詩人而言，「德行」的重要性遠

〔註88〕 《全宋詩》，第 68 冊，頁 43055、43056。

〔註89〕 胡寅〈題關雲長廟〉全詩僅六句述及關羽生平事蹟：「雲長忠烈士，蜀漢凜三傑。許身初擇義，遇主益秉節。一受先主知，不為曹公屈。」（見《全宋詩》，第 33 冊，頁 20935）孫銳〈雲長公贊〉則云：「千載人，百世士。知正統，明大義。漢丞相，蜀先主。同公心，燭三光。為岳瀆，為星雲。今不死，聲將軍。」（見《全宋詩》，第 61 冊，頁 38498）兩人之作，皆不重視關羽「勇」的面向；于石〈贈王法官〉並非專題歌詠關羽的作品，但詩云：「關雲長，張睢陽，凜然大節死不屈，至今日月猶爭光。」（見《全宋詩》，第 70 冊，頁 44129）將關羽與張巡對舉而稱頌其節。

〔註90〕 「義絕」之說始於毛宗崗〈讀三國志法〉，見元・羅貫中著，金聖嘆批：《原本三國志演義》（臺北：臺灣文源書局，1969 年），上冊，頁 5、6。

大於「功業成就」，是故曹確（?～?）〈季子廟〉云：「人間不記吳王事，
江上今存季子宮。壞壁亂飄青蘚雨，破檜時蕩白榆風。衣冠何處埋春
草，雞酒長年任野翁。下馬一看思舊德，浮名應與暮雲空。」〔註91〕
明白揭示吳王當時的成就都只是「浮名」而已，反倒是季札的「舊德」
為人流傳，甚至及至今日仍留有「季子宮」，反映「功」的轉眼成空與
「德」的永垂不朽。然而，即使如此觀點可以視為北宋詩歌評價亂世的
主流意見，時人亦不可否認部分人物的生前成就不可抹滅，「功業」甚
至是其生命中的重要部分——以韓信為例，其身為「漢初三傑」之一，
對於劉邦一統天下必然有傑出的貢獻，因此在前一節探討的禮賢下士、
知恩圖報之外，北宋詩歌亦不乏歌詠其功的作品。是以在此考量之下，
本節仍將聚焦於北宋詩人較不重視的「功業」面向，探討亂世中的功臣
在詩歌中如何被書寫，最後歸納這類被歌詠的功臣有何共同之處。

一、對開國之臣功業的稱頌

關於北宋詩人對「功業」的書寫，可從稱頌開國功臣的作品入手，
畢竟相較於太平宰相或悲劇英雄，在亂世之中協助君王開國者勢必更
容易留下不朽的功業。不過在本文聚焦討論的時代裡，春秋戰國後一
統天下者為秦始皇、三國時代盡歸於司馬炎之手、五代則最終傳承予
宋太祖趙匡胤，前兩者的開國「功臣」向來得到的關注較少、最後一類
因為時序已進入宋代，蓋非詠史範疇。因此本節將從詠「漢初三傑」
〔註92〕的作品著手，觀察北宋詩人如何書寫這批以「功業」在歷史上
垂名的人物。

首先可參夏竦（985～1051）〈奉和御製讀前漢書三首〉，此組詩洽
以「三傑」為書寫對象，惟其中第三首已見於前，旨在批評韓信不若長

〔註91〕《全宋詩》，第 12 冊，頁 7893。
〔註92〕三傑即張良、蕭何、韓信，參劉邦一統天下後的評價之語：「夫運籌帷
　　　　帳之中，決勝千里之外，吾不如子房；鎮國撫民，給餉饋，不絕糧道，
　　　　吾不如蕭何；連百萬之眾，戰必勝，攻必取，吾不如韓信。」見《史
　　　　記》，頁 381。

沙王吳芮猶能以智慧善終且垂名，相關討論於前章已備，故於此不細論之，茲先引其詠蕭何詩如下：

> 酇侯依日月，天漢敘隆昌。邁德居三傑，觀時定九章。
>
> 過因王尉辯，功賴鄂君揚。終以同心美，清寧贊後王。〔註93〕

此詩首聯為稱頌的總論、頸聯則用相關事典，真正與其「功」相關的敘述聚集在頷、尾二聯，其中第四句特別標舉蕭何「捃摭秦法，取其宜於時者，作律九章」一事，〔註94〕將其視為安定社會的貢獻，也因而能有詩末所云的成果，亦即在蕭規曹隨、二人同心的情況下，使曹參相惠帝時猶能收「載其清靖，民以寧壹」〔註95〕的成效，要言之，詩人對其褒揚主要聚焦在內政成就，認為蕭何是皇帝手下重要的「相才」。雖然夏竦於此詩中對蕭何評價甚高，前一節分析「詠紀信詩」時亦不乏「卻道蕭何第一功」或「只說蕭何第一功」這類的句子，認為蕭何當居大漢開國之首功。不過，蕭何卻從唐代以來即非熱門的歌詠對象，甚至有如李商隱（813～858）〈四皓廟〉詩云：「蕭何只解追韓信，豈得虛當第一功。」〔註96〕認為蕭何之功僅在月下追韓信而已。李白〈猛虎行〉則言曰：「張良未遇韓信貧，劉項存亡在兩臣。」〔註97〕將劉邦、項羽的存亡但歸於張良與韓信，隻字未提蕭何。如此現象至北宋猶然，夏竦一詩在北宋時期是專詠蕭何的唯一作品，因此若以整個北宋詩壇為研究對象，則聚焦探討當時詩人如何書寫張良及韓信的功業與影響，當為較合適的處理方式。此處同樣先以夏竦詩為例，見其〈奉和御製讀前漢書三首〉其二：

> 子房天授漢，不戰道尤尊。秘法盈編受，危機借箸論。
>
> 避封昭止足，辟穀厭塵喧。莫訝蕭規茂，從容有緒言。〔註98〕

〔註93〕 《全宋詩》，第3冊，頁1771。

〔註94〕 語出《漢書·刑法志》，見《漢書》，頁1096。

〔註95〕 語出《漢書·曹參傳》，見《漢書》，頁2021。

〔註96〕 《全唐詩》，第16冊，頁6191。

〔註97〕 《全唐詩》，第5冊，頁1713。

〔註98〕 《全宋詩》，第3冊，頁1771、1772。

相對其一詠蕭何時重其內政成就，此詩詠張良則特別著墨於用兵、謀略上的表現，次句之「不戰」亦即《漢書》中的「良未嘗有戰鬥功」〔註99〕，但張良即便不戰，卻仍能「運籌帷幄之中，決勝千里之外」〔註100〕，蓋可視為其用兵之道所在，而後頷聯處則先言「受黃石公兵法」的傳奇事蹟，並提出張良在酈食其謀橈楚權時，隨手以箸為籌說明酈生之計不可行，證成其謀略之獨到眼光。總而言之，張良於此詩中受標舉的「功」仍如劉邦所云，以「運籌帷幄」為主要內涵。可以注意的是，此詩頸聯所言為其婉拒厚賞、從赤松子修仙一事，雖然如此稱頌「從容進退」的內容為前一章的主題，但由此卻可見詩人歌詠張良之功時，事實上仍結合其急流勇退的智慧而言。相似狀況亦可見於邵雍之作，在前一章探討張良之進退時，其〈讀張子房傳吟〉便嘗云「漢室開基第一功，善哉能始又能終」，又如其〈題留侯廟〉：

> 滅項興劉如覆手，絕秦昌漢若更棋。
>
> 卷舒天下坐籌日，鍛鍊心源辟穀時。
>
> 黃石公傳皆是用，赤松子伴更何為。
>
> 如君才業求其比，今古相望不記誰。〔註101〕

此詩開篇即云滅項興劉、絕秦昌漢的歷史進程在張良手中都僅是操之在手的一場棋局，中間四句則是舉例說明留侯的事蹟，且兩聯作法皆是將「入世」與「出世」合而論之——得黃石公兵法，輔佐劉邦運籌帷幄、卷舒天下是「入世」；從赤松子去後，隱居山林鍛鍊心源、修仙辟穀是「出世」。兩者對舉之下，詩人最後始得出張良才業千古無匹的結論。由此可見，此處所論之「才業」實並不僅指涉其過人謀略，善哉能終智慧亦是詩人關注的重點。如此同時並舉「出、入世」的作法在詠張良詩中並不罕見，除本章所舉夏竦、邵雍之作外，前一章中論劉敞〈留侯〉、張耒〈歲暮福昌懷古四首‧張子房〉時亦皆略有言及

〔註99〕語出《漢書‧張良傳》，見《漢書》，頁2031。

〔註100〕語出《漢書‧高帝紀》，見《漢書》，頁56。

〔註101〕《全宋詩》，第7冊，頁4460。

其興漢之才，引「淮陰敗晚節，顧亦非吾倫」以證成韓信、張良對比
的賀鑄〈留侯廟下作〉亦是其例，賀詩後半「出處能事畢，致君終乞
身」等句，固然旨在稱頌張良急流勇退之智，但前段同樣詠其輔佐劉
邦建國之功業：

> 文成念韓痛，破產伺強秦。千金募健士，椎斷屬車塵。
>
> 東去變名姓，浮游淮泗濱。忍恥奉遺履，得書何老人。
>
> 十年風雲會，赤帝資經綸。鴻門禍端結，一言即解紛。
>
> 英彭既合縱，楚項提孤軍。偉哉借箸談，豎儒無復陳。
>
> 分疆餌兩將，來若從龍雲。釋怨俾侯印，謀銷蛇豕群。
>
> 定都天府國，推功歸奉春。四老落吾術，拂巾辭隱淪。
>
> 東朝羽翼就，楚調徒悲辛。〔註102〕

此段詩句以近似史傳體的筆法記張良生平事蹟，由其行刺秦王、圯上
得書的早年經歷落筆，再言及其十年後成為劉邦「資經綸」的對象，並
以鴻門宴為劉邦善後、離間英布與彭越以孤立項羽、借箸為籌反駁酈
食其之論、分封土地以誘惑韓信與彭越出兵、為雍齒封侯以平息眾疑、
引出四皓穩定太子地位等張良一生的重要謀略為證，說明其「經綸」之
才何在，顯然同樣以「才業」為稱頌的著眼點。其中「分疆餌兩將」與
「釋怨俾侯印」兩事一則奠定劉邦擊敗項羽的結果、一則為大漢安定
甫一統的局勢，可以說是張良一生中至關重要的兩條計策，王安石〈張
良〉亦以此入詩：

> 漢業存亡俯仰中，留侯當此每從容。
>
> 固陵始議韓彭地，複道方圖雍齒封。〔註103〕

於首二句中，王安石概括性總論張良可以在瞬息萬變的亂世裡，輕易
影響漢業存亡。然而，此詩作為七絕，相對於賀鑄的五古自有其篇幅限
制，因此難以如〈留侯廟下作〉般羅列大量事蹟以證成張良之智，遂僅
以固陵戰前分封韓、彭與封賞雍齒安定人心為例，說明漢業皆在張良

〔註102〕《全宋詩》，第 19 冊，頁 12527。
〔註103〕《全宋詩》，第 10 冊，頁 6724。

的掌握之中。其中固陵之戰在王安石的另一首同題詩〈張良〉中也再次
被提及：

> 留侯美好如婦人，五世相韓韓入秦。
>
> 傾家為主合壯士，博浪沙中擊秦帝。
>
> 脫身下邳世不知，舉國大索何能為。
>
> 素書一卷天與之，穀城黃石非吾師。
>
> 固陵解鞍聊出口，捕取項羽如嬰兒。
>
> 從來四皓招不得，為我立棄商山芝。
>
> 洛陽賈誼才能薄，擾擾空令絳灌疑。〔註104〕

一如前章中已見的〈四皓二首〉，王安石於此同樣以一長一短兩詩同題
歌詠張良。相對於七絕〈張良〉詩僅能聚焦於單一事件，古體〈張良〉
則涵蓋了從行刺秦始皇到固陵敗項羽的諸多事蹟。全詩可以分為兩大
段，前十句為重要事件的紀錄，透過受書於天、輕取項羽等描述，皆顯
然可見張良之不同凡響與高妙謀略。後四句則分別以四皓和賈誼作為
參照對象，強調前者僅為張良而出山、後者未能平定人心，一方面凸顯
了張良在當時的影響力，另一方面也更可見得其治國用兵的才華。相
對於賀鑄〈留侯廟下作〉仍有言及「急流勇退」的書寫面向，王安石的
兩首〈張良〉則可謂純粹歌詠「功業」的作品，其中固陵之戰重複出現
在七絕與古體中，更可見得王安石對此一代表性大功的格外重視。除
了與賀詩的細微差異外，尤其值得注意的是，全詩第七句云「素書一卷
天與之」，猶是由旁觀者的第三人稱視角描述張良得《黃石兵法》一事，
然而第八句卻直言「穀城黃石非吾師」，直接以「吾」指稱張良，第十
二句云「為我立棄商山芝」使用「我」字亦然，由此可見，詩中的張良
儼然已經成為了王安石自比的對象。事實上根據相關研究，王安石詠
史詩約有百分之七十作於變法時期，題材則以帝王將相為主，此處之
〈張良〉詩即是其例。〔註105〕於自身仕途的巔峰之時書寫此類名臣良

〔註104〕《全宋詩》，第10冊，頁6501。

〔註105〕關於王安石詠史詩創作時間之統計可參王文芳《王安石詠史懷古詩研

將之功業，顯欲寄託己身「濟世」、「澤民」之抱負，反映詩人透過詠史詩以「寄情古人」的用意。

從以上詩作可見，張良「行刺秦王」、「分疆韓彭」、「封賞雍齒」等作為都同時出現在賀鑄與王安石的詩中，後者更以「吾」、「我」稱張良，顯然將其功業與自身理想相連結。惟於上述幾項事蹟中，「刺秦」之舉實非所有後代文人都如賀、王一般未有批評之意──自唐代以來，文人歌詠張良或討論相關事蹟時，對其刺殺秦始皇的行為其實不乏質疑者，如唐人胡曾（？～？）〈博浪沙〉詩便云：「山東不是無公子，何事張良獨報讎？」〔註106〕對張良以一己之力暗殺始皇的行為很是不解。降及北宋，蘇軾〈留侯論〉更明白批判「子房不忍忿忿之心，以匹夫之力而逞于一擊之間」〔註107〕，認為博浪刺秦反映的是張良度量之不足。由此可見，北宋詩人言及此事時，實不全然將其視為豪情壯舉。畢竟雖然暗殺行動可以見得張良的膽識與勇氣，但正如東坡所云：「子房以蓋世之才，不為伊尹、太公之謀，而特出於荊軻、聶政之計。」莽撞行刺絕非智者的選擇。相似觀點可參鄭獬〈留侯廟〉：

> 留侯仗奇策，十年藏下邳。狙擊秦始皇，獨袖紫金椎。
> 茲為少年戲，聊夸游俠兒。退學黃石書，始見事業奇。
> 兩龍鬥不解，天地血淋漓。攝袖見高祖，成敗由指麾。
> 重寶啗諸將，嶢關遂不支。斥去六國謀，輟食罵食其。
> 卒言信布越，可以為騎馳。餘策及太子，四老前致詞。
> 立談天下事，坐作帝王師。功名竟糠粃，撥去曾亡遺。

究》。其根據李德身《王安石詩文繫年》統整出了王安石詠史詩創作年份，從而判定「變法時期的詠史詩創作佔其十分之七」。此外，王安石固然猶有部分詠史之作與政局無關，如詠董仲舒的〈窺園〉即然。惟此類作品與本文「評價亂世」的關聯較遠，故不細論之。說詳見王文芳：《王安石詠史懷古詩研究》（武漢：華中科技大學碩士學位論文，2015 年）、李德身：《王安石詩文繫年》（西安：陝西人民教育出版社，1987 年）。

〔註106〕《全唐詩》，第 19 冊，頁 7428。

〔註107〕《全宋文》，第 90 冊，頁 68，後文「子房以蓋世之才」句同出於此。

往從赤松遊，世網不能羈。韓彭死鐵鉞，蕭樊困囚縲。

榮辱兩不及，孤翮愈難追。陳留本故封，道左空遺祠。

兩鬼守其門，悵坐盤蛟螭。威靈動風雲，飄爽回旌旗。

我來謁祠下，文章竟何為。長嘯詠高風，三日不知饑。〔註108〕

全詩可以分為四段，首段八句同樣著眼於張良的早年經歷，然而在此詩人特別強調：暗殺秦王僅是「少年戲」而已，至多僅能聊誇於遊俠之輩中，須待得黃石兵法後，始得展開其大業。次段為「坐作帝王師」前十四句，言張良於楚漢兩龍相爭之際投靠劉邦，而後便由其指麾謀劃決定高祖的成敗，並與前引賀鑄之作相同，亦舉反駁酈食其、收服英布與彭越為例，惟此處額外標舉重金賄賂破嶢關之計、教太子奉四皓為上賓等事，使其「帝王之師」的形象更為鮮明。第三段為「功名竟糠粃」以下八句，皆言其功成身退事，可以再次說明北宋詩人慣於結合「出、入世」以稱頌張良的作法。第四段，亦即全詩之末十句，可以視為本詩的獨創之處。在此段中，張良已不只是人臣，更是神異化的存在，反映詩人對張良的欽慕已然昇華為崇拜的境界，使其成為超凡脫俗的神聖人物。

　　除張良外，韓信作為西漢開國功臣中「戰必勝，攻必取」的名將，在前文已見的出處進退、知恩圖報、禮賢下士等面向外，自然亦不乏歌詠其功業的作品，如王安石〈韓信〉：

韓信寄食常歉然，邂逅漂母能哀憐。

當時噲等何由伍，但有淮陰惡少年。

誰道蕭曹刀筆吏，從容一語知人意。

壇上平明大將旗，舉軍盡驚王不疑。

搏兵擊楚濰半涉，從初龍且聞信怯。

鴻溝天下已橫分，談笑重來卷楚氛。

但以怯名終得羽，誰為孔費兩將軍。〔註109〕

〔註108〕《全宋詩》，第 10 冊，頁 6823。

〔註109〕此詩中「搏兵擊楚濰半涉」句《全宋詩》與《臨川先生文集》皆作「捄兵半楚濰半沙」，然兩書皆附註云或作「搏兵擊楚濰半涉」。由韻腳觀

此詩可以分為兩部分，前八句記述韓信從貧困寄食到登壇拜將的人生轉變。後六句則以具體戰績說明韓信的用兵能力：第九、第十句所云為濰水之戰，據〈淮陰侯列傳〉載，當時韓信「夜令人為萬餘囊，滿盛沙，壅水上流，引軍半渡，擊龍且，詳不勝，還走」〔註110〕。如此詐敗佯逃之計果然誘得楚將龍且大喜而云「固知信怯也」〔註111〕，因此貿然進擊，最後為韓信水攻而敗。末四句則書寫垓下決戰，此一役中韓信以孔、費二將於兩翼包夾，自引中軍再次以表面之「怯」佯敗，誘惑項羽孤軍深入，最終落得十面埋伏之困境。此戰中孔、費二將不過是助手，居功厥偉的自然仍是韓信，且詩中以「談笑」稱之，更可見韓信用兵之從容高妙。因為長於排兵布陣，韓信自然對大漢之建國有不可抹滅的貢獻，如前引梅堯臣〈淮陰侯廟〉便以「功名塞天地」極言其功之高，除梅堯臣外，更有詩人將其功業視為劉邦平定天下的基礎，如張俞（？～？）〈韓信壇〉：

> 漢用亡臣策，登壇授鉞時。須知數仞土，曾立太平基。〔註112〕

「韓信壇」即劉邦當日登壇拜將之所，詩人認為僅此拜韓信為大將的數仞之土，正是將來奠定天下太平的基礎；若前詩是從正面立論說明韓信的重要地位，則文彥博〈題韓溪詩〉其一即是從反面假設著手，詩云：

> 韓信未遭面主顧，蕭何親至此中追。
>
> 君王有意爭天下，不得斯人未可知。〔註113〕

之，此詩之用韻方式當有四次轉韻，亦即首四句押一韻、末四句押一韻，中間相鄰兩句為一組各押一韻。在此規律下，首四句押先韻、末四句押文韻、五六句押寘韻、七八句押支韻，惟若第九句作「採兵半楚濰半沙」，則「沙」為麻韻、與第十句洽韻之「怯」字顯不押韻；相形之下「涉」為葉韻，洽、葉皆為入聲韻且韻部相鄰，於七言古詩中當可通押，故於此採「搏兵擊楚濰半涉」的版本。詩見《全宋詩》，第 10 冊，頁 6535。宋・王安石：《臨川先生文集》（上海：上海商務印書館，1936 年），上冊，頁 57。

〔註110〕《史記》，頁 2621。
〔註111〕《史記》，頁 2621。
〔註112〕《全宋詩》，第 7 冊，頁 4716。
〔註113〕《全宋詩》，第 6 冊，頁 3483。

許顗《彥周詩話》中有言曰：「蜀陝路間有溪曰韓溪，蕭酇侯追淮陰處
也。」〔註114〕此詩即由此起興，在「假設當時韓信月下出逃成功」的
前提下，認為劉邦恐難有爭奪天下的本錢，由此可見詩人心中韓信對
西漢開國的極大貢獻。鄭獬〈題淮陰侯廟〉用意亦頗為接近：

　　漢高不得淮陰將，天下雌雄未可知。

　　力勸君王回蜀道，便攜諸將破秦師。

　　故人斬首誠非策，女子陰謀遂見欺。

　　終使英雄鑒成敗，未圖功業自先疑。〔註115〕

此詩首聯即同樣認為若無韓信，則劉邦難得天下，而後於頷聯處便以
登壇拜將後旋即說漢王領兵東出陳倉、大破三秦的事蹟證明韓信對大
漢建國霸業的卓絕貢獻；詩之後半則筆鋒一轉，言及韓信為呂后所害
的悲劇下場，並由此興發「終使英雄鑒成敗」的感慨。同樣稱韓信之功
同時帶有感嘆之意的作品，猶有黃庭堅〈鴻溝〉，其詩云：「溝水已東全
入漢，淮陰誰復議元功。」〔註116〕嘆惜劉邦一統天下後，竟無人將首
功歸於韓信。透過以上作品，已可見得北宋詩中實不乏著眼於韓信之
功的作品，因而或以其為太平的根基、或認為劉邦成就霸業非韓信不
可、或對韓信最後不得首功甚至無法善終帶有惋惜之情，皆可見得「功
業」實乃時人書寫韓信的一重要面向。

　　總而言之，以上作品皆是由「功業」角度推崇人物的例證，對於
韓信，詩人著眼於其用兵之才，以及足以左右天下局勢的重要地位；對
於張良，詩人透過才業與進退寫出對他的崇拜，其神聖化形象亦是奠
基於這兩個面向，於此二人之中，道德修養問題似乎反被擱置不論。由
此可見，即使在詠史時極重道德標竿、甚至因而有言「下馬一看思舊
德，浮名應與暮雲空」的北宋時期，如「漢初三傑」這類以開國之功垂
名的人物，其「功業」仍為受詩人推崇的重要著眼點。

〔註114〕見清・何文煥輯：《歷代詩話》（北京：中華書局，1981 年），頁 394。
〔註115〕《全宋詩》，第 10 冊，頁 6864。
〔註116〕《全宋詩》，第 17 冊，頁 11676。

二、對弱國中流砥柱的嘆惋

前文所論的人物如韓信、如張良，雖然爭鬥過程中劉邦未必強於項羽，但最終仍一統天下、成就不朽之功。相對於這類「強盛政權下的能臣良將」，另一類的「弱國之臣」則沒有這麼幸運，因此邵雍〈齊鄭吟〉云：

> 子產何嘗辭鄭小，晏嬰殊不願齊衰。
>
> 二賢生若得其地，才業當為王者師。〔註117〕

春秋時，自鄭莊公死後的君位多次爭奪起，鄭國的國勢便大不如前，成為了夾在晉、楚等大國間的小國。齊國則因靈公在位時背盟伐魯而成為眾矢之的，被聯軍大敗，再也無力稱霸。邵雍正是在考量如此時代背景之下，為子產與晏嬰感嘆，認為以二人之才，若能生在強國，必然能成就不朽功業、為王者之師。此詩所言，正可視為「弱國之臣」的悲哀，即使如子產靈活外交令鄭國得以喘息、晏嬰巧於辭令讓齊國不致被辱的貢獻，仍可受後世稱道、歌詠，但畢竟不可能成就如張良等開國功臣般的事業。如此「賢才不得其時其地」的情況也發生在三國蜀漢，故李覯〈忠武侯〉亦著眼於此：

> 齊霸燕強舊有基，當年管樂易為奇。
>
> 何如新野羈栖後，正值曹公挾帝時。
>
> 指畫二州收漢爐，安排八陣與天期。
>
> 才高命短雖無奈，猶勝隆中世不知。〔註118〕

諸葛亮年少時便「每自比於管仲、樂毅」〔註119〕，然於此詩中，李覯認為管、樂二人有「齊霸燕強」的根基，不若諸葛亮受命於危亂之際，猶能收荊、益二州，並佈置奇門八陣以期延續漢祚天命。兩相對照之下，顯然後者更為難得，隱約有認為孔明之才已經超越管、樂之意。詩末則一方面為孔明之才高命短感嘆，另一方面亦肯定其出山的決定。由此詩

〔註117〕《全宋詩》，第 7 冊，頁 4620。
〔註118〕《全宋詩》，第 7 冊，頁 4348。
〔註119〕《三國志》，頁 911。

前二聯之所言，可見孔明一如鄭、齊二國衰落後的子產、晏嬰，皆是弱
國中「中流砥柱」般的人物，而在這類人物中，諸葛亮又自唐代以來即
為熱門歌詠對象，因此，以下將由北宋的「詠諸葛亮詩」著手，探討時
人如何看待孔明這類的弱國之臣於危亂時展現之才與成就之功。

　　對於孔明之才的描寫，首先可參李廌〈題廟〉：

　　築巖傅胥靡，耕野莘老農。倏來坐廟堂，談笑樹奇功。

　　卯金運徂謝，孔明隱隆中。誰言一丘壑，臥此天矯龍。

　　古來王佐才，中間千載空。之人輔玄德，真有宰相風。

　　惜哉小用之，功烈不復東。嚮非三顧重，白首田舍翁。〔註120〕

詩中言孔明以臥龍之姿，在東漢劉氏政權衰落之際隱居隆中，字裡行
間對其才能評價甚高，認為諸葛亮乃千年一遇的王佐之才，輔佐劉備
時的宰相風範可與傅說、伊尹相比擬，推崇之意可見一斑。但一如前引
〈忠武侯〉詩，此詩之末亦對其有惋惜之情，認為諸葛亮之才雖為傅
說、伊尹之流，但在區區蜀漢實難大展身手，終於令其功業囿於西蜀，
難以施及東方。要言之，此詩的書寫面向涵蓋對孔明才能之推崇、功業
之肯定及命運之惋惜，與唐詩可謂一脈相承，同時也是北宋詩人歌詠
孔明之才業時著眼的主要內容。〔註121〕至於其詩末言及的「三顧」之
事，雖然無論在唐、宋皆不乏詩例，如胡曾〈瀘水〉云「誓將雄略酬三
顧」〔註122〕、曾鞏（1019～1083）〈隆中〉云「出身感三顧」〔註123〕

〔註120〕《全宋詩》，第20冊，頁13564。

〔註121〕關於唐詩中的諸葛亮形象，現有研究成果頗豐，可參陳翔華：《諸葛
亮形象史研究》（杭州：浙江古籍出版社，1990年）、田旭中〈歷代
詩人筆下的諸葛亮〉，收入成都市諸葛亮研究會：《諸葛亮研究》（四
川：巴蜀書社，1985年），頁179～187、鄭鐵生〈歷代詠諸葛亮詩
詞的文化意蘊〉，《荊門職業技術學院學報》1999年第1期（1999年
2月），頁67～74、王正利：《杜甫詩中之意志與命運衝突研究──以
意象為核心之探討》（臺北：臺灣大學碩士學位論文，2005年）、王潤
農：《唐代詩歌中的三國圖像》（臺北：東吳大學碩士學位論文，2013
年）。

〔註122〕《全唐詩》，第19冊，頁7472。

〔註123〕《全宋詩》，第8冊，頁5563。

等皆然，但若單論「三顧」一事，則其歌詠重點當為劉備的知遇而非
孔明本人，因此本文將相關題材作品留待後章討論，此處則將聚焦於
對諸葛亮才業本身之推崇。需要補充的是，〈題廟〉詩中雖有「王佐
才」的評價，但並未具體說明其才何在，對此，可先參文彥博〈題籌
筆驛〉：

> 臥龍繞起扶衰世，料敵謀攻後出師。
>
> 幃幄既持先聖術，肯來山驛旋沉思。〔註124〕

詩題中的「籌筆驛」為傳說中諸葛亮駐兵謀劃之所〔註125〕，自李商隱
以此為題後，便不乏以此歌詠孔明神機妙算之才的作品。此詩雖略有
翻案意味，質疑起此傳說的可信度，認為諸葛出兵既皆是成竹在胸、謀
定而後動，斷然不會至荒山野驛沉思戰略。然而，若暫且擱置詩人對歷
史的反思意識，〔註126〕單從詩句之間我們仍可見得其對孔明「料敵謀
攻」的用兵之才頗為肯定。同樣從用兵佈陣能力的角度著眼之作，猶有
馮山〈八陣磧〉：

> 永安宮前瀼西磧，萬流峽口爭奔激。
>
> 秋濤卷地裂山谷，水落依然陣圖出。
>
> 陣形聚拳六十四，傳是武侯親手跡。
>
> 斯人管蕭豈足道，身在巴東心漢室。
>
> 從容所遇皆法制，浩蕩胸中萬分一。
>
> 陰機暗與天地合，壯氣曾將鬼神役。
>
> 至今千載矻不動，渺莽幾深難致詰。
>
> 豈徒豪傑重嗟賞，應有神靈長護惜。

〔註124〕 《全宋詩》，第6冊，頁3483。

〔註125〕 《方輿勝覽》云：「籌筆驛在綿州綿谷縣北九十九里，蜀諸葛武侯出
　　　　 師，嘗駐軍籌劃於此。」見宋·祝穆著，祝洙補訂，李偉國編：《宋
　　　　 本方輿勝覽》（上海：上海古籍出版社，1991年），頁564。

〔註126〕 說參謝琰：〈北宋：實錄意識與反思意識的並行〉，見《北宋前期詩歌
　　　　 轉型研究》，頁253～266。

廟偏裸裎七壯士，酒炙紛紛走巫覡。

萬事顛倒皆偶然，臥龍無處沾餘瀝。〔註127〕

相對於「籌筆驛」是地方志中的傳說，「八陣圖」則於《三國志》中即有明言記載，〈諸葛亮傳〉云：「亮性長於巧思，……推演兵法，作八陣圖，咸得其要云。」〔註128〕即將「八陣圖」視為諸葛亮推演兵法的代表作，故蘇軾與蘇轍的同題詩〈八陣磧〉中便分別言曰「孔明死已久，誰復辨行列」〔註129〕以及「奈何長蛇形，千古竟不悟」〔註130〕，強調陣法之高深莫測，馮山亦著眼於此，書寫其所見之八陣遺跡。全詩前十句首先描寫八陣圖之氣勢與外型，而後稱許諸葛亮從容佈陣、玄機莫測的智慧，認為在其面前管仲、蕭何皆不足道，如此盛讚甚至已經超越陳壽「管、蕭之亞匹」〔註131〕的評價。後十句則一如前一小節中鄭獬在〈留侯廟〉中云「威靈動風雲，飄爽回旌旗」，使張良因此而超凡脫俗，馮山於此同樣認為八陣磧之所以能「千載砣不動」，乃是因為有神靈之護佑，加上「天地合」、「鬼神役」的描寫，遂令諸葛亮同樣成為神異化的存在，可以視為詩人將諸葛亮的能力渲染、刻畫到了極致的結果。如此將崇敬的對象裝扮為超凡脫俗之神聖的現象，在唐、宋詩中皆不罕見，如楊嗣復（783～848）〈丁巳歲八月祭武侯祠堂因題臨淮公舊碑〉詩云：「謀猷期作聖，風俗奉為神。」〔註132〕便明確反應當時人民對孔明的崇拜。〔註133〕降及北宋，詩人延續如此書寫傳統，除馮山之

〔註127〕《全宋詩》，第 13 冊，頁 8637。

〔註128〕《三國志》，頁 927。

〔註129〕《全宋詩》，第 14 冊，頁 9089。

〔註130〕《全宋詩》，第 15 冊，頁 9818。

〔註131〕《三國志》，頁 934。

〔註132〕《全唐詩》，第 14 冊，頁 5277。

〔註133〕除楊嗣復詩外，另有如劉禹錫〈觀八陣圖〉云：「軒皇傳上略，蜀相運神機。」（見《全唐詩》，第 19 冊，頁 4016。）李山甫〈代孔明哭先主〉：「憶昔南陽顧草廬，便乘雷電捧乘輿。」（見《全唐詩》，第 19 冊，頁 7363。）〈又代孔明哭先主〉云：「盡驅神鬼隨鞭策，全罩英雄入網羅。」（見《全唐詩》，第 19 冊，頁 7364。）以上詩作皆是其例。針對唐詩中「諸葛亮形象神異化」的現象，亦不乏相關研究者，如陳

作外，如錢惟演（977～1034）與劉筠（971～1031）酬唱的〈成都〉詩中分別有「武侯千載有遺靈」〔註134〕與「諸葛遺靈柏半燒」〔註135〕之句。李復〈題武侯廟二首〉其二云：「常見英風吹草木，尚存精魄動雲雷。」〔註136〕則認為武侯之英魂常在。

如此推崇孔明用兵如神的傾向與《三國志》顯然已有所不同，陳壽於〈諸葛亮傳〉篇末的論贊中評曰：「連年動眾，未能成功，蓋應變將略，非其所長歟！」〔註137〕以「應變將略」為諸葛亮的短處。但北宋詩人言及孔明功業時，卻大多以其將才及謀略為基礎，如范祖禹〈資中八首〉其八云：「武侯祠廟徧空山，萬古名垂宇宙間。昔日南人皆稽首，至今歌舞聚夷蠻。」〔註138〕即是認為「平定南蠻」一事令其名垂萬古。又如王安石〈諸葛武侯〉：

漢日落西南，中原一星黃。群盜伺昏黑，聯翩各飛揚。

武侯當此時，龍臥獨摧藏。掉頭梁甫吟，羞與眾爭光。

邂逅得所從，幅巾起南陽。崎嶇巴漢間，屢以弱攻強。

暉暉若長庚，孤出照一方。勢欲起六龍，東迴出扶桑。

惜哉淪中路，怨者為悲傷。豎子祖餘策，猶能走強梁。〔註139〕

全詩可分為兩部分，前十句旨在說明漢末天下大亂的背景，以及孔明得逢明主的幸運。後段則標舉諸葛亮「屢以弱攻強」的堅持以及「勢欲起六龍」的壯志，並強調雖然最終未能成功，但其餘策仍能抵禦外侮。此詩雖未強調孔明生前戰事，但從末二句來看，其籌策即使死後仍能

翔華便認為：「在科學不發達、唯心史觀盛行的時代，人們由於過分崇敬自己所愛戴的人物，而往往把他裝扮成超凡脫俗的神聖，諸葛亮正是這樣的一個人物。」見氏著：《三國志演義縱論》（臺北：文津出版社，2006年），頁270。

〔註134〕《全宋詩》，第2冊，頁1061。
〔註135〕《全宋詩》，第2冊，頁1265。
〔註136〕《全宋詩》，第19冊，頁12467。
〔註137〕《三國志》，頁934。
〔註138〕《全宋詩》，第15冊，頁10354。
〔註139〕《全宋詩》，第10冊，頁6502。

奏效，生時謀略效果如何自然不言可喻。

　　然而，無論詩人對諸葛亮的功業與才幹何等推崇，都無法否認其最後的失敗、蜀國亦未能扭轉弱國的命運。因此較諸詠張良詩，詩人書寫諸葛亮之功時，最大的不同點便在於詩末往往帶有一絲悲涼，如前引詩作的「祠下涕霑袍」、「怨者為悲傷」等即然，又如蘇洵〈題白帝廟〉：「永安就死悲玄德，八陣勞神嘆孔明。」〔註140〕李復〈題武侯廟二首〉其一：「雜耕初動明星落，千古英雄泣渭濱。」〔註141〕亦皆是其例。諸家之中，蘇軾筆下不少為諸葛亮之天不假年喟嘆的作品，如其〈八陣磧〉言：「六師紛未整，一旦英氣折。惟餘八陣圖，千古壯夔峽。」〔註142〕即是嘆孔明大志未成，英氣先折，只留下了八陣遺跡永垂千古，供後人憑弔。〈隆中〉詩中的「龍蟠山水秀，龍去淵潭移。空餘蜿蜒迹，使我寒涕垂」〔註143〕亦是此意，蘇軾藉此表達了自己對孔明壯志未成的嘆惋。又如其〈是日至下馬磧憩於北山僧舍有閣曰懷賢南直斜谷西臨五丈原諸葛孔明所從出師也〉詩云：「客來空弔古，清淚落悲笳。」〔註144〕更可見其臨五丈原而懷想孔明、悲從中來之感。同類詩作猶可參張耒〈梁父吟〉：

> 豪俊昔未遇，白日無光輝。隆中臥龍客，長嘯視群兒。九州英雄爭著鞭，黃星午夜照中原。君看慷慨有心者，乃是山東高帝孫。老瞞赤壁抱馬走，紫髯江左空回首。世上男兒能幾人，眼看袁呂真何有。永安受詔堪垂涕，手挈庸兒是天意。渭上空張復漢旍，蜀民已哭歸師至。堂堂八陣竟何為，長安不見漢官儀。鄧艾老翁誇至計，譙周鼠子辨興衰。梁父吟，君聽取，擊節高歌為君舞。躬耕貧賤志功名，功名入手亡中路。逢時兒女各稱雄，運去英雄非曆數。梁父吟，悲復悲。

〔註140〕《全宋詩》，第 7 冊，頁 4370。
〔註141〕《全宋詩》，第 19 冊，頁 12467。
〔註142〕《全宋詩》，第 14 冊，頁 9089、9090。
〔註143〕《全宋詩》，第 14 冊，頁 9100。
〔註144〕《全宋詩》，第 14 冊，頁 9122、9123。

古今人事半如此，所以達士觀如遺。龐公可是無心者，何事
鹿門招不歸。〔註145〕

此詩前段記孔明早年隱居時期潔身自愛的一面，並塑造劉備豪氣干雲、
抗衡曹孫、輕視袁、呂的形象。然而自「永安受詔堪垂涕」以降則筆鋒
一轉，透過永安託孤、星隕渭濱、鄧艾伐蜀、譙周投降等事，構成了諸
葛亮晚年乃至蜀漢後期的悲劇命運。豪俊如諸葛者亦難免如此下場，
由此詩人最後將一切歸因於時運與曆數，並認為龐德公一類的「達士」
正是因此遂隱而不仕。如此詩作，蓋可視為北宋詩人對弱國之臣悲劇
命運的嘆惋的典型。不過值得注意的是，孔明令後人感到無盡遺憾的
根本因素仍然是前述的「才能」與「功業」，李覯〈忠武侯〉詩云「才
高命短」正是此意。另外，面對諸葛亮的失敗結局時，即使大部分詩人
以「悲」為主調，但仍有少部分作品將重點放在「倘若孔明不死」的假
設上，如張方平〈籌筆驛〉：

本規一舉定乾坤，遽見長星墜壘門。

公在必無生仲達，師昭何業得中原。〔註146〕

此詩同樣著眼於「出師未捷身先死」〔註147〕的事實，但詩之後半則跳
脫「長使英雄淚滿襟」的傳統思考，〔註148〕以司馬懿父子為對比，認
為若諸葛亮得以續命，則司馬懿必然無從偷生，其子司馬師、司馬昭更
是絕無可能竊據中原。透過此詩貶抑司馬氏以襯托孔明高才的作法，

〔註145〕 《全宋詩》，第 20 冊，頁 13039。
〔註146〕 《全宋詩》，第 6 冊，頁 3863。
〔註147〕 語出杜甫〈蜀相〉，見《全唐詩》，第 7 冊，頁 2341，後「長使英雄淚
滿襟」句同出於此。
〔註148〕 杜甫〈蜀相〉詩可謂開創「為諸葛而悲」的寫作傳統，如王嗣奭云：
「乃以伊、呂之具，出師未捷，身已先死，所以流千古英雄之淚者也。
蓋不止為諸葛悲之，而千古英雄有才無命者，皆括於此，言有盡而意
無窮也。」見清·王嗣奭：《杜臆》（臺北：中華書局，1970 年），頁
120。關於此一傳統同樣可以詳參已見前引的兩本學位論文——王正
利：《杜甫詩中之意志與命運衝突研究——以意象為核心之探討》、王
潤農：《唐代詩歌中的三國圖像》。

我們顯然可見當時詩人對諸葛亮才能之推崇到了何等地步。

透過以上詩作，顯然可見北宋詩人對諸葛亮幾可謂清一色的推崇，[註149] 且歌頌的著眼點或為用兵之才、或為治國之能，只不過相對於前一小節中的張良，孔明最後終究無力回天，是故詩人對其更增添一股惋惜之情，認為若天可假年，則歷史勢必能夠開展出不同的風貌，反映後人對諸葛亮才業的變相肯定。

三、稱頌與嘆惋的含義

除了孔明壯志未酬讓詩人感嘆備至外，韓信慘遭夷三族的下場也令後世不乏寄與惋惜之情者。誠然如前一章所述，北宋詩中有如沈遘〈淮陰侯廟〉：「明哲保身非所責，如何終欲比張良。」[註150] 諷韓信不知自我保全，但同時亦有同情共感，乃至為《史記》中「天下已集，乃謀畔逆，夷滅宗族，不亦宜乎」[註151] 之批判辯誣者，其中最具代表性的為同屬淮陰人的張耒，首先可參其〈韓信議二首〉其一：

> 或問：「韓信服高帝乎？」予曰：「韓信為高帝將數年，當將重兵滅大國而動以武，涉蒯通之邪說，信無所顧，召之而至，令之而行，何為不服？」「然則何為卒反乎？」曰：「信服高帝之智力而不服其為人，是以反也。」「然則何也？」「夫信之反，非重失楚也，在夫偽遊雲夢而執之也。夫偽遊雲夢之計，是市井下俚之智，而萬乘之主親行之，此信所以怏怏北面而薄其君，以為不足為其下也。夫暴奪人之富貴而幽囚之，

[註149] 仍有少數例外，如王令〈武侯〉詩云「出非由道此何心」、「日與群兒梁父吟」即是一例。然此類貶抑之作向來極少，唐人僅薛能、北宋就本文所見亦僅王令〈武侯〉以及王安石〈題定力院壁〉，其中荊公詩云「只合終身作臥龍」更是直接挪用薛能〈游嘉州後溪〉中的句子，整體而言，皆不足以動搖「稱頌諸葛亮」的大趨勢，故不細論之。王令詩見《全宋詩》，第 12 冊，頁 8180、王安石詩見《全宋詩》，第 10 冊，頁 6780、薛能詩見《全唐詩》，第 17 冊，頁 6509；薛能多貶諸葛亮之說可參陳翔華《諸葛亮形象史研究》。

[註150] 《全宋詩》，第 11，頁 7523。

[註151] 《史記》，頁 2630。

　　欲使夫雄傑者帖然而無怨，非服之以德，屈之以理則不可。
　　夫以下俚市井之策而詐韓信，彼身可執，心輕其上矣。彼且
　　聞其計出于謀臣，則君臣皆輕，是不反，何待？然則為高祖
　　者，奈何必待反形明白乃明其罪？引天下兵誅之耳。信雖難
　　制，然不過數年而定，一偽遊而縛韓信，自爾出令天下，誰
　　敢信之歟？〔註152〕

在此文中，張未認為韓信本服劉邦，但劉邦之為人卻令韓信不得不反，
因此全文批判重點皆在劉邦，以及為主獻「下俚市井之策」的陳平。正
因為「偽遊雲夢之計」不誠不信、君臣自輕，遂使得韓信「薄其君，以
為不足為其下」，同時也讓劉邦自己失信於天下。故在此脈絡下，韓信
即使有「反」，追根究底責任仍該歸屬於劉邦。張未對雲夢之計頗為不
滿，乃至在〈韓信議〉外又作〈題淮陰侯廟〉云：

　　雲夢何須偽出遊，遭讒猶得故鄉侯。

　　平生蕭相真知己，何事還同女子謀。〔註153〕

此詩除批評「偽遊雲夢」外，更斥蕭何當初月下追韓信堪為知己，卻在
最後協助呂后誅之於長樂，實有愧韓信的信任。且此詩下有自序，更言
之鑿鑿反駁韓信謀反的說法，其序云：

　　呂太后勸高祖誅彭越，使舍人告其反，而越固未嘗反也，
　　特以為名耳。高祖將兵居外，而太后在長安，太子仁弱不
　　知兵，而韓信方失職在京師，呂畏其乘時為亂而不可制，
　　使人誣告其反，詐召而誅之耳。方是時，蕭相國居中，而
　　信欲以烏合不教之兵欲從中起，以圖帝業，使雖甚愚，必
　　知其無成。以信之雄才，謀無遺策，肯出此哉？太史公記
　　陳豨反事，言豨居代，多致賓客，周昌畏其不軌而奏，召
　　之不至，豨因自疑，而其後通曼邱臣、王黃，遂反。此司
　　馬遷所謂邪人進說，遂陷不義者也。遷載豨反事，未嘗一

〔註152〕《全宋文》，第128冊，頁2。
〔註153〕《全宋詩》，第20冊，頁13259。

言及信。吁，此遷欲見誅信之冤也。

於此序中，張耒不再執著「偽遊雲夢」之計何等低劣，反而更進一步提出三個論點佐證〈淮陰侯列傳〉之說不可信：首先是呂后以某反之名陷害彭越的例子，詩人認為當時劉邦在外，呂后恐韓信謀反，遂故技重施「詐召而誅之」的手段。其二，劉邦雖御駕親征，卻仍有蕭何居中鎮守，率兵強攻，絕非智者之舉。其三，司馬遷在〈韓信盧綰列傳〉中記載陳豨謀反之始末時，無一字言及韓信，可見其有意透過互見手法婉轉陳述韓信的冤屈。

　　前段所言，皆是以「理」分析韓信絕無叛變之可能，然而張耒的辯駁並不止於此，另有〈韓信祠〉詩從「情」著眼，詩云：

　　千金一飯恩猶報，南面稱孤豈遽忘。

　　何待陳侯乃中起，不思蕭相在咸陽。〔註154〕

此詩亦有序言〔註155〕，詩與序皆是情、理雙管齊下，一方面韓信謀略過人、算無遺策，倘若真要叛變自可早日圖之，絕無可能等到陳豨起兵始響應，讓自己落於敵強己弱、後發制於人之境地。另一方面強調韓信以千金回報漂母一飯之恩，其為高祖所重用而拜為大將、終至齊王，所受君恩浩蕩。考量其「知恩圖報」之德，勢必不為「恩將仇報」之事，基於以上理由，張耒認為韓信於情於理都不可能主動叛漢，更不會出兵響應叛軍。值得注意的是，張耒於其詩文中再三批判劉邦君臣「不誠」，且認為這將造成天下莫敢信之的結果，如此大力標舉「誠」之重要性的論點，與其政治主張亦可相通，見其〈至誠篇上〉：「後世之君能用之而不能化，能舉之而不能治，迹修矣而人不化其意，物陳矣而下不

〔註154〕《全宋詩》，第20冊，頁13259。
〔註155〕序云：「史稱信之族誅，予嘗疑之。其謂陳豨曰：『王至，上必自將，予從中起。』夫使高帝將精兵于外，而信欲詐驅徒奴烏合之眾于京師，雖太公、穰苴不能以成事，此猶兔然于猛虎之穴，虎歸則無事矣。信謀無遺策，豈肯為計若是之疏乎？況蕭相國在長安，信獨不畏之耶？此殆以高帝出征，以信失職，畏其亂于內，亦若彭越使人告之而傅致其詞如此耳。不然，信不忘漂母一飯之恩，信遇高帝，恩亦厚矣，一旦背之，豈人情哉？」出處同前。

論其教。是何說也？誠與不誠異也。」〔註156〕強調後世之君雖然同樣用政刑禮樂治理天下，卻「不能治」、「不能化」的關鍵正在於「誠」，因此更進一步在〈至誠篇下〉云：「夫操至誠上聖之性，充而達之於禮樂，此臣之所以拳拳不勝大願也。故臣之愚，伏願陛下照之以至明、動之以篤誠。」〔註157〕希望君王能以「至明」、「篤誠」治天下，而如此期許與聽信讒言、雲夢偽遊的劉邦顯然背道而馳，由此觀之，即無怪乎張耒對不誠、不明的劉邦何以大力批判，亦可見張耒書寫韓信結局時並不只是單純的共感，更可反映其政治理念之寄託。

　　前文所引張耒詩文除可見其藉韓信事抒發自己心中理想的君王形象外，亦可見得在其心中韓信並無反叛之意，自然也就沒有「不忠於君」的道德瑕疵。畢竟從前一章中探討范蠡、文種忠君與否的詩作，以及前文已見的詠屈原、詠伍子胥、詠紀信之詩，乃至北宋詩中關羽形象從「勇武」往「忠義」的轉變，在在可見北宋詩人對「忠」其實頗為重視，在此情況下，韓信若真叛漢，則在詩歌中顯然難以「稱頌」與「同情」為基調。固然，張耒作為淮陰人，在論韓信是否謀反時可能帶有較強的主觀色彩，致使無法持平論斷，但泛覽《全宋詩》，他卻也不是唯一為韓信辯誣者，如韓琦（1008～1075）〈過井陘淮侯廟〉中便有「家僮上變安知實，史筆加誣貴有名」〔註158〕二句，對〈淮陰侯列傳〉中「舍人弟上變，告信欲反狀於呂后」〔註159〕的記載頗為懷疑，認為家僮所言不足採信、司馬遷的記載實屬污衊栽贓。除韓琦外，由前一章所引的詩作可知，邵雍於其〈題淮陰侯廟十首〉中大力批評韓信貪戀王位、仗恃功勞、不知進退、咎由自取，甚至其一更直言「一身作亂宜從戮」〔註160〕。但即使如此猛烈批判，亦有第五首云：

〔註156〕《全宋文》，第 128 冊，頁 26。
〔註157〕《全宋文》，第 128 冊，頁 29。
〔註158〕《全宋詩》，第 6 冊，頁 3902。
〔註159〕《史記》，頁 2628。
〔註160〕《全宋詩》，第 7 冊，頁 4461。

　　韓信事劉元不叛，蕭何惑漢竟生疑。

　　當初若聽蒯通語，高祖功名未可知。〔註161〕

認為韓信本無謀反之意，君臣嫌隙實導因於蕭何之惑，且韓信若真有心反叛，聽從蒯通「三分天下」的建議，則以其才智，恐怕劉邦是否能一統天下都仍是未知數。綜上所論，可知在北宋時期，針對「韓信叛漢」一事並不乏反駁《史記》者，在全部的北宋詩中，亦無批評韓信不臣的詩作，由此可見，北宋詩人歌詠韓信時的看法大抵與張未相同，即是根本不認為韓信有愧大漢，而非選擇性忽略其道德缺陷。〔註162〕由此可以更進一步探討的即是時人書寫功業時的道德標準。

　　北宋詠史詩由於致力於求新求變，因此發掘了不少在唐詩中尚少成為歌詠對象的人物，因此除了漢初三傑、諸葛亮等書寫熱點，管仲、王翦等其他亂世中的謀臣名將亦有零星專詠之作，如李復〈王翦〉：「少李輕兵去不回，荆人勝氣鼓如雷。將軍料敵元非怯，能使君王促駕來。」〔註163〕記秦將李信率兵二十萬伐荆而大敗，使得秦王親自馳往頻陽拜王翦為將的史事，藉以凸顯其將才。李覯〈齊世家〉：「莫以荒淫便責君，大都危亂為無臣。若教管仲身長在，何患夫人更六人。」〔註164〕認為一國之危亂，大多導因於其國中無股肱之臣，因此若管仲不死，則齊桓公的寵妾與小人亦無法造成任何危害，說明管仲才高，足以牽動國家盛衰甚至天下震盪。然而即便如此，針對如韓信一般的道德爭議人物，除非幾乎已經可說是「無罪定讞」，否則即使有功於當世，亦難成為北宋詠史詩中稱頌的對象，如歷來皆有正反兩面的評價的吳起即然，曹操云：「吳起貪將，殺妻自信，散金求官，母死不

〔註161〕《全宋詩》，第 7 冊，頁 4461。

〔註162〕就本文所見，北宋時期唯一持韓信可能曾經謀反之觀點者僅黃庭堅〈韓信〉一詩，其詩已見前引，云：「蒯通狂說不足撼，陳豨孺子胡能為。」其餘詩人如此處之邵雍，即使對韓信好大喜功不乏批評之語，亦認為其「事劉元不叛」。

〔註163〕《全宋詩》，第 19 冊，頁 12493。

〔註164〕《全宋詩》，第 7 冊，頁 4336。

歸，然在魏，秦人不敢東向，在楚則三晉不敢南謀。」〔註165〕雖曹操意在令下屬求賢不拘品行，然其言於道出吳起卓絕的軍事奇才之餘，卻也點破殺妻求將、母喪不歸的道德缺憾。相對於曹操重才不重德，北宋詩人則恰恰相反，一方面無專詠吳起之功的作品，二方面提及其事時多著墨於曹操評語裡的道德瑕疵，如鄒浩〈班超〉：「殺妻吳起終遭逐，上疏鴻卿不免刑。」〔註166〕僅從其「殺妻」之行下筆，隻字未提將才。李覯〈名男曰參魯以詩喻之〉：「苟無德將之，何益於父母。昔如吳起者，善兵惡孫武。齧臂游諸侯，親喪哀不舉。」〔註167〕認為無德者即使得為大將，亦無益於父母，更特別提出吳起「親喪哀不舉」的惡行。

　　除吳起外，坑殺趙兵四十萬的白起更是在唐、宋評價迥然不同的典型。在唐代，白起往往是用兵如神的代表性人物，如〈敕修武安君白公廟記〉稱頌道：「竊以武安君威靈振古，術略超時，播千載之英風，當六雄之敵。」〔註168〕於詩歌中則有如李白〈送白利從金吾董將軍西征〉：「西羌延國討，白起佐軍威。」〔註169〕杜甫〈入衡州〉：「門闌蘇生在，勇銳白起強。」〔註170〕強調白起當時的軍威與勇銳。胡曾亦有稱頌白起的作品，如〈夷陵〉：

　　　　夷陵城闕倚朝雲，戰敗秦師縱火焚。

　　　　何事三千珠履客，不能西禦武安君。〔註171〕

著眼於秦、楚鄢郢之戰，透過春申君三千門客襯托武安君白起的銳不可擋。又如〈長平〉：

<hr>

〔註165〕語出曹操〈舉賢勿拘品行令〉，見漢・曹操著，劉殿爵、陳方正、何志華編：《曹操集逐字索引》（香港：香港中文大學出版社，2001），頁35。
〔註166〕《全宋詩》，第21冊，頁13979。
〔註167〕《全宋詩》，第7冊，頁4229。
〔註168〕《全唐文》，頁10215。
〔註169〕《全唐詩》，第5冊，頁1799。
〔註170〕《全唐詩》，第7冊，頁2384。
〔註171〕《全唐詩》，第19冊，頁7420。

　　長平瓦震武安初，趙卒俄成戲鼎魚。

　　四十萬人俱下世，元戎何用讀兵書。〔註172〕

藉由嘲諷趙括讀兵書無用，以凸顯白起率領之秦軍的所向披靡。基於
對其將才的欽慕，於〈杜郵〉詩中則吐露了惋惜之情：

　　自古功成禍亦侵，武安冤向杜郵深。

　　五湖煙月無窮水，何事遷延到陸沈。〔註173〕

感嘆白起功成卻未能身退，即使已經離開官場，仍在杜郵含冤而死。同
樣為其結局嘆惋者猶有曹鄴（816～875）〈過白起墓〉：「夷陵火焰滅，
長平生氣低。將軍臨老病，賜劍咸陽西。」〔註174〕同樣以哀戚筆調書
寫英雄末路。雖然唐人大多如司馬遷，對白起的軍事才能給予極高評
價，〔註175〕但北宋詩人卻無一詩專詠，甚至有如李廌〈作塞上射獵行〉：
「悲夫王澤寖熄多鬼蜮，蒙恬白起為民賊。君不見長平鬼哭萬人塚，擊
破秦坑髑髏白。」〔註176〕認為王澤寖熄、天下大亂以後造成陰險小人
四起，如蒙恬、白起皆是殘害人民之「賊」，最後更點明「長平屠殺」
之不當，對白起無一語褒揚。

　　透過以上詩作，可以發現北宋詩人雖然與唐人同樣書寫功業，甚
至開始注意到如王翦一類在唐代並無專詠之作的人物，以及如管仲一
般在唐詩中功業與才能並不被凸顯者。然而，同時也有白起的例子，
即使在唐人筆下所受褒揚不少，到了北宋卻轉而成為備受批評的對
象，如此評價的轉向主要奠基於兩代詩人看待長平之戰的迥異視角——
——唐人如胡曾，將「長平」視作白起用兵之才的展現；宋人如李廌，
則視之為濫殺無辜的惡行。若再結合吳起因「不孝」而受貶抑的現象，

〔註172〕《全唐詩》，第19冊，頁7422。
〔註173〕《全唐詩》，第19冊，頁7428。
〔註174〕《全唐詩》，第18冊，頁6878。
〔註175〕於《史記・白起列傳》傳末，太史公曰：「白起料敵合變，出奇無窮，
　　　　　聲震天下。」雖然尺有所短，白起仍有其不足處，然整體而言司馬遷
　　　　　對白起「料敵合變」的用兵奇才仍相當讚許。見《史記》，頁2342。
〔註176〕《全宋詩》，第20冊，頁13606。

可見北宋詩人即使表面上僅詠功業，但其背後仍暗藏「仁」、「孝」等道德評斷的標準，是故能受詠者至多如王翦般在道德修養上不功不過，或者如韓信般留下了「是否叛變」的歷史懸案，至於吳起、白起這類明確於德有虧的人物，則無論功業才能何等卓越，皆不會在北宋成為專題歌詠的對象。

綜上所言，可知雖然北宋詩人重道德修養勝過功業成就，但對張良、韓信、諸葛亮等人運籌帷幄、用兵如神的事蹟仍頗不乏欽慕之作，針對後二者夷滅三族、星殞渭濱，致使過人才智未能成就不朽功業的悲劇結局，更寄寓了濃厚的嗟嘆之意，要言之，以上兩類作品或稱頌、或嘆惋，表面上的著眼點皆是「功業」。然而，透過更進一步的分析可以發現，至少在書寫韓信下場的作品上，張耒透過同情與批判所欲呈現的是自己的政治理念，為韓信辯護的作法也反映了在大多數時人心目中韓信並無「不忠於漢」的情事，至若那些真正不忠不孝、不仁不義之徒，則無論功業才智如何超絕，都不會得到有如韓信、張良一般的稱頌與推崇。由此可見，北宋詩人評價亂世時即使側重點看似為功業的成敗，但其背後仍隱含有與現實政治環境的連結，乃至道德評斷的標準。

第三節　重視道德與歌詠功業的時代因素

從前一節可知，北宋詩人評價亂世時雖然表面書寫功業，但事實上背後仍有道德意識。另一方面，詩人極力歌詠韓信或為其辯誣的作法，其實正是自身官場遭遇或政治理想的寄託。簡而言之，前者牽涉道德問題、後者則屬於書寫功業之目的的範疇。不過在前一節中，道德批判停留在現象層次，亦即僅發掘出在歌詠題材、人物擴大的情況下，吳起仍未成為推崇的對象，白起更轉而成為備受批判的冷血濫殺之徒；寄託的理想與連結的生命經驗亦僅侷限在個人遭遇，而但以張耒為例，說明其批判劉邦「不誠」的用意何在。本節則將擴而大之，首先分析儒家思想對道德的影響，進而探討這樣的影響如何改變當時

的史觀。而後討論北宋講究經世致用的文人書寫「功業」的目的何在，又如何透過古人的功業成就，寄託己身「外王」的渴望。最後以諸葛亮為例，說明如此評價亂世的時代因素在歷時性的脈絡下，如何影響人物形象的塑造以及看待歷史的眼光。

一、重建道德對史觀的影響

在前一章中，已經提到宋初為隱者注入「道德人格」的時代特色，前文亦已藉由紀信、關羽等例子說明北宋詩人著實格外注重道德修養。本節即將由此入手，觀察並探討當時「史觀道德化」的現象成因。首先可就時代背景著手，若說唐人是以「功利」為行為參照的準則，因而無暇顧及道德問題，五代人則是更進一步直接棄道德於不顧，北宋人因此而以「五季」蔑稱五代時期。根據劉浦江之統計〔註177〕，「五季」於北宋首見於石介〈宋城縣夫子廟記〉：

> 于唐接踵五季，昏君暴德，莫不滅裂衣冠、隳棄法則、楚
> 燒詩書、芟刈禮易，吁吾聖人之道受戕害、被攻擊，斯亦
> 多矣。〔註178〕

稱「五季」而非「五代」，顯然是將梁、唐、晉、漢、周皆僅視作藩鎮割據的餘緒，並不以之為正式政權。至於其背後原因，自然是此段文字後半所言，認為此一時期多昏君暴德，以致戕害聖人之道。如此觀念影響所及，令詩歌亦以「五季」取代「五代」，如鄭獬〈伏謁太神御殿詩〉：「五季積成天下亂，千年方有聖人生。」〔註179〕認為五季禮崩樂壞日久，終致天下大亂。張耒〈和陳器之詩四首・朝應天〉：「唐衰五季更披猖，社稷反手看興亡。」〔註180〕稱五季為唐代衰亡後，逆賊更為猖狂的結果。由此可見，在北宋時期無論詩文中，「五代」皆是衰敗、暴虐、

〔註177〕劉浦江：《正統與華夷：中國傳統政治文化研究》（北京：中華書局，2017年），頁47。
〔註178〕《全宋文》，第29冊，頁370。
〔註179〕《全宋詩》，第10冊，頁6895。
〔註180〕《全宋詩》，第20冊，頁13138。

無德、失道的代名詞。因此，宋初太祖皇帝等人皆致力改變五代風俗，但畢竟積重難返，陋習非短時間可以盡去，重建禮義道德的工作延續至真宗、仁宗之朝。

對真、仁二宗標舉道德的具體成效同樣可參《宋史·忠義傳序》的記載：

> 厥後西北疆場之臣，勇於死敵，往往無懼。真、仁之世，田錫、王禹偁、范仲淹、歐陽修、唐介諸賢，以直言讜論倡於朝，於是中外搢紳知以名節相高，廉恥相尚，盡去五季之陋矣。〔註181〕

首先，在此段文字中所稱之「忠義」可以分為「邊疆之臣」與「朝中之臣」兩類，就前者云，其「忠義」展現於「勇於死敵」。就後者云，其「忠義」則展現在「直言讜論」，可以由此管窺時人提倡之道德的意涵為何。另一方面，史家於此特別標舉出宋真宗、仁宗為「名節相高，廉恥相尚」的集大成之時，而二者所處的慶曆年間同時也是「儒學復興運動」之高潮〔註182〕，當是時，史家認為歷史不只是史料或單純的史事紀錄，而必須「把儒家思想做為評判是非得失的最高標準」，且使得綱常倫理重新被奉為圭臬。〔註183〕此一運動中，歐陽修作為居學風領導地位的大儒，〔註184〕所作《新五代史》便大力提倡

〔註181〕《宋史》，頁13149。

〔註182〕全祖望在《宋元學案》中即有提到「慶曆之際，學統四起」的現象，近人劉復生亦稱：「宋真宗末、仁宗初，儒學運動逐漸興起，到仁宗慶曆前後形成高潮。」見明·黃宗羲著，清·全祖望續修，王梓材校補：《宋元學案》（臺北：河洛出版社，1975年），第3冊，頁4。劉復生：《北宋中期儒學復興運動》，頁13。

〔註183〕關於北宋儒學與史學的關係，可詳參劉復生：《北宋中期儒學復興運動》，頁87～124。

〔註184〕時人對歐陽修頗多推崇，由此可見其過人影響力。如蘇軾〈六一居士集敘〉：「愈之後二百有餘年而後得歐陽子，其學推韓愈、孟子以達於孔氏，著禮樂仁義之實，以合於大道。其言簡而明，信而通，引物連類，折之於至理，以服人之心，故天下翕然師尊之。」見《全宋詩》，第89冊，頁179。

「人理」，並以此為其史書的核心思想——如〈晉家人傳〉言曰：「五代，干戈賊亂之世也，禮樂崩壞，三綱五常之道絕，而先王之制度文章掃地而盡於是矣！」〔註185〕將五代視為「賊亂之世」，而其原因即是「三綱五常之道絕」。又如其自述作〈雜傳〉之緣由時云：「其餘非仕一代，不可以國系之者，作〈雜傳〉。夫入於雜，誠君子之所羞。」〔註186〕認為「雜」意指此人為朝秦暮楚之貳臣，無法分入國別傳記中，正可呼應前文所言，由此見得歐陽修對為人臣者「忠於一朝」的要求。除了整體性的評價論斷外，歐陽修對馮道的批評更是準確反映了儒家思想得到再重視以後的褒貶轉變。馮道雖歷事四朝，但在《舊五代史》中卻沒有太嚴厲的指責，其所作〈長樂老自敘〉中舉凡「在孝於家，在忠於國」〔註187〕、「下不欺於地，中不欺於人，上不欺於天」〔註188〕等志得意滿的自我回顧亦全部被收入〈舊五代史‧馮道傳〉中，薛居正於傳末總結其一生時雖對其「忠」略有微詞，但「道之履行，郁有古人之風；道之宇量，深得人臣之禮」〔註189〕等語仍為相當高的評價。相對於薛史，歐陽修〈雜傳〉則以禮義廉恥為基礎對馮道大加批判：

> 禮義，治人之大法；廉恥，立人之大節。蓋不廉，則無所不取；不恥，則無所不為。人而如此，則禍亂敗亡，亦無所不至，況為大臣而無所不取，無所不為，則天下其有不亂，國家其有不亡者乎！予讀馮道〈長樂老敘〉，見其自述以為榮，其可謂無廉恥者矣，則天下國家可從而知也。〔註190〕

首先將禮義廉恥等道德修養視為立身與立國的根本，稱為人臣者若不廉、不恥，必將導致天下大亂、國家傾覆。而後將矛頭轉向馮道個人，

〔註185〕　《新五代史》，頁188。
〔註186〕　《新五代史》，頁611。
〔註187〕　《舊五代史》，頁1663。
〔註188〕　《舊五代史》，頁1663。
〔註189〕　《舊五代史》，頁1666。
〔註190〕　《新五代史》，頁611。

認為其〈長樂老敍〉正完美詮釋了恬不知恥，由此見微知著，正可知五代時天下國家皆充斥如此「無廉恥」者。總而言之，從〈雜傳〉我們可以看出歐陽修論史時的幾個特點：首先，對其而言，「忠」的意涵就是「忠於一朝」，所以入〈雜傳〉者都是「非仕一代」的臣子，而這些臣子皆為「君子之所羞」。其次，如此「忠於一朝」在其心中的重要性無可取代，足以掩蓋過其它瑣碎私德，因此馮道在《舊五代史》中「大臣之禮」云云的稱頌均以消失無蹤。最後，歐公將馮道視為五代失德之臣的代表，故貶抑馮道即貶抑五代、檢討馮道即是有意匡正五代不忠、失節、無恥的歪風。是以陳寅恪〈贈蔣秉南序〉云：「歐陽永叔學韓昌黎文，晚撰《五代史記》，作『義兒』、『馮道』傳，貶斥勢利，尊崇氣節，遂一匡五代之澆漓，返之純正。」〔註191〕足以證明〈新五代史・馮道傳〉地位之重要，亦可作為歐陽修「道德化史觀」有補於當時的註腳。

除了歐陽修之外，約略同時的人們對馮道同樣有「由褒轉貶」的傾向，如宋真宗便嘗云：「馮道歷事四朝十帝，依阿順旨，以避患難。為臣如此，不可以訓也。」〔註192〕批評馮道阿諛奉承，歷經四朝十帝仍苟且偷生以求一己之保全，毫無節操可言，亦無足後人效法。又如仁宗時，馮道後代上誥祈求錄用，卻遭皇帝冷言駁回：「道相四朝，而偷生苟祿，無可旌之節，所上官誥，其給還之。」〔註193〕貶抑著眼點略同於真宗，亦對其偷生、失節之舉頗有微詞。從二帝之語，顯然可見當時大環境對臣子節操的重視。除帝王外，與歐陽修年歲相近的司馬光更直接採用了《新五代史》中認為馮道無禮義廉恥的說法，甚至在歐陽修無視馮道小德的情況下，更進一步直接明言「不忠」足以掩蓋其它一切長處，其《資治通鑑・後周紀》云：

范質稱馮道厚德稽古，宏才偉量，雖朝代遷貿，人無間言，屹若巨山，不可轉也。臣愚以為正女不從二夫，忠臣不事二

〔註191〕 見陳寅恪：《寒柳堂集》（北京：三聯書店，2001 年），頁 182。
〔註192〕 《續資治通鑑長編》，頁 1461。
〔註193〕 《續資治通鑑長編》，頁 1408。

君。為女不正，雖復華色之美，織紝之巧，不足賢矣；為臣
不忠，雖復材智之多，治行之優，不足貴矣。何則？大節已
虧故也。道之為相，歷五朝、八姓，若逆旅之視過客，朝為
仇敵，暮為君臣，易面變辭，曾無愧怍，大節如此，雖有小
善，庸足稱乎！〔註194〕

在此段論贊中，司馬光反駁了范質「厚德稽古」的說法，並以失節女子
為喻，說明「不忠之臣」就如同「再嫁之女」一般，在大節已虧的前提
下，無論材智、治行如何，皆已無可取之處，其餘小善更是無足道也。
如此評價，正可以呼應詩歌中「道德」重於「功業」的現象，正因為認
為道德的重要性極高，故而失德之臣無論才智、功業何等過人，都不會
成為詠史詩中稱頌的對象。然而，史書與詩歌在相似之餘仍有其相異
處：史書如《資治通鑑》、《新五代史》強調德目時皆以「忠」為考量褒
貶的關鍵，「忠」是「大節」，其餘則是「小善」，抑或根本可以直接無
視；相對於此，詩歌中被歌詠的德目則相對多元，舉凡知恩圖報、禮賢
下士等都可以入詩。要言之，詩歌對「忠」的重視並不反映在多個德目
的比較下，透過前文的詩作分析，可以知道反而是藉由人物形象的轉
變凸顯，因此如關羽者便從原本的「勇武」轉化為「忠義」的代表、伍
子胥則在入宋以後開始向「忠孝兩全」之完人形象靠攏。

如此極重視忠節的觀念也同步影響了時人文藝批評的觀念，正如
前節所言，北宋詠顏真卿詩中即便品評的對象是書法作品之優劣，同
樣以氣節為重，是故認為魯公的書法成就要高於李斯。相近狀況也發
生在評論唐詩時，蘇軾〈王定國詩集敘〉云：

若夫發於情止於忠孝者，其詩豈可同日而語哉！古今詩人眾
矣，而杜子美為首，豈非以其流落饑寒，終身不用，而一飯
未嘗忘君也歟。〔註195〕

〔註194〕《資治通鑑》，頁9511。
〔註195〕《全宋文》，第89冊，頁183。

在這段文字中，蘇軾認為以「忠孝」作詩者，其詩與他人勢必不可同日而語，杜甫正因如此而得居古今詩人之首。又如惠洪《冷齋夜話》中有言道：

〈北征〉詩，識君臣大體。忠義之氣，與秋色爭高，可貴也。〔註196〕

認為〈北征〉一詩充塞忠義之氣。惠洪在此段文字中雖僅稱〈北征〉，但若參諸其詩，則可見在他心中杜甫完全已與忠義連結，見〈次韵謁子美祠堂〉：

顛沛干戈際，心常繫洛陽。愛君臣子分，傾日露葵芳。

醉眼蓋千古，詩名動八荒。壞祠湘水上，煙樹晚微茫。〔註197〕

此詩以為杜甫在安史之亂、顛沛流離之時，最為可貴的精神便是無論何等潦倒皆心繫首都，如此若葵花向日一般始終不渝的愛君、忠君之情，正可見其已盡臣子本分，呼應東坡詩敘中「一飯未嘗忘君」之意。其另一首同題詩中更有「筆陣工斫伐，忠義見詞刃」〔註198〕之句，一方面更直接以「忠義」稱呼杜甫，二方面使用斫伐、詞刃等詞彙，可見在其心中杜甫已經不只是個吟風弄月的詩人，其詩筆是能寄託忠義之情、有補於當世的利器。除蘇軾之文與惠洪之詩外，張耒〈讀杜集〉亦是另一例證，其詩云：

風雅不復興，後來誰可數。陵遲數百歲，天地實生甫。

假之虹與霓，照耀蟠肺腑。奪其富貴樂，激使事言語。

遂令困饑寒，食糗衣掛縷。幽憂勇憤怒，字字倒牛虎。

嘲詞破萬家，摧拉誰得禦。又如滔天水，決洩得神禹。

他人守一巧，為豆不能籩。君獨備飛奔，捷蹄兼駿羽。

飄萍竟終老，到死尚為旅。高才遭委棄，誰不怨且怒。

〔註196〕見吳文治編：《詩話》（南京：江蘇古籍出版社，1998 年），第 3 冊，頁 2433。

〔註197〕《全宋詩》，第 23 冊，頁 15127。

〔註198〕《全宋詩》，23 冊，頁 15127。

君乎獨此忘，所惜唐遺緒。悲嗟痛禍亂，欲取彝倫敘。

天資自忠義，豈媚後人睹。艱難得一職，言事竟齟齬。

此心耿可見，誰肯浪自苦。鄙哉淺丈夫，夸己訕其主。

文章不知道，安得擅今古。光焰萬丈長，猶能伏韓愈。〔註199〕

此詩可以分成四段，首段十句稱天生杜甫的用意在復興風雅，並認為奪其富貴意在激其言語，頗有孟子「天將降大任於斯人也」的用意。次段十句則稱杜甫的文采詩筆如天水、如捷蹄，遠非他人所能望其項背。「飄萍竟終老」以降十四句則旨在稱頌杜甫的精神，認為其不因「材大卻不為用」而怨忿其君，僅是為生靈塗炭的亂世痛心疾首，以與生俱來的「忠義」精神重建倫敘，並非有意博得後人青睞而為之，同時以其任左拾遺時直言敢諫為證，說明杜甫的耿耿忠心。最後六句為總結性的評價，首先以淺陋之人襯托杜甫之不凡，又引韓愈「李杜文章在，光焰萬丈長」之句證明杜甫詩文長垂千古、為後人所欽慕。其中尤可注意的是「文章不知道，安得擅今古」二句，由此可見在張耒心中杜甫的文章之所以過人，並非單單由於其自述的「讀書破萬卷，下筆如有神」，而是因為筆下文章合道方能獨步古今，蓋可視為北宋文人論文藝時特別重視「道」的又一例證。

　　要言之，結合前文中「詩歌道德化」的論述，以及此一小節馮道、杜甫的例子可見，北宋時期史觀的發展實可以「逐漸強化『忠義』的重要性」一言以蔽，在重建社會秩序的時代需求之下，道德的地位日漸抬升，其中「忠於一君」的「臣節」更被賦予至高無上的地位，如此觀念正可說明為何北宋詩歌較諸唐詩更熱衷於探討人物之有德與否，又為何歌詠道德之作中以「忠義」居首，使得不少人物由唐入宋後被賦予了嶄新的忠義形象。同時，亦可發現北宋文人認為「失德者才智不足道」的觀念並不只反映在詩歌中，論史時同樣可見端倪，司馬光《資治通鑑》批評馮道的段落即是明證。

〔註199〕《全宋詩》，20 冊，頁 13339。

二、歌詠功業反映的致用思想

　　前一小節已經言及，北宋由於亟須重建五代禮崩樂壞的現象，因而大力標舉道德、提倡儒家思想，希望藉此重建國家秩序。然而，儒家思想的內涵向來並不僅止於自身守節、盡忠等修養而已，正如《莊子·天下篇》所揭示的「內聖外王」之道〔註200〕，《大學》中即有「修身、齊家、治國、平天下」的四個步驟，顯示儒者修身、內聖的最終目的仍是達到外王、平天下的境界，意即「儒學『經世致用』的傳統目的」〔註201〕。因此，在儒家思想復興的時代背景下，「致用」的面向實不宜略而不談。

　　在儒者自述「追求經世致用」的理想時，其實不乏以古之名臣為寄託對象的例子，首先可以「皇祐三先生」之一的王開祖（1035～1068）為例，其《儒志編》云：

> 諸葛不知道，孰為知道乎？征不服，曰：無畏寧爾也，即其長而帥之，弗我有也。不動小利、不苟小得，曰：無棘人緩中國也。其志大矣，當其未出也，三訪而後應，得伊尹之心焉。任天下之重，小丈夫者焉能之乎？功未成而死，匪人也，天也。〔註202〕

在王開祖心中，伊尹是拯救蒼生萬民於水火之中的名相，〔註203〕此段文字稱諸葛亮「得伊尹之心」，其褒揚之意可見一斑。要言之，作者於此極力推崇孔明以天下興亡為己任的大志遠非其他小丈夫所能比擬，又於文

〔註200〕「內聖外王」一語雖然原為莊子所提出，然後世不乏挪用以說明儒家思想者，如李明輝：《儒學與現代意識》（臺北：臺大出版中心，2016年）、陳熙遠：〈聖王典範與儒家「內聖外王」的實質意涵——以孟子對舜的詮解為基點〉，收入黃俊傑編：《孟子思想的歷史發展》（臺北：中央研究院中國文哲研究所，1995年），頁23～67。

〔註201〕語出夏長樸：《李覯與王安石研究》（臺北：大安出版社，1989年），頁2。

〔註202〕宋·王開祖：《儒志編》，收入《景印文淵閣四庫全書》（臺北：臺灣商務印書館，1986年），第696冊，頁795。

〔註203〕關於王開祖對伊尹之評價，可參趙釗：《王開祖《儒志編》研究》（杭州：浙江大學碩士學位論文，2010年）。

未感嘆其「功未成而死」。綜觀全文，與前文所引的「諸葛亮主題詩作」可以呼應處不少，如李廌〈題廟〉詩同樣將孔明與伊尹相提並論而云「耕野莘老農」、張耒〈梁父吟〉則感嘆諸葛亮時運不濟而云「運去英雄非曆數」，若此種種，皆頗為相近。除王開祖外，自許「為天地立心，為生民立道，為去聖繼絕學，為萬世開太平」〔註204〕的張載（1020～1078）同樣以諸葛亮為例，說明己身成就功業的理想，其〈經學理窟‧自道〉云：

> 某雖欲去此，自是未有一道理去得。如諸葛孔明在南陽，便
>
> 逢先主相召入蜀，居了許多時日，作得許多功業。〔註205〕

由此段文字及前引《儒志編》之例可以見得，北宋詩中歌詠的「名臣功業」與王、張等人強調的「賢臣典範」，著實頗有相通之處。

若王開祖、張載一般主張積極有為、重視功利的實用思想，猶可見於王安石。〔註206〕且王安石相較於前引的二人，詩作數量頗為豐富，因此無疑更適合本文援以探討「事功」觀念投射於詩歌之中時將呈現何等面貌。〔註207〕首先可參其〈宰嚭〉詩：

> 謀臣本自繫安危，賤妾何能作禍基。
>
> 但願君王誅宰嚭，不愁宮裏有西施。〔註208〕

此詩已見於前文，為北宋詩中少數批評讒臣的作品，但除此之外，透過本作更可見得對王安石而言，謀臣對於「安邦定國」的重要性。基於對「為人臣者」的重視，王安石對於自身作為「臣子」的身份同樣有高度期許——如前所言，王安石往往透過詠史詩「寄情古人」，寓入自身「濟世」、「澤民」之抱負。除了已見於前文討論的韓信、張良、諸葛亮等人物外，其〈商鞅〉詩更明確連結其自身的當下處境，詩云：

〔註204〕見宋‧張載著，章錫琛點校：《張載集》（北京：中華書局，1978年），頁376。

〔註205〕《張載集》，頁291。

〔註206〕關於王安石強調「經世致用」的實用思想，可詳參夏長樸：《王安石的經世思想》（臺北：臺灣大學博士學位論文，1980年）。

〔註207〕泛覽《全宋詩》，張載作品不滿百首、王開祖更無詩作傳世。

〔註208〕《全宋詩》，第10冊，頁6739。

自古驅民在信誠，一言為重百金輕。

今人未可非商鞅，商鞅能令政必行。〔註209〕

此詩表面寫商鞅，實則寫自己，透過給予商鞅高度評價並肯定其建樹，反映的正是其以商鞅自任、堅決推動新法的決心。

透過前引詩作，已然可知王安石詠史時的寄託之意，然除此之外可以注意的是，另一頗多詠史詩創作的北宋文人——李覯，在現有研究中同樣被視為「致用思想」的代表人物，正如夏長樸於《李覯與王安石研究》中所言：「李覯與王安石在思想上相合之處頗多。」〔註210〕「兩人都重視人為、講求實用，並且主張權時而變。」〔註211〕胡適在〈記李覯的學說〉中更直接稱之為「一個不曾得君行道的王安石」〔註212〕，由此可見，若以北宋為研究範疇，李覯勢必是除王安石之外，另一足資探究「事功」觀念對詩歌創作之影響的重要討論對象。〔註213〕

觀察李覯對「功利」的看法，首先可參其〈原文〉：

利可言乎？曰，人非利不生，曷為不可言？欲可言乎？曰，欲者，人之情，曷為不可言？言而不以禮，是貪與淫，罪矣。不貪不淫，而曰不可言，無乃賊人之生，反人之情？世俗之不喜儒以此。孟子謂何必曰利，激也。焉有仁義而不利者乎？〔註214〕

在此段文字中，李覯認為「不言利、欲」是違反人之常情的作法，也是世人不喜儒者的根本原因，更直接批判孟子「何必曰利」之說著實過於偏激。導因於對「利」的重視，其選拔人才時亦講究根據效實而必須

〔註209〕《全宋詩》，第10冊，頁6724。

〔註210〕《李覯與王安石研究》，頁1。

〔註211〕《李覯與王安石研究》，頁255。

〔註212〕胡適：《胡適文存二集》（北京：首都經濟貿易大學出版社，2013年），第26頁。

〔註213〕本文考察李覯事功思想之原典時，頗受惠於金霞《依禮求利——李覯經世思想研究》一書的整理，特此註明。見金霞：《依禮求利——李覯經世思想研究》（北京：人民出版社，2013年）。

〔註214〕《全宋文》，第42冊，頁293。

「試其事」、「考其功」〔註215〕，幾可謂僅考量受選拔者現實層面的條件。相似觀念投射至論史之文中，李覯同樣強調「強」與「霸」的功業，故〈寄上范參政書〉云：

> 儒生之論但恨不及王道耳。而不知霸也，強國也，豈易可及哉？管仲之相齊桓公，是霸也，外攘戎狄，內尊京師。較之於今何如？商鞅之相秦孝公，是強國也，明法術耕戰，國以富而兵以強。較之於今何如？〔註216〕

傳統儒生往往尊王道、抑霸道，但李覯對此頗不以為然，甚至對霸政頗有好感，故而向范仲淹闡述霸道對國家強盛的益處。於此更稱許管仲與商鞅輔佐其君令國富兵強的成就，認為二者之功遠非今人所能及。基於對古人功業的欽羨，李覯更進一步期許自己亦能有相當成就，此時的寄託對象正是在王開祖、張載筆下皆頗受推崇的諸葛孔明，其〈忠武侯〉詩已見前引，此詩除了透過「齊霸燕強舊有基，當年管樂易為奇」對比突顯諸葛亮的高才甚至已經超過管仲、樂毅之外，其詩末云：「才高命短雖無奈，猶勝隆中世不知。」正是稱讚諸葛亮不隱居於亂世，而能相機而動，成就一番功業。顯見在其心中，「苟全性命於亂世」並不是一個好的選擇，能夠建功立業、聞達天下始為儒者當有的人生目標。除了孔明之例外，從〈寄上范參政書〉中提及齊桓公、秦孝公之霸時皆在在強調管仲、商鞅的輔佐可知，對李覯而言，其看待「臣子」的觀念應略同於王安石的「謀臣本自繫安危」，認為為人臣者是左右君主稱霸或敗亡的關鍵，如此思想正反映在已見於前文的〈齊世家〉詩中：「莫以荒淫使責君，大都危亂為無臣。若教管仲身長在，何患夫人更六人。」〔註217〕正如前所言，詩人在此認定齊國之亂導因於齊桓公所用非人，此處可再補充的是李覯藉詠史詩所寄

〔註215〕 參李覯：〈周禮致太平論五十一篇·內治第二〉，見《全宋文》，第42冊，頁108。
〔註216〕 《全宋文》，第42冊，頁1。
〔註217〕 《全宋詩》，第7冊，頁4229。

託的憂國憂民之心。其言及齊桓公之死與齊國衰弱者並不只有〈齊世家〉詩，亦可見於〈損欲〉：

> 五霸莫盛於桓公，以內嬖亢夫人者六，豎刁以自宮愛，易牙以蒸子幸，終於五公子爭立，死六十七日而殯。……禍生於欲，誠足畏也。〔註218〕

人君多欲，自古而然，但正如〈原文〉中所言：「言而不以禮，是貪與淫。」李覯於此認為重要的是身旁賢臣的規勸進諫，協助以禮約束國君。倘若此時為臣者皆是豎刁、易牙一類的小人，則即便強盛如桓公亦難免於死後無人入葬的窘境。此段文字出自〈慶曆民言〉，李覯自序云：「慶曆三年，屏居里中，自念生而宦學，其秉心也勞，其慮事也多，既不克進，且為編戶以死，終無一言，其何補於世！記曰：『上酌民言，則下天上施。』故為〈慶曆民言〉，凡三十篇。」〔註219〕由此可見〈慶曆民言〉三十篇皆是其「秉心也勞，慮事也多」，希望著書立說有補於世的展現。從此文與〈齊世家〉詩所持意見頗為相近的狀況來看，此詩並不單純強調良臣的重要性，更是李覯面對歷史時憂患意識的展現，不過如此憂患意識的用意顯然在於為統治者提供借鏡，其旨仍在康國濟民，蓋可視為李覯所重之事功另一層面的展現。

綜上所言，此一小節從北宋前期提倡儒家思想、重建國家秩序的時代需求著眼，以北宋中期「事功」觀念的重要提倡者——王安石與李覯為研究主軸，探討北宋文人如何看待由「外王」、「致用」思想延伸而來的事功與功業問題。王、李二人筆下皆多書寫歷史名臣之作，舉凡管仲、商鞅、韓信、張良、諸葛亮皆可入詩，共通處在於極為看重為人臣者輔佐君王的重要性，因此歌詠上述諸人皆帶有自身「入世為官」、「經世濟民」等生命追求的寄託，惟因二人人生際遇有別，故而於其詩中寄寓了更深沉的憂患意識，希望能成為統治者之借鏡。最後值得注意的是，於前文中作為「弱國中流砥柱」之代表的諸葛亮在以上講究「事

〔註218〕《全宋文》，第42冊，頁262、263。
〔註219〕《全宋文》，第42冊，頁257。

功」的文人筆下再三出現，無論是王開祖所言的賢臣典範、張載「作得許多功業」的欽羨之語、王安石寄託「濟世澤民」抱負的名相，抑或李覯藉以說明自己「入世」理想的對象，無一不是透過諸葛亮以抒發懷抱，由此可見孔明在北宋詩中的特殊地位，故以下將以其為進路，分析「詠諸葛亮詩」在北宋時期的新變何在，以為本節作結。

三、書寫孔明的道德化傾向與功業寄託

　　雖然透過前一小節可知，北宋自初期以來即陸續有王開祖、張載、李覯、王安石等人在格外重「道德」的時代氛圍下提倡並標舉「事功」，但需要注意的是《儒志編》云：「我欲述堯舜之道、論文武之治、杜淫邪之路、闢皇極之門。吾畏諸天者也，吾何敢已哉？」〔註220〕在「闢皇極之門」的「致用」追求之前畢竟仍然重視「堯舜之道」等「修身」的面向。如此情況投射至詩歌當中亦然，李覯雖然強調「實用」，但則在入世寄託、憂患意識之外另有〈關徐〉、〈名男曰參魯以詩喻之〉等詩透過關羽、徐庶、吳起等正反面例證強調忠孝，若此種種皆可說明事功學派儒者畢竟仍以「儒」為名，其心中終究有一把道德之尺。除此之外，再加上如司馬光一類的史家撰史時抱持的「道德重於一切」之觀念，兩方力量作用之下，造成了諸葛亮除了反映時人「經世致用」的寄託外，也在同時出現了「形象道德化」的轉變。

　　另一方面，前文已經指出，唐人幾乎可以說是「以功利主義為立身處世之原則」，這樣的普世風氣除了影響官場人物多積極進取外，詩人詠史詩時亦格外注重人物的功業與才能。在此情況下，北宋詩人詠「人物功業」詩作的自然與前代的相似性較高，如韓信在唐代，便受劉禹錫「將略兵機命世雄」〔註221〕與殷堯藩「功超諸將合封齊」〔註222〕

〔註220〕宋・王開祖：《儒志編》，收入《景印文淵閣四庫全書》（臺北：臺灣商務印書館，1986年），第696冊，頁802。
〔註221〕語出其〈韓信廟〉，見《全唐詩》，第11冊，頁4118。
〔註222〕語出其〈韓信廟〉，見《全唐詩》，第15冊，頁5570。

盛讚其將才，張良亦有李商隱「本為留侯慕赤松」〔註223〕與崔塗「偶成漢室千年業」〔註224〕分屬出、入世的兩類評價，整體而言內容相去並不遠。但北宋既有其不同於唐代的時代風尚、詩人處境亦與唐代有別，詠史時的用心自當有所不同，就其小者，有如張耒詠韓信，藉以抒發自己對朝中陷害無辜者的不滿；〔註225〕就其大者，有如詠諸葛亮詩，開始賦予專屬於北宋一朝的時代寄託。以下即將以「詠諸葛亮詩」為例，從「道德化」與「時代寄託」兩個角度說明北宋詩人詠其功業時在唐人舊路之外的創新為何。

首先從「道德」的角度來看，北宋詩人詠諸葛亮的一大創新著實在於融入「忠節」的寫作面向。固然，從前文已然可知，孔明作為在北宋備受稱頌的人物，於道德上至少不會有重大缺陷，但大多數詩人歌詠時並不強調其道德修養，仍如唐人聚焦在功業與才能，僅有少數詩人在作品中言及其「節」。首先可參宋庠〈孔明〉：

> 漢家亂無象，賢才戢鱗翼。武侯霸王器，隆中事耕殖。
>
> 堂堂劉豫州，介紹徐元直。一聞臥龍譽，三駕荒廬側。
>
> 士為知己用，陳辭薄霄極。說吳若轉丸，抗魏猶卷席。
>
> 談笑馭關張，從容羈梁益。持邦二紀餘，君臣絕纖隙。
>
> 浮埃蔽穹壤，大節淪金石。梁甫不復聞，懷賢涕露臆。〔註226〕

全詩可以分為四段，首段為前四句，述孔明於亂世之中韜光養晦、躬耕南陽。次段為「堂堂劉豫州」以降六句，寫劉備透過徐庶的引薦而三顧茅廬，遂有如魚得水的君臣遇合。第三段為「說吳若轉丸」後六句，記孔明出山後輔佐劉備逐鹿中原，並藉由遊說孫權、抵禦曹魏、駕馭關張、攻城掠地皆易如反掌以凸顯孔明才能之無與倫比，同時推崇劉備

〔註223〕語出其〈四皓廟〉，見《全唐詩》，第 16 冊，頁 6625。

〔註224〕語出其〈讀劉侯傳〉，見《全唐詩》，第 20 冊，頁 7782。

〔註225〕說參徐晶《宋代詠韓信詩研究》（淮北：淮北師範大學碩士學位論文，2016 年），頁 33～38。

〔註226〕《全宋詩》，第 4 冊，頁 2149。

父子對其無嫌隙的信任。末段為最後四句，感嘆如今塵埃遮蔽天地，孔明之大節僅能見於金石、以碑文記錄，由此而感嘆賢哲已遠，今不復見。綜觀全詩，無論是歌詠才業，抑或是欽羨君臣關係、感嘆賢才已逝的詩意皆自唐代即有，但其「大節」卻是唐人並不特別關注的面向。除此詩外，范鎮（1008～1089）〈武侯廟柏〉亦可間接說明宋人對孔明操守的重視，其詩云：

> 滿葉是清霜，培根無沃土。恥作秦皇松，寧為馮異樹。

> 英靈自有風，蔭蔚長如雨。可憐青青姿，不知人事古。〔註227〕

一如杜甫〈古柏行〉被認為「頗有以樹喻人之意」〔註228〕，此處亦然。頸聯與前引李復詩中的「常見英風吹草木，尚存精魄動雲雷」詩意頗近，可以視為諸葛亮神化後的形象。頷聯則反映了這株「武侯廟柏」的道德抉擇，寧為大樹將軍謙遜不爭功時所避之樹，亦不屑作因為始皇護駕有功而受封的「五大夫松」。表面寫樹，實則詠人，可見詩人心中的孔明亦是有為有守，節操過人。

　　雖然單就「諸葛亮主題詩歌」而言，這類「評價道德化」的作品在北宋時期數量尚少，但卻能作為下起南宋的先驅者。以連結孔明與忠義、節操的寫作傾向來看，如此現象在南宋詩壇愈發明顯，如陸游〈謁諸葛丞相廟〉：「潔齋請作送迎詩，精忠大義神其聽。」〔註229〕直言諸葛亮的精忠大義至今仍長存於祠廟之中。劉克莊〈芳臭〉：「流芳斜谷出師表，遺臭樊城受禪碑。」〔註230〕則以「出師表」和「受禪碑」的對比突顯孔明的高尚德行。文天祥〈懷孔明〉：「至今出師表，讀之淚沾胸。漢賊明大義，赤心貫蒼穹。」〔註231〕揭示自己在〈出師表〉中清楚感知孔明「漢賊不兩立」的大義與赤誠。〈正氣歌〉中更

〔註227〕　《全宋詩》，第 6 冊，頁 4254。

〔註228〕　說參方瑜：《杜甫夔州詩析論》（臺北：幼獅出版社，1985 年），頁 206。

〔註229〕　《全宋詩》，第 39 冊，頁 24382。

〔註230〕　《全宋詩》，第 58 冊，頁 36175。

〔註231〕　《全宋詩》，第 68 冊，頁 43047。

讓諸葛亮與其餘十二位古往今來的忠義之士並列，將「或為出師表，鬼神泣壯烈」作為「時窮節乃見，一一垂丹青」〔註232〕的例證。由此觀之，雖然詠諸葛亮詩從唐代到南宋的轉變並不若詠關羽詩明顯，不過兩類詩作仍皆可視為北宋評價亂世時側重「道德」對人物形象塑造的影響。

　　除道德、忠節外，諸葛亮在北宋一朝也成為了「論兵」時的寄託對象。前人研究已經指出，「文武異道」的現象在唐、宋之際遭到了強力批判，因此入宋以後開始出現了許多「文武兼備」的將相之才，如寇準、范仲淹皆是顯例。〔註233〕在此情況下，出則將、入則相的諸葛亮便成為了表述文武雙全之自我期許的媒介，參范仲淹〈閱古堂詩〉：

　　中山天下重，韓公茲鎮臨。堂上續昔賢，閱古以儆今。

　　牧師六十人，冠劍竦若林。既瞻古人像，必求古人心。……

　　留侯武侯者，將相俱能任。決勝神所啟，受託天所諶。

　　披開日月光，振起雷霆音。九關支一柱，萬宇覆重衾。

　　前人何赫赫，後人豈惜惜。所以作此堂，公意同堅金。

　　僕思寶元初，叛羌弄千鐔。王師生太平，苦戰誠未禁。

　　赤子餧犬彘，塞翁淚涔涔。中原固為辱，天子動宸襟。

　　乃命公與僕，聯使禦外侵。〔註234〕

閱古堂為韓琦所建，此詩即為范仲淹勉勵後輩之作，全詩甚長，此但節引兩段。在第一段中，敘述了閱古堂中描繪的古賢人畫像，並直指畫像之功能在於使後人「求古人心」。而後詩人即云「吾愛古名將」，並以張良、孔明為例，極言二人以一己之身為國家棟樑的赫赫之功，認為韓琦建閱古堂必然有意向如此將相之才看齊。而後更連結了寶元年間二人共同抵禦西夏入侵的戰事，由此可見，諸葛亮之功業並不只是久遠以前的歌詠對象，而是當代實際論兵的投影。

〔註232〕《全宋詩》，第68冊，頁43055、43056。
〔註233〕說參謝琰：《北宋前期詩歌轉型研究》，頁326～331。
〔註234〕《全宋詩》，第3冊，頁1878。

相似作品另可見孔武仲（1041～1097）〈諸葛武侯〉與馮山〈武侯廟〉，此先論〈諸葛武侯〉：

> 天下軍書動，西南霸氣偏。太公謀國妙，伊尹佐時專。
>
> 季漢基還立，強吳勢外連。兵從新節制，志復舊山川。
>
> 霜肅關中晚，春浮渭上天。恩威人並附，將相器俱全。
>
> 醜虜羞巾幗，遺音被管絃。妖星如不墮，功業管蕭前。〔註235〕

此詩首先以姜尚、伊尹比喻孔明謀國、輔政之才，且認為其才奠定蜀漢之基、並足以與孫吳抗衡。而後則以北伐復漢之志，以及渭水對陣司馬懿說明諸葛亮同時具有「將相之才」，並非僅長於內政而已。詩末之意則略近於「斯人管蕭豈足道」，認為若非天不假年，諸葛亮的功業勢必能夠超越管、蕭二人。整體而言，此詩對孔明的評價以整體為主，少言具體事蹟，相對於此，馮山〈武侯廟〉則所言更詳，其詩云：

> 四百源流盡，三分氣燄高。西州稱險隘，玄德夸英豪。
>
> 統正圖王策，關張汗馬勞。相雄爭勝負，所得僅纖毫。
>
> 當世安危慮，斯人智識滔。潛身規去就，擇主事遊遨。
>
> 仗順親歸漢，平凶首問曹。河間屠血肉，江表戰風濤。
>
> 雅意存中國，單師靜不毛。安知深政術，指畫露兵韜。
>
> 顧託情尤重，君臣義可襃。南征才解甲，北伐遽投醪。
>
> 渭水開營壁，祁山擁節旄。乾坤悲拆裂，荊棘誓鋤薅。
>
> 遠結孫權援，親將仲達鏖。劉宗難再起，郭塢已長號。
>
> 家國猶殷富，衣冠亦俊髦。中途亡轡策，束手類猿猱。
>
> 事業垂千載，風流尚一陶。民思變子國，廟枕蜀江皋。
>
> 壽史徒譏議，裝碑自固牢。丹青嚴壯觀，松檜盡蕭騷。
>
> 醜虜終為患，長弓未見櫜。吁嗟擒縱術，祠下涕霑袍。〔註236〕

全詩可分為三段，首段八句言大漢顛覆、三分天下的時代背景。次段截至「親將仲達鏖」一句，標舉諸葛亮「良禽擇木而棲」的智慧，並述其

〔註235〕《全宋詩》，第15冊，頁10319。
〔註236〕《全宋詩》，第13冊，頁8657。

生平事蹟。尾段為末十八句,寫孔明卒於郭氏塢,並述其死後的狀況、評價及詩人之感嘆。首先可以注意在次段中,詩人言其生平事蹟時多著墨於戰事,如「江表戰風濤」記赤壁之戰、「單師靜不毛」記平定南蠻、「北伐遽投醪」記北伐曹魏、「親將仲達鏖」記渭水對壘……,若此種種,皆是諸葛亮參與的重要軍事行動,馮山在「詠孔明詩」中選擇以此概括其一生,顯然可見對詩人而言,武侯的用兵之才實乃極其重要的書寫面向。正如前文所言,北宋詩人對陳壽「應變將略,非其所長」的評價頗不以為然,馮山於此不只認為將才令孔明「事業垂千載」,更直接以「壽史徒譏議」反駁陳壽的批評,可再次說明詩歌看待諸葛亮的眼光已然與史書有所不同。

　　孔武仲與馮山之作除了可以支持「宋人喜歌詠孔明用兵之才」,以及「作為悲劇英雄,後世詩人對其壯志未酬往往抱持嘆惋之情」的論點外,尤其重要的是兩人詩中的「醜虜」一詞。就字面而言,孔武仲詩中的「醜虜羞巾幗」,所指顯然為裴注《三國志》引《魏氏春秋》的「亮既屢遣使交書,又致巾幗婦人之飾,以怒宣王」〔註237〕一事。馮山詩中的「醜虜終為患」則非專門指涉單一事件,蓋為泛指北方曹魏政權。然而「醜虜」在宋詩中的卻通常並非用於詠史,透過逐首考察《全宋詩》後發現此一詞彙於北宋詩中凡七見,排除孔、馮二詩後,其餘五首皆非詠史之作,首先可參石介〈宋頌九首・聖武〉其一:

　　　　聖武惟揚,鷹師虎旅。至于澶淵,執彼醜虜。醜虜之來,蜂
　　蠆敢怒。我師如林,不怒以懼。既俘其帥,請示死所。〔註238〕

石介的〈宋頌九首〉皆書寫本朝事,如〈皇祖〉其一云:「皇祖神武,疇敢戲豫。」〈金陵〉其二云:「帝赫斯怒,王師徐驅。」蓋皆以仿《詩經》雅、頌的筆法,記述皇帝之行止,此詩亦然。故詩中「醜虜」所指自當為王師北伐時遭遇的遼軍,詩人於此盛讚戰事告捷、俘虜敵帥的

────────────────

〔註237〕　《三國志》,頁103。
〔註238〕　《全宋詩》,第5冊,頁3392,後文引〈宋頌九首〉皆出於此,不另
　　　　　注。

戰果。除此詩外，潘閬（？～1009）〈寄贈柳殿院開授崇儀使赴邊上〉：
「雄師已聽心皆伏，醜虜將聞魄盡飛。」〔註239〕馮山〈和梓漕陳悅誠
伯弨節堂〉：「前鋒殲醜虜，降仗委高旌。」〔註240〕亦皆書寫本朝軍隊
北伐時殲滅敵軍之事。王禹偁〈戰城南〉云：「大漠由來生醜虜，見日
設拜尊中土。」〔註241〕則以「醜虜」指涉大漠之中的外族。由此可見，
馮山與孔武仲格外重視孔明用兵之才的現象，固然一方面沿襲既有傳
統，但以「醜虜」入詩的作法卻可見得時人相較於唐代應帶有更深層的
現實寄託，亦即將孔明對抗曹魏、司馬氏的作為類比至如今宋室抵禦
北方外侮的時局。如此連結「諸葛亮北伐」與「當朝對抗外患」的作
法，固然在南宋較為常見，如陸游〈書憤〉云「出師一表真名世，千載
誰堪伯仲間」〔註242〕、徐嵩〈絕命詩〉云「孔明未復中原鼎」〔註243〕
皆是其例，不過藉由前引兩詩中「醜虜」一詞的使用，卻可見如此作法
在北宋即已見端倪。

　　本節從「道德」與「致用」兩個角度切入，從而發現諸葛亮在兩
方面皆是時人重要的類比對象。就「道德」面而言，詩歌中開始強調
「大節」；就「致用」面而言，則成為了當時文武雙全者出將入相的自
我期許。尤其值得注意的是，在歷時的比對下，兩面皆為南宋大量詠諸
葛亮詩的先聲，由此更可見得北宋詩人書寫英雄功業時，除了如吳起、
白起一般考量道德問題，或如王安石透過商鞅寄寓自身變法的決心外，
更可能帶有論兵、破虜的積極思考。

小結

　　本章以「評價亂世」為主軸，選用詩作的歌詠對象為除四皓、嚴

〔註239〕《全宋詩》，第 1 冊，頁 652。
〔註240〕《全宋詩》，第 13 冊，頁 8640。
〔註241〕《全宋詩》，第 2 冊，頁 786。
〔註242〕《全宋詩》，第 39 冊，頁 24637。
〔註243〕《全宋詩》，第 70 冊，頁 43986。

光等隱士外的「為官者」，透過「道德」與「功業」的雙重標竿，歸納北宋詩人評價亂世人物的傾向。

首先在論「道德操守」的一節中可以發現，正如前一章中的「隱士之德」被格外標舉，其餘人物的道德也成為詩人關注的焦點。如此影響下，不只已見於唐詩中的羊左情義、介之推操守，韓信禮賢下士、伍子胥忠孝兩全等內容亦皆成為北宋詩人創新的歌詠面向，在眾多德目之中尤其以「忠」最受矚目。此一特點反映在兩個詩歌現象：其一，書寫安史之亂時，雖然張巡、許遠、顏真卿、李憕等人在戰事中的貢獻遠遠比不上郭子儀一類的大將，但稱頌忠烈死節的作品數量卻遠遠大於平亂將領。其二，部分在唐人筆下相當罕見甚至未嘗入詩的人物，如紀信、嚴顏、關羽，在北宋詩中開始被賦予了較重要的地位，更帶動了關羽的形象轉變，開始由武勇的「萬人敵」轉而成為「忠義」的代表。

然而，無論「道德」如何重要，皆未能否定人物的功業成就，本文從「強國」與「弱國」的角度以韓信、張良、諸葛亮為例，分別探討北宋詩人如何書寫人物之功。從而發現即使北宋「重德輕功」的傾向極其顯著，仍不乏頌揚開國功臣，乃至為諸葛亮未成之大業嘆惋，以及針對其他亂世將相如管仲、王翦等的歌詠之作。對比於王翦一類的冷門人物在北宋始入詩，白起卻是另一個極端：其作為「軍神」，在唐人筆下不乏書寫戰功及為其杜郵之死哀嘆的作品。然而到了北宋，卻因為長平坑殺之舉非但無專詠之作，更成了「民賊」的代表。相似之例猶有吳起，二人皆因失德，致使在北宋詩中無論功業何等過人，皆無法成為稱頌的對象。由此可見，在這類「功業成就」的詩作中，雖然表面與道德修養無涉，但事實上在選擇歌詠對象即有道德標竿之作用。

最後在探討時代因素的一節中，發現時人書寫「道德」與「功業」實為殊途同歸，是儒家思想不同內涵的表現：就前者言，是「修身」與「內聖」，講究個人的道德修養；就後者言，是「治國」與「外王」，

強調對君國乃至天下的貢獻。在此脈絡下，諸葛亮被視為「知道」與「任天下之重」的集合，致使其形象一方面同樣道德化，二方面則連結時人自身「外王」的理想，成為論兵、抗敵的寄託。前文論關羽時已然提及其為南宋強調「大節」、「大義」的詩作開了先河，如今再透過諸葛亮的形象轉變，正可見得北宋詩歌「評價亂世」的視角在人物形象史中的地位何在。

第肆章　解釋亂世：君王主題詩作反映的史觀取向

　　在前兩章中，本文所探討的內容尚屬「個人」的範疇，本章則擬更進一步將討論對象推廣至國與天下，分析北宋文人在詩歌中，如何看待亂世中的君王與天命。

　　對此議題，首先可以接續前章中對「五季」的討論。正如前文所云，北宋中期以後，文人開始以「五季」稱呼此一時期，顯然僅將之視為唐末藩鎮割據的餘緒而已，並非正式的政權。相似觀點投射於詠史詩中，亦使得詩作展現出了極高的相似性——但凡言及五代，則其詩中往往充斥著批判與不齒。首先可參陶弼〈兵器〉：「五代乏真主，奸雄紛僭偽。橫磨闊刀劍，白日相篡弒。」〔註1〕前二句與邵雍〈觀五代吟〉中的「五十三年更五姓，始知除掃待真王」〔註2〕意義相近，皆表明五代時期並無天命真主，皆只是待真王一匡天下的僭偽奸雄而已。後二句則點出了五代君王得位的惡行——篡逆與弒君，結合前二句的批評觀之，顯然詩人對如此行為頗有不滿，乃至概括批判整個時代的共相。曾鞏〈讀五代史〉所言更明：

〔註 1〕《全宋詩》，第 8 冊，頁 4982。
〔註 2〕《全宋詩》，第 7 冊，頁 4611。

唐衰非一日，遠自開元中。尚傳十四帝，始告曆數窮。

由來根本強，暴庭豈易攻。嗟哉梁周間，卒莫相始終。

興無累世德，滅若燭向風。當時積薪上，曾寧廢歌鐘。〔註3〕

此詩將唐代與五代對比，提出唐代早在安史之亂時，國力就已漸漸衰退，但即使如此，從肅宗到哀帝仍傳承了十四個皇帝才宣告滅亡，究其原因則是根基穩固之故；相對的，自梁至周數十年間，五個朝代卻因為沒有累世之德，皆如風中之燭般轉眼即滅。雖然此處的「累世德」未必等同於「道德」，但關於「無德」導致政權傾頹的論點，在北宋詩中頗多例證，且不僅適用於五代，劉贄（1014～1081）〈金陵〉詩云：「大抵險深輸道德，于今榛莽蔽樓臺。」〔註4〕揭示了定都金陵的幾個政權，仗恃天險而不修道德，致使亭臺如今皆已荒廢。劉敞〈石頭城〉詩意亦頗為相近：「龍蟠與虎踞，勢足萬古牢。德義苟不修，忽焉亡其操。」〔註5〕表示石頭城所處之地雄壯險要，可以為帝王之都，成就萬古功業。然而在不修德義的情況下，即便有如此地勢，也都在轉瞬之間敗亡。透過此類詩作，顯然可知對北宋人而言，若欲求國家之長治久安，修行道德當為首要之務，這同時也正是北宋詩人解釋亂世的關鍵標竿。將此標準套用至「五代」，即可知無「真王」、「真主」的根本理由正是德之不修。

然而，一如前一章中所論，北宋詩歌評價單一人物時往往面對「道德」與「功業」的雙重標準，如此情況在解釋政權正當性時亦然，一個失德之君雖然可能造成國家傾頹，但無可否認的也有機會造就一時強盛的政權。因此，以下將同時從「強大」與「有德」兩個面向著手，探討北宋詩人看待「強大且有德」、「強大卻失德」、「失敗卻有德」以及「失敗且失德」四類領導者的評價為何，進而分析詩歌如何解釋當時的天命所歸與政權正當性。

〔註3〕《全宋詩》，第8冊，頁5541。

〔註4〕《全宋詩》，第12冊，頁7958。

〔註5〕《全宋詩》，第9冊，頁5717。

　　選用詩作方面，除了已見於前的五代外，在本文探討的六大亂世中，「安史」的天命無疑屬於唐室、「新莽」則如歐陽修「莽不自終其身而漢復興」〔註6〕之語，天命仍屬於炎劉。是故詩歌中討論天命與政權正當與否時，「安史」與「新莽」皆極罕見相關詩作，剩餘三大亂世中內容符合本章「解釋亂世」之旨的作品數量分布則如下表：〔註7〕

表二　「解釋亂世」類詩作數量分類

春秋戰國	楚漢相爭	三國時代
17 首	39 首	40 首

透過此表顯然可見詩作聚集在楚漢、三國兩個時代，且春秋戰國的國家與國君數量眾多，相對較難聚焦在個別政權或人物，故下文將以楚漢與三國為討論主軸，其餘人物如秦始皇等則作為旁證而已。另外，若將以上四類領導者的特質套用這兩個聚焦討論的時代中，則可發現項羽、劉邦、曹操、劉備大抵可以依序視為「失敗且失德」、「強大且有德」、「強大卻失德」和「失敗卻有德」的代表。〔註8〕要言之，楚漢時期的兩人為正相關，「道德」與「強盛」或者皆有、或者皆無；三國則不然，「道德」與「強盛」僅得其一。是故本章將先以兩節分別說明以上兩種現象，最後再以一節作結。

〔註6〕語出歐陽修〈原正統論〉，見宋・歐陽修著，李之亮箋注：《歐陽修集編年箋注》（四川：巴蜀書社，2007 年），第 4 冊，頁 40。由於本章需要藉由編年判斷歐陽修思想的前後轉變，故以此編年別集為版本依據。

〔註7〕此處計算詩作數量之原則有二：其一，同題組詩（如邵雍〈吳越吟二首〉）視為一首；其二，只計入專題詠史之作以見各主題間的數量落差，用事詩雖將於下文討論中斟酌引為佐證，但不計入表格中。如前章所引之鄭獬〈伏謁太神御殿詩〉中雖有「五季積成天下亂」句，然其全詩並非以書寫五代為旨，故不列入計算。

〔註8〕蜀、吳兩國對照之下，以孫權為主題的詠史詩遠比劉備為少，故此僅標舉劉備一人。另外，此處之分類皆粗略言之，下文將進行更細緻的分析。

第一節　順德與逆德的興亡解釋

　　「順德者昌，逆德者亡」〔註9〕一直以來都是人們判斷政權興亡的一條重要準則，如《詩經·大雅·皇矣》便言曰：「帝遷明德，串夷載路。」〔註10〕表示上帝在看不慣殷商「其政不獲」的情況下，安排德行昭明的太王，驅逐了犬戎部落。其後書寫文王時，同樣以「貊其德音，其德克明」與「其德靡悔」、「予懷明德」等句形容之，顯見在此詩中，文王及其父祖皆為「有德之君」的象徵，周代之興正是奠基於此。

　　如此說法，在唐詩中也可見端倪，如歸仁（?～?）〈題楚廟〉：「天地有心歸道德，山河無力為英雄。」〔註11〕表示天地有意歸向有德的劉邦，即使是英雄如項羽亦無能為力。王轂（?～?）〈鴻門宴〉：「殊不知人心去暴秦，天意歸明主。」〔註12〕同樣說明天意歸向有德的明君。如此想法，在格外重視道德的北宋詩歌中自然更加被重視，可見邵雍〈觀三王吟〉：「一片中原萬餘里，殆非屍德所宜居。」〔註13〕表示君臨天下者必非德性澆薄之人。王令〈南徐懷古〉詩意亦頗為相近：

> 昔人戰血化為土，今人常懷昔人苦。
>
> 大江冥冥截海流，鐵甕城高排萬虎。
>
> 乾坤未定龍蛇爭，日月須歸仁義主。
>
> 江山本不為英雄，英雄自負江山死。〔註14〕

南徐一帶坐擁長江天險，孫權更高築鐵甕城，使此處成為一易守難攻之地。此詩正由此起興，言天下尚未太平之時龍蛇相爭，但無論如何天

<hr>

〔註 9〕　語出《漢書·高帝紀》：「新城三老董公遮說漢王曰：『臣聞「順德者昌，逆德者亡」，「兵出無名，事故不成」。』」見《漢書》，頁 34。

〔註10〕　《詩經評註讀本》，下冊，頁 640～646。本段引〈皇矣〉詩出處皆同此，不另註。

〔註11〕　《全唐詩》，第 12 冊，頁 9294。

〔註12〕　《全唐詩》，第 10 冊，頁 7986。

〔註13〕　《全宋詩》，第 7 冊，頁 4609。

〔註14〕　《全宋詩》，第 12 冊，頁 8146。

地終究屬於仁義之主。詩人所言近似一種歷史定律，反映了政權流轉的通則歸向正是仁義的一方，在此情況下，江山並非為英雄而生，無論何等英雄，亦皆無法扭轉如此通則。

　　綜上所言，可知至少從《詩經》到北宋年間，始終不乏以「仁義道德」解釋「得失天下」之原因者，且「逆德者亡」正是最為理想的結果。故本節將以此為核心，探討在前表所揭的詠史熱點──楚漢時期的相關詩作中，詩人們是如何藉此解釋劉邦興、項羽亡的歷史事實，以及二人的形象又在北宋詩中發生了何等變化。

一、仁義道德與「天命」的歸向

　　關於前文提及「順德者昌」的理想現象，首先應注意的是，在〈皇矣〉詩中有「天立厥配，受命既固」〔註15〕之句，唐詩中亦有「天意」一詞的出現，與此相關的正是傳統政治學說中的「天命」論。「天命」自《詩經》與《尚書》以來，〔註16〕直至程頤（1033～1107）云：「王者之興，受命於天。」〔註17〕數千年間一直都是解釋君權正當性的關鍵理論，正統政權必然得天命，是故周、秦、漢、晉、唐、宋等朝代皆毫無疑問是天命所歸。在此認知下，北宋文人對歷代政權之更迭多有論述，如《冊府元龜・帝王部》便言曰：「帝令百闢集議，高閎以為漢用火德，徵斬蛇之符，上繼於周，棄秦之暴，越惡承善，不以世次為正。自時厥後，乃以為常。……周祖即位之初，有司定為木德。自伏羲氏以木王，終始之傳，循環五周，至於皇朝。以炎靈受命，赤精應讖，乘火德而工。混　區夏，宅土中而臨萬國，得天統之正序矣。」〔註18〕

〔註15〕《詩經評註讀本》，下冊，頁 641。

〔註16〕《詩經》例即〈皇矣〉詩，《尚書》例則可見〈康誥〉：「天乃大命文王，殪戎殷，誕受厥命。」見屈萬里：《尚書集釋》（臺北：聯經出版社，2013 年），頁 146。

〔註17〕宋・程頤：《易程傳》（臺北：文津出版社，1987 年），頁 438。

〔註18〕宋・王欽若等編，周勛初等校訂：《冊府元龜》（南京：鳳凰出版社，2006 年），第 1 冊，頁 2。

從五德終始的觀點，解釋從周至宋千餘年間天命的移轉。相對於《冊府元龜》等著作以「五運」解釋天命，詩歌則大抵依循《詩經》傳統而以「仁義道德」為依歸，其中又以探討項羽敗亡命運的詩作為大宗。

　　根據《史記‧項羽本紀》，項羽陰陵失道時兩度稱「天亡我，非戰之罪也」〔註19〕，又於自刎前作〈垓下歌〉云：「力拔山兮氣蓋世，時不利兮騅不逝。」〔註20〕可以視為討論項羽之「天命」最早的資料。對項羽如此自我開脫之辭，司馬遷頗不以為然，言曰：「身死東城，尚不覺寤而不自責，過矣。乃引『天亡我，非用兵之罪也』，豈不謬哉！」〔註21〕顯然否定項羽的「命定」之說，認為其悲劇結局是個性使然、人事所致；北宋詩人論起項羽的失敗，同樣否定其「天亡我也」的說法，如梅詢（964～1041）〈陰陵〉即言曰：「天亡終不悟，覽古亦傷情。」〔註22〕認為項羽至死仍執迷不悟。除此詩外，許彥國（?～?）〈虞美人草行〉所言更詳：

鴻門玉斗紛如雪，十萬降兵夜流血。

咸陽宮殿三月紅，霸業已隨煙燼滅。

剛強必死仁義王，陰陵失道非天亡。

英雄本學萬人敵，何須屑屑悲紅妝。

三軍敗盡旌旗倒，玉帳佳人坐中老。

香魂夜逐劍光飛，清血化為原上草。

芳心寂寞寄寒枝，舊曲聞來似斂眉。

哀怨徘徊愁不語，恰如初聽楚歌時。

滔滔逝水流今古，楚漢興亡兩丘土。

當年遺事總成空，慷慨尊前為誰舞。〔註23〕

〔註19〕《史記》，頁334。
〔註20〕《史記》，頁333。
〔註21〕《史記》，頁338、339。
〔註22〕《全宋詩》，第2冊，頁1120。
〔註23〕《全宋詩》，第18冊，頁12399。

民間傳說虞姬死後，其墓上長出一種紅草，見人則舞，蓋虞姬所化，因
有「虞美人草」之名，此即詩中「香魂夜逐劍光飛，清血化為原上草」
之意。詩人由此起興，全詩可分為三個部分：前八句言項羽、中八句言
虞姬、末四句抒發一己之今古感嘆。其中中、末段的主題或為女子、或
為懷古，與本節所論關聯較遠，故於此聚焦討論第一部分：詩首三句作
者點出了鴻門宴、坑殺降卒、火燒咸陽三件事蹟，接著於第四句直言阿
房宮的一把火也使得他的霸業隨之灰飛煙滅，而後緣此導出「剛強必
死仁義王」的結論，並否定「天亡」之說，同時諷刺他至死不悟，但為
紅顏慷慨悲歌。相較於前引唐代歸仁〈題楚廟〉仍稱項羽為「英雄」、
王轂〈鴻門宴〉未曾直接批評項羽，許彥國於此批判、貶抑的力度顯然
更強而顯著。另外值得注意的是：詩人雖然反對項羽「天亡我，非戰之
罪」的說法，卻同時隱約流露了「天命註定仁義者王」的意見，可見詩
人與項羽眼中的「天」或「天命」應有所不同。吉川幸次郎在《中國詩
史》中曾分析〈垓下歌〉云：「把人類看作是無常的天意支配下的不安
定的存在。」〔註 24〕且如此「天意」雖然無常，但「它所產生的結果
卻是絕對的」〔註 25〕，由此觀之，項羽將一切無法控制、無法認知的
都歸因於「天」，而其「天」的意涵是不可抗又無法掌握的「天意」。相
對的，許彥國眼中的天則是穩定的，只要修行仁義便能稱王，但凡剛強
暴戾則將敗亡，是可以預測歸向的「天命」。因此，詩人肯定後者的「天
命」與否定前者的「天意」並不矛盾，在對照之下反而更能證成此詩中
的「天命」意涵為何。

　　認為剛強註定敗亡、天命歸向仁義的觀點，猶可見於張耒〈項羽〉：

　　沛公百萬保咸陽，自古柔仁伏暴強。

　　慷慨悲歌君勿恨，拔山蓋世故應亡。〔註 26〕

〔註 24〕 日・吉川幸次郎著，高橋和巳等編，章培恒等譯：《中國詩史》（合肥：
　　　　　安徽文藝出版社，1986 年），頁 40。
〔註 25〕 《中國詩史》，頁 36。
〔註 26〕 《全宋詩》，第 20 冊，頁 13245。

此詩從劉邦入咸陽後約法三章，收服人心使得「人又益喜，唯恐沛公不為秦王」〔註27〕入手，認為劉邦的柔仁可以降伏暴強之敵從而一統天下，自古皆然。相對的，項羽自矜的「拔山蓋世」則導致了自己的敗亡，是命中註定的必然結果。又如楊傑〈過鴻溝〉：

> 楚漢區區別土疆，誰知盛德勝兵強。
> 乾坤混一歸真主，郡國平分亦假王。
> 地底泉源通汜水，道旁碑石屬滎陽。
> 如今四海都無外，農入春田失戰場。〔註28〕

此詩第二句即點明「盛德勝兵強」，以劉邦的「道德操守」能勝項羽之「兵強將猛」。第三句的詩意則與王令〈南徐懷古〉中的「日月須歸仁義主」頗為相似，認為當時天命歸向盛德的「真主」劉邦。後四句則表示原本作為界線的鴻溝其實本質上就是四通八達的，因此真主治理後盛德流行，四海歸一，使得戰場早成春田，已然不見征戰的痕跡。全詩對劉邦統一天下多所美言，相對的項羽即使得以平分郡國，也僅是假王而已，褒貶極其明確。除張耒與楊傑外，釋智圓的〈讀項羽傳〉二首同樣論及項羽的天命：

> 頻年戰勝恃雄強，歷數分明在彼蒼。
> 堪笑范增無異識，不能令主事高皇。
> 發嘆虞姬勢已窮，烏江此夕喪英雄。
> 當時若也知天命，佐漢應居第一功。〔註29〕

在〈項羽本紀〉之末，太史公曰：「自矜功伐，奮其私智而不師古，謂霸王之業，欲以力征經營天下，五年卒亡其國。」〔註30〕可見在司馬遷眼裡，若欲成霸王之業，則「以力征」的手段與「矜功伐」、「不師古」等弊病同樣是不可行的。此處第一首作品前兩句的詩意與此略近，認

〔註27〕 語出〈高祖本紀〉，見《史記》，頁362。
〔註28〕 《全宋詩》，第12冊，頁7867。
〔註29〕 《全宋詩》，第3冊，頁1540。
〔註30〕 《史記》，頁339。

為項羽即使仗恃著連年勝仗的雄強戰果，也無從改變已定的天命，如此見解除了可以連結《史記》中的「太史公曰」外，也正可呼應前引詩作中，「剛強」或「暴強」必然失敗、「兵強」無法勝過盛德的論斷。不過較諸許彥國、張耒、楊傑等人的詩作，釋智圓的兩首作品批判力度顯然不那麼強，一方面仍以「英雄」稱項羽，二方面兩首詩都結在「假設」，認為范增或項羽若真識天命，則不若及早歸順劉邦，助真命天子取得天下，尚能名列第一流之功臣。僅仗恃「雄強」勢必無法得天命與天下的觀點，亦見於梅堯臣〈項羽〉：

> 羽以匹夫勇，起于隴畝中。遂將五諸侯，三年成霸功。
>
> 天下欲滅秦，無不慕強雄。秦滅責以德，豁達歸沛公。
>
> 自矜奮私智，奔亡竟無終。〔註31〕

此詩可以分為前六句與後四句兩段，在前半段，詩人對項羽之勇武與成就的霸業仍有正面評價，並認為在人人皆欲滅秦的時代背景下，這是足以使天下欽慕嚮往的優勢。然而後半段筆鋒一轉，認定秦朝之滅亡是導因於道德的缺失，同時也反映劉邦作為項羽的反面，以「道德」而得天下的對比。相形之下，「自矜奮私智」的項羽自然也只能落得敗亡的下場。針對項羽不能汲取秦朝滅亡的教訓，仍然不重「德」造成天命歸向劉邦、基業毀於一旦的下場，楊時〈項羽論〉亦提出了相似的觀點：「視秦車之覆而不知戒，猶蹈其故轍，欲以力制天下，所過燒夷殘滅，是以秦攻秦也。」〔註32〕此文立意與梅詩相近，但更明確點出項羽重蹈覆轍之荒謬與「以力制天下」之不可行。

　　透過前文的討論，已然可知詩歌中的「天命」自唐代以來，使可見以「道德」為判斷標準的端倪。降及北宋，相關討論則更趨深化，詩人們頗熱衷於探討楚漢相爭之下天命歸於劉邦的原因，且詩歌中的「天命」是穩定、可預測的，與項羽「天亡我也」一語所指的「不可抗且無

〔註31〕　《全宋詩》，第 5 冊，頁 3263。

〔註32〕　《全宋文》，第 124 冊，頁 337、338。

法掌握」之天有所不同。在此脈絡下，劉邦由於仁義、盛德，理所當然地成為了得天下的明主；至於自恃拔山蓋世又不知以史為戒的項羽，形象則相對惡化，成為了北宋詩人書寫項羽的一大特徵。

二、項羽失德敗者形象的確立

雖然從前一小節中的詩作已經可以看出項羽因為「非仁德之君」而「不得天命」，招致了或多或少的批評與諷刺；然而，在前引討論天命與天下歸屬的作品中，大多沒有說明項羽「不合仁德」之處究竟何在，如梅堯臣〈項羽〉一詩的直接批判便只有「自矜奮私智」，並未點出具體事例。張耒詩中「暴強」的評語亦然，僅許彥國在〈虞美人草行〉中略略提及了「新安坑降」與「火燒咸陽」兩事。因此，單憑「討論天命」詩作，並不足以讓我們完全了解北宋詩人解釋項羽「失天下」的理由，仍必須完整參閱其他與項羽形象或評價相關的作品。

在所有批評項羽的作品中，徐積〈虞姬別項羽〉蓋為北宋時期涵蓋面向最多元的代表作：

> 妾向道，向道將軍施恩義，將軍一心靳財利。
> 妾向道，向道將軍莫要為人患，坑卻降兵二十萬。
> 懷王子嬰皆被誅，天地神人咸憤怨。
> 妾向道，向道將軍莫如任賢能，卻信姦言疑范增。
> 當時若用范增者，將軍早已安天下。
> 天下成敗在一人，將軍左右多姦臣。
> 受卻漢王金四萬，賣卻君身與妾身。
> 妾向道，向道將軍不肯聽，將軍雖把漢王輕。
> 漢王聰明有大度，天下英雄能駕御。
> 將軍唯恃力拔山，到此悲歌猶不悟。
> 將軍不悟兮空悲歌，將軍雖悟兮其奈何。
> 賤妾須臾為君死，將軍努力渡江波。〔註33〕

〔註33〕《全宋詩》，第 11 冊，頁 7570。

　　徐積有〈項羽別虞姬〉與〈虞姬別項羽〉兩詩，為設想二人訣別之時的作品。其中前者之內容如同項羽之絕筆詩〈垓下歌〉，流露出深沉的無奈與悲涼。〔註34〕但後者卻借虞姬之口大肆批評項羽，其批評面向大致有四：其一，吝惜財利，《史記‧陳丞相世家》中記陳平評論項羽之言曰：「行功爵邑，重之，士亦以此不附。」〔註35〕正因如此才使得陳平有四萬金離間楚軍上下的機會。其二，殘忍嗜殺，前文言及的「坑殺降兵」可謂證成項羽「嗜殺」性格的絕佳例證，且此詩更額外納入了懷王與子嬰兩個例子，說明項羽如此行為早已造成天怒人怨。其三，不能識人，認為項羽正是因為不辨姦賢、疏遠范增，才無法安定天下，導致最後的結局。其四，驕傲自負、目不見睫，指出項羽輕視劉邦，但劉邦實為能駕御天下英雄的領導者，對比項羽無法善用人才，成敗其實早已注定，但項羽卻至死不悟，仍然認為是「天亡我也」。導因於以上四項性格或行為上的缺失，詩人最後以抒情口吻藉虞姬之口說出了註定的悲劇結局，明言項羽無論悟與不悟都已經來不及改變落敗的下場，僅能寄與最後渡江的期望。

　　在前詩涵蓋的四個面向中，「不能識人」與「驕傲自負」兩大缺點尤其為北宋詩人所詬病，批評項羽的詩作大多聚焦於此。就前者言，有如蘇轍〈虞姬墓〉：

　　　　布叛增亡國已空，摧殘羽翮自令窮。

　　　　艱難獨與虞姬共，誰使西來敵沛公。〔註36〕

項羽因討伐田榮與彭城之戰而「由此怨布」〔註37〕，使得隨何得以乘機遊說反叛，又中陳平反間計而「疑范增與漢有私，稍奪之權」〔註38〕。

〔註34〕　其詩云：「垓下將軍夜枕戈，半夜忽然聞楚歌。詞酸調苦不可聽，拔山力盡無如何。將軍夜起帳中舞，八百兒郎淚如雨。此時上馬復何言，虞兮虞兮奈何汝。」見《全宋詩》，第11冊，頁7570。
〔註35〕　《史記》，頁2055。
〔註36〕　《全宋詩》，第15冊，頁9587。
〔註37〕　語出〈項羽本紀〉，見《史記》，頁321。
〔註38〕　語出〈項羽本紀〉，見《史記》，頁325。

英布與范增皆是自項羽草創時期即追隨的股肱之臣，但項羽卻或因氣
量狹小、或因生性多疑而致使兩人皆背己而去，英布甚至直接投靠了
敵營，詩人認為如此行為無異於自損羽翮。在猛將謀臣皆已離去的情
況下，敗走烏江時僅虞姬相隨，至此，早已無人可以抵禦劉邦、註定了
敗亡的下場。又如陳泊（？～1049）〈過項羽廟〉：

> 八千子弟已投戈，夜帳猶聞怨楚歌。
>
> 學敵萬人成底事，不思一箇范增多。〔註39〕

相對於前詩將虞姬與重臣對比，凸顯項羽在生命的最後只重兒女私情
而無力相抗，此詩則是反用了項羽年少時「劍一人敵，不足學，學萬人
敵」〔註40〕的狂言，認為項羽即便真學成了兵法也無濟於事，不如好
好重用范增，方能避免詩前二句所言的處境。

關於項羽與范增的關係，除了最後的信姦言而驅逐之外，猶有鴻門
宴上不聽建言而輕縱劉邦一事。若前者代表的是項羽「不能識人」的缺
點，後者則代表了其「剛愎自用，不聽他人言」的性格，且如此性格除
了展現在范增相關案例上外，同時反映在項羽入關中後旋思衣錦還鄉之
事，根據《漢書·項籍傳》，當時謀士韓生嘗試遊說項羽都關中以霸天下，
然而項羽卻言「富貴不歸故鄉，如衣錦夜行」〔註41〕，堅持返鄉之餘更
因韓生「沐猴而冠」的批評而斬之。此事可見於司馬光〈戲下歌〉：

> 項王初破函關兵，氣壓山河風火明。
>
> 旌旗金鼓四十萬，夜泊鴻門期曉戰。
>
> 關東席卷五諸侯，沛公君臣相視愁。
>
> 幸因項伯謝前過，進謁不敢須臾留。

〔註39〕 《全宋詩》，第4冊，頁2644。
〔註40〕 語出〈項羽本紀〉，見《史記》，頁295、296。
〔註41〕 《漢書》，頁1808。相關事蹟於《史記·項羽本紀》亦有記載：「項王
見秦宮皆以燒殘破，又心懷思欲東歸，曰：『富貴不歸故鄉，如衣繡夜
行，誰知之者！』說者曰：『人言楚人沐猴而冠耳，果然。』項王聞之，
烹說者。」見《史記》，頁315。惟《史記》中不見「韓生」之名，故
本文於此引《漢書》為其出處。

　　　　椎牛高會召諸將，寶劍泠泠舞席上。

　　　　咸陽灰燼義帝遷，分裂九州如指掌。

　　　　功高意滿思東歸，韓生受誅不復疑。

　　　　區區蜀漢邊謫地，縱使倒戈何足為。〔註42〕

此詩前半段概括項羽一生的重要事蹟，舉凡破函谷、鴻門宴、燒咸陽等事，更直言其席捲關東造成劉邦僅能「君臣相視愁」的霸者之威；但詩末此處卻一轉以二事批評項羽——一則不能聽韓生的意見、二則認為劉邦倒戈無足為懼，於此反映的無疑是項羽的剛愎自用與驕傲自大，隱而未宣的則是如此錯誤的選擇最終導致了敗亡之下場。除此詩外，曾鞏〈垓下〉一詩則可視為結合「用人」與「高傲」兩大性格缺失之總結：

　　　　三傑同歸漢道興，拔山餘力爾徒矜。

　　　　泫然垓下真兒女，不悟當從一范增。〔註43〕

本詩批評項羽即便已兵敗垓下，所思所想卻仍是與虞姬的兒女私情，絲毫不悟是因為自己不聽范增之言才落得如此下場；對比首句提到「三傑同歸」的劉邦，項羽的剛愎自用與不能用人正是敗亡的關鍵。此外，詩人更直言項羽自恃的「拔山之力」不過是「徒矜」而已，若結合前一小節所引詩作中「拔山蓋世故應亡」一類的論斷，顯然可見對北宋人而言，項羽的「力量」其實根本不足道，不足以扭轉天命，亦不足以成就功業。

　　　然而，從《史記》中「籍長八尺餘，力能扛鼎，才氣過人」〔註44〕一類的評價以來，項羽的英雄形象便難以與其過人神力脫鉤。在唐人眼中，所謂「力」仍有其可取處，如汪遵〈項亭〉云：「隔岸故鄉歸不得，十年空負拔山名。」〔註45〕認為項羽辜負了自己「拔山蓋世」的

─────────────

〔註42〕《全宋詩》，第9冊，頁6008。
〔註43〕《全宋詩》，第8冊，頁5590。
〔註44〕語出〈項羽本紀〉，見《史記》，頁296。
〔註45〕《全宋詩》，第9冊，頁6959。

美名，在此語境下，顯然「拔山名」的意義還是正面的。但對北宋詩人而言，項羽之「力」已經不再是值得稱頌的特質，甚至認為這導致了敗亡的必然結果。基於如此轉變，再加上項羽嗜殺、自負、不重賢等道德缺陷被凸顯，致使項羽的英雄色彩被弱化成了「興古今之感」的媒介，如蘇轍〈和子瞻鳳翔八觀八首・石鼓〉：「君看項籍猛如狼，身死未冷割為脯。」〔註46〕以石鼓對比人之生死無常。華鎮（1051～？）〈項王廟〉：「楚宮一夜雖虛壘，漢殿百年還藝禾。今日祠堂皆寂寞，當時江水自逶迤。」〔註47〕言無論楚漢勝敗，如今都終歸寂寞祠堂。若此種種，皆已不再將項羽形塑成「英雄」，蓋可視為項羽在北宋詩歌中「英雄色彩的淡化」。淡化至極，則甚或更進一步以其為失敗者，如梅堯臣〈送林大年殿丞登第倅和州〉云「敗亡項籍江邊廟，應媿文場戰勝來」〔註48〕以「敗亡」稱之，即是一例。

關於項羽形象由唐入宋逐漸從「悲劇英雄」轉化為純粹「失敗者」的現象，尤以杜牧和王安石兩首〈烏江亭〉的對比最為明確，小杜詩云：「勝敗兵家事不期，包羞忍恥是男兒。江東子弟多才俊，捲土重來未可知。」〔註49〕固然，此詩前半略有批判項羽無法包羞忍恥之意，但更重要的還是後半對項羽負氣自刎的惋惜。杜牧這樣為項羽悲劇結局嗟嘆的唐人並不罕見，如靈一（727～762）〈項王廟〉：「緬想咸陽事可嗟，楚歌哀怨思無涯。八千子弟歸何處，萬里鴻溝屬漢家。弓斷陣前爭日月，血流垓下定龍蛇。拔山力盡烏江水，今日悠悠空浪花。」〔註50〕即視項羽烏江自刎為歷史無常的結果，並對其人寄與懷想與哀思。李賀（790～816）〈馬詩二十三首〉其十：「催榜渡江東，神駐泣向風。君王今解劍，何處逐英雄。」〔註51〕則從烏駐馬的視角書寫從此以後

〔註46〕《全宋詩》，第 15 冊，頁 9830。

〔註47〕《全宋詩》，第 18 冊，頁 12341。

〔註48〕《全宋詩》，第 5 冊，頁 3312。

〔註49〕《全唐詩》，第 16 冊，頁 5982。

〔註50〕《全唐詩》，第 12 冊，頁 9123。

〔註51〕《全唐詩》，第 6 冊，頁 4404。

再無可以追隨的英雄。若此種種，皆是將項羽視為「悲劇英雄」的詩例。然而，同樣書寫烏江自刎的王安石〈烏江亭〉則不然：

> 百戰疲勞壯士哀，中原一敗勢難迴。

> 江東子弟今雖在，肯與君王卷土來？〔註52〕

此詩為歷代項羽詩中相當有名的翻案之作，王安石此處由人心向背與軍事實力等現實面著眼，認為項羽此次大敗早已無力回天，絕無捲土重來的可能。如此意見略同於胡仔（1110～1170）於《苕溪漁隱叢話》中對小杜詩的批評：「好異而畔於理。……項氏以八千人渡江，敗亡之餘，無一還者，其失人心為甚，誰肯復附之？其不能捲土重來，決矣。」〔註53〕固然，王安石與胡仔的論點與宋人論詩、論史時「理性」的特色不無關聯，但在理性思考的背後，也能見得詩人對項羽其實已經沒有太多同情共感，而能夠單純從現實情勢分析論定其為敗者。

透過以上討論，可知前一小節所言，項羽因為「不合仁德」因此「不得天命」的說法實有更深一層的理論依據，在北宋詩歌當中，項羽因為殘忍好殺、不能用賢、剛愎自用等道德缺陷而備受批評，更導致了最終敗亡的下場。除此之外，相較於道德，項羽的過人神力也不再是北宋詩人重視的優勢，因此在雙重因素之下，項羽逐漸褪去了「悲劇英雄」的外衣，而被形塑成了不得天命的「敗者」。〔註54〕其中尤其值得

〔註52〕　《全宋詩》，第 10 冊，頁 6732。

〔註53〕　宋・胡仔著：《苕溪漁隱叢話》，收入《叢書集成初編》（臺北：臺灣商務印書館，1937 年），第 2567 冊，頁 521。

〔註54〕　無可否認的，仍有少數北宋詩作遵循著既有脈絡而以項羽為「悲劇英雄」，如齊唐〈烏江廟〉：「天意降時雨，山川潛出雲。鋤秦將授漢，此力半因君。」（《全宋詩》，第 3 冊，頁 1813。）但整體而言，北宋詠項羽詩中「負面」與「正面」的詩作分別為五首與十四首，對比唐詩的褒貶參半，已有顯著向「敗者」形象靠攏的趨勢。唐詩中的項羽形象因非本文重點，故未詳論，可參吳桂林等編：《項羽專題研究》（北京：中國文史出版社，2015 年）、王庭筠：《歷代詩人題詠項羽之研究》（臺南：成功大學碩士學位論文，2016 年）、張圓玲：《唐代楚漢人物評論資料整理與研究──項羽篇》（河南：鄭州大學碩士學位論文，2018 年）等前行研究成果。

注意的是：在前一章討論「諸葛亮詩」時，顯然可見詩人們「不以成敗論英雄」的態度，因此即使孔明「連年動眾，未能成功」，在詩歌中仍受推崇備至；相形之下，五年而亡其國的項羽則不然。由此可見，是否以成敗論英雄，其關鍵仍在有德與否，無論評價個別人物或解釋政權興亡，北宋詩都以此為首要考量。

三、劉邦仁德聖君形象之建構

從前兩小節已然可見，在以項羽為主題的詠史詩中，貶抑大多奠基於其道德缺失，相形之下，劉邦則成為了有德的聖明之君，故有「盛德勝兵強」、「柔仁伏暴強」一類的詩句，但以上所言皆是以項羽主題詩作為研究材料，本小節擬由專詠劉邦的作品中，探討詩人如何建構其「聖君形象」，又與詠項羽詩有何異同。然而，翻檢《全宋詩》後卻可發現專詠劉邦之「天命」、「王命」的作品幾不可見，僅梅堯臣〈沛公歌〉：

> 赤帝醉提龍劍行，徑草沒人壯士驚。
>
> 白蛇斷裂不可續，神嫗哀哀夜深哭。
>
> 酒醒自負氣生虹，從者日畏天下雄。
>
> 秦皇玉輿來向東，安知隱在芒碭中。
>
> 婦人自識雲氣從，王命艱哉豐沛公。〔註55〕

此詩全篇敘事，藉以凸顯劉邦註定為天子，然其所言與《史記·高祖本紀》所載如出一轍，皆著墨於「赤帝子殺白帝子」的傳說，以及秦始皇認為「東南有天子氣」、呂后循雲氣以尋劉邦等事蹟。〔註56〕綜觀全詩，詩中的劉邦形象雖大抵為正面，但與「有德」與否的關聯卻不密切，反而更宜視為「封建時期賦予君王不凡出身」的例子〔註57〕。即使將檢

〔註55〕《全宋詩》，第 5 冊，頁 2960。

〔註56〕事可參〈高祖本紀〉：「秦始皇帝常曰『東南有天子氣』，於是因東游以厭之。高祖即自疑，亡匿，隱於芒、碭山澤巖石之閒。呂后與人俱求，常得之。高祖怪問之。呂后曰：『季所居上常有雲氣，故從往常得季。』高祖心喜。沛中子弟或聞之，多欲附者矣。」見《史記》，頁 348。

〔註57〕從《詩經·商頌·玄鳥》中的「天命玄鳥，降而生商」以來，便不乏如此「帝王神話」之例，如《三國志》載曹丕出生時有青色雲氣、

索詩作的標準稍加放寬，納入兩宋之交的詩人如李新（1062～?），其狀況亦然，可參〈高祖試劍石〉：

> 巨石中分斷，涓流自此東。堯仁方宅土，項氏曷當鋒。
>
> 興起漢高業，勤勞夏禹功。故應行道者，千古企遺蹤。〔註58〕

此詩從「劉邦試劍斬巨石」的傳說著手，認為劉邦有如堯之仁厚，項羽自然無法阻擋，其功業甚至可以上追夏禹，將劉邦描述得有如上古聖王，令千載以後的行道者仍然追慕無窮。除此詩外，李新另有一首詠劉邦之作，同題為〈高祖試劍石〉，其詩云：

> 拔山蓋世何為者，三尺青龍不切泥。
>
> 且向斷崖聊一試，如聞鬼母夜悲啼。〔註59〕

此詩認為配「三尺青龍」的劉邦胸有大志，不願為「切泥」這樣的小事，且能輕易劈斷崖石，從這個角度來看，其「拔山蓋世」的神力實在不遜於項羽。詩末則再引入其「斬白蛇令老嫗夜哭」的神異事蹟〔註60〕，凸顯劉邦之不凡。同以「試劍石」為主題的詩作猶有楊時〈漢高帝試劍石〉：

> 豐沛布衣吳芮客，回首咸秦坐悽惻。
>
> 漫隨霸楚西道邊，未甘漢地山河窄。

《魏書》載拓拔珪之母夢見太陽於寢室中升起、《南史》載蕭道成出身時渾身佈滿鱗紋等皆然。〈玄鳥〉詩見《詩經評註讀本》，下冊，頁811。對相關「帝王神話」之研究，可詳參劉澤華主編：《中國傳統政治哲學與社會整合》（北京：中國社會科學出版社，2000年），頁14～25。

〔註58〕《全宋詩》，第21冊，頁14179。

〔註59〕《全宋詩》，第22冊，頁14234。

〔註60〕典出《史記‧高祖本紀》：「高祖被酒，夜徑澤中，令一人行前。行前者還報曰：『前有大蛇當徑，願還。』高祖醉，曰：『壯士行，何畏！』乃前，拔劍擊斬蛇。蛇遂分為兩，徑開。行數里，醉，因臥。後人來至蛇所，有一老嫗夜哭。人問何哭，嫗曰：『人殺吾子，故哭之。』人曰：『嫗子何為見殺？』嫗曰：『吾，白帝子也，化為蛇，當道，今為赤帝子斬之，故哭。』人乃以嫗為不誠，欲告之，嫗因忽不見。後人至，高祖覺。後人告高祖，高祖乃心獨喜，自負。諸從者日益畏之。」見《史記》，頁347。

隨身三尺青龍子，曾斷當塗素靈死。

手提巖上試秋水，大石迎風開披靡。

東歸欲整堂堂陣，吳兒未足勞餘刃。

炎靈天啟定中原，大言成事人方信。

君不見不侯飛將能射虎，誤中他山猶飲羽。〔註61〕

詩首四句言劉邦以布衣起家，卻有為秦代生民悲嘆的胸懷，以及不甘根據地狹小的壯志，而後則以「斬白蛇」與「劈大石」兩件最具代表性的神話事蹟，表示劉邦為「炎靈」、為天命真主，平定中原亦是天啟，項羽自然無可匹敵。且其終究一統天下的事蹟，也使得早年「大丈夫當如此也」〔註62〕的大言為眾人信服。末兩句則將劉邦與李廣對比，以李廣射虎卻「中石沒鏃」〔註63〕的事蹟襯托劉邦輕易斬斷大石的神力，與前詩相似，皆意在凸顯劉邦不被強調之「力」的面向。單從以上詩例，以及《史記》中關於劉邦入關中後頗得民心的記載，劉邦儼然為天命所歸，且為前揭四類領導者中「強盛且有德」的一類，與項羽的「失敗且失德」正好相反。然而，需要注意的是，相對於批評項羽之「失德」時，詩人們往往指證歷歷，一一細數其嗜殺、貪財、自負等敗德之舉。書寫劉邦之「有德」則不然，一如在與項羽對舉時，詩句皆只是泛泛而論其「盛德」、「柔仁」，詠劉邦之作同樣如此，李新一詩僅稱「堯仁」，至於其「如堯之仁」處何在？則未解釋。其他神異性強烈的作品更不可見劉邦的人事作為，舉凡如何用人、作戰、何以擊敗項羽並開創漢朝四百年基業，詩歌中皆不置一詞。

　　事實上，若泛覽北宋歌詠劉邦的所有作品，則可發現在言及劉邦具體作為的詩作中，絕大多數的詩人並不視之為「聖明之君」，反倒對其所作所為有所詬病，如賀鑄〈彭城三詠・歌風臺詞〉以歌風臺起興，抒發「何窮人事水東去，如故地形山四來」的懷古之慨後，於

〔註61〕　《全宋詩》，第19冊，頁12970。
〔註62〕　語出〈高祖本紀〉，見《史記》，頁344。
〔註63〕　典出〈李將軍列傳〉，見《史記》，頁2871。

詩末即有如下批評：

> 爾時可無股肱良，端思猛士守四方。
>
> 君不聞淮陰就縛何慨慷，解道鳥盡良弓藏。〔註64〕

此四句點出了劉邦濫殺功臣的醜態，雖然劉邦得天下後，表面上「與功臣剖符作誓，丹書鐵契，金匱石室，藏之宗廟」〔註65〕，但事實上對開國功臣提防備至，乃至〈呂太后本紀〉中有言曰：「非劉氏王者，天下共擊之。」〔註66〕顯見有將天下為劉氏「家業」的意圖，而在諸王之中，遭遇最為人所熟知的即是韓信，其於〈淮陰侯列傳〉中所言正道出了劉邦的殘忍寡恩：「果若人言：『狡兔死，良狗亨；高鳥盡，良弓藏；敵國破，謀臣亡。』天下已定，我固當亨！」〔註67〕賀鑄此詩正用了韓信遺言之原意，同時點出劉邦〈大風歌〉中「安得猛士兮守四方」〔註68〕的荒謬可笑，畢竟對劉邦而言，開國之初並非沒有股肱良臣，而是都已如韓信一般落得「鳥盡弓藏」的下場。同樣以「歌風臺」為主題，並將〈大風歌〉作為諷刺媒介者，猶有張方平〈過沛題歌風臺〉：

> 落托劉郎作帝歸，樽前感慨大風詩。
>
> 淮陰反接英彭族，更欲多求猛士為？〔註69〕

此詩前半述劉邦本落拓失意，如今卻當上皇帝、光榮還鄉，更在酒酣之際乘興作歌，道出了劉邦的今昔對比與得意之態；然而後半筆鋒一轉，反問立下大功的韓信、英布、彭越等名將都逐一被除，如今呼喚更多猛士又有何用呢？王安石〈讀漢功臣表〉同樣對此提出了尖銳的質疑：

> 漢家分土建忠良，鐵券丹書信誓長。
>
> 本待山河如帶礪，何緣菹醢賜侯土？〔註70〕

〔註64〕《全宋詩》，第19冊，頁12498。
〔註65〕事出〈高帝紀〉，見《漢書》，頁81。
〔註66〕《史記》，頁406。
〔註67〕《史記》，頁2627。
〔註68〕見《史記》，頁389。
〔註69〕《全宋詩》，第6冊，頁3838。
〔註70〕《全宋詩》，第10冊，頁6741。

詩中第三句所本為西漢建國之初封爵之誓辭:「使河如帶,泰山若厲。國以永寧,爰及苗裔。」〔註 71〕蓋有欲使國之功臣傳祚無窮之意,如此誓言與「丹書鐵契」,本當是開國的忠良之臣所應得的報酬,然而劉邦真正賜予功臣的卻是菹醢之刑。兩相對照之下,諷刺意味極其鮮明。

雖然如前「安處亂世」一章所言,北宋詩人們對韓信不知自保而「請封齊王」是頗有微詞的,故有「隆準早知同鳥喙,將軍應起五湖心」的惋惜,甚或如「據立大功非不智,復貪王爵似專愚」一類的批評。然而,在韓信主題詩作中,卻仍有似梅堯臣〈淮陰侯廟〉者,言曰:「高皇四海平,有酒不共醨。」〔註 72〕點明劉邦「不可同富貴」的缺點。其中尤可注意的是邵雍〈題淮陰侯廟十首〉其九:

> 韓信恃功前慮寡,漢皇負德尚權安。
>
> 幽囚必欲擒來斬,固要加諸甚不難。〔註 73〕

邵雍此組詩中,固然因為「君君臣臣」的倫理觀念以及「各行其位」的《易經》思想,造成其中作品幾乎都以「批評韓信」為主調,但此處卻不只言其「恃功前慮寡」的短處,連帶批評了劉邦為了安定政權,捏造罪名而斬功臣更是「負德」之舉。除此詩外,已見前引的韓琦〈過井陘淮侯廟〉同樣在為韓信「蓋世之功」與「千古之恨」嘆惋之餘,對劉邦有指責之意,茲復引其全詩如下:

> 破趙降燕漢業成,兔亡良犬日圖烹。
>
> 家僮上變安知實,史筆加誣貴有名。
>
> 功蓋一時誠不滅,恨埋千古欲誰明。
>
> 荒祠尚枕陘間道,澗水空傳哽咽聲。〔註 74〕

此詩開宗明義言漢業成就之際正是功臣受戮之時,且詩中呈現的劉邦形象除了「負德」外更加入了「不辨是非」。〈淮陰侯列傳〉載:「舍人

〔註 71〕 語出《史記·高祖功臣侯者年表》引封爵之誓詞,見《史記》,頁 877。
〔註 72〕 《全宋詩》,第 5 冊,頁 3091。
〔註 73〕 《全宋詩》,第 7 冊,頁 4461。
〔註 74〕 《全宋詩》,第 6 冊,頁 3902。

弟卜變，告信欲反狀於呂后。……信入，呂后使武士縛信，斬之長樂
鐘室。」〔註75〕只因區區「舍人弟」的一狀，便在沒有調查、沒有證
據的情況下雷厲風行要了韓信的命，劉邦夫妻謀害功臣的用心昭然若
揭。

　　除了韓信以外，劉邦對待其他功臣亦稱不上「仁德之君」，如張耒
〈蕭何〉一詩云：

　　　蕭公俯仰繫安危，功業君王心獨知。

　　　猶道邵平能緩頰，君臣從古固多疑。〔註76〕

蕭何在開國功臣中雖然算相對「善終」者，但畢竟俯仰之間牽動整個漢
王朝的安危，因此頗受劉邦堤防，一舉一動都可能導致自己步上韓、彭
之後塵。如漢十二年，高祖親征英布時，便受客建言「多買田地，賤貰
貸以自汙」〔註77〕，藉以安劉邦之心。另外，此詩所言「邵平緩頰」一
事則屬漢十一年，邵平建議蕭何「讓封勿受，悉以家私財佐軍」〔註78〕，
蕭何最後同樣是靠著從善如流，才使得劉邦「大喜」。蕭何雖不若彭越
等人手握兵權，且協助呂后剷除了韓信這個隱憂，但從以上種種，仍皆
可見得劉邦疑慮，無怪乎詩人最後發出「君臣從古固多疑」的感嘆。

　　北宋詩中的劉邦「負面形象極其鮮明」這一特色，除了反映在其生
性多疑、謀害賢臣外，猶可參韓維（1017～1098）〈謁漢高帝廟〉：「陛堂
欲進拜，猶怯戴儒冠。」〔註79〕側面點出劉邦不齒儒生的一面。張方平
〈題中陽里高祖廟〉：「縱酒疎狂不治生，中陽有土倚兄耕。晚遭亂世成
功業，更向公前與仲爭。」〔註80〕諷刺劉邦不事生產，僅是僥倖於亂世
中取得大卜，卻厚顏向劉太公炫耀「今某之業所就孰與仲多」〔註81〕，

〔註75〕《史記》，頁 2628。
〔註76〕《全宋詩》，第 20 冊，頁 13246。
〔註77〕語出〈蕭相國世家〉，見《史記》，頁 2018。
〔註78〕語出〈蕭相國世家〉，見《史記》，頁 2017。
〔註79〕《全宋詩》，第 8 冊，頁 5195。
〔註80〕《全宋詩》，第 6 冊，頁 3838。
〔註81〕語出〈高祖本紀〉，見《史記》，頁 387。

終歸只是個氣量狹小之輩而已。由此觀之，若單從項羽詩來看，劉邦確實為「強盛且有德」的君王，但若結合劉邦詩，則可見其與如此完美形象相去仍遠，其「有德」實乃「相對的有德」，是在項羽顯然失德且暴虐的考量下賦予的「聖明之主」面貌。

不過值得注意的是，詩歌中劉邦無論是對待功臣時失德、負德，或溺儒冠、爭事業的荒唐行徑，都是登上皇帝大位後所為，詩人們並不以此判斷劉邦是否應得天命。另外，綜觀所有的項羽詩與劉邦詩，在書寫楚漢相爭時直接點出劉邦「有德」之舉的仍僅張耒〈項羽〉詩中「沛公百萬保咸陽」一句，除此則無。由此可見，劉邦之「德」雖然與其自身晚年氣狹量窄又多疑的醜態矛盾，在早年征戰天下時亦不是被詩人重視的特質，但書寫楚漢時期的詩作卻仍賦予其「盛德」、「柔仁」之美名。從此案例，正可見「道德」作為北宋詩人解釋亂世的關鍵標竿，即使劉邦並不適宜作為「順德者昌」的典型例證，詩人們仍在楚、漢「兩害相權」的取捨下，選擇以此解釋「劉邦昌、項羽亡」的歷史事實。

第二節　道德與強盛矛盾時的解釋

從前一節的討論顯然可知，在項羽詩中備受推崇的劉邦其實距離「強盛且有德」的聖王尚有一段距離。排除劉邦以後，若更進一步討論本文所聚焦討論的亂世，則可發現如此近乎完美的領導者在亂世之中幾不可見，惟五代時期終結於趙匡胤之手後，詩歌中有「我宋有神祖，潛德動天意」〔註 82〕的盛讚，但考量趙匡胤作為北宋開國之君，詩歌中的書寫情況勢必與其它詠史詩不可同日而語。其餘時期則皆為「無德」的亂世：春秋戰國時期最終為秦所統，秦始皇自然難稱「有德之君」。三國時代則無論最為強盛的曹魏、或最終一統天下的司馬氏，亦皆有「挾天子以令諸侯」或「高平陵之變」等明顯「不臣」的道德瑕疵。如此現象，與歐陽修在〈或問〉中「自秦以後，德

〔註82〕《全宋詩》，第 8 冊，頁 4982。

不足矣」〔註83〕的論斷頗有相通處。

在此前提下，所謂「順德者昌，逆德者亡」的解釋自然只是最為理想的狀況，大多數時候得以稱霸天下的君王可能正是「逆德者」，如前引秦始皇、曹操、司馬炎皆是其例。面對這些案例，詩人們將如何解釋其之所以「昌」？另一方面，「亡」者亦未必逆德，對於修德但仍然落敗的失敗者，詩人們又應如何解釋如此事實？以上所言分屬「強大卻失德」與「失敗卻有德」兩類，亦即「道德」與「強盛」之矛盾，乃是本節所欲解決之問題。因此，以下三個小節將首先探討詩人們如何面對君臨天下但顯然於德有虧的政權。而後聚焦討論此類領導者的代表性案例，同時相關詩作數量也最為豐富的曹操。最後以書寫「有德失敗者」的作品為材料，一方面與本節的前兩小節對照，以見於「道德」、「強盛」發生矛盾時詩人如何取捨，二方面則藉以與前一節中的項羽詩對比，凸顯北宋詩人書寫失敗者時的褒貶差異。

一、秦始皇逆德而昌的變相思考

歐陽修〈正統論上〉云：「堯、舜之相傳，三代之相代，或以至公，或以大義。」〔註84〕是將堯、舜與三代皆視為「至公大義」的時代，但到了平王東遷以後，即成「僭偽興而盜竊作」的亂世，同時也是本文所欲討論的「春秋戰國」時期。詩人們看待此一時期的眼光與五代頗為相似，皆少書寫個別君王，而是將其整體視為「黑暗時代」，進而大力批判，如邵雍〈觀五伯吟〉詩，便以「生靈劍戟林中活，公道貨財心裏歸」〔註85〕側寫出當時蒼生皆生存於戰火之中，人人重利而輕義的亂象，〈觀春秋吟〉的用意亦與此相近，其詩云：

堂堂王室寄空名，天下無時不戰爭。
滅國伐人唯恐後，尋盟報役未嘗寧。

〔註83〕《歐陽修集編年箋注》，第 2 冊，頁 55。
〔註84〕《歐陽修集編年箋注》，第 2 冊，頁 31。
〔註85〕《全宋詩》，第 7 冊，頁 4609。

晉齊命令炎如火，文武資基冷似冰。

唯有感麟心一片，萬年千載若丹青。〔註86〕

此詩前四句概括寫出春秋時代的樣貌，表示當時周天子已僅存空名，使得天下時時刻刻處在戰火之中，諸侯間則是爭相征伐、唯恐落後。在此情況下，文王、武王奠定的周朝根基早已逐漸被強勢的諸侯國所取代，如此亂世之中，僅有孔子足以名垂千古。另其〈觀七國吟〉詩則是概覽戰國時代之作：

當其末路尚縱橫，仁義之言固不聽。

肯謂破齊存即墨，能勝坑趙盡長平？

清晨見鬼未為怪，白日殺人奚足驚。

加以蘇張掉三寸，扼喉其勢不俱生。〔註87〕

詩首即感嘆戰國時人崇尚縱橫家，不再聽從儒家的仁義之言，遂有顛覆齊國、坑殺趙軍的慘烈戰事。對詩人而言，從「肯謂」、「能勝」的疑問顯見兩者皆不可取，並無優劣之別，但戰國時人卻無此認知，因此光天化日之下殺人亦是稀鬆平常之事。詩末二句則呼應詩首的感慨，認為當時局勢都操控在蘇秦、張儀的三寸不爛之舌中，但蘇、張等縱橫家皆以趨利避害為目的，言行舉止的實用性極強，相對則不重視道德，邵雍與此詩中不斷提及縱橫家，隱然有批評戰國時人多不重「德」的用意。除邵雍外，蘇轍〈和子瞻鳳翔八觀八首其二・詛楚文〉詩則點出了春秋戰國時期諸侯間的另一惡習：

詛楚楚如桀，詛秦秦則紂。桀罪使信然，紂語安足受。

牲肥酒醪潔，夸誕鬼不祐。鬼非東諸侯，豈信辯士口。

碑埋祈年下，意繞章華走。得楚不付孫，但為劉季取。

吾聞秦穆公，與晉實甥舅。盟鄭絕晉歡，結楚將自救。

使秦詛楚人，晉亦議其後。諸侯迭相詛，禍福果誰有。

〔註86〕《全宋詩》，第7冊，頁4609。

〔註87〕《全宋詩》，第7冊，頁4609。

世人不知道，好古無可否。何當投涇流，渾濁蓋鄙醜。〔註88〕

「詛楚文」為北宋年間出土的秦代石刻，為秦王求神鬼保佑秦國大勝、楚國敗亡的作品，其內容如東坡詩所言：「計其所稱訴，何啻桀紂亂。」〔註89〕將楚王所作所為加油添醋，斥如桀、紂。蘇轍對則頗有微詞，故此和詩對比於蘇軾原詩，批評的意味濃厚許多，可以分為三段：首先表明詛楚文將對方比如桀、紂是不合理的，畢竟鬼神不如諸侯容易取信，如此作法必然得不到鬼神的庇佑，最後果然無論秦、楚都歸劉邦之手。第二段則述春秋戰國之史事，從穆公娶伯姬結「秦晉之好」下筆，到後來為燭之武所說、盟鄭而背晉，最後又結交楚國以自救，如此反覆，正呼應了邵雍「尋盟報役未嘗寧」的論斷。由此，蘇轍認為秦國詛咒楚國的同時，晉國或許正做著同樣的事，如此迭相詛咒之下，自然誰也得不到好處。最終引入第三段，批判世人皆不知「道」的重要，如此碑文不若投入涇水之中，令混濁的河水蓋過人心的醜態。

從以上詩作可以看出，在春秋戰國時期，各國之興皆非以仁義道德，而是以爭戰殺伐、縱橫遊說，甚至是相互詛咒。在這樣的情況下，前一節所言的「順德者昌」顯然已經不管用了，始皇兼併六國亦然，於是一如第三章中所言：在評價個別人物時，除了道德以外，功業正是退而求其次的考量，而無可否認的，「強盛」的現實優勢必然有助於一統天下，故劉筠〈始皇〉詩云：

利觜由來得擅場，盡遷豪富入咸陽。

屬車夜出迷雲雨，峻令朝行劇虎狼。

前殿建旗凌紫極，東門立石見扶桑。

從臣嘉頌徒虛美，不奈盧生識國亡。〔註90〕

〔註88〕《全宋詩》，第 15 冊，頁 9831。
〔註89〕《全宋詩》，第 14 冊，頁 9106。
〔註90〕《全宋詩》，第 2 冊，頁 1272。

此詩首聯所言即秦皇滅六國事，典出張衡（78〜139）〈東京賦〉：「是時也，七雄並爭，……秦政利觜長距，終得擅場。」〔註91〕此語顯將七雄喻為鬥雞，在鬥雞場上，決定勝負的唯一條件自為嘴、爪的優勢。以此為喻，顯見秦能勝六國正奠基於國家的武力強大與否，亦即僅重視「強盛」的評比面向。但正如前文所言，北宋詩人真正重視的標竿為「道德」，對亂世最理想的解釋亦為「順德者昌」，始皇作為「逆德而昌」的特例，論及的詩人極少，就本文檢索所及，除此二句外，其他言及的作品則至多如邵雍〈觀棋大吟〉，以「暴秦滅六國」〔註92〕簡單帶過，或如張耒〈和陳器之詩四首·過韓城〉云：「宜陽古堞故韓都，地接強秦爭戰苦。」〔註93〕僅止於以「強秦」稱之。大多數詩人在面對「無德」卻「強盛」的秦始皇時，書寫重點並不放在他大一統的功業成就，反而側重秦帝國僅維持了短短十五年的事實，極諷刺與警世之能事，此詩頷聯以降即是其例，說明在嚴刑峻法與好大喜功之下，無論始皇君臣如何稱頌秦德，都無法改變盧生「亡秦者胡」的讖言。與劉筠互相唱和的楊億詩意亦與此相近，其〈始皇〉云：

衡石量書夜漏深，咸陽宮闕杳沈沈。

滄波沃日虛鞭石，白刃凝霜枉鑄金。

萬里長城穿地脈，八方馳道聽車音。

儒坑未冷驪山火，三月青煙繞翠岑。〔註94〕

相較於劉詩，楊億於此對始皇如何取得天下並不關心，反而將重點放在咸陽宮、觀日石橋〔註95〕、萬里長城與馳道等建築，藉以凸顯秦

〔註91〕 收入梁·蕭統編，唐·李善注：《文選》（臺北：藝文印書館，1955年），頁36。

〔註92〕 《全宋詩》，第7冊，頁4451。

〔註93〕 《全宋詩》，第20冊，頁13139。

〔註94〕 《全宋詩》，第3冊，頁1406。

〔註95〕 《藝文類聚》引《三齊略記》云：「始皇作石橋，欲過海觀日出處。」見唐·歐陽詢著，汪紹楹校：《藝文類聚》（上海：上海古籍出版社，1965年），第3冊，頁1347。

始皇勞民傷財的一面，並由「收天下之兵」鑄成十二金人和「焚書坑儒」的作法，凸顯其霸道與專制，最後終於導致了項羽「燒秦宮室，火三月不滅」〔註96〕的下場。

其中值得注意的是，楊億詩中點出的「修築馳道」事除西崑詩人外，因唐詢（1005～1064）〈華亭十詠〉多為人所唱和之故，北宋時期出現了四首以此為題的作品。唐詢原作〈秦始皇馳道〉詩云：

> 秦德衰千祀，江濱道不脩。相傳大堤在，曾是翠華遊。
>
> 玉趾如將見，金椎豈復留。悵然尋舊跡，蔓草蔽荒丘。〔註97〕

雖然首句便言秦德已衰，但整體而言懷古色彩仍較強，故有「曾是翠華遊」、「悵然尋舊跡」之句。韓維〈和彥猷在華亭賦十題依韵‧秦始皇馳道〉與此相近：

> 秦王騁奇觀，不憚阻且脩。萬里走轍跡，八荒開囿遊。
>
> 勞歌久已息，遺築今尚留。千載威神盡，驪山空古丘。〔註98〕

認為始皇為了修築蔚為奇觀的馳道，毫不畏懼中間地形險阻與漫長，終將使得車駕的足跡遍佈萬里，將八荒都納為園囿。詩之後半筆鋒一轉，書寫勞歌與遺築的今昔對比，並感嘆千載過後威神已盡、驪山亦成荒丘。梅堯臣〈依韻和唐彥猷華亭十詠‧秦始皇馳道通吳城〉則另寫入了前文言及的「觀日石橋」事，其詩云：

> 秦帝觀滄海，勞人何得脩。石橋虹霓斷，馳道鹿麋遊。
>
> 車轍久已沒，馬跡亦無留。驪山寶衣盡，萬古空冢丘。〔註99〕

首聯即言秦始皇觀海所造的石橋並非人力所能及，頷聯以下之六句則與前兩詩同，皆著力於書寫麋鹿遊‧車轍沒‧寶衣盡等今昔對比。要言之，以上三詩雖然提及馳道，但對秦帝國或秦始皇則無直接批評。然而，長於論史的王安石在和詩時則不止於懷古，其〈次韵唐彥

〔註96〕語出〈項羽本紀〉，見《史記》，頁315。
〔註97〕《全宋詩》，第5冊，頁3451。
〔註98〕《全宋詩》，第8冊，頁5160。
〔註99〕《全宋詩》，第5冊，頁3137。

猷華亭十咏・始皇馳道〉云：

> 穆王得八駿，萬事得期修。茫茫萬載間，復此好遠游。
>
> 車輪與馬跡，此地亦嘗留。想當治道時，勞者尸如丘。〔註100〕

此詩前六句遙想始皇英姿，彷彿駕馭著祖上穆王的八駿馬再次於馳道
上遠遊千里，但詩末則翻出新意，認為修築馳道正如修建長城，如此浩
大的工程必然為當時人民帶來極大的痛苦，故始皇輝煌建築成果的背
後，其實正是因此而身亡的建築工人如山的屍首，藉以凸顯秦始皇為
了一己之欲而犧牲百姓的醜態，呼應了前引西崑詩人所刻畫之「勞民
傷財」的一面。除此詩外，王安石另有〈秦始皇〉一詩云：「勒石頌功
德，群臣助驕矜。」〔註101〕則寫其統一天下後出巡各地時，群臣歌功
頌德、昭示萬代所做的石刻，認為如此行為無疑助長了始皇的驕矜自
負與好大喜功，對其同樣持貶抑態度。

　　透過前文的討論，顯然可見即使秦始皇「一統六國」的功業無可
否認，但北宋詩人在書寫時，卻最多僅是「不批評」，渾然不可見「稱
頌」類的詩作，反而著墨於其死後秦國滅亡、如今萬事皆空的結局。如
此傾向，可以劉敞〈麻黃州送李斯石銘二十一字〉作結：

> 麻侯昔為萊子國，海濱漁人獻文石。云是秦始皇帝東巡碑，
> 二十一字李斯跡。桑田變海岸為谷，此石亦沈滄海側。浪翻
> 水轉石段空，偶存數尺非人力。文章雖傳失首尾，猶與史記
> 無差忒。字形訛缺非昔時，蟄龍病虺相排迁。念昔屬車八十
> 一，氣如虎狼食中國。方士獻策通神仙，諛臣奮筆夸功德。
> 始皇未死名已滅，秦地初分石皆泐。邇來似覺天意然，欲令
> 後世羞其惑。君不見夏禹九鼎傳三王，末年乃隨殷社亡。時
> 平往往暫一見，龍文玉鉉曾無傷。聖賢作事宜萬代，事非聖
> 賢多立壞。〔註102〕

〔註100〕《全宋詩》，第 10 冊，頁 6570。

〔註101〕《全宋詩》，第 10 冊，頁 6534。

〔註102〕《全宋詩》，第 9 冊，頁 5759。

此詩可以分為三段，第一段截至「蟄龍病吪相排迸」，述麻侯得此碑之始末，以及碑上文字的內容與文字概況，和秦代歷史相去較遠，故此不深論。第二部分則是「君不見」前的八句，寫始皇當年從車八十一乘的宏偉儀仗，以及氣吞全中國的恢弘大志，於時方士、臣子皆爭相討好秦皇，故有前文言及的歌功頌德之石刻。然而畢竟名聲難以長久，甚至連碑石如今都已落得碎裂成「偶存數尺」的慘況，顯然始皇被暫時的美名與方術所迷惑，而天意令此斷碑重見天日，正是希望後人見到能同為秦皇感到羞愧。第三部分以夏禹為對照對象，言夏朝最終也難逃敗亡的命運。透過如此事實，詩人最終得出「事非聖賢多立壞」的結論，認為唯有聖賢才能真正成就萬古永垂的功業。考量劉敞與儒家思想的深厚淵源〔註103〕，此處之「聖賢」所指自當為儒家聖賢，以道德之心為內涵，故末句正可呼應劉敞已見於前文的〈石頭城〉詩：「德義苟不修，忽焉亡其操。」表示秦始皇作為不修德義的「非聖賢」之輩，轉眼之間喪失天下也是意料中事。文同（1018～1079）〈秦詔〉詩云：「其為者非是，所累纏一廟。」〔註104〕認為秦帝國由於作為不當，導致僅能傳承一代，與此詩用意亦頗為接近。

　　綜上所論，面對秦始皇可謂「逆德而昌」的特殊案例，顯然在楚漢詩中採取之「自古柔仁伏暴強」或「拔山蓋世故應亡」的解釋進路皆已行不通。在此情況下，本節首先發現對北宋人而言，春秋戰國的時代共相堪比五代，書寫時皆以批判為基調，追根究底則導因於亂世中重利益、頻攻伐卻輕視仁義的特色。因此，秦始皇雖然與前一節中「順德者昌，逆德者亡」的詮釋看似矛盾，但至少他的對手亦皆是無德者，故不至於使論史者陷於「逆德擊敗順德」的窘境，是以詩人們多以「強

〔註103〕劉敞對儒家經典及思想之熟稔，從其所著《春秋權衡》、《春秋傳》、《春秋意林》、《春秋說例》、《春秋文權》、《七經小傳》等，即可見一斑。關於劉敞對儒家思想之影響，現有研究亦頗豐，如黃俊傑：《東亞儒家仁學史論》（臺北：臺大出版中心，2017 年）即有論及，由於非本文研究重心，故於此僅略舉黃氏一書，不加贅述。
〔註104〕《全宋詩》，第 8 冊，頁 5438。

秦」稱呼秦國，劉筠書寫秦代之開國時亦採用了張衡〈東京賦〉的說法，將七雄比擬為鬥雞，評判標準則僅餘戰鬥力而已。但從項羽之例已然可知，「以力得天下」畢竟不為北宋詩人所喜，因此詩人對此著墨亦不多，更多詩作轉而聚焦秦朝國祚極短的現象上，大力批評秦始皇好大喜功、勞民傷財、焚書坑儒等缺點與不德之舉，從而說明逆德者「雖昌而終必亡」。由此，秦始皇作為無德者卻能開創秦帝國的歷史事實，便不至於推翻北宋詩人大力標舉「道德」的史觀，甚至反而證成「德義苟不修，忽焉亡其操」的判斷。

二、對曹操強盛卻失德的嚴格審視

　　相較於掃蕩六國、一匡天下的秦始皇與秦帝國，曹操與曹魏則是一個強盛但耐人尋味的個案。首先，正如蘇軾〈正統論〉所言：「天下亦無如有魏之強者。」〔註105〕單從國力強度來看，曹魏無庸置疑是三國當中最為強大的存在，但最終卻為司馬炎所篡，無緣一統天下。其次，同樣「強大卻失德」的秦始皇在唐詩中即受到清一色的批評與諷刺，如「帝王苦竭生靈力，大業沙崩固不難」〔註106〕與「一種青山秋草裏，路人唯拜漢文陵」〔註107〕等皆然。對比於此，曹操在唐詩中卻仍不乏正面形象的詩例，如張說（667～731）〈鄴都引〉：「君不見魏武草創爭天祿，群雄睚皆相馳逐。」〔註108〕以及張鼎（?～?）〈鄴城引〉：「君不見漢家失統三靈變，魏武爭雄六龍戰。」〔註109〕皆有稱頌之意。因此，在北宋詩人格外重視「道德」的詮釋下，相對於變化較小、在唐宋詩中同樣廣受抨擊的秦始皇，曹操詩更可能反映出與唐代的差異，故於前一小節梳理始皇詩以後，本節則將聚焦於曹操詩作，觀察北宋詩人在面對此一「強大卻失德」，且於唐詩中仍受稱頌的領導人時，將

〔註105〕《全宋文》，第 90 冊，頁 85。
〔註106〕語出胡曾〈阿房宮〉，見《全唐詩》，第 19 冊，頁 7434。
〔註107〕語出許渾〈途經秦始皇墓〉，見《全唐詩》，第 16 冊，頁 6138。
〔註108〕《全唐詩》，第 2 冊，頁 939。
〔註109〕《全唐詩》，第 3 冊，頁 2109。

採取什麼樣的書寫策略。

　　自三國以來，對曹操即有正反兩面的評價，如裴《注》便引三國時人張悌之言曰：「曹操雖功蓋中夏，威震四海，崇詐杖術，征伐無已，民畏其威，而不懷其德也。」〔註110〕「功蓋中夏」即是陳壽於《三國志‧武帝紀》文末「非常之人，超世之傑」的盛讚〔註111〕；「崇詐杖術」一方面直指曹操陰險狡詐形象，另一方面則可凸顯其服人以威不以德的特質。此言蓋可視為對曹操正反形象的總結性論述，作為一個「崇詐杖術」卻能「功蓋中夏」者，同時也反映了曹操身上「道德」與「強盛」的矛盾。面對曹操顯然為「三國最強」的事實，詩人的書寫策略可參趙鼎臣（1068～?）〈過銅雀臺弔魏武〉，其詩云：「慷慨勤王始，艱難創業初。英辭傳樂府，妙略布新書。逐鹿功雖在，藏舟計已疏。一朝空繐帳，愛子竟何如。」〔註112〕即是在短短五律之中，同時涵蓋曹操的「英辭妙略」與「一朝空繐帳」之憾恨的作品。將曹操的英雄霸業描寫得更加淋漓盡致者，則如張耒〈題譙東魏武帝廟〉：

　　　　草昧群龍鬥，英雄接上游。吳卑青蓋伏，蜀陋葆車留。

　　　　挾漢臨諸夏，中原半九州。人驚呂布縛，誰信本初憂。

　　　　天作西南限，時方割據秋。力終回赤壁，功止霸諸侯。

　　　　歷數知歸禹，乾坤正造周。事商完鳳志，傳子豈人謀。

　　　　銅雀佳人恨，西陵拱木秋。千年故鄉廟，歌舞薦牢羞。〔註113〕

此詩開篇即以曹操為英雄，又以「吳卑」、「蜀陋」襯托其佔領九州之半並接連大敗呂布、袁紹的雄姿英發；然而，赤壁一敗奠定天下三分，曹操終究只能為諸侯之霸而木能一統天下，空留銅雀、西陵之遺恨。

　　除「魏武帝廟」外，「鄴城」為另一發詩人思古之幽情的熱門地景。此地本為袁紹根據地，建安十二年曹操滅袁氏後修築之，十八年更定

〔註110〕《三國志》，頁1175。

〔註111〕《三國志》，頁55。

〔註112〕《全宋詩》，第22冊，頁14887。

〔註113〕《全宋詩》，第20冊，頁13176。

魏都於此，並於城西北隅築銅雀臺。後卒，葬於西陵，亦位處鄴城旁，故鄴城實同時代表了曹操的「定霸」與「死亡」。若說前引張耒一詩為同時「稱頌」與「嗟嘆」的例證，那麼北宋人的「鄴城詩」則更進一步聚焦於後者，幾可謂完全忽視了對曹操「定霸」的稱頌，如梅堯臣〈鄴中行〉：「武帝初起銅雀臺，丕又建閣延七子。……而今撫卷跡已陳，唯有漳河舊流水。」〔註114〕蓋是以曹操、曹丕昔日的種種，如今皆成陳跡的嗟嘆之作。又如賀鑄〈故鄴〉詩：

> 魏武昔恢圖，北平譚尚孽。卜鄴築新都，非徒三狡穴。
> 將行遷鼎志，遽有分香訣。落日繐帷空，莫終歌舞闋。
> 旋聞滻洛上，載起蒼龍闕。四葉不歸東，苔花馳道絕。
> 食槽識終驗，挂飯期先決。擾攘百年間，覆車尋此轍。
> 山川氣象變，朝市繁華歇。白露復青蕪，莽莽換時節。
> 陰風吹葛屨，燐火走兵血。木葉下西陵，寒蟲助騷屑。
> 當時陪葬骨，馬鬣猶環列。隧碣仆縱橫，鐫文久殘缺。
> 帛碪與柱礎，螭首隨分裂。指此一抔間，賢愚兩何別。
> 悠悠鳳漳水，寂寂雀臺月。千古配英魂，未隨埃燼滅。
> 田象訪遺老，謂有興亡說。但聽黍離篇，叱牛耕不輟。〔註115〕

此詩並不只寫曹操事，如「挂飯期先決」一句所言便是北魏孝文帝的典故〔註116〕，略去如此與本文論題關聯較遠的內容後，全詩與曹操相關者大致可以分為三段，第一段為前四句，書寫曹操官渡戰後正躊躇滿志，計畫平定袁紹勢力餘黨，於是修築鄴城的史事。然而第五句以降進入第二段，旋即筆鋒一轉，言其尚未實現遷鼎之志，便留下了「分香賣

〔註114〕《全宋詩》，第 5 冊，頁 2842。
〔註115〕《全宋詩》，第 20 冊，頁 13176。
〔註116〕賀鑄於此詩題下自注云：「元魏孝文帝自代南巡，駐蹕鄴下。久之，以南望枉人山、北接柏人縣，非善地，遂去之河南。將行，挂飯墨于城樓上。識者解之，挂飯，懸飧也，宣待玄孫宅此乎。至孝靜帝，果為高歡劫，遷都鄴。」出處同前註。

履」的遺令〔註117〕，且其後代更應驗了「三馬食槽」的讖語〔註118〕，
讓曹魏亡於司馬氏之手。最後第三大段則是詩人抒發的今昔之感，導因
於百年之後山川氣象皆已不同以往，故鄴之地也只留下了「寒蟲助騷屑」
與「鐫文久殘缺」的淒涼之景，舉目見此，遂起「賢愚兩何別」的感嘆。
雖然於此段仍有如「千古配英魂」之句，隱然有以曹操為英雄之意，但
綜觀全詩，其重點仍在於曹操逝世後一切功業皆轉眼成空，而非歌頌其
生時曾有過何等輝煌之事蹟。比對以上詩作以及前文言及的張說〈鄴都
引〉和張鼎〈鄴城引〉兩詩，可以發現唐宋詩人雖然同以「鄴」為題，
但唐人在感嘆之餘同樣重視歷史上曹操大破袁紹、定都於鄴的英雄事
蹟；宋人則側重其死後葬於西陵，銅雀已成荒臺、人事如今俱非的惆悵。
如此現象除了在「鄴城」主題作品有相當顯著的表現外，梅堯臣〈登瓜
步山二首〉其一：「瓜步山頭廟，堂因魏武興。亡歸從赤壁，事去憶西
陵。」〔註119〕范祖禹〈長安〉：「秦王何苦求九鼎，魏武空勞營八州。當
年富貴一時事，身後寂寞餘高丘。」〔註120〕同樣皆旨在感嘆無論生時功
業何等輝煌，死後都將復歸於虛無，甚至認為曹操汲汲一世，亦不過徒
勞爾。由前文的討論顯然可知，北宋詩人書寫曹操與秦始皇的共通處在
於「強調如今萬事皆空」，對二人「強盛」的功業之實則著墨不多。另外
可以注意的是，賀鑄〈故鄴〉詩題後作者有序云：「操子丕代漢，復定都
洛陽。此後僭竊更據鄴。」〔註121〕雖然直接批評的對象並非曹操，但由
此「僭竊」二字即顯然可見詩人對曹魏的不齒與貶抑，這也反映了北宋
詩人書寫曹操與曹魏的另一特色：針對道德瑕疵的大量批評。尤其是「嗜

〔註117〕典出陸機〈弔魏武帝文〉：「餘香可分與諸夫人。諸舍中無所為，學作
　　　　履組賣也。吾歷官所得綬，皆著藏中。吾餘衣裘，可別為一藏。不能
　　　　者兄弟可共分之。」收入《六臣注文選》，卷60，頁1118。
〔註118〕《晉書・宣帝紀》：「魏武察帝有雄豪志，……又嘗夢三馬同食一槽，
　　　　甚惡焉。因謂太子丕曰：『司馬懿非人臣也，必預汝家事。』太子素
　　　　與帝善，每相全佑，故免。」見《晉書》，頁20。
〔註119〕《全宋詩》，第5冊，頁3009。
〔註120〕《全宋詩》，第15冊，頁10358。
〔註121〕《全宋詩》，第20冊，頁13176。

殺」與「不臣」兩大缺陷，更成為了詩歌中大肆抨擊的目標。

　　先就前者而言，曹操「嗜殺」的一面主要反映在《三國志》中對曹操誅殺賢才的記載，如〈崔琰傳〉：「初，太祖性忌，有所不堪者，魯國孔融、南陽許攸、婁圭，皆以恃舊不虔見誅。而琰最為世所痛惜，至今冤之。」〔註122〕短短幾字便記錄了曹操所殺的四位名士；又如裴注〈荀彧傳〉引《魏氏春秋》：「太祖饋彧食，發之乃空器也，於是飲藥而卒。」〔註123〕史書雖未明言曹操之意，但其用心昭然若揭〔註124〕。以上事蹟成了詩人們詬病的關鍵，筆下作品也經常圍繞這些枉死刀下的亡魂——尤其孔融，在北宋文人筆下評價甚高，如蘇軾〈送劉道原歸覲南康〉：「孔融不肯下曹操，汲黯本是輕張湯。雖無尺箠與寸刃，口吻排擊含風霜。」〔註125〕便將孔融與西漢時不畏權貴的直諫之臣汲黯相提並論。又如蘇過（1072～1124）〈寄題北海文舉堂〉：

> 巨君竊漢璽，如取鴻毛輕。孟德老且死，不見姦業成。
>
> 乃知朝無人，誰憚百公卿。一夫能仗節，介然屹長城。
>
> 忠義國所託，安危與之並。吾於文舉見，坐折姦邪萌。〔註126〕

將王莽與曹操並舉，已可見二人不過一丘之貉；詩人並提出前者得以輕易篡位成功但後者不能的關鍵，在於東漢末年有如孔融一般的「國之長城」，能折奸邪於未生，使得曹操即便老死，終不能成其姦業。如此情況下，加害於他的曹操形象自然被醜化，如李廌〈孔北海堂〉：

> 阿瞞制威福，九鼎若綴旒。……假手陷正平，謔玩戮楊修。
>
> 小慧尚必除，偉人那得留。凜凜孔北海，胸次包九州。倘令
>
> 坐廟堂，大盜當寢謀。〔註127〕

〔註122〕《三國志》，頁370。
〔註123〕《三國志》，頁317。
〔註124〕如《通鑑考異》即以此為「隱誅」。見金沛霖等編：《通鑑史料別裁》
　　　　　（北京：學苑出版社，1998年），第1冊，頁36。
〔註125〕《全宋詩》，第14冊，頁9140。
〔註126〕《全宋詩》，第23冊，頁15446。
〔註127〕《全宋詩》，第20冊，頁13639。

同樣視孔融為國家棟樑，坐於廟堂之上便能使亂臣賊子不敢為禍。並結合了借刀構陷禰衡、設計殺害楊修的典故，將曹操形容成氣量狹小、不能容人之徒。蘇軾〈和陶雜詩十一首〉其五云：「孟德黠老狐，姦言嘑鴻豫。哀哉喪亂世，梟鸞各騰翥。逝者知幾人，文舉獨不去。……細德方險微，豈有容公處。」〔註128〕亦與李廌詩之用意相同，認為以孔融之大德顯著，必不見容於曹操。李彭（?～?）〈謝靈運詩云中為天地物今成鄙夫有取以為韻遣興作十章兼寄雲叟〉其六則額外納入了荀彧的案例：「孔融天下士，荀彧雙南金。既為阿瞞用，復為阿瞞禽。」〔註129〕將二人並舉，顯然意在凸顯曹操誅殺賢才的惡行。

　　除了「嗜殺」，在北宋儒學復興本來即「力圖重振倫理綱常之教」〔註130〕的情況下，「君君臣臣」的觀念自然格外受到重視，因此曹操「不忠於漢」的野心成為了眾矢之的。關於其「不臣」，鄭獬〈赤壁〉一詩正可作為註腳：

　　　　帳前斷案決大議，赤壁火船燒戰旗。

　　　　若使曹公忠漢室，周郎爭敢破王師。〔註131〕

此詩可與黃庭堅〈讀曹公傳〉中的「畢竟以丕成霸業，豈能于漢作純臣」〔註132〕兩句一併討論。黃詩認為曹操終究要藉由曹丕篡位來成就其霸業，因此自始至終他都不是個漢室的純臣；鄭詩則從假設入手，認為倘若曹操能夠忠於漢室，或許就不會遭逢赤壁大敗，也正因為其「不臣」的野心，才使得周瑜得以成為破虜討賊的英雄，從反面諷刺與惋惜曹操的失節和不忠。另外，如郭祥正〈樊山〉：「曹操劫神器，欲竊禪讓名。」〔註133〕以「劫」、「竊」表達曹操欲得大權的不擇手段。已見前

〔註128〕　《全宋詩》，第 14 冊，頁 9189。

〔註129〕　《全宋詩》，第 24 冊，頁 15861。

〔註130〕　見劉復生：《北宋中期儒學復興運動》，頁 3、4。

〔註131〕　《全宋詩》，第 10 冊，頁 6884。

〔註132〕　《全宋詩》，第 17 冊，頁 11489。

〔註133〕　《全宋詩》，第 13 冊，頁 8852。

引的李廌〈釣臺〉其三：「能緩阿瞞移鼎手。」〔註134〕則表現了曹操處心積慮希望推動政權改易的用心。若此種種，皆可視為在北宋詩人意欲凸顯曹操野心的聲音，歐陽修〈答謝景山遺古瓦硯歌〉更如前引賀鑄〈故鄴〉詩一般，同時大力貶抑曹丕，茲引其前半首於下：

> 火數四百炎靈銷，誰其代者當塗高。
> 窮姦極酷不易取，始知文景基扃牢。
> 坐揮長喙啄天下，豪傑競起如蝟毛。
> 董呂催氾相繼死，紹術權備爭咆咻。
> 力彊者勝怯者敗，豈較才德為功勞。
> 然猶到手不敢取，而使螟蝗生蝮蚳。
> 子丕當初不自恥，敢謂舜禹傳之堯。
> 得之以此失亦此，誰知三馬食一槽。〔註135〕

在此詩中可看出歐陽修對曹魏政權或曹操的幾個觀點：首先，以西漢文景盛世為對比，凸顯曹魏之「窮姦極酷」故不易得天下。其次，在董卓、袁紹等群雄並起的亂世之中，曹操以「力彊」而勝、以「功勞」稱霸，但此乃不較「才德」的結果；第三，以「螟蝗」、「蝮蚳」的害蟲之名比喻曹操父子，又稱曹丕篡位卻美其名曰「受禪」，更自比為上古聖王乃無恥之舉，顯然可見其心中的貶抑之情。最後，提出曹魏政權以強迫禪位為始、被迫禪位為終，終應「三馬食槽」之讖。歷史上，最後司馬炎迫使曹奐禪位，確與當初曹丕逼迫獻帝禪位極其相似，「得之以此失亦此」一句頗有天理循環、報應不爽的意味。

綜合以上所言，可以發現北宋詩人格外注重曹操死後「三馬食槽」、曹魏在曹奐手中為司馬炎所篡的事實，如此現象與前一節中書寫秦始皇的詩作頗有相通處——於彼，詩人往往忽略始皇君臨天下的一面，轉而對秦代國祚僅維持十五年一事極盡諷刺。於此，詩人同樣淡化曹操的功業成就，並強調生前的一切轉眼成空、失德的惡行必將得到報

〔註134〕《全宋詩》，第 20 冊，頁 13637。
〔註135〕《全宋詩》，第 6 冊，頁 3741。

應。從兩類詩作的共相可以發現，面對「強大卻失德」的矛盾時，詩人的解決方式便是將本待解釋的「何以強盛」轉化為解釋「何以衰亡」，從而凸顯「道德」的重要地位。因此，相對於唐人仍將曹操視為英雄，北宋詩人則以高道德標準審視曹操，進而抓緊其道德瑕疵大力抨擊，使其「嗜殺」與「不臣」的缺點被前所未有地凸顯，也造成了曹操形象大幅醜化。透過唐宋詩書寫曹操的態度轉變，更可見得北宋詩人評斷歷史時「道德」標竿的重要性，在此觀念下，無論秦始皇與曹操曾經成就何等輝煌的現實功業，都無法掩蓋自身的道德瑕疵，故而北宋時期的相關詩作都以貶抑為基調，反映出北宋詩人面對「強大卻失德」的領導人時，採取之「瑜不掩瑕」的嚴格審視態度。

三、對順德政權蜀漢的盛衰書寫

　　前文已分別處理了北宋詩人面對秦始皇、項羽、劉邦、曹操等人之成敗時採取的解釋，討論至此，前揭四類領導人僅餘「失敗卻有德」一類尚未探討。針對失敗者，在本文聚焦的四大亂世之中，春秋戰國與五代如前所言，被概括化為「黑暗時期」，是「仁義之言固不聽」與「荼毒蒸民倍感傷」的時代，在此情況下，失敗的六國與五代之君自然皆與德行無關；楚漢時期則已對項羽進行專門探討，並得出其人由於「失德」而奠定「敗者」形象的結論。因此，綜觀所有北宋「亂世詩」，唯一可能探討詩人如何書寫「失敗卻有德」之君的時代便是三國，事實上，「蜀漢」即為此類矛盾的典型政權。

　　須要特別指出的是，此處所稱為「蜀漢」而非「劉備」，其原因在於諸葛亮的特殊地位。前一章已經指出：孔明備受稱頌並非導因於其用兵的奇謀或治國的貢獻，其根本因素仍奠基於「鞠躬盡瘁，死而後已」的過人節操，因此，諸葛亮「忠義」的道德修養乃是北宋詩人最為景仰的特質。是故蘇軾〈諸葛亮論〉有言曰：「曹、劉之不敵，天下之所共知也。言兵不若曹操之多，言地不若曹操之廣，言戰不若曹操之

能，而有以一勝之者，區區之忠信也。」〔註136〕特別標舉蜀漢之「忠信」。不過在這段文字之後，蘇軾又從「入西川」批評劉備與諸葛亮「不仁義」的一面，如此非議與其詩〈嚴顏碑〉的詩意相近：「先主反劉璋，兵意頗不義。孔明古豪傑，何乃為此事。」〔註137〕從詩歌中可以看出，在劉備做出「反劉璋」的不義之舉時，東坡僅質疑孔明為何默許此事發生，故可見二人有高下之分，換言之，即對詩人而言真正「仁義忠信」的豪傑應為孔明而非劉備。除此之外，杜甫詩中有「先主武侯同閟宮」〔註138〕與「一體君臣祭祀同」〔註139〕之句，由此即可知最晚自唐代以來，劉備與諸葛亮便已有極其緊密的聯繫，甚至給予諸葛亮的祭祀待遇亦不亞於劉備。如〈詠懷古蹟〉一般，在詠先主的作品中特別標舉孔明的現象，至北宋猶然，裴士禹（?～?）〈蜀先主廟古柏〉即是一例：

> 武侯翊漢嗣，始欲大神器。天命固有常，雲雷極屯否。
>
> 流星墜武帳，萬卒摧銳氣。孤負臥龍心，三顧君臣意。
>
> 廟貌今寂寥，握節空垂淚。興廢事徒然，無以窮往志。
>
> 陵前古柏樹，千丈起平地。根大壓巨鼇，心虛藏野燧。
>
> 風動虯龍枝，雷雨隨聲至。疑是虛空間，神明專擁庇。
>
> 不爾千萬年，突兀無枯瘁。觀柏又慘然，念侯功業熾。
>
> 功業互無窮，與柏共蒼翠。〔註140〕

此詩雖以「蜀先主」為題，但內容所寫卻幾乎皆是孔明之事，全詩可分為四段，第一段截至「無以窮往志」，旨在稱頌諸葛亮「光復漢室」的大志，同時感嘆其最後星殞五丈原，使大業功敗垂成，也辜負了當初隱居的初心和三顧的君臣之情，並使得後人為其遭遇垂淚、嗟嘆。第二段則寫古柏之神力，詩人於此極言古柏的高大、雄壯與長青。第三段為末

〔註136〕《全宋文》，第 90 冊，頁 77。
〔註137〕《全宋詩》，第 14 冊，頁 9595。
〔註138〕語出杜甫〈古柏行〉，見《全唐詩》，第 7 冊，頁 2334。
〔註139〕語出杜甫〈詠懷古跡五首〉其四，見《全唐詩》，第 7 冊，頁 2511。
〔註140〕《全宋詩》，第 11 冊，頁 7468。

－200－

四句，一如杜甫〈古柏行〉「頗有藉樹喻人之意」〔註141〕，此詩亦然，故於詩末，詩人所思所想也再度回歸孔明其人，可見表面書寫的對象為柏樹，但實際上卻是歌詠諸葛亮的大名與功業皆和古柏一般永垂不朽。通觀全詩，不難發現與劉備相關的詩句僅「三顧君臣意」一句，其餘的書寫對象則皆是孔明，甚至「翊漢祠」者亦是武侯而非先主。由此可見，雖然未必可以「有德之君」稱呼劉備，但因為諸葛亮鮮明的忠義形象及其在劉備詩中的特殊地位，使得「蜀漢」的領導者實為劉備與諸葛亮的君臣組合，而其作為曹魏的對立面，無疑成為了「失敗卻有德」的典型例證。

　　雖然在前引〈蜀先主廟古柏〉詩中直接書寫先主的篇幅不長，但透過「三顧茅廬」卻能折射出的「重才」與「重賢」的美德，對劉備「三顧」的稱頌自《三國志》中即有，於〈先主傳〉末陳壽評曰：

> 先主之弘毅寬厚，知人待士，蓋有高祖之風，英雄之器焉。
> 及其舉國託孤於諸葛亮，而心神無貳，誠君臣之至公，古今
> 之盛軌也。〔註142〕

在這段文字中，史家首先以「知人待士」作為評價劉備具有「英雄之器」的基礎，同時將其白帝托孤的行為推崇至極，評為「君臣之至公，古今之盛軌」，視作千古君臣的楷模。如此「對待人才的態度」在前文的討論中，顯然是詩人褒貶領導者的重要標準，故高祖因重用張良、蕭何等賢臣而建立大漢，但其與項羽卻又分別有「誅殺功臣」與「疏遠范增」之過，曹操也以迫害孔融、荀彧等人才而備受批評。相對於以上諸人在對待人才的態度上皆或多或少有所缺陷，且被忠實呈現在詩歌之中；詩人書寫劉備時卻可謂視之為對待人才的典範人物，前文言及的「三顧」正是凸顯其「重用賢才」之德的關鍵事例，因而成為了北宋詩人稱頌劉備時的熱點，也令詩人在書寫此事時，對孔明的「得逢明主」的際遇頗有欽羨之意。如曾鞏〈孔明〉詩云：

〔註141〕語出方瑜，見《杜甫夔州詩析論》，頁 206。
〔註142〕《三國志》，頁 892。

　　稱吳稱魏已紛紛，渭水西邊獨漢臣。

　　平日將軍不三顧，尋常田里帶經人。〔註143〕

首二句表示在吳、魏各建其國的情況下，僅有孔明可謂忠於漢室之純臣，反映了詩人對諸葛亮與蜀漢的認同；後二句則反用「三顧」之典，藉由假設的方式說明了若無劉備賞識，即便賢如孔明也僅能是田間的尋常農夫而已，高度肯定了劉備行三顧之禮令人才得其所哉的懿行。同樣藉此手法襯托出劉備禮賢下士之美德的尚有張載〈八翁吟十首〉其九與李廌〈題廟〉，前者云：「不應三顧逢先主，至今千載慕冥鴻。」〔註144〕後者則言曰：「嚮非三顧重，白首田舍翁。」〔註145〕用意與曾鞏一詩皆頗為接近。劉備與諸葛亮「猶魚之有水」〔註146〕的君臣遇合，令後世文人寄與了無數欽羨的眼光，與前文所述的曹操正好相反。書寫曹操時，詩歌多帶有對其「濫殺賢才」的批評，甚至成為了輕視人才的代稱，如郭祥正〈留別金陵府尹黃安中尚書〉：「願如賀監憐太白，莫作曹公嗔禰衡。」〔註147〕便將「賀知章憐賞李白」與「曹操鄙視禰衡」分別作為上位者對待人才之態度的正反例證，並以前者為喻感念黃履對自己的賞識。相對的，張耒的〈感遇〉組詩則在感念不遇時，以「三顧」為寄託，並於第三首寫入劉備與孔明之事：

　　士生有輕重，初非他人為。視身真千鈞，所壓無不摧。

　　群偷讓弊漢，喘走恐後時。隆中賢少年，長嘯弄鋤犁。

　　白頭左將軍，斂衽喜得時。狠石挈紫髯，老瞞受鞭笞。

　　艱難永安詔，委國忘其兒。心知龍鷙人，不顧鷗鴉資。

　　使無三顧重，一飽起相疑。〔註148〕

〔註143〕《全宋詩》，第 8 冊，頁 5572。

〔註144〕《全宋詩》，第 9 冊，頁 6282。

〔註145〕《全宋詩》，第 20 冊，頁 13564。

〔註146〕語出《三國志・諸葛亮傳》：「先主解之曰：『孤之有孔明，猶魚之有水也。願諸君勿復言。』」見《三國志》，頁 913。

〔註147〕《全宋詩》，第 13 冊，頁 8797。

〔註148〕《全宋詩》，第 20 冊，頁 13323。

此詩可分為三段，首四句明言士人必先自重，而後第二段八句以孔明為例，說明諸葛亮能在「群偷」爭先恐後之際躬耕南陽，終於等到劉備的賞識得以一展抱負，遂於赤壁戰前遊說孫權、擊退曹操。第三段推崇陳壽以為「君臣之至公」的「白帝託孤」一事，認為因為三顧之重，使劉備對諸葛亮推心置腹，而有「如其不才，君可自取」之言〔註149〕。詩末提到的「一飽起相疑」，正可呼應劉邦成就大業以後屠殺功臣，令張耒在自己的〈蕭何〉詩中有「君臣從古固多疑」的感嘆；對比於此，劉備對諸葛亮信任備至，於臨終時甚至願意「委國忘其兒」，無疑成為了如此感嘆的反例。兩相對照，正可見得詩人對劉備「重賢」的推崇與嚮往。

除了以上所言，劉備「重賢」的一面也成為了詩人解釋蜀漢得以成就霸業，並與魏、吳鼎足而立的根本原因，如李復〈題武侯廟〉其一便云：「庸蜀欲開來日月，隆中先見會風雲。」〔註150〕顯見將隆中時劉備與諸葛亮的初次會面，視為爾後開闢蜀漢事業的基礎。田錫〈擬古〉其四則點出了劉備在「三顧」前後的轉變：

漢鼎鴻毛輕，諸侯爭弄兵。吳魏已先定，玄德思功名。

據鞍髀肉消，感激淚沾纓。南陽有奇士，三顧精誠傾。

龍變得風雨，指麾霸王成。日月若長在，永永懸英聲。〔註151〕

在詩之前半，點明了東漢末年國祚衰微、群雄逐鹿的時代概況。於彼時，吳、魏的孫氏父子與曹操都早已奠定三分天下的國力基礎，僅餘劉備尚漂泊流亡，僅能「思功名」而已；須待「三顧」得到諸葛亮以後，始能叱吒風雲，成就王霸之業，並流傳下永垂不朽的英名。透過此詩的前後對比，顯然可見劉備以精誠所至感動南陽奇士，正是其人生的轉捩點。相似觀點，亦見於范祖禹〈游先主祠堂置酒〉，其詩書寫自身「驅

〔註149〕語出《三國志‧諸葛亮傳》：「先主於永安病篤，召亮於成都，屬以後事，謂亮曰：『君才十倍曹丕，必能安國，終定大事。若嗣子可輔，輔之；如其不才，君可自取。』」見《三國志》，頁918。
〔註150〕《全宋詩》，第19冊，頁12467。
〔註151〕《全宋詩》，第1冊，頁475。

車出郊坰」〔註152〕尋先主祠堂,並抒發「昔日英雄安在哉」的懷古之情,中間僅六句敘述史事,其詩云:「龍吟虎嘯生風雲,未似當時臣遇主。三分割據霸業開,山河氣象皆西來。功名烜赫陵宇宙,顧盼可使彊敵摧。」由此可見,詩人對「臣遇主」一事推崇備至,兩人的遇合更奠定了蜀漢霸業與以及千古不朽的顯赫功名。對此「得賢」而「興國」的命題,王安石〈諸葛武侯〉一詩所言更明:

慟哭楊顒為一言,餘風今日更誰傳。

區區庸蜀支吳魏,不是虛心豈得賢?〔註153〕

首句所言當指時任丞相主簿的楊顒進諫諸葛亮一事〔註154〕,其死之時則令諸葛亮「垂泣三日」,且留下「掾屬喪楊顒,為朝中損益多矣」的感嘆,詩人言此,自欲體現孔明為國謀賢的用心良苦,故於次句感嘆如此高風如今已不可見。詩之後半提出了蜀漢以區區之地而能抵禦吳、魏兩強數十年的關鍵,正在於「虛心得賢」,且此「虛心」應有雙重所指,一則為劉備虛心三顧諸葛亮、二則是諸葛亮虛心納楊顒之諫。由此觀之,從劉備到諸葛亮實都具備了「重賢」風尚,詩人遂將此視為蜀漢得以興國的關鍵。

然而,無論對劉備君臣何等嚮往,歷史事實仍然無可否認,蜀漢畢竟為三國中最早滅亡的一國,透過前文的討論已然可知,在「蜀漢」與「曹魏」的對比中,前者顯然是相對有德的一方,如此情況下,顯然解釋楚漢相爭時「順德者昌,逆德者亡」的說法必不可行,是以詩人必須提出其他的解釋可能,詩歌中最為顯著者即是「得賢興國」的反面——「失賢亡國」。固然,人才可以令國家奠定強盛的基礎,因此諸葛亮使得劉備在三顧前後的勢力有極大的轉變。但這同時也表示此人之存

〔註152〕《全宋詩》,第 15 冊,頁 10353。後文所引之此詩內文如「昔日英雄安在哉」及「龍吟虎嘯生風雲」一段皆同出於此,故不另註。

〔註153〕《全宋詩》,第 10 冊,頁 6502。

〔註154〕事出裴注《三國志‧楊戲傳》引《襄陽記》:「亮嘗自校簿書,顒直入諫。」見《三國志》,頁 1083。後文「垂泣三日」與「掾屬喪楊顒,為朝中損益多矣」之出處亦同。

亡牽動國家的興衰，如李廌〈劉表廟〉云：「呼蒼復何用，龍臥獨不顧。」
〔註155〕便是將劉表的失敗，歸因於不知重用當時尚隱居南陽的臥龍。
李九齡（？～？）〈讀三國志〉更明言點出蜀、吳兩國的敗亡關鍵：

> 有國由來在得賢，莫言興廢是循環。
>
> 武侯星落周瑜死，平蜀降吳似等閒。〔註156〕

首句與王安石〈諸葛武侯〉的詩意頗為相近，皆將「有國」之關鍵歸於
「得賢」，且此詩更進一步否定了「興廢循環」的論述。然而，詩之後
半詩人舉出了諸葛亮與周瑜兩例，認為正是因為人才凋零殆盡，才使
得西晉輕而易舉地攻滅了蜀、吳二國，顯見將蜀漢的衰亡歸因於孔明
之死。

　　從以上討論可知，雖然在後世如《三國演義》等文學作品中，劉
備因為「三讓徐州」、「攜百姓逃亡」等仁義之舉，而經常被與「仁德」
劃上等號。但北宋詩人並不以此稱頌劉備，反而有如蘇軾者，直言「先
主反劉璋，兵意頗不義」，在此情況下，劉備堪稱「有德」之處僅有「三
顧茅廬」一事。不過即使如此，透過前文中關於劉邦、項羽、曹操的論
述，也顯然可見北宋詩人極其重視領導者對待人才的態度，因此劉備
如此「禮賢下士」之德便被放大稱頌，再加上諸葛亮鮮明的忠義形象，
使得「蜀漢」仍可視為「有德卻失敗」的政權典型。面對如此矛盾，「逆
德者亡」的說法已然不可行，詩人在解釋「蜀漢之亡」時遂將「得賢興
國」的命題擴大為「失賢亡國」，使得書寫蜀漢的作品格外標舉「人才」
的重要性，亦即國之興亡皆繫於諸葛亮一身，是以當孔明因天命而殞
落時，國祚便無從延續，蜀漢亦隨之滅亡。

　　雖然結果同是「滅亡」，但蜀漢之亡主因是「諸葛亮天不假年」的
不可控因素，並非導因於道德缺失，且劉備與諸葛亮亦如蘇洵〈題白帝
廟〉所言：「白帝有靈應自笑，諸公皆敗豈由兵。」〔註157〕與「何曾會

〔註155〕《全宋詩》，第 20 冊，頁 13565。
〔註156〕《全宋詩》，第 1 冊，頁 265。
〔註157〕《全宋詩》，第 7 冊，頁 4370。

戰機」〔註158〕的項羽有所不同，是故面對蜀漢的失敗，大多數詩人一如前引范祖禹〈遊先主祠堂置酒〉一詩，並不予以批評，反而興發「何足慘愴令心哀」〔註159〕的感嘆，甚至有如釋德洪〈讀三國志〉者，其詩云：

> 漢鼎未移存北海，蜀兵已挫失南陽。
>
> 莫將勝敗論人物，忠義千年有耿光。〔註160〕

從孔融忠於漢室、蜀漢丟失南陽著手，認為兩者即使從「勝敗」的角度來看皆為失敗的一方，卻不是評價時最重要的考量，真正令他們名垂千古的乃是「忠義」的節操。由此，正可呼應前一節中「奠定項羽敗者形象」的結語，兩相對照之下，說明雖然劉備、項羽都是敗者，但評價落差卻截然不同的關鍵何在。

第三節　以天命與正統解釋亂世

　　透過前兩節的討論，已然可知北宋詩人「解釋亂世」慣於使用道德標竿作為詮釋基準。因此，面對項羽與劉邦時，遂直接採用「順德者昌，逆德者亡」之說，論斷劉邦因為身為「有德真主」而成「天命所歸」。面對「逆德而昌」的秦始皇與曹操時，則將重點轉化為書寫「何以衰亡」，從而證成「事非聖賢多立壞」與「德義苟不修，忽焉亡其操」的判斷。面對「順德而亡」的蜀漢，詩人則著力歌詠劉備「重賢」之德，並將蜀漢的傾頹歸因於諸葛亮的天不假年，且對此深懷遺憾、嘆惋之情。

　　從以上針對「失敗且失德」、「強大且有德」、「強大卻失德」和「失敗卻有德」四類君王之興盛與衰亡的解釋，雖已可見北宋詩人解釋亂世時的立場與觀點。然而，當時牽涉「對亂世的解釋」或「政權正當性之爭」的論述並不僅限於詩歌，討論頗為熱烈的「正統論」也同時是應

〔註158〕語出王禹偁〈過鴻溝〉，見《全宋詩》，第 2 冊，頁 708。

〔註159〕《全宋詩》，第 15 冊，頁 10353。

〔註160〕《全宋詩》，第 23 冊，頁 15221。

該注意的重點，且「正統論」與「詩歌」在面對同一政權時的解釋更可能有所扞格，其中最顯著的矛盾處發生在「三國正統」之討論。從前引詩作可知：北宋詩人對曹操的所作所為頗有不滿，乃至有如歐陽修者，以「螟蝗生蝮蚼」諷刺曹氏父子皆為害蟲。然而，北宋時的正統論卻又以「帝魏」為主流，且如此思潮的先驅者及中堅人物同樣為歐陽修，其〈魏論〉即稱「魏進而正之，不疑」〔註 161〕，明確標舉「曹魏正統論」，與自身詩作〈答謝景山遺古瓦硯歌〉顯有立場的不同。由此可見，即使作者是同一個文人、對象是同一個時代，其寫作詩歌或史論時的評價標準仍有所落差，因此造成了截然不同的結果。

北宋詩人解釋亂世時，除了在正統判斷上有詩歌與史論立場的歧異外，實則詩歌內部對「天命」的看法也有所不同：前文探討「仁義道德與『天命』的歸向」問題時，已經提及項羽眼中的「天」與「天命」是不可抗且不可控的存在；相對的，詩人如許彥國等，則認為「天命」的歸向可以預測，因此但凡修行仁義者必能稱王，此間揭示的即是詩人與項羽的觀點差異，也可見宋代詩歌言及「天命」時，其中必有具備價值判斷能力的「天」。然而，於解釋蜀漢之亡時，卻又有「天心不肯續金刀」之句，在劉氏不失德的前提下，如此「天心」顯然與「剛強必死仁義王」的「天命」迥然有別。因此，「北宋詩」乃至「北宋」一代使用「天」相關的詞彙時，其意涵究竟為何，也成為了在前文充分討論政權興衰的原因以後待解的問題。

綜上所言，「正統」與「天命」兩個主題實皆有待討論處，此外，考量《詩經》、《尚書》中如「天立厥配，受命既固」、「天乃大命文王」等敘述，可知於判斷政權正統與否時，往往以是否「得天命」為基礎，是故以下將先就北宋的「天命觀」深入探討，而後延伸及北宋「正統論爭」的理論依據，最後在與史論文等文類的對照下，標舉出詩歌解釋亂世的特出之處，以為本章作結。

〔註 161〕《歐陽修集編年箋注》，第 4 冊，頁 45、46。

一、北宋時期「天命」意涵之轉變

　　北宋文人的「天命」觀可以慶曆為界分為前後兩期，前期論「天命」的根據與漢儒董仲舒等並無太大差異，仍是「五德終始說」，如宋仁宗時，夏竦〈周伯星頌序〉曰：「隆火德之光明，昭上帝之休命。」〔註162〕便是結合「火德」與「天命」的一典型例證。以「五運」解釋「政權正當性」或「天命所歸」的作法自創闢伊始、為燕昭王稱「北帝」的活動服務時即然，且由於正逢「諸侯王們急需一種理論來為他們的篡政活動披上一層合法的外衣」，〔註163〕故「五德終始說」旋即成為了政治活動的理論依據，如秦帝國便號稱以水德代周之火德；西漢劉向、劉歆據以建構為帝德譜系以後，遂成為討論朝代更迭、政權正朔的重要根據；〔註164〕降及漢代，班固於《漢書》中列〈五行志〉，又於〈郊祀志下〉贊曰：「劉向父子以為帝出於〈震〉，故包羲氏始受木德，其後以母傳子，終而復始，自神農、黃帝下歷唐、虞、三代而漢得火焉。」〔註165〕視木德始於伏羲，而漢代為火德之主；三國時曹丕代漢，侍中劉廙等奏曰：「臣等聞聖帝不違時，明主不逆人，故《易》稱通天下之志，斷天下之疑。伏惟陛下體有虞之上聖，承土德之行運，當六陽明夷之會，應漢氏祚終之數，合契皇極，同符兩儀。」〔註166〕則顯有以魏為土德，紹漢火德之統的用意。

　　此說之風行，至仁宗朝仍未改。北宋初年薛居正（912～981）奉敕

〔註162〕《全宋文》，第17冊，頁200。

〔註163〕藏明：《五德終始說的形成與演變──從鄒衍到董仲舒、劉向》（陝西：西北大學博士學位論文，2012年），頁79。

〔註164〕關於「五德終始」與「政權轉移」間的關係，現有論著頗豐，如皮慶生云：「正統觀念在古代中國的淵源大致有二：一是從五德終始說推演出的王朝德運循環論；一是從《公羊傳》引伸出來的，包括『居正』與『大一統』兩個方面。自漢代以來，王朝在證明自身統治合法性時基本上是按照前一種理論去推斷。」見劉國忠、黃振萍主編：《中國思想史參考資料集·隋唐至清卷》（北京：清華大學出版社，2004年），頁92。

〔註165〕《漢書》，頁1270、1271。

〔註166〕《三國志》，頁72。

編《五代史》，史臣於〈閔帝紀〉後贊曰：「以至越在草莽，失守宗祧，斯蓋天命之難忱，土德之將謝故也。」〔註167〕《宋史‧律曆志第三》記大中祥符二年張君房上書云：「太祖禪周之歲，歲在庚申。夫庚者，金也，申亦金位，納音是木，蓋周氏稱木，為二金所勝之象也。」〔註168〕天禧四年，謝絳亦有相似言論：「國家誠能下黜五代，紹唐之土德，以繼聖祖，亦猶漢之黜秦，興周之火德以繼堯者也。」〔註169〕張方平〈南北正閏論〉中也有「唐以土承隋，隋以火繼周，周以木變魏，魏以水而紹金」〔註170〕等語，可見當時士大夫仍不乏相信如此理論者。宋真宗時，編成類書《冊府元龜》，同樣遵循著從前既有的說法，認為「帝王之起，必承其王氣」〔註171〕，以「五德終始」立說。其談論三國正統，直接採用了曹丕時「舜以土德承堯之火，今魏亦以土德承漢之火」〔註172〕的論點云：

> 其後建安失御，三國分峙，魏文受山陽之禪，都天地之中，謂之正統，得其宜矣。劉先主僻處梁益，孫大帝遠據江吳，自竊尊名，靡有神器，誠非共工之匹，然亦異於正統，故同為閏焉。劉氏雖為孝景之後，有季漢之稱，蓋以赤伏之數已盡，黃星之兆又彰，不足據矣。〔註173〕

前半段以魏「都天地之中」與吳、蜀分據梁益、江吳的遠僻之地為對比而謂之正統，尚無讖緯之學的痕跡。但後段論及「赤伏之數已盡，黃星之兆又彰」的「赤」、「黃」二色即是典型的五德之說〔註174〕，《後漢

〔註167〕《舊五代史》，頁 623。
〔註168〕《宋史》，頁 1598。
〔註169〕《宋史》，頁 1598。
〔註170〕《全宋文》，第 38 冊，頁 144。
〔註171〕《冊府元龜》，第 1 冊，頁 1。
〔註172〕《三國志》，頁 70。
〔註173〕《冊府元龜》第 3 冊，頁 2017。
〔註174〕「五德」與「顏色」向來有密切關聯，可詳參饒宗頤：《中國史學上之正統論》，頁 10～22。又相關資料則可見《後漢書‧光武帝紀》：「壬子，起高廟，建社稷於洛陽，立兆于城南，始正火德，色尚赤。」以及《冊府元龜》：「既而受漢禪，改元黃初。議正朔，易服色，殊徽號，同律度量，以乘土行，以夏數為得天，即用夏正，而服色尚黃。」

書》曰：「光武先在長安時，同舍生彊華自關中奉赤伏符，曰『劉秀發兵捕不道，四夷雲集龍鬥野，四七之際火為主』。」〔註175〕蓋謂劉秀上應天命，當繼火德漢統為帝；「黃星之兆」則意指曹魏的天運，同在宋代持此說法者，於《宋史》中亦有記載，〈禮志十一〉記聖考太尉府君冊曰：「黃星應運，曹丕揚魏祖之功。」〔註176〕可知這樣的觀念在北宋初年並非《冊府元龜》所獨有。

　　從以上討論顯然可見：在北宋初年文人們討論正統或國運的文字中，「五德」的色彩尚相當濃厚。此風潮之下，雖然採用如此觀點解釋亂世的詩作不多，但仍有流露相關思想的作品，如前文言及的夏竦即然，其〈奉和御製讀三國志詩三首〉其一便結合了「五德終始」與「讖緯之學」，並以此解釋曹魏之天命：

　　　　白馬當塗兆，黃家得歲興。金符咸既重，玉版事堪憑。

　　　　漢火承前運，譙龍合舊徵。青雲開後葉，下武倍兢兢。〔註177〕

首句「當塗」一詞當為「代漢者，當塗高」的讖語〔註178〕，次句「黃家得歲興」則可見《三國志・文帝紀》：「以為黃家興而赤家衰。」〔註179〕此語意近前段「魏以土德承漢之火」，將政權之輪替歸因於五德。又「金符」語出《尚書璇璣鈐》：「湯受金符，白狼銜鉤入殷朝。」〔註180〕表示上天賜予人君的福瑞。「玉版」意指《春秋玉版讖》〔註181〕，「譙龍」、

皆將赤、黃之色與火、土之德連結。上之引文分見劉宋・范曄：《後漢書》，頁27、《冊府元龜》，第1冊，頁2。

〔註175〕《後漢書》，頁21。

〔註176〕《宋史》，頁2605。

〔註177〕《全宋詩》，第3冊，頁1773。

〔註178〕《後漢書・袁術傳》：「少見讖書，言『代漢者當塗高』，自云名字應之。」見《後漢書》，頁2439。又《三國志・文帝紀》注云：「當塗高者，魏也；象魏者，兩觀闕是也；當道而高大者魏，魏當代漢。」見《三國志》，頁64。

〔註179〕《三國志》，頁64。

〔註180〕《太平御覽》，頁517。

〔註181〕《三國志・文帝紀》注：「《春秋玉版讖》曰：『代赤者，魏公子。』」見《三國志》，頁64。

「青雲」則可見〈文帝紀〉：「文皇帝諱丕，字子桓，武帝太子也。中平四年冬，生於譙。……初，漢熹平五年，黃龍見譙。」裴注引《魏書》曰：「帝生時，有雲氣青色而圜如車蓋當其上，終日，望氣者以為至貴之證，非人臣之氣。」〔註182〕蓋兩詞所指皆是魏文帝曹丕。因此，綜觀全詩皆與讖緯和五德相關，表示曹丕代漢符合天命的徵兆，以此為「帝魏」之說的根據。

　　然而，雖有如夏竦者在「解釋亂世」的詩作中引入讖緯、五德等理論，但從前兩節的討論顯然可見，如此「五德終始說」理論框架下的「天命」，其實並不常見於詩歌之中，畢竟這樣的「天命」畢竟與「人」的道德修養、功業事蹟等具體作為皆渾然無涉，與前文所引楊傑〈過鴻溝〉中那樣會在劉邦與項羽之間作選擇，並歸向「盛德真主」的天意顯然有所落差。因此，北宋時期「天命」並不只有「五運」、「讖緯」等說法介入，猶有其他意涵，可參《新唐書·高祖本紀贊》：

> 自古受命之君，非有德不王。……考其終始治亂，顧其功德有厚薄與其制度紀綱所以維持者何如，而其後世，或浸以隆昌，或遽以壞亂，或漸以陵遲，或能振而復起，或遂至於不可支持，雖各因其勢，然有德則興，無德則絕，豈非所謂天命者常不顯其符，而俾有國者兢兢以自勉耶？……繼以太宗之治，制度紀綱之法，後世有以憑藉扶持，而能永其天命歟？〔註183〕

在此段贊文中，開宗明義宣告了古往今來受「天命」而得以王天下者皆是有德之君，且「天命」的或續或絕，已不再是取決於水火相生一類的「五行」之說，而是透過人之有德與否決定，從而具備使為君者兢兢業業的功能，如此「天命」更得以透過明君治世而延長。因此，正如《新五代史·伶官傳序》所言：「雖曰天命，豈非人事哉？」〔註184〕反映歐

〔註182〕《三國志》，頁57。
〔註183〕《新唐書》，頁20。
〔註184〕《新五代史》，頁397。

陽修眼中的「天命」意涵，已逐漸由不可掌握的「天道」朝向個人修為的「人事」靠攏。

　　且如此觀念，於當時並非歐陽修所獨有。《續資治通鑑長編》中有記元豐三年，文彥博入朝與神宗商議立嗣之事：

> 上以問彥博，彥博對曰：「先帝天命所在，神器有歸，上則仁祖知子之明，慈聖擁佑之力，人臣豈可貪天之功。」上曰：「雖云天命，亦繫人謀。卿之深厚不伐誇，善陰德如丙吉，乃知卿定策社稷之臣也。」〔註185〕

文彥博之言，明確呼應春秋時期介之推「貪天之功，以為己力」〔註186〕的看法，認為太子屬誰乃天命所定，但神宗的回應卻表明了「天命」可以因「人謀」而改變。除宋神宗外，《宋史·范鎮傳》中亦記有范祖禹之言：「陛下方攬庶政，延見羣臣，此國家隆替之本，社稷安危之機，生民休戚之端，君子小人進退消長之際，天命人心去就離合之時也，可不畏哉？」〔註187〕將「天命」與社稷、人心連結；邵雍〈觀物篇五十六〉則云：「雖曰天命，亦未始不由積功累行，聖君艱難以成之，庸君暴虐以壞之，是天歟？是人歟？」〔註188〕強調「吉凶由人」的歷史觀。以上諸例，皆顯示了北宋時人的「天命」頗不乏褪去神異色彩的例子，和北宋初期或宋代以前那樣「隨五德流轉」的天命已大相徑庭。

　　前後期的「天命」意涵對照之下，詩歌中的「天命」顯然較近似於後一類觀點，如邵雍除了〈觀物篇〉外，便在詩歌中同樣特別標舉「人事」因素的重要性，見其〈天人吟〉：

〔註185〕《續資治通鑑長編》，頁7500。事同見《宋史·文彥博傳》：「彥博適入朝，神宗問之，彥博以前對英宗者復于帝曰：『先帝天命所在，神器有歸，實仁祖知子之明，慈聖擁佑之力，臣等何功？』帝曰：『雖云天命，亦繫人謀。卿深厚不伐善，陰德如丙吉，真定策社稷臣也。』」見《宋史》，頁10262。
〔註186〕《春秋左傳注》，上冊，頁418。
〔註187〕《宋史》，頁10797。
〔註188〕見宋·邵雍著，衛紹生校注：《皇極經世書》（鄭州：中州古籍出版社，2007年），頁495。

　　羲軒堯舜雖難復，湯武桓文尚可循。

　　事既不同時又異，也由天道也由人。〔註189〕

此詩認為雖然上古盛世難以再現，但追尋商湯、周武等明君的治國之
道仍可效法，其關鍵僅在於君王的循與不循，在「天」之外特別強調作
為「人」的君王於歷史發展中的重要性。如此「聖君艱難以成之，庸君
暴虐以壞之」的「天命觀」，與前引「順德者昌，逆德者亡」的說法頗
有相通處，亦可呼應項羽與劉邦的人事作為何以能夠影響天命的歸向；
但正如前文探討蜀漢之興盛與衰亡時所言，孔明殞落是莫可奈何且命
中注定之事，劉氏作為有德的一方，卻無法得到天命而延長國祚，實乃
以此理論無法解決的矛盾。

　　在「孔明身死、蜀漢滅亡」的歷史事實中，「天」的抉擇與「五運」、
「道德」皆無關聯，反倒更近似於項羽「天亡我也」中那類「無法掌
控」的「天意」。事實上，雖然詩人如許彥國便於〈虞美人草行〉中直
言「陰陵失道非天亡」，否定「不可控之天命」的存在，但在北宋「天
人關係」的討論中，卻承認雖然「逆天理的行為」可能導致災異，但部
分天變確實與人事無關，如程頤（1033～1107）便在《程子遺書》中有
如下問答：

　　又問：「日食有常數，何治世少而亂世多，豈人事乎？」曰：
　　「理會此到極處，煞燭理明也。天人之際甚微，宜更思索。」
　　曰：「莫是天數人事，看那邊勝否？」曰：「似之，然未易言
　　也。」〔註190〕

於此段文字中，問者從「日食」著眼，詢問此現象是否亦是「人事」所
導致，對此，程頤雖僅回答道「宜更思索」、「未易言也」，但顯然可見
對其而言，這類型的「天變」與「人事」已無甚關聯。由此可知，即使
是極力將「天」與「人」連結，欲求君主施行仁政、人人恪守道德的北

〔註189〕《全宋詩》，第 7 冊，頁 4590。
〔註190〕《二程集》，頁 238。

宋，也無法否認「天」有其與「人事」無關的一面，而如此之「天」所影響的變化自然皆不可控且不可抗。〔註191〕

由以上討論可知，北宋論及「天」時，雖不乏「人理既滅，天運乖矣」〔註192〕的論調，同時卻也承認「天人之際」不宜以此輕易概括；詩歌中論及「天」時亦有相似的現象，即使有一類可預測的「天命」能夠透過修行道德控制其歸向，但也有另一類「天意」完全無法以「人事」解釋，以至於可以輕易奪走英雄人物的性命，造成「逢時兒女各稱雄，運去英雄非曆數」〔註193〕的結果。在此情況下，詩歌當中所用的「天命」、「天意」等詞亦無絕對的「可控」或「不可控」，完全取決於詩人書寫的對象：面對項羽四面楚歌、烏江自刎，基於其濫殺無辜、不辨忠奸等缺點，失敗顯然是罪有應得，因此而否定「不可控之天」，而言曰「陰陵失道非天亡」。但當面對諸葛亮的將星殞落，詩人們無論從道德操守、用兵策略等角度都無法解釋其「復興漢室」大業的失敗，遂僅能將此命運歸因於「不可控之天」，而云「天心不肯續金刀」。以上兩類「天」在北宋時期，無論於詩人或理學家筆下皆是並行不悖的，由此亦更完整說明詩歌當中「天命」的意涵。

二、北宋「正統論」對強盛的重視

雖然從前一小節已然可知「天命」與「人事」有時無關，然而在《新唐書》與《新五代史》等史書中，「天命」逐漸讓位予「人事」仍是其大趨勢，如此現象也反映在當時正統論爭的理論依據：以「五德終始」為立論基礎的正統觀，雖有奠定朝代正統的具體功用，卻無從專注於人事的考察討論，因此相似說法雖在北宋風行一時，卻被歐陽修嚴厲貶斥：「謂帝王之興必乘五運者，謬妄之說也，不知其出於

〔註191〕關於北宋理學家對「天」的討論，前人論著已備，可詳參侯道儒：〈天人感應說在宋代的政治作用：以程頤為主軸的討論〉，《清華中文學報》第11期（2014年6月），頁213～260。

〔註192〕《二程集》，頁1103。

〔註193〕語出張耒〈梁父吟〉，見《全宋詩》，第20冊，頁13039。

何人？」〔註194〕歐公此言，被視為「在理論上宣告了五德轉移政治學說的終結」〔註195〕，且歐陽修不只「破舊」更「立新」，創發了被稱為「古今一大文字」〔註196〕的正統理論，並提出「絕統」的重要發明。〔註197〕

　　值得注意的是，雖然「絕統」是「正統論」發展中的一大進步，但歐陽修對此定義卻前後有別〔註198〕——於前期所作的〈明正統論〉中敘正統之傳承云：「堯、舜、夏、商、周、秦、漢、魏、晉而絕。……自隋開皇九年，復正其統，曰隋、唐、梁、後唐、晉、漢、周。」〔註199〕明確將「曹魏」及「五代」皆視為正統政權；後期〈正統論下〉卻言曰：「其或終始不得其正，又不能合天下於一，則可謂之正統乎？魏及五代是也。然則有不幸而丁其時，則正統有時而絕也。」〔註200〕將「三國」與「五代」一併納入「絕統」之列。兩相對照之下，可以發現本章所聚焦討論的亂世詩歌中，舉凡「五代乏真主，群雄紛僭偽」一類對五代的貶抑，抑或「曹操劫神器，欲竊禪讓名」如此對曹操的批評，皆與歐陽修的後期觀念較為接近，且與前期說法矛盾。除此之外，歐陽修又有「可疑之際」一說，提及秦代的定位問題，其〈正統論上〉云：

〔註194〕語出歐陽修〈正統論上〉，見《歐陽修集編年箋注》，第 2 冊，頁 32。
〔註195〕此後雖然直到南宋，與「五德」相關的政治論述都未完全消聲匿跡，但聲勢已大不如北宋初年。說可詳參劉復生：〈宋代「火運」論略——兼論「五德轉移」政治學的終結〉，《歷史研究》1997 年第 3 期（1997 年 6 月），頁 91～105。
〔註196〕饒宗頤：《中國史學上之正統論》（上海：上海遠東出版社，1996 年），頁 39。
〔註197〕〈明正統論〉：「欲其不絕而猥以假人者，由史之過也。夫居今而知古，書今世以信乎後世者，史也。天下有統，則為有統書之；天下無統，則為無統書之。然後史可法也。」見《歐陽修集編年箋注》，第 4 冊，頁 39、40。
〔註198〕《居士外集》原本〈正統論七首〉題下注曰：「此七論，公後刪為三篇，已載《居士集》第十六卷，今所載，蓋初本也。」見《歐陽修集編年箋注》，第 4 冊，頁 37。
〔註199〕《歐陽修集編年箋注》，第 4 冊，頁 40。
〔註200〕《歐陽修集編年箋注》，第 2 冊，頁 35。

「秦親得周而一天下，其跡無異禹、湯，而論者黜之，其可疑者一也。」
〔註201〕要言之，被視為「黑暗時代」的五代，以及前一節中「道德與
強盛矛盾」的典型時代──秦代與三國，在歐陽修討論正統問題的文
章中，都佔有相當重要的地位，是故以下首先將分析歐陽修正統論的
轉變與意義，而後探討北宋詩歌在解釋亂世時，與史論文的異同、呼應
之處。

　　如前所言，歐陽修的〈正統論〉中以前期所作與詩歌觀點相去較
遠，故本文將以此為對照，以期歸納出史論與詩歌觀點分歧的原因。其
〈明正統論〉云：「夫秦，自漢而下皆以為閏也。今乃進而正之，作〈秦
論〉。魏與吳、蜀為三國，陳壽不以魏統二方，而並為三〈志〉。今乃黜
二國，進魏而統之，作〈魏論〉。……朱梁，四代之所黜也。今進而正
之，作〈梁論〉。」〔註202〕故〈秦論〉、〈魏論〉、〈梁論〉三文正可作為
我們理解歐陽修前期正統思想之進路。首先可見其〈秦論〉：

> 堯傳於舜，舜傳於禹。夏之衰也，湯代之王；商之衰也，周
> 代之王；周之衰也，秦代之王。其興也，或以德，或以功，
> 大抵皆乘其弊而代之。……其德雖不足，而其功力尚不優於
> 魏晉乎？始秦之興，務以力勝。至於始皇，遂悖棄先王之典
> 禮，又自推水德，益任法而少恩，其制度文為，皆非古而自
> 是，此其所以見黜也。夫始皇之不德，不過如桀、紂，桀、
> 紂不能廢夏、商之統，則始皇未可廢秦也。〔註203〕

〔註201〕《歐陽修集編年箋注》，第2冊，頁31。另外歐陽修對「可疑之際」
　　　　的定義同樣有前後之別，〈原正統論〉云：「何謂可疑之際？周秦之際
　　　　也，漢、魏之際也，東晉、後魏之際也，朱梁、後唐之際也。」〈正
　　　　統論上〉云：「大抵其可疑之際有三：周、秦之際也，東晉、後魏之
　　　　際也，五代之際也。」惟兩說中論及秦代處無異，故本文於此逕引其
　　　　晚年修訂之〈正統論〉為據。〈原正統論〉見《歐陽修集編年箋注》，
　　　　第4冊，頁35、〈正統論上〉見《歐陽修集編年箋注》，第2冊，頁
　　　　31。
〔註202〕《歐陽修集編年箋注》，第4冊，頁40。
〔註203〕《歐陽修集編年箋注》，第4冊，頁42。

一如前文所言，雖然大多時候詩人傾向以「道德」解釋政權的興盛，但無可否認的，「強盛」亦能興國，故劉筠〈始皇〉詩中即有「利觜由來得擅場」之句，將秦代之興歸因於「利嘴長距」的現實優勢。歐陽修此段文字的見解亦然，因而認為從堯舜以降，歷朝歷代之所以興盛都僅有「德」與「功」兩個因素，在此情況下，即使秦代在「德」的面向上有所缺陷，其「功力」仍無可否認。除此之外，歐陽修更進一步論斷「道德缺失」並不足以影響正統與否，畢竟夏、商二朝即使有如桀、紂一般的暴君，仍然無可否認是正統的政權。要言之，從〈秦論〉中可見：無論是史論或詩歌，「解釋亂世」時皆是採用「德」與「功」兩條進路，惟牽涉正統判斷的問題時，「道德」的影響力可能會被更進一步弱化。如此從「功業」角度肯定政權之正統地位的觀點，亦可見於〈魏論〉：

> 昔三代之興也，皆以功德，或積數世而後王。其亡也，衰亂之跡亦積數世而至於大壞，不可復支，然後有起而代之者。其興也，皆以至公大義為心。然成湯尚有慚德，伯夷、叔齊至恥食周粟而餓死，況其後世乎？自秦以來，興者以力，故直較其跡之逆順、功之成敗而已。彼漢之德，自安、和而始衰，至桓、靈而大壞，其衰亂之跡，積之數世，無異三代之亡也。故豪傑並起而爭，而強者得之。此直較其跡矣。故魏之取漢，無異漢之取秦、而秦之取周也。夫得正統者，漢也；得漢者，魏也；得魏者，晉也。晉嘗統天下矣。推其本末而言之，則魏進而正之，不疑。〔註204〕

在這段文字裡，歐陽修嘗試解決的仍是「以魏為正統」時會碰到的道德問題：首先，即便古之聖王如商湯、武王都未能完全以德一統天下，尚有「以臣放君」的「慚德」而恐落人口實，更何況後世帝王？其次，「興以功德、亡以衰亂」自古皆然，東漢歷經了桓、靈二朝早已大壞，在此

〔註204〕《歐陽修集編年箋注》，第4冊，頁45、46。

情況下，曹魏取漢就如同漢之取秦、秦之取周，毋須苛責。循此脈絡，同樣淡化了探討正統問題時「德」的重要性，從而以「跡之逆順、功之成敗」來論斷政權之正統與否。若言〈魏論〉與〈秦論〉中「始秦之興，務以力勝」的論斷遙相呼應，則在〈梁論〉中，歐陽修考其「跡」後的結論，可謂呼應了〈秦論〉中「始皇未可廢秦也」的原因：「故曰由不正與不一，然後正統之論興者也。其德不足以道矣。推其跡而論之，庶幾不為無據云。」〔註 205〕此段文字直言道德是「不足以道」的標準，較諸〈秦論〉，更明確揭示了評斷正統時「重功業而輕道德」的思想。

歐陽修的正統論得到了蘇軾的大力支持，其撰〈正統論・總論一〉將正統分為兩類：「正統聽其自得者十，曰：堯、舜、夏、商、周、秦、漢、晉、隋、唐。予其可得者六以存教，曰：魏、梁、後唐、晉、漢、周。」〔註 206〕認為在歷朝歷代中，自得正統地位，無庸置疑者有漢、唐等十代。至於雖有爭議，但後世仍應追認其正統地位者，則正是「曹魏」與「五代」。其背後原因可參〈辯論二〉：「夫魏雖不能一天下，而天下亦無有如魏之強者，吳雖存，非兩立之勢，奈何不與之統？」〔註 207〕可見在他心中，「強盛」仍然是一個重要的判準，且也因為「魏之強」，使得即便未曾一統天下，亦無害其正統。除東坡外，司馬光雖未明言支持歐陽修的論點，且表示「臣愚誠不足以識前代之正閏」〔註 208〕，但其實仍以魏、梁為正統，見其《資治通鑑・魏紀》：

> 若有以道德者為正邪，則蕞爾之國，必有令主，三代之季，豈無僻王！是以正閏之論，自古及今，未有能通其義，確然使人不可移奪者也。臣今所述，止欲敘國家之興衰，著生民之休戚，使觀者自擇其善惡得失，以為勸戒，非若《春秋》立褒貶之法，拔亂世反諸正也。正閏之際，非所敢知，但據

〔註 205〕《歐陽修集編年箋注》，第 4 冊，頁 56。
〔註 206〕《全宋文》，第 90 冊，頁 85。
〔註 207〕《全宋文》，第 90 冊，頁 87。
〔註 208〕《資治通鑑》，頁 2187。

其功業之實而言之。周、秦、漢、晉、隋、唐，皆嘗混壹九
州，傳祚於後，子孫雖微弱播遷，猶承祖宗之業，有紹復之
望，四方與之爭衡者，皆其故臣也，故全用天子之制以臨之。
其餘地醜德齊，莫能相壹，名號不異，本非君臣者，皆以列
國之制處之，彼此鈞敵，無所抑揚，庶幾不誣事實，近於至
公。然天下離析之際，不可無歲、時、月、日以識事之先後。
據漢傳於魏而晉受之，晉傳于宋以至於陳而隋取之，唐傳於
梁以至於周而大宋承之，故不得不取魏、宋、齊、梁、陳、
後梁、後唐、後晉、後漢、後周年號，以紀諸國之事，非尊
此而卑彼，有正閏之辨也。〔註209〕

這段文字中，司馬光表明自己於《資治通鑑》中的正閏並無效法《春
秋》褒貶的意圖，而只是「敘國家之興衰」而已。在此前提下，他所採
用的標準正是「功業之實」，且不可「以道德者為正邪」，正可呼應歐陽
修「其德不足以道矣」的言論，反映以客觀記述歷史事實的「歷史家的
眼光」〔註210〕論定政權歷史地位之作法。然而，在此標準下的「正」
其實如同蘇軾之說一般，仍有兩類：其一，周、秦等大一統的帝國；其
二，在漢、晉之際、晉、隋之際、唐、宋之際等天下分崩離析時，取以
記事的曹魏、南朝與五代。且在後一類的「亂世」中，司馬光格外強調
自己乃是「不得不取」，又曰「非尊此而卑彼，有正閏之辨也」，可見
《資治通鑑》雖然「帝魏」且「帝梁」，但和「尊魏」、「尊梁」間其實
仍有距離。

　　基於以上所論，面對「強盛」與「道德」兩個標準矛盾時，詩歌與
史論的抉擇顯然已有所不同：對詩歌而言，「強盛」與否並不是考量的
重點，因此「強大卻失德」的「曹操」在詩歌當中大受批評，而同樣失
敗的「項羽」與「蜀漢政權」則因為「有德」與否而有了截然不同的褒

〔註209〕《資治通鑑》，頁 2187。
〔註210〕語出王記錄、閆明恕：〈正統論與歐陽修的史學思想〉，《貴州社會科
　　　　學》1996 年第 1 期（1996 年 1 月），頁 95。

貶評價；相對的，正統論辯作為史論文的一類，面對「曹魏」與「朱梁」兩大於德有虧的政權時，則無論是歐陽修、蘇軾或司馬光都再三強調「以有德者為正」的不可行，遂轉以從「強盛」的角度看待歷史的興衰。

三、正統論與詩歌道德化後的歧異

　　雖然在前一小節中，歐、蘇等人的正統論在在強調「道德」並非評斷正統時的依據，但正如歐陽修在〈魏論〉中所言：「今方黜新而進魏，疑者以謂與奸而進惡。」〔註211〕可見當時亦不乏對「帝魏」論點不以為然者，其中最具代表性即是「章子」。章子即章望之（？～？），蘇軾〈正統論〉嘗引其說云：「進秦、梁得而未善也，進魏非也。」〔註212〕其反駁歐陽修的文章雖已散佚，但從蘇軾文中所引述的段落仍可略窺其內容之一二，其中與道德問題較有關聯者有如下兩條：

　　　　得天下而無功德者，強而已矣，其得者霸統也。

　　　　鄉人且恥與盜者偶，聖人豈得與篡君同名哉？〔註213〕

可見章氏認為探討正統問題時不宜置道德不論，故政權有「正統」、「霸統」之別，君王有「聖人」、「篡君」之異，雖然其說幾乎都已被東坡一一駁斥，〔註214〕但他特別標舉「道德」觀念，卻足以讓我們了解：即

〔註211〕《歐陽修集編年箋注》，第 4 冊，頁 45。

〔註212〕宋・蘇軾著，宋・郎曄注：《經進東坡文集事略》（北京：文學古籍刊行社，1957 年），上冊，頁 149。部分章子之說不見於蘇軾原文，卻見於南宋郎曄之注文，故引章子之說時以此書為出處；惟此段文字郎曄本引東坡原文作「失而未善」，卻又於文下注引章子之說曰：「予以謂進秦得矣，而未善也。」蓋應作「得」。孔凡禮點校《蘇軾文集》之版本亦作「得而未善」，今從之。孔氏之說見宋・蘇軾著，孔凡禮點校：《蘇軾文集》（北京：中華書局，1986 年），第 1 冊，頁 121。

〔註213〕兩段引文分見《經進東坡文集事略》，上冊，頁 149、150。另外，曹魏除了因為道德問題而不得為正統，章望之同時以其未曾一統天下為反對的依據，其言曰：「漢與晉雖得天下，而魏不能一，則魏不得為有統。」見《經進東坡文集事略》，上冊，頁 151；司馬光〈答郭純長官書〉更指出在章子眼中曹魏甚至連「霸統」都不是，僅能稱為「無統」之政權，詳見《全宋文》，第 56 冊，頁 35。

〔註214〕參蘇軾〈正統論〉三首，見《全宋文》，第 90 冊，頁 85～89。

使北宋時頗具影響力之大儒如歐陽修、司馬光等，皆以史實、功業為判斷正統的重點，仍有文人著眼於道德之有無〔註215〕，且如此反面意見之聲勢甚至足以令蘇軾特地撰文反駁。

除了以章望之為代表的反對聲浪外，正如前章所言，歐陽修自己作《新五代史》也大力提倡「人理」，並以此為其史書的核心思想，如〈晉家人傳〉、〈雜傳〉中不斷被強調的「三綱五常」、「禮義廉恥」皆是將道德修養視為立身與立國根本的例證。在此脈絡下，「道德」自為解釋歷史時的重要標竿，其考量順序亦不應置於現實功業之後。對此矛盾，前人討論頗多，如劉浦江認為：「北宋中期儒學復興的時代思潮，使歐陽修的正統觀念和史學觀念發生了很大的轉變。」〔註216〕由此觀之，歐陽修的正統觀並不宜單據其早年的〈正統論〉而用「帝魏」、「帝梁」一言以蔽。

綜觀歐陽修全集，可以發現其文中探討正統問題的除七篇〈正統論〉外，猶有〈正統論序論、上、下〉，及附於其後的〈或問〉，以及〈魏梁解〉、〈正統辨上、下〉等篇，其中〈正統論〉三篇、〈或問〉與〈魏梁解〉等五篇被收入了《居士集》。根據周必大（1126～1204）〈歐陽文忠公集跋〉：「惟《居士集》經公決擇，篇目素定，而參校眾本，有增損其辭至百字者，有移易後章為前章者，皆已附註其下。如〈正統論〉、〈吉州學記〉、〈瀧岡阡表〉，又迥然不同，則收置外集。」〔註217〕可知《居士集》乃是歐陽修晚年親自擇定，而〈正統論〉則是其中被刪修至「迥然不同」者，故《居士集》中收錄的五篇應更貼近其對「曹魏」與「五代」的總結性判斷。而刪修之後的轉變，除前文言及的將「曹魏」與「五代」皆納入「絕統」之中外，首先可參其〈正統論下〉：

> 五代之得國者，皆賊亂之君也。……夫梁固不得為正統，而唐、晉、漢、周何以得之？今皆黜之。而論者猶以漢為疑，

〔註215〕除了章望之，司馬光在〈答郭純長官書〉中也記錄了對方「今以曹魏為閏」的說法，見《全宋文》，第56冊，頁35。
〔註216〕《正統與華夷：中國傳統政治文化研究》，頁48。
〔註217〕《歐陽修集編年箋注》，第8冊，頁574。

以謂契丹滅晉，天下無君，而漢起太原，徐驅而入汴，與梁、
唐、晉、周其跡異矣，而今乃一概，可乎？曰：較其心跡，
小異而大同爾。且劉知遠，晉之大臣也。方晉有契丹之亂也，
竭其力以救難，力所不勝而不能存晉，出於無可奈何，則可
以少異乎四國矣。漢獨不然，自契丹與晉戰者三年矣，漢獨
高拱而視之，如齊人之視越人也，卒幸其敗亡而取之。及契
丹之北也，以中國委之許王從益而去。從益之勢，雖不能存
晉，然使忠於晉者得而奉之，可以冀於有為也。漢乃殺之而
後入。以是而較其心跡，其異於四國者幾何？矧皆未嘗合天
下於一也。其於正統，絕之何疑？〔註218〕

此段文字中，一改早期的「帝梁」立場，反倒如〈晉家人傳〉般，將五
代帝王都斥為「賊亂之君」，一概視為「非正統政權」；同時在考量「心
跡」的情況下，認為劉知遠隔岸觀火、趁勢殺許王李存益，其「賊亂」
與其他四代的開國君王並無不同，再結合「未嘗合天下於一」的現實狀
況，最終論斷後漢同樣不得正統。由此可知：比起前期的〈正統論〉七
篇，歐陽修在刪修過後的正統論中雖然同樣注重是否一統天下的歷史事
實，但已不再強調「德不足道」，反而更重視作為開國之主的劉知遠
取得天下的手段是否正當，以及是否盡了臣子本分。然而，歐陽修在此
同黜五代，於《新五代史》中卻又將五代之君同列於「本紀」，仍不免
矛盾，故〈或問〉中有如此紀錄：

或問：「子於《史記》本紀，則不偽梁而進之，於論正統，則
黜梁而絕之。君子之信乎後世者，固當如此乎？」……梁，
賊亂之君也。欲干天下之正統，其為不可，雖不論而可知。
然謂之偽，則甚矣。彼有梁之土地，臣梁之吏民，立梁之宗
廟社稷，而能殺生賞罰以製命於梁人，則是梁之君矣，安得
曰偽哉？故於正統則宜絕，於其國則不得為偽者，理當然也。

〔註218〕《歐陽修集編年箋注》，第 2 冊，頁 38、39。

　　豈獨梁哉，魏及東晉、後魏皆然也。堯、舜、桀、紂，皆君

　　也，善惡不同而已。〔註219〕

此段文字可以視為歐陽修調和「善惡」與「事蹟」的自圓其說，認為堯、
舜、桀、紂雖善惡有別，卻無害其「為君」的事實；同樣道理，曹魏、朱
梁等政權雖然如〈魏梁解〉所稱：「三尺童子皆知可惡。」〔註220〕但依然
有其土地、人民、社稷、宗廟。在此現實因素之下，即使曹魏與五代都
是「絕統」，歐陽修作為史官，仍至多僅能採用「不沒其實以著其罪」〔註
221〕的春秋筆法，無法斥之為「偽政權」。如此解釋可以結合〈正統論下〉
論秦國之正統處討論，其言曰：「夫始皇之不德，不過如桀、紂，桀、紂
不廢夏、商之統，則始皇未可廢秦也。」〔註222〕這段文字與前引早期的
〈秦論〉幾乎如出一轍，是貫徹前後期始終未嘗改變的觀念，亦即「道
德」雖然可以用以評價一個君王的優劣，但不可作為判斷正統的標準。

　　除了「記史重實」的問題外，文人討論正統時其實仍有其他外在因
素，畢竟「正統論」向來有著「為政治服務」的特性。〔註223〕以「帝魏」
為例，觀察趙匡胤迫使後周恭帝禪位的開國情勢，與曹魏著實極其相似，
倘若以曹丕逼迫獻帝禪讓為「偽」，則採取相同手段取得天下的趙氏政權
又緣何取得合法地位？故章學誠《文史通議‧文德》曰：「陳氏生於西晉，
司馬生於北宋，苟黜曹魏之禪讓，將置君父於何地？」〔註224〕蓋在此脈
絡下，司馬光「帝魏」乃是為了「正宋」別無選擇的決定，未必代表溫

〔註219〕《歐陽修集編年箋注》，第2冊，頁54。

〔註220〕《歐陽修集編年箋注》，第2冊，頁75。

〔註221〕《歐陽修集編年箋注》，第2冊，頁76。

〔註222〕《歐陽修集編年箋注》，第2冊，頁36。

〔註223〕如汪文學提出：「正統問題……首先是一種政治觀念，然後才是史學
　　　　　觀念，因為古代中國的史學是為政治服務的。」皮慶生也認為正統論
　　　　　「與宋王朝本身的歷史地位有密切關係」。見汪文學：〈再論中國古代
　　　　　政治正統論〉，《貴州文史叢刊》1998年第6期（1998年12月），頁
　　　　　30～31；《中國思想史參考資料集‧隋唐至清卷》，頁92。

〔註224〕清‧章學誠著，倉修良編注：《文史通議新編新注》（浙江：浙江古籍
　　　　　出版社，2008年），頁136。

公心中認同曹魏政權。〔註225〕北宋文人一方面批評、貶抑曹魏，另一方面卻又必須以其為正統的兩難處境，正可呼應史學研究中「封建史學的二重性」理論，亦即傳統歷史著作反映了封建統治者的二重需求，亦即一方面希望在歷史中吸取真實經驗教訓、二方面卻又要求史書證明自己的政權合乎天意。〔註226〕如此現象自兩漢至北宋皆然──甚至歐陽修等史家們所面對的窘境遠不止「二重」。除了《漢書》面對的資鑑意識與政治壓力外，同時還必須考量作史時「記事」的需求與史家「記實」的本分，儒學復興以後導致史觀變革，更涵蓋了「道德批評」的新評價標準。在前面幾章中，討論的人物或為隱士、或為忠臣、或為高官，無論如何都仍是「個人」，史書如何褒貶都不致影響當代的正統地位，然而本章所論之「解釋亂世」評價的對象卻為政權，直接與趙匡胤的開國局勢相關，牽涉更複雜的政治需求。多重因素的作用下，即使歐陽修、司馬光等人極力設法自圓其說，仍不可避免地有矛盾處，如本節中所言，《新五代史》正梁而〈正統論〉黜梁即是典型例證。

　　若再結合前一節中論及的詩歌，則其矛盾更為顯著──從前文可知，「蜀漢」可以視為本文討論的四大亂世中最貼近「失敗卻有德」一類的政權，對於其「德」，陳師道亦有論及，其〈正統論〉云：「漢中，邦之舊也，劉葛之所造也、君子之所向也，而地則四隅也，德遠而功邇，君子不得而私焉。」〔註227〕此段文字同樣探討三國正統問題，但不從批判曹魏失德著手，反而稱頌蜀漢「德遠」，只不過因為「功邇」的事實，因此「君子不得而私焉」。此為史家論「正統」時的先天限制，故司馬光作《資治通鑑》時亦僅能隱約流露對蜀漢人物的惋惜與認同。

〔註225〕除了司馬光是否「尊魏」值得存疑外，在《資治通鑑》中其實同時或隱或顯流露著對蜀漢政權與人物惋惜或認同的情感，說可詳參田浩：〈史學與文化思想：司馬光對諸葛亮故事的重建〉，《中央研究院歷史語言研究所集刊》，第73本第1分（2002年3月），頁165～198。

〔註226〕此理論為吳懷祺首次提出，其以《漢書》為例說明封建史家所面對的二重困境，可詳參氏著：《中國史學思想史》（合肥：安徽人民出版社，1996年），頁88～92。

〔註227〕《全宋文》，第123冊，頁334。

然而，詩歌則無此必要，即使史論以「帝魏」為大宗，北宋詩言及「蜀漢」時仍大多持正面態度，甚至直接以其為正統，如張耒〈梁父吟〉：「君看慷慨有心者，乃是山東高帝孫。老瞞赤壁抱馬走，紫髯江左空回首。」〔註228〕便採用了劉備為漢室宗親的觀點，並認為其因此而得以抗衡甚至擊敗曹操與孫權。王安石〈諸葛武侯〉：「漢日落西南，中原一星黃。」〔註229〕蜀漢地處西南庸蜀一帶，王安石稱「漢日」落於此，其心中褒貶顯然可見。曾鞏〈隆中〉：「垂成中興業，復漢臨秦川。」〔註230〕以「中興」、「復漢」稱之，顯然將蜀漢視為直承東漢的正統政權，故可使漢祚絕而復續。馮山〈武侯廟〉：「統正圖王策，關張汗馬勞。」〔註231〕同樣直稱蜀漢之「統正」。若此種種，皆可見得北宋詩人對蜀漢的認同，及詩歌與正統論、史書立場的歧異。

　　兩相對照之下，可以發現北宋的史論與詩歌其實都是史學道德化的產物，不過由於文類不同，所受的影響亦輕重有別──純粹的歷史著作或「為政治服務」的正統論中，雖然都已可見「道德」判斷之端倪，但唯有當史學融入詩歌而成為詠史詩時，始能免於多重的封建史家困境，使作品得以單純傳遞「以道德為標竿」的人物褒貶，我們也得以循此進路，探討士人們在正統論或史書中不便公之於世的意見，從而更完整地建構出時人「解釋亂世」的視角。

小結

　　本章以「解釋亂世」為主標，藉由六大亂世中詩作數量較豐富，且牽涉正統、天命問題的春秋戰國、楚漢、三國三個時期為材料，接續前章脈絡透過「道德」與「功業」兩條進路探討北宋文人於詩歌中如何解釋亂世的天命與正統問題。

〔註228〕《全宋詩》，第20冊，頁13039。
〔註229〕《全宋詩》，第10冊，頁6502。
〔註230〕《全宋詩》，第8冊，頁5563。
〔註231〕《全宋詩》，第13冊，頁8657。

正如《漢書》「順德者昌，逆德者亡」一語所言，順德與否為判斷政權興亡的關鍵，第一節即循此脈絡分析項羽與劉邦的勝敗。從而發現項羽「天亡我也」的說法在北宋詩歌中並不獲認同，反而大多數詩人抱持「剛強必死仁義王」的心態，認為項羽之敗導因於其失德，並無「不可控之天意」的介入，取而代之的是親向有德者的「天命」。同時也正因如此，項羽的形象開始由「悲劇英雄」轉化為「失德敗者」，對比於此，劉邦則成為了「仁德之君」。即使劉邦一統天下後藐視儒生、誅殺功臣等行為在詩歌中亦不乏批判之例，但整體而言仍可稱為「相對有德」的一方。正因如此，大漢得以取得天下，《漢書》所言也在楚漢相爭中可以成立。

然而，若跳脫楚漢時期即可發現，在大多數的亂世之中「順德者昌」的解釋其實並不管用，更多情況下「道德」與「功業」是矛盾的，秦始皇與曹操即是「逆德而王」的顯例。面對前者，詩人選擇轉而聚焦秦代國祚僅維持十五年的事實，從而證成「德義苟不修，忽焉亡其操」的論斷；後者的形象則在由唐入宋時發生了顯著轉變，北宋詩人一改唐人筆下曹操的英雄形象，格外強調其「嗜殺」、「不臣」等失德之舉而廣受批評，由此可見詩人面對「強大卻失德」的領導者時「瑜不掩瑕」的嚴格審視態度。對比於此，「失敗卻有德」的蜀漢卻成嘆惋及遺憾的對象，詩人甚至將其敗亡歸因於「諸葛亮天不假年」的不可控因素，與批評項羽時的傾向截然不同。

透過前述討論已經顯然可見，道德除了影響勝敗，更左右詩人看待失敗者的看法。對道德的如此重視同時也作用於當時討論「天命」與「正統」問題的史論及史籍中，「雖曰天命，豈非人事」的看法由此大行其道，判斷正統時雖然仍採取「強盛與否」的標準而正秦、正魏，但透過章望之的反對意見及歐陽修晚年的自我修訂，皆可見得「道德」問題已經進入論正統之史家的視野。只不過在「道德化」成為大趨勢以後，天命仍不可否認部分與人事無關、正統論受政治情勢與史家本分的限制較大，詩歌的價值由此被凸顯，令後人得以從不同的角度探析當時文人「解釋亂世」的理論依據。

第伍章　結　論

　　本文以北宋詠史詩為研究範疇，透過詩作數量最豐富、最容易歸納出時代特色的「亂世」主題，分析北宋詩人書寫亂世的視角與此觀點在歷時性脈絡下的價值。以下即將由章節架構著手，簡要回顧本文於各章中的結論。接著以宏觀的視角觀照全文，提出北宋詩人詠史時最重要的價值標竿，並說明此一標準如何貫串三類型的人物。最後以本文的發現為基礎，提出在本論題的範圍限制下未能詳盡處理的論題，以為將來更進一步發展研究的方向。

　　首先在「安處亂世」一章中，可以發現北宋詩人書寫「范蠡、文種」與「張良、韓信」兩組人物時，雖然多有流露自身對「功成不居」、「急流勇退」羨慕之情的作品，但更顯著的現象卻是「忠」的凸顯，以文種最為典型：由吳筠的「自保為尚」轉而成強調趙抃筆下的「死國忠魂」。相似的狀況也發生在屈原主題詩作中，雖然時人可以蘇軾、李覯為代表分作兩派，對「自沉汨羅」的選擇提出迥然不同的觀點，然而異中有同，雙方皆對屈原忠節的「獨醒」節操表露讚許之意。進一步言，此處之「忠」實可擴大成為「道德操守」，並幾乎涵蓋本章所探討的所有人物：小至范蠡、張良退隱江湖反映的「不慕榮利」，大至文種、屈原犧牲奉獻的「忠君死國」，甚至四皓、嚴光隱於山林時「端正風俗、垂範後世」的影響力皆是「道德」的不同面向。同時，更因為「道德」

的作用無分出世與否,即使士人選擇了「隱」,亦能夠心繫天下、保持「不忘其君」的忠君理念,從而結合道家思想脈絡下的「不忘其身」,達至兼顧二者,對仕隱無適無莫的理想「安處」型態。

其次,「評價亂世」一章以「為官者」作研究對象,分為「道德」與「功業」兩條進路探討北宋詩人對歷史名臣的評價標準。就「道德」層面言,單一人物的詠史詩不乏開展出嶄新書寫面向之例,如伍子胥之「忠孝」即然,甚至在前一章「進退」主題中唯一不被標舉道德的韓信亦有「禮賢下士」之德入詩。與此可以呼應的特色猶有新人物的歌詠:紀信、嚴顏等以「忠節」著稱但不為唐人重視的人物,以及安史之亂時雖無顯著功勳,但有著忠烈事蹟的張巡、許遠、顏真卿等人在北宋時期都成了詩歌創作的題材,且其數量和地位甚至超越了同時的名將如郭子儀。由此,正可見得當時詩人在「道德」與「功業」中的輕重選擇為何,且如此傾向更連帶影響了將相功業的書寫——北宋詩人在面對開國功臣與弱國砥柱時,雖然無從否認歌詠對象的蓋世之功,但在功業的背後卻隱含了道德的標準,致使白起一類空有功業而無德行的人物非但不受稱頌,更反而成為被批判的對象。若將此與當時的其他作品乃至思想背景進行共時性比較,則可發現此類「道德」影響「功業」的現象可以在當時找到明確的意見支持,如司馬光《資治通鑑》便直稱貳臣如再嫁之女,即使有才亦無足論。此外,在北宋儒學作用的時代特徵下,其實「內聖」與「外王」皆是儒家思想的重要內容,惟必須先內後外,由此觀之,即無怪乎宋人探討外在之功時皆仍重視內在的修養。然而,即使「功利主義」已不再是宋人立身處世之原則,面對「道德」、「功業」兩全的典範人物時,仍不免投以欽慕甚至類比之情。諸葛亮便是箇中顯例,其甚至成為了范仲淹對自我「出將入相」的期許,若加上孔武仲、馮山詩中「醜虜」一詞的使用,更可見得孔明在北宋詩中儼然已經成為論兵、抗敵的寄託對象。

最後一章「解釋亂世」則將前節所論的「功業」與「道德」擴而大之,成為一個政權採行德政抑或追求強盛。在此脈絡下,可以發現詩

人筆下的楚漢與三國其實恰好分成兩個典型：劉邦與項羽遵循著「順德者昌」的脈絡，促使「逆德」的項羽形象從悲劇英雄被醜化為敗者，劉邦則成為相對有德的一方，其一統天下後的行為瑕疵則不為詩人所重視。另一方面，曹魏與蜀漢恰恰相反，就失敗的蜀漢而言，劉備與孔明的君臣相得在在受到詩人歌詠；在最為強大的曹魏中，曹操父子嗜殺、不臣的失德之舉卻成為時人大肆抨擊的對象。在這樣道德與強盛的矛盾中，北宋詩人的處理方式蓋可以「轉換視角」概括：面對蜀漢之敗亡時，反面看待「君臣相得」的得賢一事，認為失去賢才造成國家之衰亡，循此脈絡將蜀漢失敗的原因歸諸不可掌握的天命，是諸葛亮天不假年的結果，與道德已無關聯。面對曹魏之盛則可結合秦始皇的霸業來看待，曹魏雖盛但畢竟未曾一統天下，最後更反為司馬氏所篡、秦始皇雖成就了大一統帝國，然國祚僅有短短十四年，足以證明憑藉力量取得的天下難保長治久安，且在「瑜不掩瑕」的嚴格審視下，曹操個人更成為了詩人大肆批評的對象。綜合以上，在對亂世人物的評價中被再三強調的道德問題於解釋亂世時其實亦然──在道德之有無恰好可以解釋天命之去向的前提下，詩人便以此說明劉邦、項羽之興亡；若不然，則轉以其他角度看待，如蜀漢之「失賢亡國」，曹魏與秦始皇則是「德義苟不修，忽焉亡其操」的例證。

綜合以上所得結論，不難發現北宋詩人書寫亂世的最大共同特色即是對「道德」的重視，若以學界論宋詩慣於使用的「翻案」一詞來看待，則如此「道德化」的轉變正可謂北宋詠史詩最大的「翻案」──改變的唐人舊說，開展出了與唐代迥異的書寫面向。因此在本文中，從「隱者」、「臣子」到「帝王」，三個類別的人物都發生了顯著的唐宋轉變：就「隱者」而言，「范蠡、文種」忠誠與否的問題並未受唐人重視，四皓、嚴光特別被標舉的隱士之德更未曾見於唐詩。就「臣子」而言，紀信、嚴顏等忠烈之士在唐詩中皆未有足夠的關注，關羽、諸葛亮的形象則分別由勇武、智慧開始向「忠義」轉化。就「君王」而言，雖然秦始皇、劉邦、劉備的差異不大，但項羽和曹操的形象皆發生顯著的醜

化，從唐代的「褒貶參半」到北宋成為了純粹的敗者、鬼蜮之雄〔註1〕。
且值得注意的是，曹操與曹魏政權為既得利益者，但因為道德而備受
抨擊。相對於曹氏，項羽在楚漢相爭中輸卻天下，本當為悲劇英雄，在
北宋詩人筆下卻仍被放在同等嚴苛的道德標準中審視。可見在此形象
轉變的過程中，書寫對象在歷史上得利與否並不是考量的重點，首要
的褒貶關鍵仍在於道德之有無。在標舉「道德」的風潮中，透過歐陽修
在《新五代史》中對「忠於一朝」的強調可以更進一步發現，「忠」蓋
可視為各式德目中最受重視的一類。此一特色就從正面來看，影響了
北宋詩人格外注重「忠義」的時代共性，也因此而發掘出唐人較少著墨
的「忠烈」書寫面向；就反面來看，則導致了「不忠」之臣備受批評的
現象，如「解釋亂世」一章中的曹操案例便可呼應前兩章所提出的「忠
節」問題，透過詩人針對其人提出之「豈能于漢作純臣」的評斷與「若
使曹公忠漢室」的假設，正可見得在北宋「貶斥勢利，尊崇氣節」的時
代背景下，面對爭議人物時有別於前代的選擇。

　　誠如緒論中所述，北宋文人看待歷史的道德化眼光，早已見於現
有史學界的研究中，如劉浦江《正統與華夷》中的〈正統論下的五代史
觀〉一章旨在分析儒學復興對五代地位的影響、劉復生《北宋中期儒學
復興運動》中的〈史學更新與儒學復興思潮〉一章則意在探討道德標準
對當時《新五代史》、《唐鑑》等歷史著作的影響何在。研究成果顯然頗
豐，若將其與本文之發現相互參照，即可見得「北宋詠史詩」與當時
「史學發達之背景」的關係與互動：由於「慶曆之際，學統四起」的現
象著實顯著，因此前人多著力發掘儒學復興對史學的影響，並藉由北
宋的史論、史著探討當時的史學轉型，如劉復生《北宋中期儒學復興運
動》一書便透過范祖禹《唐鑑》批評肅宗「太子叛父」的例子，證成時
人在史書中灌注「三綱」之儒學精神的現象。〔註2〕姚瀛艇於《宋代文

〔註 1〕語出蘇軾〈孔北海贊〉：「曹操陰賊險狠，特鬼蜮之雄耳。」見《全宋
　　　　文》，第 91 冊，頁 324。
〔註 2〕劉復生：《北宋中期儒學復興運動》，頁 98、99。

化史》中亦以歐陽修《新五代史》為例，認定「宣揚封建倫常思想從而鞏固封建政權是宋代史學的一個突出的特點」。〔註3〕在純粹史學的研究之外，本文以位處「文學」與「史學」交集處的詠史詩為研究材料，發現北宋詠史詩的創作傾向與當時史學的發展態勢高度重合，如司馬光對馮道的批評即可與北宋詩中對白起、吳起之貶抑相呼應。除此之外，「史學」作為中國傳統的重要學問，早自司馬遷〈太史公自序〉以來即揭示了「資鑑」的效果，其文曰：「罔羅天下放失舊聞，王跡所興，原始察終，見盛觀衰。」〔註4〕此語可與〈報任安書〉中的「稽其成敗興壞之理」〔註5〕相呼應，顯見從前人的盛衰成敗汲取教訓，乃是司馬遷撰《史記》的一大目的。除司馬遷外，《五代史》修成時，唐太宗勉勵史臣們云「覽前王之得失，為在身之龜鏡」亦頗重「以史為鏡」的一面。〔註6〕降及北宋，司馬光作《資治通鑑》顯然同為此一傳統下的產物。若結合「資鑑」的觀念來審視北宋詠史詩「重視道德」的特色，則可發現司馬遷所謂「成敗興壞之理」以及唐太宗指稱的「前王之得失」，其實對北宋詩人而言皆是道德操守的有無。畢竟正如前章所言，「順德者昌，逆德者亡」是當時文人最理想的「解釋亂世」模式，故有唐庚「由來仁義行終穩」的說法，強調仁義道德可以帶來政權的穩定。因此，雖王德保〈以史為鑒與道德評判——論司馬光的詠史詩〉一文已經提及司馬光將「以史為鑒」的意識注入其詩歌中，然實則不止於此，在北宋文人「道德化」的詠史視角中，「資鑑」的痕跡在所多有——如許彥國「剛強必死仁義王」、劉敞「德義苟不修，忽焉亡其操」等，皆可視為以德、義告誡為人君者當行仁政的例證。由此觀之，北宋詩人詠史詩格外強調「道德」，除了受儒學復興之思潮影響外，另一方面則可視作「資鑑」前提下的產物。兩股力量作用之下，始造成詠史詩中的「道

〔註3〕姚瀛艇主編：《宋代文化史》，頁439。
〔註4〕見《史記》，頁3285。
〔註5〕見《漢書》，頁2735。
〔註6〕太宗原文見《冊府元龜》卷 554，〈國史部‧恩獎〉。轉引自瞿林東：《中國史學史綱》（臺北：五南圖書，1999 年），頁 195。

德」地位受到空前提升。在相關前行研究中,謝琰《北宋前期詩歌轉型研究》雖已稍稍言及「道統意識」的崛起以及事功觀念入宋以後受到的挑戰,然其全書畢竟非專論詠史之作,故僅以北宋前期胡宿〈淮南王〉、宋庠〈世事〉等零星數例說明詠史詩中的道德成分。本文接續謝氏研究之端緒,以北宋儒學復興、史學發達的背景探討當時詠史詩道德化之特色──相對於「以功業為立身處世原則」的唐人,北宋詩顯然發生了劇烈變化,足以作為南宋詩風的先河。是故,結合本文與現有的唐宋轉型、兩宋詠史相關研究成果,當可以北宋為轉捩點更細膩地刻劃出唐宋時期數百年間的詠史詩演變軌跡。

　　前段所言,尚且是「史學」對「詠史詩」的單向影響,然後者作為詩歌作品,其與《資治通鑑》等典型的史學著作仍有根本的差異──即使如劉復生所言,史學在北宋已經被轉化為「儒學的純正工具」,〔註7〕單以史書為例證仍不足以解決「無論再怎樣腐敗或在歷史上無足輕重,一個皇帝總有資格在正史中佔據一篇單獨的『紀』」〔註8〕的問題,畢竟史書猶有不能單純以道德評價人物的不得已之處,史家撰史時有「記實」的責任、探討正統問題時則牽涉政治的力量,這都造成了其他史學領域即使處在「儒學復興」的思潮中,仍然受到多重因素左右,從而弱化了道德化的影響。故若著眼於此,則觀察時人史觀時,「詩歌」實可視為比史書更合適的媒介,畢竟相較於史學著作,詠史詩作為「言志」傳統下的產物,其以「道德」判準探討歷史人物仕隱的修養、功過之評價,乃至君王與政權天命歸屬的現象,除了反映詩歌受到史家責任、政治力量等其他因素影響較小外,更可見「道德」乃真正觸動北宋詩人內心深處之「志」,是「情動於中」的展現。〔註9〕且正如陳國球

〔註7〕說見劉復生:《北宋中期儒學復興運動》,頁92。

〔註8〕說見許鋼:《詠史詩與中國泛歷史主義》(臺北:水牛出版社,1997年),頁63。

〔註9〕「情動於中」一語首見於〈詩大序〉:「詩者,志之所之也,在心為志,發言為詩。情動於中而形於言,言之不足,故嗟歎之,嗟歎之不足,故詠歌之,詠歌之不足,不知手之舞之,足之蹈之也。」誠然,在毛

所言，在「言志」的抒情詩學中，雖然情感、情緒的波動在個人，但其指涉範圍卻可以擴展到公共領域，達致「通諷喻」的功能。〔註10〕結合其說，更可見得北宋詠史詩「重道德」的價值所在——一方面可知北宋詩人「入心」、擾動情緒的關鍵實為歷史人物的修養與操守，二方面可見詩歌雖為詩人抒發一己之情的媒介，卻仍可達成教化的效果。

　　在凸顯「詠史詩」受史學影響卻又不同於史學的獨立價值之後，本文另於詩作分析間，得出數點北宋詠史詩作為一詩歌體式的寫作特徵，蓋可再次強化「詩」與「文」、「史」的差異之處：首先，接續著前文「詩言志」的討論，若比對同一作者同一主題的詩文，即可顯然見得詩歌當中有著更多心裡的往復思考。以王禹偁的「四皓」主題作品為例，在詩歌中，作者頗多「詠懷」類的內容，如〈四皓廟二首〉其一言及「況我謫宦來」的種種、〈別四皓廟〉云「明朝欲別採芝翁」反映臨別的戀戀不捨，前文未引用的〈遊四皓廟〉中更云：「紫芝欲採非仙骨，紅藥曾題是近臣。」〔註11〕明白表示了詩人在「自身」與「四皓」之間不斷對照思考，從而表露雖然四皓可慕，但自己終究不能為之的心境。若此的心理描寫在碑文中則皆不可見，〈四皓廟碑〉除了韻文部分對「隱」、「功」、「德」三個面向的稱頌外，前半的非韻文內容更有「欲使立朝廷、為臣子而挾幼沖、圖富貴者聞而知懼」的期許。總括而言，無論寫作目的是歌詠四皓高風抑或實踐春秋筆法，皆無法從中看出王禹

詩序中其著重點在於詩、樂、舞的關聯處，而非專論詩。然而，唐人孟棨於其《本事詩》中復用此語云：「詩者，情動於中而形於言。故怨思悲愁，常多感慨。抒懷佳作，諷刺雅言，雖著於群書，盈廚溢閣，其間觸事興詠，尤所鍾情，不有發揮，孰明厥義？」在其語境中，則已特別強調「詩」與「情」的關聯，故本文於此仍以「情動於中」四字以說詠史詩。〈詩序〉原文見《毛詩注疏》（臺北：藝文印書館十三經注疏本，1979年），卷1，頁12～19、《本事詩》原文見丁福保編：《歷代詩話續編》（北京：中華書局，1983年），頁2。又「情動於中」一說的詳細探討可參王德威、陳國球主編：《抒情之現代性》（北京：三聯書店，2014年）。

〔註10〕說參陳國球：〈「抒情」的傳統〉，收入《抒情之現代性》，頁5～34。
〔註11〕《全宋詩》，第2冊，頁715。

倆內心的掙扎。此一特色正可呼應高友工所提出之「內省的抒情美典」，其於〈中國文化史的抒情傳統〉一文中，不斷強調抒情傳統在〈古詩十九首〉之後便發生了顯著的「內化」與「自省」現象，並認為此一轉變影響了後世的「詠懷」、「感遇」詩。〔註12〕第二章分析〈四皓廟二首〉其一時便已言及詩之後半論己身謫宦心情時頗近「詠懷詩」，從這樣的作法以及高氏之說，蓋可明顯見得「詩歌」體裁即便援引史事，仍格外重視呈現個人內心，與文、史的差異亦於焉凸顯。

由此可以延伸而來的即是第二點：以史寄情。陳吉山於其學位論文中已經提及「寄情史實」為北宋詩人常用的手法，並引曾鞏〈隆中〉說明其人對孔明「魚水相後先」之君臣遇合的欽慕之情。但可以補充的是，正如前段所言：在「內省」的抒情之下，詩人往往格外強調「自身」與「個人」，這也就造成了如王安石〈張良〉般的例子，直以「吾」、「我」稱張良，顯然已經不只是「寄情史實」而是「寄情古人」，直接讓自己等同於歌詠的對象，達致自我比附、自抒抱負的效果。在這樣的情況下，詩作中的歷史事件或歷史人物，既已雜入作者生命際遇的思考甚至成為豪情壯志的寄託，自然難以謂之理性與客觀，更貼近抒情言志的一面。雖然不可否認仍有如司馬光者，詠史時幾乎無抒情成分，反而強調史家資鑑意識的貫串，致使其詩中的客觀敘述往往佔了主要地位。〔註13〕然而事實上若綜觀北宋詠史詩，則可發現不只如曾鞏、王安石詩一般旨在「借古人酒杯，澆胸中塊壘」者喜「寄情」，對大多數詩人而言，即便明確強調「以史為鑒」之用意仍有豐富情感流露，如前引許彥國之〈虞美人草行〉即然。又如王令〈過伍子胥廟〉，其詩雖亦有誡人以「佞嚭」為借鏡、莫為奸臣的目的，但從詩末對伍子胥際遇的不平之歎來看，同樣可以視為「寄情於史」的例子。由此可見，即使

〔註12〕 高友工：〈中國文化史中的抒情傳統〉，收入《中國美典與文學研究論集》（臺北：國立臺灣大學出版中心，2004年），頁104～164。

〔註13〕 見王德保、楊曉斌：〈以史為鑒與道德評判——論司馬光的詠史詩〉，頁93。

在北宋時期豐厚的史學背景下，詩人依然多採取「寄情」的筆法、以「文學家身份」創作詠史詩，如司馬光般以純粹理性的歷史家視角書寫者畢竟屬於少數。

　　除前述兩項外，「詩歌稱頌人物時夾雜『神化』筆法」蓋可視為第三點特徵。要言之，較諸分工細膩的「文」，詠史詩書寫的內容更可遊走於「神」與「人」之間——在「文」的領域中，各類文體的應用情境均有不同，致使一旦文體改變，則即便作者與書寫對象都相同，也容易開展出迥異的內容方向。以韓愈的〈柳子厚墓誌銘〉與〈柳州羅池廟碑〉為例，在墓誌銘中，韓愈客觀記錄了柳宗元的一生，僅有文末銘文處言墓穴「既固且安」能「利其嗣人」與人事作為無涉；〈柳州羅池廟碑〉則不然，文中頗多如「過客李儀醉酒，慢侮堂上，得疾，扶出廟門即死」等絕無可能出現在墓誌銘中的神異記述，「前時少年，勇於為人，不自貴重顧籍」一類針對作為「人」的柳宗元之評價，反而在碑文中幾不可見。〔註 14〕相對於此，詩歌面對已立祠廟的人物時，則可同時涵蓋兩個面向的內容，如鄭獬〈留侯廟〉詩中即有「攝袖見高祖，成敗由指麾」與「兩鬼守其門，帳坐盤蛟螭」等句，前者屬於生平事蹟的記述，近似墓誌銘或傳文會出現的內容、後者牽涉神異化書寫，則僅有可能見於祠廟碑中。此一特色，蓋可視為詩人歌詠「已立祠廟」的人物時，除「過分崇敬」之外的另一種解釋進路，從而見得詩歌相對於碑誌強調「實用性」，更能夠自由抒發一己之心意的文體特徵。

　　最後一項則是詩歌看待「隱者」時與史書的歧異：在第二章中，已然可見無論刁衎、龐籍、范仲淹等高官，抑或林逋、魏野等隱逸詩人，對歷史上的隱居之士皆以正面評價為基調，但史書則不然。史家「退處士」的主流意見可以由「隱逸傳」在類傳中的編排位置見其端倪——以歐陽修編撰的《新五代史》與《新唐書》為例，《新五代史‧一

〔註 14〕韓愈二文參唐‧韓愈著，馬其昶校注：《韓昌黎文集校注》（臺北：世界書局，1960 年）。〈柳子厚墓誌銘〉見頁 527～532、〈柳州羅池廟碑〉見頁 509～512。

行傳》前有死節、死事，《新唐書・隱逸傳》前則有忠義、卓行、孝友。
若一併觀察元人編撰的《宋史》，則可發現《宋史・隱逸傳》被置於循
吏、道學、儒林、文苑、忠義、孝義之後，僅優於列女、方技以及往後
的外戚、宦官、佞幸、姦臣等，顯見地位更加低落。由此可見，即使歐
陽修安放「隱逸傳」的位置較諸脫脫已經相對靠前，但仍比不上在本文
第三章中被討論、以道德著稱的臣子。這與詠史詩中極力強調隱者「矯
世勵俗」之貢獻，乃至納為變相「功臣」、賦予崇高地位的作法，顯然
有所不同，蓋可視為「詩」與「史」觀點的另一歧異處。

　　除前揭示之四點，北宋詩人詠史時猶有其他值得一提的特色：如
整體而言強調「歷史人物」而非「歷史事件」，以及透過對管仲的歌頌，
可見時人「忠」的觀念已由「忠於一君」轉向「忠於一國」等等皆然。
行文至此，藉由前述儒學、史學對詩歌的影響，以及詩人詠史的特色與
發明等等，北宋詠史詩的獨立地位當可於焉顯現，援以呼應緒論中所
提出之研究現況，裨補前行成果中的不足之處。最後正如緒論中提及
的，本文的發現猶可在歷時性的比較脈絡下見得價值：由前文論道德
化的轉變處已然可知北宋詩歌如何上變有唐，至若下啟南宋的地位則
可由曹操、諸葛亮兩個三國人物見其端倪——如前所言，朱熹《通鑑綱
目》向來被認為是奠定「蜀漢正統觀」的關鍵著作，透過本文正可補充
南宋以前的轉變軌跡，說明「尊蜀」與曹魏地位之下降皆非一蹴而幾，
北宋時期便已有跡象。相對於曹操牽涉正統的大問題，諸葛亮則較屬
個人形象史的範疇。雖然早在唐詩中孔明即為熱門的歌詠對象，但唐
人筆下無論重點在於稱頌才業或哀惋命運，皆未著眼於其「忠義」的一
面。在此情況下，北宋詠史詩側重「忠」之道德傾向，恰好提供了一條
連接的橋樑，令宋庠、范鎮等人的作品成為陸游甚至文天祥的先聲。此
二人之例，蓋可視為北宋評價、解釋亂世之標竿影響南宋詩人的代表
性例證。

　　定位本文之價值以後，於全文之末將以三個相關但未暇處理的論
題作結。首先是與俗文學研究的結合：本文畢竟牽涉許多人物形象塑

造的問題，且又以「亂世」為核心，致使許多詩歌歌詠的人物都是俗文
學中的熱門研究對象，以關羽為例，現今可見的研究大多著力於從官
方冊封和元代雜劇兩個路線為《三國演義》中義薄雲天的形象溯源，詩
歌則是相對較少人關注的領域。〔註15〕然而，宋代及以前的俗文學研
究材料大多已經散佚，在此情況下，本文提出之「關羽由勇武往忠義的
轉化」正可為其「義絕」形象的建構提供助力。其次為「下啟南宋」的
問題：雖然誠如前段所論，曹操、諸葛亮兩個主題皆有如線性變化，從
唐代到南宋逐漸加強「奸雄」與「忠義」的形象比重。但若著眼於嚴光
與項羽，卻可發現南宋人對隱士者流大多不齒，對項羽則往往帶有同
情共感的筆觸，此蓋與南宋特殊的時代背景有所關聯，由此當可探討
兩宋詩歌書寫同一人物的迥異視角。最後則是「文體與內容」的問題：
緒論中提到，史家撰寫詠史詩時的視角是本文觀察的一大重點。事實
上，歐陽修也確實在〈正統論〉和〈答謝景山遺古瓦硯歌〉中展現了不
同的觀點，本文將此間差異歸因於「史家本分」與「政治訴求」。然而，
若擱置「正統論」，在其他史論如司馬光《資治通鑑》之論贊中，卻又
不乏可以與詩歌呼應的觀點。由此觀之，探討不同文體中所受其他因
素影響之多寡，從而分析看待同一歷史事件或人物時的觀點差異，當
為將來可以著力發展的方向。

〔註15〕　如顏清洋《從關羽到關帝》一書著眼於關羽從人到神的神格化過程、
　　　　　洪淑苓《關公「民間造型」之研究——以關公傳說為重心的考察》則
　　　　　在書名中即明白揭示以民間傳說為研究對象。見顏清洋：《從關羽到關
　　　　　帝》（臺北：遠流出版社，2006年）、洪淑苓：《關公「民間造型」之
　　　　　研究——以關公傳說為重心的考察》（臺北：國立臺灣大學出版委員
　　　　　會，1995年）。

參考文獻

一、傳統典籍

1. 《毛詩注疏》，臺北：藝文印書館十三經注疏本，1979 年。

2. 春秋·老子著，朱謙之撰：《老子校釋》，收入《新編諸子集成》，北京：中華書局，2000 年。

3. 戰國·孟子著，清·焦循注：《孟子正義》，臺北：世界書局，1992 年。

4. 戰國·莊子著，清·郭慶藩集釋，王孝魚點校：《莊子集釋》，北京市：中華書局，1995 年。

5. 漢·司馬遷著，劉宋·裴駰集解，唐·司馬貞索隱、張守節正義：《史記》，臺北：鼎文書局，1981 年。

6. 日·瀧川龜太郎：《史記會注考證》，臺北：萬卷樓出版社，1993 年。

7. 漢·班固著，唐·顏師古注：《漢書》，臺北：鼎文書局，1986 年。

8. 漢·曹操著，劉殿爵、陳方正、何志華編：《曹操集逐字索引》，香港：香港中文大學出版社，2001。

9. 魏·曹植著，劉殿爵、陳方正、何志華編：《曹植集逐字索引》，香港：香港中文大學出版社，2001 年。

10. 西晉·皇甫謐撰，明·吳琯校：《高士傳》收入《古今叢書》，明吳琯校刊逸史本。

11. 西晉・陳壽著、裴松之注：《三國志》，臺北：鼎文書局，1977 年。

12. 東晉・陶淵明著，龔斌校箋：《陶淵明集校箋》，臺北：里仁書局，2007 年。

13. 劉宋・范曄著，唐・李賢等注，晉・司馬彪補志：《後漢書》，臺北：鼎文書局，1981 年。

14. 梁・劉勰著，黃叔琳注，李詳補注，陽明照校注拾遺：《增訂文心雕龍》，北京：中華書局，2000 年。

15. 梁・沈約著：《宋書》，臺北：鼎文書局，1980 年。

16. 梁・蕭子顯著：《南齊書》，臺北：鼎文書局，1980 年。

17. 梁・蕭統編，唐・李善、呂延濟、劉良、張銑、呂向、李周翰注：《六臣注文選》，北京：中華書局，1987 年。

18. 北齊・魏收著：《魏書》，臺北：鼎文書局，1980 年。

19. 唐・歐陽詢著，汪紹楹校：《藝文類聚》，上海：上海古籍出版社，1965 年。

20. 唐・魏徵等著：《隋書》，臺北：鼎文書局，1980 年。

21. 唐・房玄齡等著：《晉書》，臺北：鼎文書局，1980 年。

22. 唐・韓愈著，馬其昶校注：《韓昌黎文集校注》，臺北：世界書局，1960 年。

23. 宋・李燾著：《續資治通鑑長編》，上海：上海師大古籍所，華東師大古籍所點校。

24. 宋・王安石：《臨川先生文集》，上海：上海商務印書館，1936 年。

25. 宋・胡仔著：《苕溪漁隱叢話》，收入《叢書集成初編》，臺北：臺灣商務印書館，1937 年。

26. 宋・司馬光編著，元・胡三省音註：《資治通鑑》，北京：古籍出版社，1956 年。

27. 宋・蘇軾著，宋・郎曄注：《經進東坡文集事略》，北京：文學古籍刊行社，1957 年。

28. 宋·蘇軾著，孔凡禮點校：《蘇軾文集》，北京：中華書局，1986 年。

29. 宋·李昉等編：《太平御覽》，臺北：臺灣商務印書館，1975 年。

30. 宋·歐陽修、宋祁著：《新唐書》，臺北：鼎文書局，1977 年。

31. 宋·歐陽修著，宋·徐無黨注：《新五代史》，臺北：鼎文書局，1980 年。

32. 宋·歐陽修著，李之亮箋注：《歐陽修集編年箋注》，四川：巴蜀書社，2007 年。

33. 宋·張載著，章錫琛點校：《張載集》，北京：中華書局，1978 年。

34. 宋·潛說友：《咸淳臨安志》，收入王雲五主編：《四庫全書珍本十一集》，臺北：臺灣商務印書館，1981 年。

35. 宋·程顥、程頤著，王孝魚點校：《二程集》，北京：中華書局，1981 年。

36. 宋·唐庚：《三國雜事》，北京：中華書局，1985 年。

37. 宋·王開祖：《儒志編》，收入《景印文淵閣四庫全書》，臺北：臺灣商務印書館，1986 年。

38. 宋·程頤：《易程傳》，臺北：文津出版社，1987 年。

39. 宋·王禹偁：《小畜外集》，收入《四部叢刊初編》集部，上海：上海書店，1989 年。

40. 宋·祝穆著，祝洙補訂，李偉國編：《宋本方輿勝覽》，上海：上海古籍出版社，1991 年。

41. 宋·王象之：《輿地紀勝》，北京：中華書局，1992 年。

42. 宋·蘇東坡著，石聲淮、唐玲玲箋注：《東坡樂府編年箋著》，臺北：華正書局有限公司，1993 年

43. 宋·洪興祖補注：《楚辭補注》，臺北：大安出版社，1995 年。

44. 宋·朱熹：《周易本義》，臺北：大安出版社，1999 年。

45. 宋·蘇轍：《古史》，收入曾棗莊、舒大剛主編：《三蘇全書》，北京：語文出版社，2001 年。

46. 宋・王欽若等編，周勛初等校訂：《冊府元龜》，南京：鳳凰出版社，2006 年。

47. 宋・邵雍著，衛紹生校注：《皇極經世書》，鄭州：中州古籍出版社，2007 年。

48. 元・羅貫中著，金聖嘆批：《原本三國志演義》，臺北：臺灣文源書局，1969 年。

49. 元・脫脫著：《宋史》，臺北：鼎文書局，1980 年。

50. 明・黃宗羲著，清・全祖望續修，王梓材校補：《宋元學案》，臺北：河洛出版社，1975 年。

51. 清・彭定求等編：《全唐詩》，北京：中華書局，1960 年。

52. 清・王嗣奭：《杜臆》，臺北：中華書局，1970 年。

53. 清・孫希旦：《禮記集解》，臺北：文史哲出版社，1980 年。

54. 清・何文煥輯：《歷代詩話》，北京：中華書局，1981 年。

55. 清・吳喬：《圍爐夜話》，收入郭紹虞編：《清詩話續編》，臺北：木鐸出版社，1983 年。

56. 清・董誥等編：《全唐文》，北京：中華書局，1987 年。

57. 清・王士禎：《池北偶談》，臺北：廣文書局，1991 年。

58. 清・紀昀等著：《四庫全書總目提要》，臺北：臺灣商務印書館，2001 年。

59. 清・章學誠著，倉修良編注：《文史通議新編新注》，浙江：浙江古籍出版社，2008 年。

60. 清・丁福保編：《歷代詩話續編》，北京：中華書局，1983 年。

二、今人論著

（一）專書

1. 日・吉川幸次郎著，高橋和已等編，章培恒等譯：《中國詩史》，合肥：安徽文藝出版社，1986 年。

2. 瑞士・索緒爾著，鍾榮富導讀：《普通語言學教程》，臺北：五南圖書，2019 年。

3. 方瑜：《杜甫夔州詩析論》，臺北：幼獅出版社，1985 年。

4. 王立：《中國古代文學十大主題》，臺北：文史哲出版社，1994 年。

5. 王盛恩：《宋代官方史學研究》，北京：人民出版社，2008 年。

6. 王德威、陳國球主編：《抒情之現代性》，北京：三聯書店，2014 年。

7. 吳文治編：《詩話》，南京：江蘇古籍出版社，1998 年。

8. 吳桂林等編：《項羽專題研究》，北京：中國文史出版社，2015 年。

9. 吳懷祺：《中國史學思想史》，合肥：安徽人民出版社，1996 年。

10. 李一冰：《蘇東坡新傳》，臺北：聯經出版社，2016 年。

11. 李明輝：《儒學與現代意識》，臺北：臺大出版中心，2016 年。

12. 李德身：《王安石詩文繫年》，西安：陝西人民教育出版社，1987 年。

13. 季明華：《南宋詠史詩研究》，臺北：文津出版社，1997 年。

14. 屈萬里：《尚書集釋》，臺北：聯經出版社，2013 年。

15. 易聞曉：《詩賦研究的語用本位》，北京：中國社會科學出版社，2015 年。

16. 金沛霖等編：《通鑑史料別裁》，北京：學苑出版社，1998 年。

17. 金霞：《依禮求利——李覯經世思想研究》，北京：人民出版社，2013 年。

18. 姚瀛艇主編：《宋代文化史》，開封：河南大學出版社，1992 年。

19. 洪淑苓：《關公「民間造型」之研究——以關公傳說為重心的考察》，臺北：國立臺灣大學出版委員會，1995 年。

20. 胡適：《胡適文存二集》，北京：首都經濟貿易大學出版社，2013 年。

21. 韋春喜：《宋前詠史詩史》，北京：中國社會科學出版社，2010 年。

22. 夏長樸:《李覯與王安石研究》,臺北:大安出版社,1989年。

23. 高友工:《中國美典與文學研究論集》,臺北:國立臺灣大學出版中心,2004年。

24. 張高評:《宋詩特色之發想與建構》,臺北:元華文創股份有限公司,2018年。

25. 張新科、俞梓華:《史記研究史略》,西安:三秦出版社,1990年。

26. 許鋼:《詠史詩與中國泛歷史主義》,臺北:水牛出版社,1997年。

27. 陳素樂:《宋元文史研究》,廣州:廣東人民出版社,1988年。

28. 陳寅恪:《金明館叢稿二編》,北京:三聯書店,2001年。

29. 陳寅恪:《寒柳堂集》,北京:三聯書店,2001年。

30. 陳翔華:《三國志演義縱論》,臺北:文津出版社,2006年。

31. 陳翔華:《諸葛亮形象史研究》,杭州:浙江古籍出版社,1990年。

32. 傅樂成:《漢唐史論集》,臺北:聯經出版社,1977年。

33. 傅璇琮主編:《全宋詩》,北京:北京大學出版社,1998年。

34. 曾棗莊主編:《全宋文》,上海:上海辭書出版社,2006年。

35. 黃俊傑:《東亞儒家仁學史論》,臺北:臺大出版中心,2017年。

36. 楊伯峻:《春秋左傳注》,臺北:洪業文化,2015年。

37. 裴普賢:《詩經評註讀本》,臺北:三民書局,2013年。

38. 趙望秦、張煥玲:《古代詠史詩通論》,北京:中國社會科學出版社,2010年。

39. 劉方:《宋型文化與宋代美學精神》,成都:巴蜀書社,2004年。

40. 劉浦江:《正統與華夷:中國傳統政治文化研究》,北京:中華書局,2017年。

41. 劉國忠、黃振萍主編:《中國思想史參考資料集‧隋唐至清卷》,北京:清華大學出版社,2004年。

42. 劉復生:《北宋中期儒學復興運動》,臺北:文津出版社,1991年。

43. 劉學鍇、余恕誠:《李商隱詩歌集解》,北京:中華書局,1998年。

44. 劉澤華主編:《中國傳統政治哲學與社會整合》,北京:中國社會科學出版社,2000 年。

45. 蔡崇榜:《宋代修史制度研究》,臺北:文津出版社,1991 年。

46. 蔡瑜:《陶淵明的人境詩學》,臺北:聯經出版社,2012 年。

47. 錢穆:《論語新解》,臺北:東大圖書公司,2015 年。

48. 謝琰:《北宋前期詩歌轉型研究》,北京:北京大學出版社,2013 年。

49. 謝貴安:《宋實錄研究》,上海:上海古籍出版社,2013 年。

50. 瞿林東:《中國史學史綱》,臺北:五南圖書,1999 年。

51. 顏清洋:《從關羽到關帝》,臺北:遠流出版社,2006 年。

52. 饒宗頤:《中國史學上之正統論》,上海:上海遠東出版社,1996 年。

53. 顧友澤:《宋代南渡詩歌研究》,北京:北京大學出版社,2014 年。

(二)單篇論文

1. 王春庭:〈論李覯的詠史詩〉,《江西社會科學》2003 年第 11 期,2003 年 11 月,頁 120～122。

2. 王德保、楊曉斌:〈以史為鑒與道德評判——論司馬光的詠史詩〉,《南昌大學學報(人文社會科學版)》2004 年第 5 期,頁 89～93。

3. 田旭中:〈歷代詩人筆下的諸葛亮〉,收入成都市諸葛亮研究會:《諸葛亮研究》,四川:巴蜀書社,1985 年,頁 179～187。

4. 田浩:〈史學與文化思想:司馬光對諸葛亮故事的重建〉,《中央研究院歷史語言研究所集刊》,第 73 本第 1 分,2002 年 3 月,頁 165～198。

5. 吳德崗:〈宋代的詠嚴光詩〉,《名作欣賞》2009 年第 2 期,2009 年 2 月,頁 25～28。

6. 李有明:〈略談王安石的詠史詩〉,《廣西師大學報》1989 年第 1 期,1989 年 4 月,頁 21～27、38。

7. 李唐:〈論王安石議政的詠史懷古詩〉,《學術交流》2005 年第 7

期，2005 年 7 月，頁 163～166。

8. 汪文學：〈再論中國古代政治正統論〉，《貴州文史叢刊》1998 年第 6 期，1998 年 12 月，頁 30～31

9. 侯道儒：〈天人感應說在宋代的政治作用：以程頤為主軸的討論〉，《清華中文學報》第 11 期，2014 年 6 月，頁 213～260。

10. 胡守仁：〈試論王安石的詠史詩〉，《江西師大學報》1994 年第 1 期，1994 年 3 月，頁 26～31。

11. 張高評：〈史書之傳播與南宋詠史詩之反饋──以楊萬里、范成大、陸游詩為例〉，收入《中正大學中文學術年刊》第 10 期，2007 年 12 月，頁 121～150。

12. 張高評：〈南宋詠史詩之新變──以三大詩人詠史為例〉，收入《遨遊在中古文化的場域》，臺北：里仁書局，2004 年，頁 243～280。

13. 陳文華：〈論中晚唐詠史詩的三大體式〉，《文學遺產》1989 年第 5 期，1989 年 5 月，頁 67～74。

14. 陳昌雲：〈北宋的諸葛亮評價與宋代新儒學復興〉，《東方論壇》2015 年第 2 期，2015 年 4 月，頁 28～32、36。

15. 陳植鍔：〈宋詩的分期及其標準〉，收入張高評編著：《宋詩綜論叢稿》，高雄：麗文文化，1995 年。

16. 陳熙遠：〈聖王典範與儒家「內聖外王」的實質意涵──以孟子對舜的詮解為基點〉，收入黃俊傑編：《孟子思想的歷史發展》，臺北：中央研究院中國文哲研究所，1995 年，頁 23～67。

17. 楊有山：〈試論王安石的詠史懷古詩〉，《信陽師院學報》1986 年第 2 期，1986 年 7 月，頁 77～81、106。

18. 路育松：〈從天書封祀看宋真宗時期的忠節文化建設〉，《清華大學學報》2008 年第 6 期，2008 年 11 月，頁 42～51。

19. 路育松：〈試論宋太祖時期的忠節觀建設〉，《中洲學刊》2001 年第 11 期，2001 年 11 月，頁 101～105。

20. 雷家聖：〈北宋前期、中期儒學的多元發展──以柳開道統說與孫復尊王論為例〉，《中國史研究》第 76 輯，2012 年 2 月，頁 37～68。

21. 廖蔚卿：〈論中國古典文學中的兩大主題〉，《幼獅學誌》第 17 卷第 3 期，1983 年 5 月，頁 112～119。

22. 齊益壽〈談六朝詠史詩的類型〉，《中華文化復興月刊》第 10 卷第 4 期，1977 年 4 月，頁 9～12。

23. 劉培：〈宋初學術思想與皇權專制的互動──辭賦創作視野下的重用文臣與道德重建〉，《南京大學學報（哲學・人文科學・社會科學）》，頁 125～132。

24. 劉復生：〈宋代「火運」論略──兼論「五德轉移」政治學的終結〉，《歷史研究》1997 年第 3 期，1997 年 6 月，頁 91～105。

25. 鄭鐵生：〈歷代詠諸葛亮詩詞的文化意蘊〉，《荊門職業技術學院學報》1999 年第 1 期，1999 年 2 月，頁 67～74。

26. 羅家坤：〈王安石的詠史懷古詩〉，《晉陽學刊》2005 年第 4 期，2005 年 7 月，頁 124、125。

27. 秦翠紅：〈中國古代「忠義」內涵及其演變探析〉，《孔子研究》2010 年第 5 期，2010 年 10 月，頁 58～62。

（三）學位論文

1. 王文芳：《王安石詠史懷古詩研究》，武漢：華中科技大學碩士學位論文，2015 年。

2. 王正利：《杜甫詩中之意志與命運衝突研究──以意象為核心之探討》，臺北：臺灣大學碩士學位論文，2005 年。

3. 王庭筠：《歷代詩人題詠項羽之研究》，臺南：成功大學碩士學位論文，2016 年。

4. 王潤農：《唐代詩歌中的三國圖像》，臺北：東吳大學碩士學位論文，2013 年。

5. 江珮慧：《王荊公詠史詩研究》，彰化：彰化師範大學碩士學位論

文，2005 年。

6. 林姍：《宋代屈原批評研究》，福州：福建師範大學博士學位論文，2011 年。

7. 林雅鈴：《王安石以人名入題之詠史詩研究》，新竹：國立清華大學碩士學位論文，2014 年。

8. 夏長樸：《王安石的經世思想》，臺北：臺灣大學博士學位論文，1980 年。

9. 徐晶《宋代詠韓信詩研究》，淮北：淮北師範大學碩士學位論文，2016 年。

10. 徐愛華：《中國古代詩論用事研究》，南昌：南昌大學碩士學位論文，2006 年。

11. 張小麗：《宋代詠史詩研究》，西安：陝西師範大學碩士學位論文，2006 年。

12. 張圓玲：《唐代楚漢人物評論資料整理與研究——項羽篇》，河南：鄭州大學碩士學位論文，2018 年。

13. 張煥玲：《宋代詠史組詩研究》，西安：陝西師範大學博士學位論文，2011 年。

14. 陳吉山：《北宋詠史詩探論》，臺南：國立成功大學碩士學位論文，1993 年。

15. 陳彥冰：《王安石翻案詩研究》，瀋陽：遼寧大學碩士學位論文，2019 年。

16. 陳瑤：《宋代隱士研究——以《宋史‧隱逸傳》為中心的考察》，合肥：安徽大學碩士學位論文，2014 年。

17. 詹卉翎：《北宋唱和詩研究》，臺北：國立臺灣大學碩士學位論文，2019 年。

18. 廖振富：《唐代詠史詩之發展與特質》，臺北：國立臺灣師範大學碩士學位論文，1989 年。

19. 趙釗:《王開祖《儒志編》研究》,杭州:浙江大學碩士學位論文,
    2010 年。

20. 藏明:《五德終始說的形成與演變──從鄒衍到董仲舒、劉向》,
    陝西:西北大學博士學位論文,2012 年。